# 落幕的庄园

刘光玉 ◇ 著

Luomu de
Zhuangyuan

敦煌文艺出版社

图书在版编目（CIP）数据

落幕的庄园 ／ 刘光玉著. -- 兰州：敦煌文艺出版
社，2020.9（2022.1重印）
ISBN 978-7-5468-1967-9

Ⅰ．①落… Ⅱ．①刘… Ⅲ．①长篇小说－中国－当代
Ⅳ．①I247.5

中国版本图书馆CIP数据核字（2020）第183995号

**落幕的庄园**

刘光玉　著

责任编辑：杜鹏鹏
装帧设计：韩国伟

敦煌文艺出版社出版、发行
地址：（730030）兰州市城关区曹家巷1号新闻出版大厦
邮箱：dunhuangwenyi1958@163.com
0931-8152351（编辑部）
0931-8773112　0931-8120135（发行部）

三河市嵩川印刷有限公司印刷
开本 710 毫米×1000 毫米　1/16　印张 21.5　插页1　字数340 千
2020 年 10 月第 1 版　2022 年 1 月第 2 次印刷
印数：1 501~3 500

ISBN 978-7-5468-1967-9
定价：65.00 元

# 地域写作的文学意义

李学辉

## 一

不管人们对文学有多么期待，在基层写作的人，总把文学视作高山，一直在山脚徘徊。他们的虔诚和对文学的热望，如夜晚点燃的蜡烛，总闪烁在风中。

在写作者还没有把地域作为写作根据地时，地域总是一把双刃剑。没有什么铁律规定地域该怎么写，但地域写作确乎是一种挑战，若不取舍或再构，地域文学写作往往会成为风俗画卷或本地历史的叙写，人物腾挪在大堆的史料当中，跳出来时，已浑身疲惫。话说回来，若抽空本土史料，放置在宏大叙事中的小说叙写，又会缺少水分的滋养，树再大再粗，如果没有了枝叶，虽虬枝盘旋，也无甚趣味。不管什么，若抛却了根基，再精美的空中楼阁也会寂寞。文学亦然。

## 二

光玉先生背着他的长篇小说书稿找到我时，是2019年的夏天。煌煌40余万字的书稿，置于我手头时，他诉说了成书的过程。近几年，民勤文学有一个好现象，一旦有大型书稿出版时，总要邀请当地写作中人，研读书稿并进行讨论，这样就可避免出版后的缺憾，或指正书中的部分失误。光玉先生说这部书稿已经由民勤县委宣传部、民勤县文联两次组织审修。

看手稿和看成品书有区别。书若成品，阅读时已有欣赏的成分。看手稿时，若体量大，看的人得拿功夫，还得有相当的耐心，尤为长篇。结构、人物、语言，是长篇小说的三大关键。结构败，长篇败；人物平，长篇平；语言实，长篇实。2019年后半年，我因连续拜读本土作者们的四部长篇，腰椎、颈椎出现问题，住了回医院，也思考了许多问题。

思考的还是文学和人生的问题。

文学和人生，本身就是问题的问题，还是核心问题。

我知道，光玉先生对家乡的山木草石、地理变迁和历史往来是下了很大气力的，也对本土乡俗和传说有着自己的理解和感悟，仅《一品庄园》这个小说的题目，就寄寓了他的思考点和理想的出发点。

拜读完书稿，我让光玉先生压缩部分历史、地域的述写和描摹。小说是历史的承载和延续，但小说不是历史，过多的添加，会把人物的命运淹没。脱离了人物的命运，小说便会失却其本真的意义，即便认为是心血，也要忍疼割爱。

小说已修订了两遍，再让光玉先生自动手术，无异于再受苦痛。文学是一种幸福，也是一种苦痛，只有忍受，才能享受成书后的幸福。光玉先生下定了决心，背着书稿走了。

2019年年底，光玉先生又把书稿背了过来，他做了较大的调整，让枝叶逐渐收缩到主杆身边，这样，小说就便像小说了。

2020年的疫情，对什么都是一种考验。3月的一天，光玉先生说他又把小说修订了一遍，已成定稿。他快递来书稿，并嘱我写序。书稿定名为《落幕的庄园》。

从2014年开写，2017年完成初稿用了4年，至2020年定稿，又是3年时间，每次修改，每次都得煎熬。光玉先生的耐心和耐力表现在了他对小说的钟爱上。修改是写作的升华过程，也是个修持过程。文本能否更符合小说的写法，史料能否更好地为人物服务，语言能否更好地体现精准，光玉先生在打磨此部小说时，颇下了一番功夫。

三

光玉先生生于1970年代，毕业于张掖师专数学系，后取得数学本科学历，先后在民勤收成、大坝中学教书。我在乡村教书8年，更能感同身受到光玉先生在乡村教书时的如此等等。光玉先生教数学而又好文学，消解了一定的内心寂寞，让他的精神丰沛了起来。这个世界一打开，丰富的是他的人生。他的心田中，种下了一颗长篇小说的种子。从1992年到2017年，20多年的苦悟和持续，不能以字数来算，这是一个人自我提升认知的一个过程，稍一松劲，便会弃置。光玉先生硬是凭着毅力，让小说伴着他从乡村走向县城。变了的是路程，没变的是他对小说创作的孜孜以求。用精神可嘉来定义光玉先生的这种不懈追求，也恰当。

回到小说本身。

"胡家庄园的落幕，也是一种社会制度的落幕。落幕的是一段历史，开启的是一种新的生活。"这是光玉先生对自己小说的解读，也是建立在地域文化思考之上的一种感悟。

江百先、花仙子，一干人物，随着时代的变迁起伏着命运。一个庄园，在时代的风雨中飘摇。小说的三条线：一座庄园、人物命运、两种力量，在流变中顺着走向，走完了命运的过程。江百先、花仙子，二老爷、二太太，三太太、三老爷、阿五，大老爷、大太太、管家，高盈盈、黄狗娃、王三娃，在沙乡宏阔的舞台上进行着表演，他们在光玉先生的笔下，灵动活现。光玉先生不动声色，作了一个旁观者，他饱满笔下的人物命运中，家乡的草木山川、地域文化、历史符码，便一一呈现。一个对家乡没有深情厚谊的人，是无法固执地将家乡的痴爱背负在人物命运身上的。

20 年苦追，4 年苦写，3 年苦改，光玉先生最终交付出了自己的长篇。小说是用来读的，不是用来说的。作为光玉先生的读者，把两年来和他的交流心得记录于此，一向光玉先生祝贺，也向读者推介。是为序。

2020 年 6 月

# 1

民勤县红柳墩的胡开程从十五岁开始跟随驼队走南闯北，十几年下来，他熟悉了沿途各地的山川地理和风土人情，也结交了不少江湖朋友，同时身上也带上了超越年龄的老练。跟着驼队做生意是一件十分辛苦的事——风餐露宿不说，天灾人祸不少，客死他乡的事时有发生。那一年他们到山东一带贩卖药材，遇上了强盗，东西大都被抢，吃喝难以为继，所有人情绪低落。听说当地正在征兵，他们一伙颇为心动，都想当几年兵勇，尝一尝军粮的味道。但他们还没打定主意，忽然传来消息，说北洋水师全军覆没……人们先是震惊，而后有人失声痛哭。有人议论说大清国已经日薄西山，没有多少时日了！与其给大清朝卖命，还不如干脆推翻它，大清国气数已尽，该是改朝换代的时候了！

作为生意人，他们拉着骆驼、背井离乡来到这里，只是为了赚几个养家糊口的小钱，从没想过和朝廷作对。因此虽说没挣到钱，他们还是赶忙拉起驼队往回走。他们一边做一些小打小闹的买卖，一边乞讨，回到了家里。

当时凉州一带连续两年遭灾，春夏少雨，河道干涸，旱情严重；秋天雨水多，河水泛滥成灾——这一片土地完全仰仗石羊河的滋润和浇灌，而今石羊河丰歉不定，一向慷慨的黄土地也变得吝啬起来，衣食困扰着每一个家庭，逃难的人随处可见。胡开程虽说已经三十多岁，但他的胆气却有增无减，眼看待在家里没有活路，他吆喝了一帮人，拉起了一支由四五十峰骆驼组成的驼队，开始走口外做生意。出发时他们带着凉州一带出产的皮革、锁阳、甘草、葡萄酒和玉石，回来时带的是山西、河北、燕京一带的瓷器、铜器等稀罕物，然后在凉州一带贩卖。十多年以后，胡开程已经成了红柳墩一带有名的人物了。

可是在最后一次回家途中，驼队遭遇土匪，其他人永远留在了他乡，只有胡开程带着五六峰骆驼回到了红柳墩老家。

和十多年前相比，胡开程虽说胆气依旧，但已经厌倦了走南闯北的日子。此时他家有男男女女十多口人，他开始恋家，盘算着购买土地、修建庄园。就在那时，红柳墩的大户赵员外因吸食鸦片而家道衰落，正想着变卖家财，胡开程趁机把赵家的好多土地囊括到自己的名下了。

接下来胡开程请了风水先生选取宅地。风水先生前前后后花了半月时间，确定了一处风水最好的地方。按风水先生的话说，他选定的宅地刚好在风水眼上，是土地爷的居住地，如果在那里修建了庄园，他们胡家将会要风得风，要雨得雨。只有一样麻烦——那个地方住着一户马姓人家！

胡开程想把那块风水宝地据为己有，但又举棋不定。

此后不久，人们在马家宅地的附近看到了难得一见的海市蜃楼——阳光的映衬下出现了三个院落，更加奇特的是三个院落一前两后，呈"品"字形状。一时间人们议论纷纷。

风水先生再一次找到了胡开程，他说马家宅地上出现的三个院落隐含着"一品"两个字，说明马家人就住在"一品宅地"上；若在那里修了庄园，那就是"一品庄园"了——自古以来，富家大户都离不开土地和水源，石羊河水的多少由老天爷做主，非人力所及，但买卖土地却事在人为。他劝胡开程买下那块风水宝地，如果不及早动手，只怕要错失良机。

几十年风雨的磨炼，胡开程变得心机深沉，身上也带了不少虎性狼气，他决心要把那块风水宝地弄到手。

接着马家就开始倒霉了：先是家里失盗，丢了不少粮食；不久又丢了几匹骡马；更为不幸的是马家的当家人有一次外出，不明不白地遇上了强盗，被人打断了一条腿。一个跟头连着一个跟头，把马家人整得晕头转向。刚好有个"活神仙"在附近走动，马家赶忙把"活神仙"请到了家里。"活神仙"说他家居住的地方不好，要想逢凶化吉，就得赶快搬家。马家人疑惑不解——

宅地是祖上传下来的，据说是一块风水宝地，咋能说他家的宅地不好？"活神仙"说，此一时，彼一时，现在天下不太平，风水也不一样了，如果不尽快搬离宅地，就会发生更大的不幸……

马家人惶恐不安，草草变卖了宅地院落，马家的宅地变成了胡家的私财。胡开程如愿以偿，接着大兴土木，兴建了庄园——人们把它叫胡家庄园。那一年中华民国刚好建立。

此后，胡家一直顺风顺水。再后来，他家成了红柳墩一带有名的富家大户，人们开始随着风水先生把胡家庄园叫"一品庄园"。

有人议论说胡开程之所以能拥有这么大的家业，是因为驼队给他带来了福气，如果不是拉起驼队走口外，恐怕他早就化成一堆白骨了。胡开程却说，他的驼队没有挣到大钱，倒是财神爷帮他发了财——有一次回家，走到半路下起了大雨，他只好到石羊河西面的一处河滩里歇脚。因为又困又乏，他坐着打起了盹。蒙眬中有人对他说："哎呀！胡老爷，我总算把你等来了，有人把金库的钥匙托我保管，说千万要交给你呢！我都等你等了好几年了！金库就在你脚下……"就在这时他感觉到腿脚一阵冰凉，睁眼一看，洪水从他的脚下流过，奇怪的是洪水流过的地方竟然冲出了一个乌黑发亮的陶罐。梦里的一切好像和眼前看到的一模一样，似信非信之间，用手刨了几下，果然发现了几罐金银——历史上，这里曾是中原王朝和游牧民族交替统治的地方，当发生动乱的时候，有些有钱人会把金银藏起来远走他乡。以前的确有人挖到过金罐银罐，胡开程的说法不足为奇。知情人却说这番话纯粹是胡开程胡编乱造，混淆视听，胡家之所以能在短时间内聚拢那么多的钱财，是因为胡开程谋害了生意上的同伙，把别人家的钱财都收到自己的名下了。

胡家发迹的事再次成了人们议论的话题——风水先生之所以把胡家庄园叫"一品庄园"，是因为他家占据的是"一品宅地"，而"一品宅地"又来自于当年的海市蜃楼！

直到这个时候马家才知道他家以前经历的许多奇奇怪怪的事都是胡开程

一手操控下的鬼把戏！眼睁睁看着胡家在他家的宅地上修建了"一品庄园"，马家人实在咽不下这口气！计议一番，马家的当家人找到了胡开程。

胡开程大怒，他打断了马家当家人的另一条腿，把来人轰出了一品庄园。

马家没能要回自家的宅地，反倒遭受了一顿侮辱，马家人丢尽了脸面。不久，他们悄声悄气地离开了红柳墩，到别处谋生了，但他们一直惦记着自家的宅地……

日出日落之间，一天天过去了；草木黄了又绿，绿了又黄，一年又一年过去了……

## 2

国民革命军的孙连长一连五天坚守在阻击阵地，主力部队大获全胜，孙连长却因为劳累过度昏死了过去。萧团长下了命令要抢救孙连长，可是接连请了三个郎中都束手无策。最后萧团长亲自带人把孙连长送到了济世堂。

济世堂是江淮一带有名的大药房，掌柜名叫石天庆——他的家世颇具传奇色彩：祖上从道光年间开始行医，名声渐起。奇特的是他家连续六世单传，石家的独门医术顺着这条单线传了下来，一直延续到了石天庆的手里。他的儿子石方舟自幼聪明好学，不仅把家传的医术学得精透，而且经史子集均有涉猎。石天庆的心里暗暗得意。

望闻问切之后，石天庆摇了摇头，叮嘱萧团长料理后事。谁知他的儿子石方舟却说病人只是昏厥，儿子给病人扎了针，半个时辰后，孙连长苏醒了过来……

萧团长大喜，谢过石天庆父子之后，又把一块写着"杏林圣手"的匾牌挂在了济世堂门口。

这件事马上变成了人们议论的话题。有人说萧团长带兵有方，有人说孙连长作战勇猛，有人说石天庆父子医术高超。也有人说因为济世堂救孙连长有功，萧团长给济世堂赠送了几大箱金银……

此后不久，土匪绑架了石天庆，并索要金银。虽说石家世代行医，但因为重德轻财，他家并没有太多的金银，而且萧团长赠送金银的事，纯属无稽之谈。石家没能筹到足够的钱财，石天庆遇难。

在这以前石天庆曾经打算把家业托付给儿子，只是他还有些不放心，虽说石方舟饱读诗书，也得到了石家医术的真传，但儿子只有二十岁，他怕儿子的筋骨太嫩，担不起石家的担子。突如其来的变故，使石家延续了近百年的家业重担毫无选择地落在了石方舟的肩上。

早在几十年前他家就修了一所大宅子，和同姓的几户人家住在一起，务农的务农，行医的行医，当然最知名的还是他家的医术。父亲出事以后，石方舟加固了围墙，调整了营业时间，每天天色大亮才开门，不到太阳落山就关门歇业。父亲去世三个月后，母亲催着石方舟成婚。按照习俗，守孝三年才能举办婚事，但母亲有自己的打算——世事多变，石家一直是单传，传宗接代是头等大事，石家的独门医术也要一代一代传下去。

石天庆在世的时候，已经给石方舟定了亲，女子名叫温如玉。他们两家是世交，温家也是书香门第。如玉从小习文识字，知书达理，有时也到石家来玩耍。石家人手紧，十六七岁的时候她开始到石家帮忙。石方舟知道如玉是他未来的媳妇，如玉也知道方舟是她将来的郎君，因此他们的身影有时候会悄悄地出现在花前月下。近一年来如玉干脆和方舟的母亲住在一起，虽说还没有过门，但她早就融到石家人的生活里了。

在先人的灵前祷告之后，母亲为他们操办了婚事。石方舟觉得如玉比以前更好看了：杨柳一样的身材，桃花一样的脸蛋，温情脉脉的眼神，端庄贤惠的举止。他沉浸在儿女情长的温柔乡里，心里想得最多的就是妻子的花容月貌和春水一样的柔情，以至于有几次看病都心不在焉，每天关门歇业后，匆匆地吃过饭，他就会挽着妻子走进充满温情的二人世界。

这一天太阳已经偏西，再过半个时辰药铺就该关门歇业了。忽然来了一个乞丐一样的人，那人打量了一下药铺，诡秘地冲着石方舟笑了笑，疯疯癫癫地说："河东河西风水乱，今日花开明日败。公子不图万贯财，丢掉金银去逃难。"石方舟对这种疯癫话毫无兴趣，便不再搭理来人。那人转了一圈，长叹一声，一脸诡异地出门去了。

当天夜里，一伙土匪骗开了药铺的门，冲进了院子。母亲首先得到了消息，她急匆匆地来到儿子儿媳妇的门前，叮咛说："土匪来了，那些人杀人不眨眼，赶快躲起来，不管发生了什么事，你们都不要出来……"叮嘱了这些要紧话，母亲赶紧迎着土匪到前面的院子里去了。

他们慌慌张张地披了衣衫，钻进了夹壁。土匪很快冲进了他们的卧室，看着堆在床上的被子，知道他们没有走远，这些如狼似虎的人返回前院，逼着母亲，要她说出石方舟的下落。

母亲说方舟被人请去看病，她也不知道去哪里了。她故意大声说话，想把这些话传到儿子儿媳妇的耳朵里。

土匪不相信母亲的话，并扬言说如果不把石方舟交出来，他们就用皮鞭活活抽死她！

他们躲藏在夹壁里心急如焚，他家原来也有些积蓄，上次为了营救父亲已经花光了金银，所剩钱财已经不多。并且钱财的藏匿之地向来传男不传女，到了他手里，因为他和妻子无话不谈，无情不诉，他把家财的事毫不保留地告诉给了妻子，但母亲对此一无所知。他无计可施，只有痛恨自家的家规，要是母亲知道藏匿钱财的地方就好了！土匪得到了钱财也许就会放过家人。衡量了一番，他打算走出去把钱财都送给土匪，他想的是破财消灾。如玉却冷静地说："土匪就是喂不饱的野狼，父亲的遭遇已经说明了一切，只怕他们得到了钱财，也不会放过你，到头来只能落个人财两空。再说你继承了祖传的医术，肩负着石家所有的希望，石家可以没有我，但绝不能没有你，你千万不能离开藏身之地！"

　　石方舟急得直冒汗，他知道土匪杀人不眨眼，他怎么忍心母亲和家人遭罪啊！正在焦急的时候，如玉却笑了起来，她说为了石家他要冷静，她已经听出来了，土匪头子是她二舅——她二舅不学好，几年前干起了土匪的勾当，但二舅对她很有感情，只要见了她，她二舅一定会放过他们一大家子人。石方舟还没有发话，如玉已经打开另一个暗门走了出去。

　　转过后面的院落，如玉出现在了门口。土匪从跳动的火光中看见了她，都吃了一惊，愣愣地看着她，拿着皮鞭抽打婆婆的打手也停了手。

　　"傻媳妇，你……你不是和方舟都出门了吗？咋又回来了？婆婆还指望着你给石家传宗接代呢！你为啥要往火坑里跳呢？我以前都白心疼你了！"看见儿媳妇走了出来，婆婆哭叫着骂起不知好歹的儿媳妇了！

　　如玉没有回应婆婆的叫骂，她平静地走到土匪面前，说："老爷们，我知道你们的日子不好过，我把钱财都送给你们，求求你们放过我的家人。老天爷会保佑你们的！"

　　土匪头子狂笑道："看来你是个好人，不仅长得好，而且说得更好！可是现在世道变了，坏人比好人舒坦多了！我们这些走夜路的人，就相信手里的刀，图的是钱财，只要钱财到手，我们立马远走高飞，不会伤害任何人！"

　　如玉带着土匪向后院走去，石方舟的心里才踏实了些。和家人的安全相比，钱财就像粪土一样可有可无，只要家人平安，他就心满意足了！

　　土匪原以为济世堂有的是金银，谁知石家不但没有金银，而且铜钱也没有多少！他们认为受到了如玉的愚弄，立即给了她一顿皮鞭！

　　其实土匪头子并不是如玉的二舅，她是为了丈夫、为了石家，才从夹壁里走了出来。如玉知道土匪不会放过她，她很快打定了主意，眼睛里含着泪水大声喊叫说："方舟，都怪我太天真，错把野兽当成了人。你是石家的苗，又得到了石家的医术，不管怎样，你都要活下去！方舟，我是你的魂，我会一生一世跟随着你！我去了！"说完，她猛地扑过去，一头撞在了石柱上，倒地身亡。

　　土匪用皮鞭抽打如玉的时候，母亲已经本能地扑了过来，她想护着儿媳妇。看到儿媳妇倒在地上，母亲惊得瞠目结舌，她很快明白眼前发生的事了，她也扑过去，撞在了石柱上，和儿媳妇倒在了一起。院子里传出一阵哀嚎。石方舟虽然躲在夹壁里，外面的事却听得一清二楚。直到现在他才知道土匪头子并不是妻子的二舅！妻子这样做，都是为了家人、为了他呀！

　　他紧握着拳头、咬着牙关咒骂着土匪，他也想冲出去，和这些匪徒拼命。但随即他又冷静了下来：父亲的结局、母亲和妻子的惨死，使他对匪徒不抱任何希望，母亲和妻子就是为了叫他活着才选择了死亡。虽然清清楚楚地听到了匪徒和家人的对话，但他还是铁了心肠，一动不动地藏在夹壁里。眼看天色就要放亮，匪徒们问不出石方舟的下落，便把他家十多口人都杀了！

　　他的心都碎了。此时他才想起"河东河西风水乱，今日花开明日败。公子不图万贯财，丢掉金银去逃难"这句话了。也许那人已经知道了这场劫难，想拐弯抹角地告诉他有关的消息，只是他怠慢了来人，那人才悻悻而去。

　　天已大亮，院子里恢复了平静，他仍旧躲在夹壁里不敢出来。当天色再一次暗下来的时候，他抱着母亲和妻子的尸体痛哭了一场，给横七竖八躺在院子里的家人磕了几个响头，又到堂屋里给先人上了香。接着他换了一件破烂衣裳，惶惶地离开了他家的宅子。曾经闻名遐迩的石家宅子已经变成了匪徒眼里的一块肥肉，待在家里随时都有可能被吞噬，因此他选择了逃离家园。他不敢往南走，离开家园，他一直向北而来。

　　北面也是兵荒马乱的一片，整个社会已经病入膏肓，也许最有见识的能人，也开不出医治社会的良方了！他经常看见衣衫褴褛的女人沿路乞讨，有的挂着拐杖，骨瘦如柴，见了行人就会伸出干瘦的手，端着没边没沿的破碗乞求施舍。有的拖儿带女，无力地坐在路边，孩子的头上插着一两根枯草，说明这些孩子是准备卖的，只要有人慷慨地扔几个铜板，立马就可以把这些可怜的孩子带走。有的有钱人嫌这些无衣无食的人碍手碍脚，他们会放出狼狗，撵得这些乞讨者无处藏身。他亲眼看见一条恶狗把一个乞讨的女人咬得血肉模糊……

大户人家并没有因此而安宁。就在逃亡的路上，他听说了几起穷苦人抢米抢粮的事件。无衣无食而又无家可归的穷人冲开大户人家的庄园，打开粮仓疯狂抢劫。大户人家不得不雇佣兵丁以求自保。

荷枪实弹的士兵他也看见不少。走着走着就会被当兵的拦住去路，他只得改变方向继续前行。

## *3*

就在石方舟逃出家园的时候，远在大西北的凉州城里却异常热闹：凉州戏班春月社推出如月的专场演出，一下子轰动了凉州城。如月是一个只有十八岁的女子，出落得千娇百媚，姿态万千，唇不点而红，眉不描而笑；身材似风前杨柳一般婀娜多姿，歌喉如百灵一样清脆婉转。演出的当天，租了城隍庙的空地搭建了舞台，就在演出结束、大家纷纷议论如月的歌舞时，人们发现庙里的菩萨竟然也立在人群里。人们大吃一惊——菩萨什么时候混到人群里来了？庙里的僧人神秘地告诉大家，演出进入高潮的时候，他正在清扫菩萨身上的尘土，忽然菩萨的眼睛转动了起来，脸上也带上了微笑，接着菩萨飘飘悠悠地离开了供台，出了殿门，看起了如月的表演——想必是如月的容貌和歌舞打动了神灵，菩萨也凑热闹来了！人们赶紧对着菩萨焚香叩拜，而后重新安放菩萨。一时间人们议论纷纷，有人赞叹如月的歌舞，有人评说菩萨的神奇，更有人说如月就是上天派来的花仙子，只有神仙才配得上看她的歌舞，菩萨走下供台看热闹合情合理！其他人能看一回花仙子的演出，那就是一辈子的造化了！此后，人们都把如月叫花仙子！

花仙子已经演出了六场，场场爆满，票价也涨到了半块银圆，但仍旧一票难求！看过的人百看不厌，没看过的人想开个眼界。这几天，凉州城里议论最多的就是花仙子！能买到一张门票都能当作资本着实在别人面前炫耀一番。

现在凉州城里的头面人物已经买了票，有的在茶馆里喝茶，有的在酒肆里品尝凉州的葡萄美酒。茶是好茶，清新而润心润肺；酒是好酒，香甜而其味无穷。茶的清新、酒的香甜都是其次，这些人的心思不在茶，也不在酒，他们只是用茶和葡萄美酒打发时间，只要太阳落山，他们就可以观看花仙子的演出了！

"哎！听说花仙子的歌舞把菩萨都感动了！真的假的？"

"那还能有假？菩萨就是从供台上走下来了……"

"说句不怕丢人的话，自从看了花仙子，我梦里念叨的都是花仙子。就为这句梦话，我屁股上还挨了老婆的一巴掌呢！话又说回来，这也算不得丢人——菩萨都对花仙子动心了，我一个凡夫俗子，在睡梦里想一下花仙子，也算不上错嘛！"

"那说明你的三魂都叫花仙子勾走了！"

"嗯，我的三魂是叫花仙子勾走了！可是哪个男人的三魂没叫花仙子勾走？如果你们的三魂还在，为啥还要三番五次往戏台下跑？"

众人大笑。

太阳落山后，人们陆续涌到了城隍庙门口，五六个壮年汉子在门口收票验票，招呼客人入座。庙门口两面的墙头上还站了两个扛枪的兵。

此时舞台口左右两边亮起了两个硕大的灯笼，观众就座的地方洒满了朦胧的光亮。进了"戏院"的人们得意扬扬，相识的人们粗声大气地打招呼，更多的人像鸦雀聚会一般，叽叽喳喳地说个没完没了。

台口的灯笼悄然落下，接着传来了一阵丝竹金鼓的调试之声。忽而所有的响声——包括人们的吵闹声戛然而止。短暂的寂静之后，又是一阵悠扬婉转的丝竹声，人们的眼睛都盯在了舞台上。幕布徐徐打开，眼前是两排各色的灯笼，舞台地面上铺就的绸缎在风力的吹动下，像波浪一样涌动。花仙子从舞台一侧袅袅娜娜地飘了出来，她穿着粉红色的裙纱，配了大红的飘带，像一位刚出浴的天仙一般踏波而来。轻风送爽，微波兴起，她脚步微微，体态轻盈。她在轻风里，她在微波上，她细碎的脚步越来越快，像一只春燕掠过水面，像蜻蜓一样轻盈而飞。风越来越大，波浪越来越高，她忽然轻身跃起，粉红色的裙纱和红色的飘带像一片云彩一样，随着她向空中飘去。在座的人们凝神屏气，连大气都不敢出，唯恐轻飘飘的花仙子真的被一阵风吹到天上去！就在这时她收拢了双臂和如雾如烟的裙纱，悄然落地。

台下传来了一片惊呼和掌声，幕布随即遮挡了舞台。

当幕布再次打开的时候，灯笼变换了颜色，背景换成了几朵巨大的水陆之花，舞台上也布置了许多红红绿绿的花木。花仙子已经变成了一只蝴蝶，看！她的一双大眼睛在灯光下分外醒目，触角轻轻颤动，一对色彩斑斓的翅膀缓缓打开，而后又慢慢地拢在了一起。

噢！这是一个凉爽而令人愉快的清晨，草木沾露，晨光渐亮，一只在花瓣上做了一夜幽梦的蝴蝶逐渐苏醒。她转动了一下触角，抖了一下沾在身上的露珠，而后在花瓣间迈出了脚步。她又抖了一下身子，想张开翅膀，但又无力地拢了起来。太阳升起，清风徐来，她扇动着翅膀飞了起来，很快又落在了另一朵花上。她在花瓣之间走动了几步，之后，她真的飞起来了！她成了一只真正的蝴蝶，轻轻地飞，轻轻地落。她落在水花上，带动了微微的波纹；她落在山花上，花茎微微颤动。看！她完全飞起来了！一会儿在水面的花朵之间穿梭，一会儿在山花间飞舞。满天满地的花草是她的乐园，她成了这个乐园里无拘无束的精灵。后来她扇动翅膀离开花丛，飘飘地飞到后台去了。

人群再次骚动起来。

丝竹发出了缠绵绵的声音，花仙子换上了红绿纱衣，轻飘飘地来到舞台中央，她灿烂地笑着，向人们鞠了躬，而后亮开嗓子唱了起来：石羊河水悄悄流，杨花轻舞柳絮飞。鸳鸯戏水风戏浪，心随浪花荡呀荡。

接着又是一首哀怨的曲子：天高地厚空寂寞，花容月貌有谁知？一曲唱尽女儿情，泪湿江州司马衣。

那声音像春水淙淙，缠绵不绝，像银铃一样，清脆悦耳；那声音又像带着千万缕情丝，缠绕着每个人的筋骨，牵动着每个人的思绪，使人欲罢不能；那声音更像天上飘落的无边无际的毛毛细雨，把人们都罩在濛濛的雨雾之中，在座的人每一个毛孔都感觉到惬意畅快！

她轻舒双臂，转盼多情。看！她的玉臂像柳枝一样轻柔，她的双眼像两湾秋水，清澈见底，能容纳万物，也能把万物消融。在座的每一个人都觉得她把一个个清凉而又大胆的秋波源源不断地抛给了自己，人们像乘着一片云彩，随着花仙子的身影和眼睛在无穷的天地之间飘荡……

演出结束，铜钱纷纷飞向舞台。人们都不愿离去，他们都想多看一眼花仙子。春月社的人不得不劝说他们离开。

曲终人散，花仙子和师父李遇春来到了菩萨像前焚香叩拜——菩萨给了他们那么大的面子，他们不能忘了菩萨的好。

回到住处，刚喝了一杯茶，李遇春接连打了几个哈欠，接着像犯了癫痫似的身不由己，浑身翻起了鸡皮疙瘩，他大叫起来："如月，我身上有千万只蚂蚁叮咬，你快点把蚂蚁给我打死！"

如月叹了一口气，无奈地说："师父，哪有什么蚂蚁，你的烟瘾又犯了！你下了决心要戒烟的，你还是忍着吧！"

"唉，如月，你是我的好女儿！我想着戒烟，可是我现在太难受了！我还是吸一口吧，就这一次，以后我再也不沾染这个魔鬼了！"他说着点燃了烟，猛吸了一口。唉，一年前，李遇春感冒发烧，吃了几天药不见好转，有个郎中把他带到了烟馆……自那以后，烟瘾就像魔鬼一样缠上了他。

"师父，如果真的离不开它，你就吸一口吧！看着你痛苦，我也不好受。"

"傻丫头，这东西毁了身子不说，就算家里有金山银山也能败光呢！"

"那也不怕！每次演出都能挣几十块大洋呢！我不信供不起你！"

"丫头，你想得太简单了……"

"师父，还是你想得太多了！我现在是春月社的台柱子，只要我在，我就不叫师父您受半点儿委屈！"

"丫头，你还小，不知道活人的难处！活人一辈子不容易啊！"

"师父，别说那种话！我已经长大了，我会养活你一辈子！"

李遇春不说话了，他长长地叹了口气，说："回去休息吧！时间已经不早了……"

如月出生在一个普普通通的人家，自幼父母双亡，在亲戚、邻居的照顾下，吃百家饭，穿百家衣，艰难地度过了五年。此后她进入了春月社，改名如月。十六岁的时候，她已经出落成了一个袅袅娜娜的女子，穿了上台的衣服，她像出水荷花一样美丽，像雨后的牡丹一样新艳。今年，她第一次登台出演花仙子，轰动了凉州城。她开始大把大把地挣钱了，可是戏班里的几个人，连同他师父都染上了烟瘾，收入的钱大都流到烟贩子的腰包里去了。她怨恨师父，但更多的又是同情师父——在她无依无靠的时候，师父收养了她，把她当亲女儿一样看待，为了让她登台演出，更是耗费了大量的心血。她是个心地善良的人，虽然师父染上了抽大烟的恶习，但她不会嫌弃他，她想着孝敬师父一辈子……

# 4

没日没夜地奔波，石方舟已经精疲力竭。这一天，他正想歇息一会儿，眼前出现了一个村庄。他想，有人烟的地方一定有吃食，于是他加快了脚步向村里走去。叫他失望的是，家家户户的房门都大开着，整个村子里却静悄悄地没有一个人！没有找到食物，他无精打采地来到了野地里。地上满是野花野草，作为郎中，他对这些花草非常熟悉。拔了野菜，在水里冲洗了一下，他用衣襟兜着吃食，来到了一棵大树下。他刚刚坐下来，就听见旁边传来了一个有气无力的声音："快！快逃……命吧！这里有……土匪。"

他惊恐地顺着声音看过去，只见一个衣衫褴褛、像野人一样的女子躺在离他只有五六步远的杂草里。她挣扎着说完了话，大口喘着气。很明显，她病了，而且病得不轻。他一下子弹坐起来，急急地问道："土匪？这里也有土匪？"

"昨天……来了……一帮土匪，抢走了……粮食，还把男人……都绑走了！"那个女人挣扎着，断断续续地说。

"你……咋了？"

"能跑的……都跑了，我得了……病，跑不动，只能在……这里……等死了。你不像……坏人，快……逃吧！慢了……就没命了！"

作为郎中，他无力挽救屠刀下的生命，但他决不忍心让一个活生生的人在他面前因病而死去！他走过去，摸了摸她的额头，说："我给你熬点药，或许有用。"

"我已经是……要死的人了，你不用……管我，快……逃命吧！"她两眼无神地说。

自从他家遭匪，他的心里都是恐惧和愤怒。让他想不到的是，在这荒凉的地方，一个将死之人，对死亡没有一丝恐惧，反倒想着叫别人逃命，他不由得想起了母亲和妻子。

他摩擦石块取了火，叫她喝了汤水、吃了野菜。第二天，她的病竟然好了！他又开始赶路了。

几天后的一个晚上，他像野人一样胡乱地吃了野菜，进了一座破庙，不一会儿就昏昏沉沉地睡了。他又好像回到了那个温暖的家，家人还是那样进进出出，母亲为他端来了米粥。忽然，他又好像来到了旷野，妻子飘飘悠悠地向他走来，他张开双臂抱住了她，他们热烈地拥在了一起。看着她花儿一样的脸庞，他忘情地说："如玉，我们说好了要白头到老，你不要离开我！你不能离开我！"

她浅浅地一笑，说："方舟，我不会离开你！"

他紧紧地抱着她，亲吻着她，他觉得他们已经化作了一团火，剧烈地燃烧在了一起；他又觉得他们像山间的春水春雾一样无声地流淌漫延，漫过山林，漫过田野。她的脸上流下了两行眼泪，他轻轻地帮她擦了泪水，她把滚烫的嘴唇贴在了他的脸上。他自言自语："如玉，不要伤心，不要流泪，就算海枯石烂，我也不会离开你！"

只听得传来了一个陌生的声音："你说错了！我不是如玉，我叫如云。"

他醒了，只见有个女人偎在他身边，她的嘴唇紧紧地贴在他的脸上。他坐起来猛地推开她，仔细一看，才发现她就是他前几天救过的那个像野人一样的女子！他惊讶地叫道："你……你叫如云？你到底是什么人？"

她很镇定，满怀深情地说："我叫如云，咋了？我不能叫这个名字吗？"

他再次推开她，没好气地说："你叫什么名字，那是你的事，我管不着。可我是男人，你是女人，男女有别，你不能这样不知羞臊！"

"你是我的救命恩人，既然你救了我，我就是你的人。我已经无家可归，你就是我的家，你走到哪里，我就跟到哪里。"

他有些生气了："我救你只是为了让你活着。你走吧！"

"我知道，你看不上我，也怕我连累你。可是我心好，我会洗衣，我会做饭；我能陪你赶路，陪你说话；在寒冷的日子里我能带给你温暖，在孤苦的夜晚我能帮你排解孤独。"

"我是一个四处漂泊的流浪汉，没有可洗的衣服，也没有做饭的地方。我的心已凉，没人能够温暖它；我的孤独深入骨髓，没人了解我，没人安抚我！我不需要你，你走吧！"他说着，语气哽咽。

"自从你救了我，我就把你当成了我的男人，我理所当然是你的老婆，这辈子我只会跟着你！"

天下竟然有这样死皮赖脸的人！难道他救了她，她就是他的老婆了？"你可以跟着我，但你应该知道，我不是你男人，你也不是我老婆。你我萍水相逢而已，没有别的关系！"他大声吼道。

"既然你嫌弃我，也可以不把我当老婆！可是我爱说话，我说话你总不会反对吧？"

"只要不是废话，那是你的自由！"

"刚才你说的如玉是谁？"

他的眼里闪着泪花，说："她是我老婆！"

她怔了一下，不说话了。过了一会儿，才慢吞吞地说："她好看吗？"

"我没想过这么蠢笨的问题！我只知道她像天上的星星一样明亮，像山花一样幽香，像泉水一样清澈。"他说着，眼泪已经滚落了下来。

"你真会夸老婆！我也是我们村里的大美人，别人都说我是一枝花。你说，我好看吗？"

"如果你能管住自己的嘴，应该比现在好看一些。"

"你说你老婆那么好看，你为什么不带着她？"

"她——死了。"

她的嘴巴慢了下来，说："对不起，我惹你伤心了。"过了好一会儿，她又慢吞吞地说："既然她走了，那就让我来照顾你，我会和她一样对你好。"

他歇斯底里地大叫道："不！她是我的心上人！她把心交给了我，我也把心交给了她，我心里只有她！"

她不再说话了。

他们再一次踏上了逃亡的路。别看如云是一个柔弱的女子，可是她也有自己的绝活，第二天中午的时候，她奇迹般地抓来了两只鸭子，他们烧吃了一顿鸭肉。这是石方舟逃亡以来第一次尝到肉食，他不禁对这位女子产生了几分好奇：这样一个柔柔弱弱的女子也能抓住鸭子？

看到石方舟一脸惊奇，如云格格地笑了起来，显然她很开心。

他没好气地说："我们现在都已经变成叫花子了，你还能笑出声？没心没肺！"

"你不高兴，我可高兴呢！按我们那儿的乡俗，只要一个男人吃了女人做的吃食，就等于把女人当他的老婆了，你吃了我抓的鸭子，就得把我当老婆！"

石方舟觉得喉咙里一阵发呕，他真想把刚才吃下的东西吐出来！他极不情愿地转过身去，给了她一个背影！

"你太不通情理了！吃了别人的东西，不说谢也就罢了，还没好脸色！哼！简直就是个木头人，忘恩负义！"

"以后不准在我面前说老婆两个字！要是你管不着自己的嘴，我们只好各奔东西！"

"你太不讲理了！欢乐因分享而加倍，烦恼因分担而减半，一双总比一个好！我能看上你，也是你的福气，谁知道你会这么绝情，看来你天生就是一个打光棍的料！天下男人多的是，我还不稀罕你呢！哼！"说着，她也给了他一个愤怒的背影，看来她也生气了！

"那我就谢天谢地了！"他说完，站起来向前走去。

"哎！不把我当老婆也就罢了，干吗这么无情？"她站起来生气地跺了跺脚，眼看他不理不睬，她又快步撵了过来："木头人！等等我！我也长着两条腿，你能走到天涯，我就能跟到海角！看你能跑到哪里去！"

此后几天，又有两个人加入了逃荒队伍。他们一边乞讨一边赶路，整日急匆匆地奔走。有一天早上，他们刚翻过一个山头，突然枪声大作，只见眼前火光闪闪，子弹呼啸，对面山沟里不断有人在枪声里倒下。他们赶紧往回走，只听传来一阵尖厉的呼啸声，一颗子弹击中了如云的后背，她倒在了地上。

石方舟急忙赶过来，只见血水不断从她的后背涌出。他抱着她大声喊叫："如云，你咋了？你咋了？你要挺住！"

她睁开眼睛，口气微弱地说："我……不行了，挺……不住了，只要你叫我一声……老婆，我就知足了。"

他大声喊叫说："我答应你，你就是我老婆。如云！你不能死！我要你活着！我要你活着！"

她的脸上露出了一丝微笑："你总算……把我……当……老婆了！"说完，她的头歪在了一边，她死了。

石方舟眼泪汪汪地大叫道："老天爷，这是咋啦？她有什么罪？她有什么错？她是好人啊！为什么就这样走了？"

山风吹过，树叶沙沙有声，可是没人回答他的问话。

大家也都流了泪，他们把她埋在了山坡上，默默地离开了。

## 5

凉州城里的吴老爷忽然出现在了李遇春的家里，他开门见山地说，他看上了花仙子，想叫她当他的四姨太，聘礼都已经带过来了！

李遇春慌忙说："吴老爷，如月的年龄还小，再说，她心气高……叫她当大户人家的正房她都要掂量一番呢！而今叫她当四姨太，万万使不得呀！"

吴老爷冷冷地说："在凉州城里，我也算是个有名有姓的人，在这块巴掌大的地方，还没有我办不成的事！话我已经说明白了，你看着办吧！"吴老爷说完，站了起来。

李遇春惊出了一身冷汗，赶忙叫人把吴老爷的礼物如数送回去。

吴老爷也不客气，说："你们就是一帮唱戏的，也敢不把我当回事？好！礼物不要也罢，事情可不能马虎，只要时间一到，我就来迎娶花仙子！"说完，他气狠狠地出门去了。

李遇春像挨了一闷棍，愣了好半晌。之后，他和如月大哭了一场——他虽然知道戏子没好命，但他绝对不会想到厄运会来得这么快！如月刚刚在舞台上走红，再说，她的年龄还只有十八岁啊！吴老爷是凉州城里数一数二的有钱人，也是当地地头蛇，叫他盯上如月，凶多吉少！

一连几天，他们师徒二人心事重重。谁知一波未平一波又起：这天，凉州驻军姚团长又找上门来了。这位姚团长说得更直白，他说从花仙子的第一场演出，他就看上她了。现在花仙子风头正盛，正是赚大钱的时候，再过些时日，他要她当他的三姨太！

李遇春浑身冒汗，他把前几天吴老爷的话说了出来。

姚团长一脸不屑地说："就他'吴背锅'那副蛤蟆相，也敢打花仙子的主意？他也应该撒泡尿照一照自己了！现在的大权都在我手里，我想叫他现在死，他就活不到明天——他'吴背锅'能和我比？"

姚团长说完扬长而去。李遇春只好把姚团长带来的几箱礼物送了回去。

谁知姚团长的话很快传到了吴老爷的耳朵里去了。吴老爷向来看不起姚团长——姚团长先前是一个副官，后来花银子托人说好话才当上了团长。当初姚团长手头紧，还是吴老爷出手相助，他才如愿以偿。办事的时候姚团长说他这辈子不会忘记吴老爷的恩情。现在还不到一年，他把自己的话都忘了？嗯，现在他不仅忘了他的好，还公然和他争风吃醋了！

有钱能使鬼推磨。吴老爷自然明白这个道理，当然，他心里更清楚，这些年有钱人压不住扛枪的，姚团长敢说那样的狂话，就是仗着自己的手里有枪呢！他妈的！这几年，凡是混的有点人样的，谁的手里没有几杆枪？只是他没有挂"团长"的头衔罢了！先下手为强，后下手遭殃，既然姚团长放出了狠话，他也不能手软！于是，吴老爷买通了几个人，伺机对姚团长下手。

姚团长对吴老爷的计划一无所知，他像往常那样骑马到外面打猎，刚走进一片树林，有四个枪手一起向他开枪，他身中数弹，当场毙命。

但事不机密，有个凶手被当场抓住，和盘托出了吴老爷雇凶杀人的事。吴老爷知道摊上了大事，跑到乡下躲了起来。当兵的很快打探到了吴老爷的行踪，副官带着一帮人把他围了起来，一顿乱枪之后，吴老爷变成了马蜂窝！

姚团长出事当天，李遇春就知道大事不好，他和如月乔装打扮，趁着混乱，悄悄溜出了凉州城。随后他们拦住了驼队来到了民勤。

# 6

石方舟他们几个人尽可能挑选没有人烟的路，但还是遇上了当兵的强征民夫。他们一伙人被当兵的拉去挖壕沟、搬东西。他不想留在这种地方，吃饭的时候，他挖了两手马粪、没有洗手就去抓饭吃，两个扛枪的走过来，二话不说就给了他一顿拳脚。他装作哑巴，嘴里呜哩哇啦地喊叫着用手比画了一阵。那两个当兵的一看是个哑巴，不再跟他计较了。他们把他带到远处，照着他的屁股踢了一脚就回去了。就这样他离开了那个弥漫着浓烈的火药味的地方。

这次成功脱逃，倒使他长了见识，他开始装聋作哑，装疯卖傻。经过饥饿的折磨、太阳的烧烤和寒冷的考验，历时大半年，他来到了凉州一带。刚出逃的时候，他打算找一个没有枪炮声的地方，凭借他的医术挣几个钱，然后暗中打探他家的仇人。大半年的逃亡生活、触目惊心的见闻，让他平静了许多。看来不仅他们家遭了难，整个社会都在遭难呢！穷死的、饿死的、狗咬死的、枪打死的，多得数不清。打打杀杀的事看来几乎没完没了，乱局之下，一个生命的消失是那样随便，一点儿也引不起别人太多的关注。

他首先相中了凉州城。凉州是一个历史气息十分浓郁的地方，曾是古凉国的都城，有很多名胜古迹。石羊河绕城而去，给这里带来了勃勃生机。历史上曾有"天下丧乱，凉州独全"的说法，这里应该是一个远离战乱的地方了！他在凉州城停留了一段时间，很快发现凉州城并不是理想之地，人们照样穷，社会照样乱。就在他到来的那几天，发生了枪斗的事。他的心里郁结着无法言说的怒气，也变成了一只惊弓之鸟，听到枪炮声就心惊肉跳，看来凉州不是久居之地，于是他渡过洪水河，来到了民勤。

石方舟长舒了一口气。这里听不见叫人提心吊胆的枪炮声，也远离了匪徒的骚扰，人们似乎过得很安宁。他打算歇息一下，让自己喘一口气。现在"报仇"两个字已经模糊起来，但一家人的遭遇却在他的脑子里越来越清晰了，他想给家人的灵魂找个安息的地方，把它们供奉起来。母亲和妻子用生命救了他，就是要他延续石家的香火、祖传的医术。等生活稳定下来之后，他打算再续一房妻室生儿育女。孝道在他的心里根深蒂固，不孝有三，无后为大，他不能叫他们石家断了香火，他家的医术也需要代代相传。

这里和他以前见过的其他地方一样，普通人家也都穷到骨头上了。好一些的人家勉强能够填饱肚子，穷得揭不开锅的人家到处都是，饿死人的现象照样存在。

大户人家的日子也过得不舒心，偷盗、抢劫的事时有发生，他们不得不雇用更多的人防盗防抢。

他的心里又不安起来。这种现象和他们老家江淮一带完全相似。刚开始是偷盗，而后是抢劫，最后便是洗劫。从听到的一些事件中，石方舟隐隐约约地感觉到，这里的地下照样涌动着炽热的岩浆，一旦喷涌而出，必将地动山摇。

即便如此，这里还是比较安静的地方了！他想重操旧业，用自己的医术赚几个糊口的小钱。为了平安，他隐埋了身份，化名江百先——百善孝为先，他要为他们石家尽孝，也要担负起延续香火的重任！

他先在城里摆了个卖字画的摊点，但一连几天都没有人过问字画。显然，他的想法还很幼稚——人们穷得连肚子都吃不饱，谁还对这些可有可无的字画感兴趣？接着他在城里摆了个看病的地摊，但还是没人前来求医问药。更糟糕的是，当天下午有几个如狼似虎的人扑过来，干脆砸了他的摊子，还放出狠话说："叫花子也想行医看病？哼！简直是糟蹋行医人的名声呢，再不离开这儿，打断你的狗腿！"

听！这些人长着狗眼，却偏偏说他的腿是狗腿，真是颠倒黑白！他的心里骂着这些长着狗眼的人，还是惶惶地离开了他摆摊设点的地方。就算他的腿是狗腿，也不能叫这些长着狗眼的人伤着！

他刻意洗漱了一番，想用自己的力气换一口饭，但城里人很冷漠，一看他的穿戴就要撵他走。他的脸洗净了，头发也没有以前那么脏乱，但他的一身破烂衣服实在叫人看不在眼里！

这下可把他难住了：他连饭都吃不上，哪有钱穿衣戴帽？他再一次成了大街上的流浪汉了。他有气无力地走着，忽然眼前出现了一座寺庙，庙门上方写着"圣容寺"三个大字。民勤县城最有名的建筑就是魁星阁和圣容寺，他是个读书人，已经登了一次魁星阁，但还没来得及到圣容寺上香拜佛。听说寺内供奉着佛祖，抽签问卜，很是灵验。正因为如此，这里一直香烟缭绕。不知不觉中他已走进了寺院。

寺院的正中是气势雄宏的大雄宝殿，殿内有三大佛祖塑像。江百先走进大殿的时候，有几个香客正在焚香跪拜，佛像前一位须发皆白的僧人敲着木鱼诵经。叩拜之后，有人在功德箱内投了钱币。江百先愣住了——原来敬奉佛祖也需要钱财，可是他身无分文，连敬奉佛祖的资格也没有啊！

僧人走过来，问道："阿弥陀佛，施主是消灾，还是求财？"

江百先吞吞吐吐地说："不为求财，只求佛祖恩赐平安，只是我身无分文……"

僧人施礼说："阿弥陀佛，佛祖面前没有贵贱之分，也没有贫富之别，只要真心向善，佛祖就会保佑！"说完，他指点江百先上了香，又叫江百先跪在了布垫上。

跪拜完毕，想起家人的遭遇和一连串不顺心的事，江百先不由得落下泪来。

僧人说："看来施主心事沉重，如果有解不开的烦恼，可以为佛祖净身，一切都将逢凶化吉。"

江百先拿了鸡毛掸子把佛像身上都掸了一遍。

僧人又说了一些别人全然不懂的话之后，又加了一句："佛祖会保佑你的！"

江百先嗫嚅了一下，鼓足勇气说："大师，我落难到此，能不能在这里干几天杂活？"

僧人说："只怕你吃不了苦。如果愿意，可以把前后院都打扫一遍。"

江百先在寺庙里住了两天，把院子打扫了一遍。他对这座寺院有了更多的了解：圣容寺创建于明洪武年间，已经有五百多年的历史了，老百姓的口语中都把它叫"大寺庙"。大寺庙有许多灵验的传说，外地人常常慕名而来上香拜佛，尤其在元宵节前后，人多得都排不上队。

他正打算离开大寺庙，恰好有个大户人家到寺庙里抄经文赎罪，他又帮人抄写了两天经文。江百先谢过僧人，在佛像前磕了头，就在他即将离开寺庙的时候，那个僧人在他手里塞了一些钱。除了铜板之外，竟然还有零碎银子！

他慌忙推辞。僧人却说："佛祖垂爱，不必推辞。我听说'朝坐厅堂暮逃荒，云山茫茫苦海深。落难将军来寻我，无忧无虑度朝昏'。如不嫌弃，施主可以和贫僧一道侍奉佛祖。"

江百先无意空门，他谢过僧人，感激地接了钱。

他把自己打扮了一下，又添置了几件衣服。此后，他有时穿着破烂衣裳，像个叫花子；有时又打扮成读书人的模样，文质彬彬；有时又变成了郎中，游走在乡野之间。他的心里一直酝酿着安放家人灵位的事。


中午的太阳火辣辣地炙烤着大地，江百先躲进了野外一处树木稠密的地方，流浪的凄苦、饥饿的滋味，使他始终想念着家乡的一切……他正在胡思乱想，林木间传来了一阵脚步声，他猛地坐了起来，已经有人来到了面前。

"同船共渡，五百年修行。为了躲避太阳，你我都相中了这片绿荫，看来我们缘分不浅啊！"来人笑呵呵地说——他的言语间带着浓浓的南方口音。

听到了久违的乡音，江百先立刻产生了一种亲切感，他带着几分欣喜问道："你也是南方人？"

"祖籍南方，现在和你一样成了北方人了！"

"为什么偏要跑到这种地方来？"

"唉，一言难尽！天时反常，家乡遭遇洪水，兄弟姐妹都遭了难，南方不能容身，只好流落到北方混饭吃——我看你倒过得逍遥自在。"

原来他家也遭难了！同是流落天涯的他乡之客，江百先的心又向他靠近了一步："实在惭愧得很！我是个'忍饥挨饿，无家可归'的人，只因囊中羞涩，暂且只能把这里当作不花钱的客店了。敢问先生尊姓大名？靠什么养身立命？"

"我姓乔，和你一样，也是一个'忍饥挨饿，无家可归'的人，没什么养身立命的本事，闲来没事，四处游走，喜欢结交四方朋友。"

"我也喜欢结交朋友，只是有钱人看不上我，没钱的人整天忙于生计，无暇结交我这样的人。"

"既然有钱人看不上我们这样的人，我们为什么要把他们当朋友？我有一样怪脾气，就是喜欢结交穷朋友，见了穷人，我的心里总有一种自然的亲切感。"

"这么说，我倒可以当你的朋友了！"

"恕我直言，你会画画，你会看病，你能抄写经文……这说明你是一个文墨人，一个有忍耐力的人，也是一个心有怨气的人——你暂时穷困潦倒，但不像一个地地道道的穷人。"

江百先大吃一惊！此人到底是什么身份？咋把他的事了解得一清二楚？

"不要大惊小怪！我不是坏人，只因四处游走，碰巧看到了你的所作所为……"

原来如此！江百先点了点头说："我孤身一人流落到了这个地方，如果不嫌弃，以后我就把你当朋友了。"

"我喜欢结交朋友，只怕我想做你的朋友，你却看不上我这样的人。"

"就我这副模样，只要别人不嫌弃我就千恩万谢了，我哪能看不上别人？"

"天涯海角如咫尺，只因有缘才相识，但愿你我能成为知心知肺的朋友。"

听着这些文绉绉的话，江百先实在难以判断这个人的身份。

闲聊了几句，乔先生起身而去。江百先怔怔地看着他的背影，再次陷入了孤独之中。


# 7

经过历年的增补修建，一品庄园比以前更加气派了。当年的胡开程已经谢世，家业传到了他儿子胡生金的手里，一品庄园的名气也更响了。

一品庄园坐北向南，墙高土厚，和周围那些零零星星的茅草屋、小院落相比，它像鹤立鸡群一般引人注目。

整个庄园大致可以分为前、中、上、东四个主要的院落。刚进大门是前院，这里是雇工住宿、停放车辆、饲养牲畜的地方。由前院向东、走过雇工住宿的地方转而向北，也是一个院落，这里高高低低的是一些草垛，人们把它叫草院子。

从大门进来直接往北走，穿过二门，就到了中院。中院的西北角是五六间带廊的房屋，最北面的两间是账房，南面紧连着的是管家高顺的住房。中院的东面有十来间库房，库房的南面有三间宽大的房屋，这是雇工的灶房。管家住房的南面还有两三间房屋和几间客房。

从中院穿过三门就来到了上院子，上院里的房屋建筑最为讲究，也最能说明胡家的富足：最上面是带廊的堂屋，清一色的木质前墙，镶花套卯，十分扎眼。最南面三门两侧各有两间带廊的房屋，这就是胡家人所说的东、西倒座，外观与堂屋完全相同——上、下廊由几根粗大的木柱支撑，加之檐牙高啄，给人以气势雄宏的感觉。穿过东倒座前面一个约三四步宽的过道，就进入了东小院。东小院里又有东、西两排房，约有二十多间房屋。院子里是青砖地面，一年四季都显得干干净净，胡家人大都住在这里。

东小院的北头还套着一个小院落，这里有胡家的磨房和碾房，大家都叫北小院子。

东小院的南头，和东西倒座连成一排的四五间房屋是胡家的灶房，通常就叫东家灶。东家灶的东面有一道东西走向的墙，把东小院和草院子分隔开来。这堵墙上有一道门，把草院子和东小院连通了，套磨、套碾子的婆子们总是拉着毛驴从这道门进出。

前院好似一个"一"字，中院、上院和东小院组成了一个"品"字，整个院落布局，仍然隐含着一品庄园的意思。据说这也是当年风水先生的杰作。

一品庄园的当家人叫胡生金，今天恰好是他的五十岁生日。按管家高顺的意思，大老爷胡生金是一家之主，这样的日子应该闹出一点动静来，让庄园上下好好热闹一番。可是胡生金心疼他家的每一个铜板、每一粒粮食，虽说这样的日子值得庆贺，但要破费钱财、浪费粮食，他却一千个一万个舍不得。因此庄园里没有杀猪宰羊，只是杀了一只不能下蛋的老母鸡。早上起来，家人都过来向大老爷贺寿。胡家的小字辈穿了新衣服，按年龄长幼依次磕了头，又放了一挂鞭炮。大老爷吃了长寿面，象征性地喝了酒，大人小孩、连同长工短工都享受了一顿带油花儿的汤面条，庆祝大老爷五十大寿的仪式就算结束了。

这样的庆祝仪式也许过于寒碜，究其原因在于大老爷压根就不在意自己的生日，也不在意吃吃喝喝之类的鸡毛蒜皮的小事，他的心里始终琢磨着庄园里的大事！

他们胡家共有兄弟三人，分别是胡生金、胡生银、胡生财，上上下下的人都称他们为老爷。

胡老太爷胡开程当年雄心勃勃，长孙胡有荣出生的时候，他就给孙子起好了名字，分别是荣、华、富、贵、文、武、双、全；加之孙子辈是"有"字排行，孙子出生后，按次序依次就叫胡有荣、胡有华……一直到胡有全。胡老太爷设想，他的三个儿子，至少应该给他生出八个孙子来。超过了八个，算他的儿子本事大，叫什么名字由儿子说了算；如果生不出八个，那也是老天爷的事，他管不了。胡老太爷在世时，有一位算卦先生说，他的名下会有四个儿子，因此，胡老太爷就给儿子起了金、银、财、宝四个名字，并且事先填写到家谱上去了。只可惜他生出了金、银、财之后，再没生过儿子。也罢，三个儿子占了三个好名字，有了金银财，他知足了！——外界有人私下里说，胡老太爷的确生了四个儿子，只不过他的四儿子胡生宝在走口外的路上走散了。

五年前胡老太爷骑马查看他家的田地，没想到遭人暗算，伤了腿脚，最后竟然一病不起。胡老太爷知道这是马家人报复他——马家人一直想着夺回他家的"一品宅地"，眼看不能如愿，只能拿他出气了。临终前胡老太爷把三个儿子叫到了炕头，安排了后事：长子胡生金成了胡家的当家人，经营庄园田产；胡生银主管驼队牧场；胡生财到城里学做生意。他费力地说："我这辈子走南闯北，给胡家创了家业，占了风水，修筑了一品庄园，也算对得起先人了。你们弟兄三个，只有胡生金有几分像我。吃得苦中苦，方为人上人，你们几个都学会了吃苦，我没什么牵挂。对于儿孙，既要让他们学会吃苦，也要让他们读书识字。我这辈子逞凶好斗，虽然修建了庄园，也落了个不好的下场。你们都没有经历过太大的世面，以后为人处世应当宽厚一些。高管家管理家业是一把好手，平时可以多听一下他的意见。唯有一事不能商量——如果有人算计我们一品庄园，你们就算拼了命也要护着它，庄园就是我们胡家的命根子，谁如果丢了一品庄园，死了也不能进胡家的祖坟……"说罢，胡老太爷撒手而去……

胡家的家业越来越大，土地一年比一年多，自家忙不过来，有的土地只能租给别人来经营。西山和东马岗都有他们的牧场，牛羊成群成堆，驼队出入沙窝的时候，足足能排二三里长；单是给他们家放牧的长工就有十人之多。县城的商行里有他家的股份，每年都能得到不少红利。胡生财已经在城里开了一家杂货铺，当上了掌柜。胡家的三个老爷，分工明确，各司其职。二老爷和三老爷虽说也有相当的权力，但胡家的主事人是大老爷，胡家的大事和一些机密事都掌握在胡生金的手里。想当初，胡老太爷把胡生银送到凉州去读书，想给他们胡家培养出一个文墨人。胡生银认识了几个字，但脑子却越来越糊涂了，动不动就说雇工们干的活太多了，吃得太粗糙了，又说地租也太重了……家里供他读书，为的是开创家业，光宗耀祖，没想到胡生银没学到胡老太爷所期望的东西，却学会了胳膊肘往外拐。一气之下，胡老太爷把他从学堂里拉了回来。虽说胡生银的脑子有点糊涂，但他管的牧场驼马却一年比一年好；加之胡生银从不和胡生金争权争名争利，胡生金对二弟还算满意。

成了当家人之后，胡生金的脑子高速运转起来了。他得守着他家的一品庄园和田产，也得想办法让胡家的家业越来越大——占有更多的钱财，拥有更多的土地，生养更多的儿孙。除此之外，他还得睁大眼睛，支棱起耳朵，关注四面八方的风声。眼下社会不太平，每当听到一些打打杀杀的事，他的心里都会紧张一阵子。

当然，他还时常拨弄着自己的小算盘。

胡老太爷临终前叮嘱他要保护好他家的庄园——老先人把家业传给了他，这份家业不但不能败落在他手里，而且他还得想办法让胡家家业的这把大火燃烧得更旺盛，最后还要红红火火地传到"有"字辈的手里。虽说暂时看来，他的想法有些多虑，但作为胡家的掌舵人，他不得不早早地筹划这件有关他们胡家兴衰的大事！

当年胡老太爷盘算着拥有八个孙子，经过他们兄弟三人这些年的努力，这个计划已经完成了八分之五。他生了长子胡有荣；二弟妻的肚子里有货，生了胡有华、胡有富和胡有文；三弟胡生财生了胡有贵。

老二家太能生了！简直就像母鸡一样，屁股一撅就能生出一个蛋来！都说好马配好鞍，在胡生金的眼里，胡生银绝对算不得一匹好马，却偏偏配了二太太这个能生能养的好鞍子，实在叫他胡生金想不通！老三家也不能小觑，别看她只生了一个"有"字辈的老四，从她那水蛇似的腰身上就能看出来，她是个情欲骚动的女人；只是这几年老三一直在外面学生意做生意，大都住在城里，如果叫他们放开手脚住在一起，说不定她的产量都已经超过老二家了！再说老三家的年龄还小，谁知道她以后还能生出几个儿子来？

很明显，在儿子的数目上，他胡生金已经不是两个弟弟的对手了！解决这个问题没有别的办法，只有他们两口子在被窝里加倍努力才行。但除了多年前他们生了一男两女之外，不管他怎样用工，老婆王氏的肚子就是鼓不起来。其实王氏的身子已经干了！他把前前后后的事在王氏的面前念叨了几次，王氏显得通情达理。最近他一直盘算着找小老婆的事。

胡生金对自家人总是一副冷面孔，家人颇有微词，但他对下人却很和善，下人都说大老爷比当年的胡老太爷好多了。


# 8

李遇春和如月逃到民勤后，再也不敢抛头露面，如月经常穿一身粗布衣服，唯恐引起别人的注意。

这一天李遇春到街上买米面，刚要离开店铺，有个陌生人惊叫起来："李班头，是你啊！你的春月社呢？花仙子还好吧？"

李遇春大吃一惊，但他很快冷静下来，故作镇静地说："你认错人了！我姓王……"

那人愣了一下说："唉，你和李班头长得太像了！我还以为是他呢！"说完，那人摇头走开了。走了没多远，那人又回过头来看了李遇春一眼。

李遇春心里七上八下，他想离开县城，但一时又拿不定主意。这一天偶感风寒，浑身乏力，他想喝豆腐汤，打发如月到街上买豆腐。如月称了豆腐往回走，陆续有一些轻薄男人和好事的女人拥挤过来围了一个圈，把如月围在了中间。

男人们围着如月，有的夸赞她的衣服，有的夸赞她的相貌，有的夸赞她的身材，有的说她走起路来像风摆杨柳，风姿翩翩，有的说她长得像雨后的桃花，新鲜惹眼……围观的女人，有的说她的头发好看，有的说她的眉毛好看，有的说她的眼睛好看，有的说她的肤色像水萝卜，白白嫩嫩，有的说她的嘴巴像新开的豌豆花，小巧含笑……那场景就像盛夏的鲜花引来了乱纷纷的蜂蝶，嗡嗡嘤嘤吵闹不休。

如月也是见过大世面的人，但在这种场合她还是显出了几分窘态。她左走走不通，右走没有路，前走有人拦着，后退有人堵着，只得听任那些轻薄男女指点说笑。

就在这时，人群里钻出了一个尖嘴猴腮的家伙，他来到如月的跟前，伸手就去摸她的脸蛋，还流里流气地说："小娘儿们，打扮得这么好看想干啥？想男人了吧？走！跟大爷去，让我把你看个够！看个舒服！至于金子银子，你要多少，大爷我给你多少！"

人群里发出了一阵阴阳怪气的哄笑。

如月见过轻薄男人，但这样厚颜无耻的家伙她还是第一次遇到，她怒不可遏，抬手在那人的猴脸上给了一记响亮的耳光！

尖嘴猴腮的家伙没料到看上去温温顺顺的女子竟然会出手打人！他在地上晕晕乎乎地转了一个圈，而后伸腿伸胳膊拉开了架势，向如月扑了过来。

如月闪身躲过，那人扑了一个嘴啃泥！

那人爬起来，再一次张牙舞爪地向如月扑了过来。就在这时人群中走出了一个女人——这个女人胖得像一尊弥勒佛！她径直走过来，拉住了如月的手，笑说道："好我的干女儿！干妈等着炸豆腐做饭，你却在这里和别人闹上了——出什么事了？"

如月听懂了"干妈"的用意，赶忙说："这人轻薄无礼……"

尖嘴猴腮的男人本想调戏如月，没想到先吃了一记耳光，接着又啃了一嘴泥，这让他恼羞成怒。他想用自己的拳头挽回一点面子，但他的面前却站了一个弥勒佛一样的女人。他翻着白眼，气狠狠地说："你是什么人？滚到一边去！坏了我的好事，大爷我饶不了你！"

弥勒佛一样的女人冷言冷语地回敬道："哟！我找我的干女儿，挡着你什么事了？我是什么人不重要，我家老爷你一定不会陌生——他就是东街的张屠户！我家老爷每天干的都是白刀子进红刀子出的事，你的腰还没有猪脖子粗，也敢在我面前粗声大气地说话？我看你还是快点回家，给老婆洗裤子去吧！要不然，冲撞了老娘，叫你吃不了兜着走！"

东街的张屠户素有恶名，加上眼前的这个女人言语不俗，尖嘴猴腮的家伙一下子被这个弥勒佛一样的女人镇住了。很快他又一脸疑惑：对张屠户，他并不陌生，但张屠户的老婆好像并没有这样叫人望而生畏的身材。他愣了一下，瞪着眼睛说："你说什么混账话？前些日子我还看见张老爷和他夫人在街上溜达呢！张夫人好像并不是你这副模样。"

"啥？前段时间我一直住在乡下，敢情是那个贼骨头又和别的女人好上了？好！回家我就拿杀猪刀找他去！老娘可不是他好愚弄的！——上次你见到的女人长什么模样？走！你跟我回家，给我说清楚！"那个女人几乎跳了起来。

尖嘴猴腮的家伙一下子蔫了——没想到他无意中捅了张老爷家的马蜂窝、打翻了醋坛子了！挑起了张老爷家的是非，绝对没有好日子过！他立即换了另一副嘴脸，嬉皮笑脸地说："哎呀！张夫人，肯定是我看走了眼！您大人不记小人过，就当我胡说八道呢！这娘儿们长得太惹人了，我就……嘿嘿！谁知道她是您的干女儿？得罪！得罪！"那人低声下气地说着，慌忙溜出人群去了。他一边走，一边回望如月，唉，这个让人心猿意马的娘儿们，咋就配了一个母夜叉一样的干妈？

围观的人在哄笑声中走散了。

"干妈"领着如月来到僻静处，说："丫头，我不是你干妈，我家老爷也不是张屠户，我是心疼你，不想叫你受委屈才说了一些诳话。以后出门不要打扮得太惹眼了——赶快回家去吧！"

唉，出门的时候她并没有打扮，可是这些事她又一时说不清！她点头回应了"干妈"的好意，又说了一些感激的话，疾步向东面走去。她不敢直接回住处，而是绕了几个弯才小心翼翼地进了门。

李遇春似乎看到有一张大网向他罩了过来，他和如月立马离开了县城——其实，姚团长的副官打死吴老爷以后不久，发生了士兵强抢民女的事。家人讨要说法，士兵却拿枪威胁人。士兵强抢民女并不是新鲜事，这次更恶劣，惹得民怨沸腾，凉州城里的学生走上街头，要求惩罚作恶的士兵，很多百姓也走向街头声援学生。士兵态度蛮横，愤怒的人们砸破了大门，军人开枪打人，凉州城里一片混乱。混乱很快波及乡下，有个大户人家的老爷也叫人打死了……士兵搜捕参加闹事的人，人们和士兵发生了冲突，有人倒在了血泊中……这件事还未平息，又传出了副官倒卖军火的事，副官被抓——这件事早已在凉州城乡传得沸沸扬扬。当事的吴老爷、姚团长和副官，死的死，抓的抓，并且这场人命官司本来就和李遇春没有多大关系，他们的事早就没人过问了！但李遇春却心慌意乱，他们不得不离开县城。

经过几天奔走，他们来到了红柳墩一带，这里相对偏僻，荒地里野菜野味不少，周围又都是陌生人，李遇春心里坦然了。他们在一个僻静的灌木丛里扎了茅草屋，住了下来。

虽然远离了熟悉的眼睛，但李遇春的心里又涌起了另一种无法言说的痛苦：如月出演花仙子虽说挣了不少钱，但各种各样的开销不少，加上连续逃亡、吸食鸦片，手里都快空了！最近他身体大不如以前，他知道自己来日无多。叫他欣慰的是他收养了如月，而且把她调教成了一个人见人爱的花仙子。这个丫头不简单，连菩萨都痴迷于她的歌舞，他更不能小看她！但时至今日，如月还没有个归宿，如果有一天他忽然停止了呼吸，他不知道如月将会面对怎样的命运，冻死？饿死？还是遭受他人的欺凌？如果把她孤零零地扔在这个陌生而阴冷的世上，只怕到了阴界，他都没有托生的希望了！

该是给如月找个人家的时候了！他打定了主意。


很快有人发现红柳墩一带多了一个天仙一样女子，有些好事的人有时会出现在茅草屋附近，借故打量如月。

有一天，他们父女俩正在荒地里挖野菜，忽然有个穿着马甲、骑着骡子的人出现在了他们面前，他盯着他们看了好一阵子，然后莫名其妙地笑了笑，骑着骡子走了。

不久，胡生金派人来说媒，想叫如月当他的二房。李遇春没想着高攀富贵人家，只想给如月找个普通人，只要吃穿不愁，他就完全放心了！但不愁吃穿的普通人家几乎没有。胡生金是红柳墩的土地爷，是个有钱人，虽说是去做小，但吃穿不用愁。另外，他听说庄园里的二老爷为人宽厚，即便如月受到了虐待，总还有人说公道话。思虑再三，他还是答应了这门亲事。

又一个夜晚来临，李遇春忽然跪在了如月的面前，泪如泉涌。如月大吃一惊，抱着师父哭了。

"如月，你是个好丫头！我收养了你，你没叫我失望。你成了人们眼里的花仙子，连菩萨也被你的歌舞感动了！我心里高兴呢！可是师父不争气，染上了大烟，我想戒烟，已经力不从心了！老天爷，你惩罚我吧！你惩罚那些种大烟、卖大烟的人吧！"本来李遇春想对如月说一阵心里话，但一想到自己被大烟毁了一生，他又忍不住狂叫起来。吼叫了一阵，他又心灰意冷地说："我的日子已经不多了，可是我对你放心不下。只要你能吃饱穿暖，我就没有什么牵挂了！前几天胡家大老爷来求亲，叫你当他的二房，他将用迎娶正房的礼节来接你，我答应了。"

如月疯了似的大叫道："师父，你咋这样糊涂呢？你收养了我，我无以为报，我不会离开你，我要为你养老送终！"

"唉，别说傻话了！就算你为我养老送终，也得有个过日子的依靠啊！我知道你心气高，心里装的都是才子佳人，可是世道就是这样，我们无法改变自己的命啊！喜欢你的人大有人在，但他们都只是喜欢你的容貌，喜欢你的脸蛋。胡生金虽说年龄大了点，但只要给他生个一男半女，你就是胡家的人了，他们应该不会亏待你！"

"不！不！师父，我不！你教给我的都是才子佳人，我要嫁也要嫁一个我看得上的人，叫我当二房，我心不甘！我心不甘呀！"她哭叫着泣不成声。

"好女儿，别难过了！都怪我们命不好，出生在了不该出生的时间，出生在了不该出生的地方。你看看！到处都是陷阱漩涡，我不想吸大烟，却偏偏染上了大烟；我也不想叫你当二房，可是没有别的更好的出路呀！"

"师父，我这一辈子只认得你，我不会离开你！"她想过成家的事，也想过自己的男人——他能陪她看春天的山花，他能陪她欣赏天上的明月！他和她知心知肺，相亲相爱。叫她当二房，是把她往火坑里推呢！

"丫头，我这是为你好，也是为我好——眼下的人比蛆虫蚂蚁还要贱，只要你能活着，我就放心了，要不然，我活着比死了还难受啊！就算师父求你了，你答应了吧！"

哭了好一阵子，她不哭了，她两眼呆滞地说："师父，我听您的……"

几天以后，胡家用八抬大轿把如月娶回了庄园。

就在他们即将入洞房的时候，胡生金的大老婆出现了，她说作为二房迟几日入洞房也无所谓，但二房到庄园里过日子，不能没有章法。入洞房要等到五日以后，新人首先要学会当二房的礼节——以后庄园里的人不能把新人叫如月，也不能叫花仙子，只能叫李丫子或者二姨太，并且李丫子的身份太低贱，她必须沐浴净身，在堂屋里上香叩头，只有过了胡家先人这一关，她才能和大老爷共处一室……

大太太的举动叫众人瞠目结舌：结婚就是要把两个人变成一双人，讲究的是喜庆热闹，新人不能入洞房，简直是说笑话呢！大家心里有话，却不敢直说，只是带着满脸的疑问看着大老爷。

此时，大老爷的脸差不多变成一个吊葫芦了！

众人赶忙说，今天是大老爷的好日子，千万不能做扫兴的事。大太太当然知道自己不能阻止新人入洞房，她就是要姨太太知道，她才是这里的主人；姨太太虽说是新人，但也要看她的眼色。看到大老爷拉长了脸，众人又你一言他一语地给大太太讲道理，她也笑了起来。大太太走到大老爷的跟前，顺了一下大老爷的衣服说："老爷是当家人，我是老爷的正房，老爷的喜事就是我的喜事！老爷！睡觉时一定要盖好被子，千万别着凉，千万别贪心……"大太太说完，瞥了一眼姨太太，出门去了。

两个婆子赶紧给新人铺床……


几天后的一个晚上，李遇春的烟瘾再次发作，他歇斯底里地大声喊叫道："老天爷呀，我这辈子不想当烟鬼，你为什么把我变成了烟鬼？我活着还有什么意思？我这辈子不想做坏事，可是我还是把如月嫁给了她不喜欢的人，我不知道是对还是错？如果是错，你就惩罚我吧！不要牵连如月，如月她是好人啊！如月，你好好过日子吧！师父不想拖累你，师父背着一个不光彩的烟鬼的罪名走了！"喊叫后，他上吊自尽了。


# 9

江百先走进一家饭馆，看见有个年轻人和掌柜正在争吵。原来年轻人吃了饭，却忘了带钱。年轻人要掌柜宽限片刻，说取了钱就来结账。掌柜却害怕年轻人出门之后溜之大吉，偏要年轻人脱下衣帽做抵押。

"我家就在附近，您放心，我去去就来……"年轻人央求说。

"别说废话！就算你爹是县衙里的老爷、凉州府的道台，吃饭掏钱天经地义！想在我这儿混吃混喝？没门！"掌柜撕着年轻人的衣领，一副得理不让人的架势。

看着年轻人的狼狈相，江百先不由得想起"同是天涯沦落人"这句话了。他打量了一下年轻人，掏出了一些碎钱，放在了桌上，对掌柜说："这些够不够一顿饭钱？"

掌柜立马松开了手，脸上带上了笑："够了！够了！"说着还把多余的钱退了回来。

"那我们可以走了？"江百先收起钱问道。

"二位爷，您可以走了！您请便！"掌柜赔笑道。

江百先和年轻人一同走出了饭馆。

看着他们的背影，掌柜又觉得奇怪起来，问旁边的人说："那两个人是谁？"

"吃饭的那个没见过，另一个好像是个叫花子。"

掌柜眯起眼，把柜台上的钱拿在手里掂了掂，一脸疑惑地自言自语道："今天算遇上新鲜了，叫花子也学会装阔了！"

原来那个年轻人是县政府新来的译电员，出门时忘了带钱，遭受了一顿羞辱，亏得江百先出手相救才摆脱了窘境。之后他们两人找了一家茶馆……

自此，江百先和这位译电员熟悉起来。


从凉州洪水河以北到民勤北部的湖区，从巴丹吉林沙漠的东边沿到腾格里沙漠西边的广阔大地上，青稞、大麦、小麦陆续成熟，一块又一块星星点点的麦田，带上了诱人的金色。

一年中最繁忙的夏收摆在了面前，节奏骤然紧张起来。每天不到寅时，东家就会带着雇工们来到田地，接下来他们一字儿摆开，开始"拔田"。尽管天气酷热难当，但除了中午有一个时辰的吃饭放松时间外，直到天色昏黑才收工回家。这段时间东家也大方起来，每过两个多时辰，就会让雇工们吃一顿干粮，喝一阵茶水。因为人手紧张，女人婆子们也走出庄园和雇工一起"抢收"。收获的庄稼扎成了一个个田捆，紧接着还要装上大车，送到麦场上，摞成整整齐齐的田垛。为了在最短的时间内忙完夏收，大户人家不得不雇用更多的短工。

经过近一个月的忙碌，庄稼都集中在了麦场上，一个个像小山一样的田垛分外引人注目。

接着该是打碾庄稼、粮食进仓的时候了，但老天爷又来捣乱了——收割庄稼后已经到了秋天，气温回落，昼夜温差加大，连绵的秋雨铺天盖地而来。细绵绵的雨丝像扯不断的线，不断地往下落，远远近近的一切都静默在雨雾之中。鸟雀躲在洞口，转动着脑袋，打量着湿漉漉的天地。夏收后的田地一片空寂。秋庄稼吮吸着大自然的最后一份沉重的乳汁，不久，它们将悄然完成生命的又一次轮回。

大地好像提前进入了休眠状态。

此时此刻东外河却激情昂扬——祁连山一带的雨雪来势凶猛，雨水汇集，石羊河水量猛增。东外河的水位急速上升，水流携带着泥沙，形成了一个个浑浊的浪头，后波追逐着前浪，浩浩荡荡直向民勤北部的湖区奔流而去。青土湖迎来了一年一度最壮观的景象：水域成倍增加，鱼虾活蹦乱跳；水鸟在湖面追逐，它们敞开了肚皮，享受着今年最丰富的盛宴，再过一段时间，它们将飞往南方过冬，直到来年春天，它们才会再次回来，在这一片熟悉的地方繁育后代。

春雨是油，秋雨是愁。大户人家的当家人心焦地看着天上的云层，有时候还会绕着自家的田垛转几圈——庄稼已经收割完毕，但能不能把粮食收进仓库，还得看老天爷的脸色！细雨断断续续地持续了五六天，太阳终于从云层里钻出来了。人们高兴起来,凡是麦场上堆了田垛的人家都打算打碾庄稼了。但老天爷像捉弄人似的,才过了一个多时辰,天空又布满了黑云,秋雨再一次没完没了地落了下来。

十多天秋雨之后,人们忙着打碾庄稼了。

为了吃饭,江百先也曾给大户人家"拔田",但东家看不上他,很快把他打发了。他四处走动,有一处麦场引起了他的注意:五六个人围在一起喝茶,他们的身边是黄灿灿的麦子,看上去就像一个金色的小山包。

江百先犹豫了一番,走过去问道:"请问,这里要不要干活的人?"

那些人看着他,反问道:"你想混几天吃喝?"

江百先赶忙"嗯"了一声。

"这些日子哪能没饭吃?东家的大锅里有的是饭——就在这里干!工钱饭食不用商量,都是老行情!"

吃喝之后,这些人开始干活了。他们现在的活是"进粮"(粮食入库),他们抬着口袋往大车上装。江百先也想着把口袋抬起来,可是搬弄了几下,那些口袋躺在地上纹丝不动。

"咳!我还没见过你这样的男人,你的腰咋就软得像锅里的面条⋯⋯你是哪里人?"

"就你这副熊样,打什么短工?洗锅抹灶的女人都比你强多了!"

有人好奇地看了看江百先的手,笑说道:"怪不得他腰里没劲,你们看,这双手,奶味儿还没褪掉呢!"

众人大笑。

"走开!这里没有你能吃的五谷,到树荫下凉快去吧!"那人好像不耐烦了。

"走走走!最好到东外河抓泥鳅玩去,那里没人嫌弃你!"说话的人打着手势,示意江百先快点离开。

江百先想用力气换一口饭,非但没挣到饭食,还招来了一顿嘲笑,实在晦气！一直走到灌木浓密的地方他才转过身来，心思烦乱地看着那些力大如牛的家伙。

看来县城和县城周边很难找到他的立足之地。浑浑噩噩地过了一段时间后，江百先打算到乡下走一走。

天气已经带上了丝丝凉意，秋风吹过，一片片黄叶飘落下来，随风而去。大地空旷了许多，天空显得更加高远。南飞的大雁不时地从天上飞过，传来一阵又一阵哀伤的鸣叫。

就在这时，红柳墩东面东外河的河岸上，有一个孤单的身影正在漫无目的地向前走着。

这个人浑身透出一副狼狈相：衣裳已经破旧得不成样子，上衣的两只袖管几乎只剩下了一半，衣襟处也开了一个破洞；裤子比上衣整齐一些，但裤脚处却已经变成一根根破线头了。一双用芨芨草编织的鞋子更是寒碜，只有鞋底还保留着鞋的模样，上面穿了几根布条系在脚上。他的头发已经好久没剪了，有几缕长发垂下来，和汗道道一起黏在脸上，一脸憔悴。他的这副尊容，实在让人看不清他的面容，也判断不出他的真实年龄。可笑的是他的肩上却挂着一个包裹！唉，就他这副模样带着包裹有什么用？难道他的包裹里还有金银财宝不成？得了吧！就他这模样，看样子连饭都吃不饱，哪来的金银财宝？

他拖着疲惫的双腿在河沿上走了一阵，因为虚弱出汗，他觉得浑身不舒服。他想跳到河里洗一下，但水势汹涌，他怕自己柔弱的身子禁不住河水的溺爱。又往前走了一阵，看见西面的河滩有一片水塘——今年春天发了一次洪水，多余的水在低洼处汇聚了起来，形成了一个个小水塘。此后，大多数水塘已经干涸，这个水塘却奇迹般地留有半尺多深的积水。看来这是老天爷特意赏赐给他的洗脸水！他打算搓一把脸，让自己好好清爽清爽。

他欣喜若狂，加快脚步走了过去，但那双草鞋却经不起他的激动，一只脚上的布条断了，他的光脚被地上的柴草扎了一下。他皱了一下眉头，干脆把另一只鞋子也脱了，他把两只"鞋子"提在手里小心翼翼地向水塘走来。

水塘不大，水也不深，他掬了水，忽然发现水里竟然有鱼！大多只有一二寸长，最长的也不过二三寸。

他的大脑立刻亢奋起来，对食物的渴求立刻超越了其他的欲望，一瞬间他把洗脸的事忘到九霄云外去了——这些小鱼足以让他美餐一顿！

他很快用柳条编了一个简易的笊篱，一笊篱下去，捞住了一条小鱼。他有些激动，但很快又失望地把鱼倒进了水里。吃鱼得有火才行，他没有引火的东西，捞到鱼也没法吃。

他系上鞋子急匆匆地往回走，在一个放羊的老长工处弄了火种，而后又来到了水塘边。

他用土块垒了一个最简单的灶，点着了火，把包裹里的洋瓷碗搭在灶上，而后再一次拿起了笊篱。这一顿，他吃了个肚儿圆。之后他搓了几把脸，坐在了阴凉处——原来他还是江百先！精疲力竭的模样、乞丐一样装束掩饰了他的容貌，直到洗了脸，才露出了他的真容。

正如他的一身破衣服一样，他的心早已变得伤痕累累。看着空旷的高天，辽阔的大地，他露出了一副茫然的神态。就在这时远处传来了一个拉得长幺幺的嗓音：

天上有（那个）风哟，地上有（那个）雨；

没处遮风雨哟，谁知我心里（那个）苦？

老天爷（那个）高（来）哟，土地爷（那个）大；

四处漂泊哟，哪里才是我的家？

唱歌的也许就是先前那个放羊的老长工吧！放羊人闲来没事，就喜欢拉开嗓子独自取乐。因为生活困顿，看似自娱自乐，唱腔里却听不出快乐的成分，反倒让人感到一种无家可归的、流浪者的凄苦。

苍凉的唱腔，伤心的唱词，像一根根刺一样，扎进了江百先的心里。看着一望无际的高天厚土，他觉得自己就像一只孤单的雁，只有漫无边际地在天地之间徘徊，却找不到一个落脚之地。他的眼泪不知不觉地流了出来——家人、父母亲、妻子一遍又一遍在他的脑子里徘徊……

## 10

李丫子的胸膛里跳动着一颗不安分的心，但命运如此，纵然心比天高，她的命却薄得像一片树叶，她的身子脱不开胡家的高墙大院，她的玉骨冰肌也交给暮气沉沉的胡生金了。好在大老爷对她并不坏，日子过得还算安稳。

她的心常常在胡家的高墙大院外徘徊。她有杨柳一样的身材，有花儿一样的容貌。她觉得她为美而生，为爱而生，为情而生。她的美像春天里的花儿一样灿烂绽放，她的爱像潮水一样汹涌，她的情像烈火一样熊熊燃烧。

这几天她开始不明不白地发呕，她的心思沉重了起来，她清楚地意识到曾经的那个花仙子已经成了过去，她的心里泛起了一股莫名的苦涩。她找了个借口溜出了庄园，先在师父的坟前痛哭了一场，而后来到了东面的一处河滩里。她穿上了第一次出演花仙子的衣裳，唱起了从戏班里学来的花仙子的台词，且歌且舞。

别人只知道她是二姨太，却没人识得她花儿一样的美，没人识得她潮水一样的爱，没人识得她火一样的情。她的美像绚丽的朝霞一样转瞬即逝，她的爱像霜天雪地里的寒鸦呆鸟一般无枝可依，她的情像断了线的风筝似的，飘飘悠悠不知所往。她如花一样的美将要在庄园里凋谢，潮水一样的爱将要在无声中消退，火一样的情将要在失望中熄灭。她是卑微的，她是孤独的，但她要把她花仙子一样的容貌、山花一样幽香的灵魂都唱出来、跳出来！无边无际的大地是她广阔的舞台，落叶飘飘的草木和她一起舞动，阵阵秋风为她呐喊助威！

她唱着，她跳着，天地寂然无声，草木姗姗摇曳，秋风无休无止。

唱了一遍又一遍，跳了一遍又一遍，不知不觉中她的眼里噙满了泪水，这是告别的歌声，这是告别的舞蹈，从此，她只能是无情无爱没心没肺的二姨太，任凭人生的美丽和幻想消失在高墙大院之内，她将变成一具行尸走肉！别了，那个曾经充满了幻想的年华！别了，舞台上那个曾经艳惊四座的花仙子！别了，那一身清纯的美丽……

这些日子，江百先一直在这里游荡，他知道如玉已经走了，但他又相信如玉不会离开他，每次梦里他都能梦到她，他们还像以前那样在满山的花草之间追逐。

他心事重重地坐在沙地上，看着眼前密密麻麻的草木，他的思绪又一次飞到遥远的家乡去了。

忽然，不远处传来了一阵缠绵绵的歌声：石羊河水悄悄流，杨花轻舞柳絮飞。鸳鸯戏水风戏浪，心随浪花荡呀荡。

接着又是一阵哀伤的腔调：天高地厚空寂寞，花容月貌有谁知？一曲唱尽女儿情，泪湿江州司马衣。

这是一个女子的嗓音，唱腔里带着浓浓的相思之情，动情的声音一遍又一遍传到了江百先的耳朵里。他愣住了：难道这个草木掩映的地方，还有另外一个遭受着相思之苦的人？顺着声音，穿过层层叠叠的草木，他看见草地上有个身穿粉红色长裙的女子正在一边放声歌唱，一边翩翩起舞。那声音像春水流淌，情意绵绵；那舞姿像蝴蝶翻飞，轻盈优雅。

仔细一看，他不禁大吃一惊：只见她身材似杨柳一般摇曳多情，面容如桃花一样惹人喜爱。这难道不是他的如玉吗？这千真万确就是他的如玉啊！

眼前好像出现了一个虚幻的世界，他飞扑过去，拉住了她的手，大叫了起来："如玉！我终于找到你了！我们这就回家，让我们一起看春天的山花，让我们一起欣赏天上的明月！"

他把她搂在怀里就是一阵狂吻。疯狂过后，他仍旧紧紧地抱住她，他们像清风白云一样相偎相依，像翻滚的浓雾漫过山林，更像一团炽热燃烧的火焰融化成了一个整体。

他觉得她就是他的如玉，他离不开她呀！

她万万没有想到，在她身心倍感孤独的时候，在这秋风习习、落叶飘零的地方，竟然遇上这样一个大胆的家伙！他的嘴唇烫得叫她眩晕，他的痴情叫她措手不及——原来还有人向往着春天的山花、向往着天上的明月！她埋在他的怀里，倾听他的心跳，感受他身体的温热……

忽然，李丫子失声大哭起来。

他一边为她擦泪，一边问道："如玉，你咋啦？你咋啦？"

她泪眼婆娑，痴痴地看着他说："你的心里只有如玉，可是我并不是如玉！"

他好像重重地挨了一闷棍，站在那里不动了。

恰在这时林木间传来了一阵响亮的驼铃声，他们立刻慌乱起来。李丫子看了他一眼，而后迈动脚步，像一只蝴蝶一样，飘飘地消失在草木之间。

他痴痴地看着她，想着她，眼前又好像出现了一个亦真亦幻的世界。轻柔的身姿，曼妙的歌声，她就是他的如玉，可她为什么偏要说她不是如玉呢？他想起来了，如玉已经走了，再也不会回来了！刚才的那位女子又会是谁呢？对了！那一定是如玉的灵魂转世。据说灵魂每转世一次就会把前世的一切忘得一干二净，她当然认不得他了！可是他却清清楚楚地认得她！

江百先跟着她，穿过层层叠叠的草木，穿过空旷的田地，直到她走进胡家庄园，他才打住了脚，失神地看着庄园的高墙厚土。

江百先一脸迷茫，当得知她是胡家的二姨太，一股酸酸的味道漫过他的心头。猛然间他想到了"死"——家人已经遇难，"如玉"——他的灵魂，也成了别人的二房，他活着还有什么意思？

寻了几个野果，吃了一些野菜，江百先又无神地坐在"如玉"歌舞过的地方发呆，忽然传来了一阵吆喝叫骂声，爬上沙丘一看，只见有个失魂落魄的人在草木间逃奔，后面有人骑着骡马撵了过来。

那个人终究不能和骡马相比，跑了一阵，他只好喘着气停了下来。骑骡子的人首先撵上了他，照着他就是一顿皮鞭。

那人抱着头，跪在地上叫嚷道："大管家，行行好，您饶了我吧！"

"饶你可以，把偷的葫芦都交出来，要不然，我抽死你！"那人说着，又是狠狠的几鞭子。

"大管家，我没偷葫芦，我什么也没偷啊！"

"什么也没偷？那你为什么跑？"

"嘿嘿……"那人笑道："我抓了一只刺猬，害怕你们抢了它……"说着，他打开了破衣服——里面的确是一只刺猬！

骑马的人也赶了过来，说："只要没偷我家的葫芦就好，不用为难他了……"

"老爷，这些人没有一个好东西！今天敢打葫芦的主意，明天就敢算计庄园里的猪羊呢！"说完他又对那人说："我家老爷是红柳墩的土地爷，这里的东西都是老爷家的，刺猬也不例外——以后再敢偷老爷家的东西，我打断你的腿！滚！"骑骡子的人吼道。

那两个人说完，骑着骡马走开了。

那人看着他们的背影狠狠地唾了一口："呸！"

骑骡马的人很快远去。又过了一阵子，从灌木杂草间探头探脑地钻出了老老少少七八个人，他们把那个人围在了中间，叹息说："唉，大家偷葫芦，叫你一个人挨鞭子，我们心里都过意不去呢！"

那人却笑了："好在这顿鞭子没白挨，这几天家人能吃上葫芦粥了！——你们偷的葫芦呢？"

那些人有的解开了破衣烂衫，有的打开了褡裢，把葫芦亮了出来，大家开心地笑了："还是二棒槌的调虎离山计有用啊！"

江百先终于知道了事情的原委，他从草木间钻出来，好奇地问道："刚才那两个人是谁？"

看到江百先穿戴整齐，那些人都愣愣地看着他。而后他们又露出了惊讶的神态："你连这两个人也不认识？骑马的就是一品庄园的当家人胡生金，骑骡子的是胡家的大管家高顺……"

"什么是'一品庄园'？"

"'一品庄园'就是胡家庄园，听说他家的风水好，人们也叫'一品庄园'。他家是红柳墩的大户，听风水先生说他家以后还会出大人物呢！"

"胡家的风水就是好，庄稼年年数一数二。今年老天爷又给胡家送人情，他家的葫芦到处都是，直到现在他家的葫芦还没收回庄园。我们偷了他家的葫芦，他们撵过来了……你是不是也想偷葫芦吃？"

"家里遭了难，只有我一个人四处流浪，我都活够了，偷葫芦有啥用？活一天算一天吧！"江百先心灰意冷地说。

"年轻人，你不知道过日子的理——好死不如赖活着，只有活着才会有盼头，没骨头的人才会想着死呢！为了老婆娃娃，挨鞭子挨揍都不是个啥事儿！"

江百先不由得带了几分敬意——没想到这些穿得破破烂烂的人，竟然有这样的韧性，看来他不能小瞧这些没吃没穿的人！

当天晚上，他们围在一起吃了一顿烤葫芦……


接下来的日子，江百先有时候出现在县城，有时候流浪在乡下，更多的时候他还是徘徊在红柳墩一带，他盼望"如玉"再次出现在他的眼前。但一天天的等待，一次次的盼望，换来的却是一次次的失望。秋天过去了，冬天过去了，大半个春天也过去了，大地又铺满了葱茏的绿色，他还是没有见到他心爱的如玉。

# 11

江百先没有等到他想的人，但游走在城乡之间，他对红柳墩乃至这一片绿洲的地理倒有了更多的认识。

民勤，地属凉州，位于祁连山东北、河西走廊东端，古称镇番。民国时期，改镇番为民勤，取"民风淳朴，人民勤劳"之意（为了和今天的说法一致，不管先后，都一概称为民勤）。

据考证，从殷商直到清中期，祁连山冰雪融水丰富而稳定，水流从祁连山倾泻而下，顺着石羊河道，流经上游、中游蜿蜒而来。下游地段进入民勤后分为两支，人们习惯性地把东面的一支叫东外河，西面的一支叫西外河，这两支河水都由西南流入东北部广阔的沙漠地带——两河都属于石羊河的下游。那时候雨水充沛，加之三面由沙漠阻隔，民勤地域内形成了一个一望无际的水乡泽国，远望去，就像一望无际的大海。历史上，这一片广阔的水域，也叫白亭海。

这是一个沙生植物繁茂的地方，莽莽苍苍的植被铺天盖地，构成了具有神话色彩的植物群落。在一望无际的绿色世界里，栖息着无数的飞禽走兽。外来的人常常留恋这里的物产。

这里又是一个多事的地方。由于地处边陲，历代的中原王朝大都难以在这里建立强有力的统治，加之游牧民族垂涎这里的水草物产，历史上这里一直战乱不断。

在漫长的历史过程中，因石羊河的上游、中游陆续开发，用水量急剧增加，进入民勤的水量越来越少，西外河逐渐断流消失，东外河的水量也逐渐减少。到清朝中后期，一望无际的白亭海，逐渐变成了一些零散而不相连的水塘水洼，只有在两河的最北端，还有大片水域，形成了青土湖、柳林湖、潘家湖、东湖等几个有名的湖泊，人们把这一带称为湖区。

清雍正二年，民勤迎来了历史上前所未有的大开发，整个腰部地带差不多都成了耕地。这些地方水坝众多，称为坝区。

接下来土地开发逐渐向两河的下游推进。雍正十二年，湖区的大片土地开始开发耕种。从南到北的大片土地都成了石羊河水浇灌的地方，牧业为主的生活方式逐渐被农耕文明取代，绿洲呈现出了另一种繁荣。道光五年时，县域人口已接近二十万。民国时期，因瘟疫、饥荒和战争，人口呈下降趋势。到国民政府时期，全县只有不到十一万人。

汉、唐、明、清都在这里驻军守边，从而留下了许多军事印记。古时候常常建烽燧、修烽墩，"墩"成了地名中的常用字。比如我们前面提到的红柳墩就是如此。

红柳墩位于坝区以北、湖区以南，往来于湖区和县城之间的商贾客人都要在这一带住宿过夜，因此红柳墩有一些零星的客店。其中最有名的邱家店就在胡家庄园西面四五里的地方。

一品庄园是红柳墩一带数一数二的富家大户，他家的当家人叫胡生金。

江百先四处流浪，无衣无食，他盘算着在胡家混口饭，但一想到"如玉"当了大老爷的二房，他又犹豫不决。


## 12


江百先常常在四周的灌木间徘徊。他喜欢这里的野菜野果，更喜欢这里的幽静。不知不觉中已经来到了灌木深处，忽然他发现地上躺着一只野兔，他兴冲冲地把那只野兔拎在了手里。刚走了十来步，周围忽然冒出了五六个光膀子的大汉，他们手里拿着梭枪之类的东西，一步步向他逼近——眨眼间，这里好像变成了一个狩猎场，那些光膀子的就是猎人，江百先则成了一个无路可逃的猎物了！

他闯到原始部落里来了？看着这些剽悍的家伙，江百先陡然紧张起来。

那几个人走过来，拿梭枪指着他，喝问道："你为啥抢我们的东西？"

抢？他只是捡了一只兔子，这也算抢？他终于明白了，他手里的兔子是这些人的猎物！他赶忙把兔子放在了地上。

有人拿走了兔子，还把他肩上的包裹夺了过去，开始翻他的包裹。那人很快翻出了一本书，接着变得惊奇了："你认得字？"

他何止认得字？他熟读诗书，还是一名神医呢！——他的包裹里除了书，还装着黄酒和几样药丸呢！看着那人惊奇的样子，江百先回答说："我六岁就开始读书了……"

"那你说好坏的好字，咋个写法？"看不出江百先是读书人，那些人给他出了一道考题。

"就是左边一个'女'字，右边一个'子'字，合在一起就是'好'字——有儿有女就算'好'了！"

那几个人面面相觑，嘀咕道："对不对？"他们都不识字，当然无法判断江百先说的对错了！

其中一人笑了："有儿有女，当然就是好了！"

"看来真的遇上读书人了！"那些人一下子对江百先恭敬了起来。

接着他们开始架火烤肉，肉熟了，还敬让着叫江百先尝烤肉的味道……

像往常那样流浪了一天，夜幕降临后，江百先蜷缩在了一品庄园不远处的野地里。

这是一个少有的好天气：风轻轻的，柔柔的，像母亲的手轻轻抚过，带着无声的温暖；又像妻子温情的私语，润心润肺。喜欢搔首弄姿的杨柳，它的细枝嫩叶也显得庄重起来，像受过调教似的一动不动。天上的星星好似撒落在浅浅的河滩里的碎金散银一般，闪着光亮，历历可数。此情此景他好像回到了家乡，自从遭遇灾祸，他的意识就在虚幻和现实之间徘徊，想起家乡，他又不由自主地想起家人、父母和妻子了。黑漆漆的夜色里，眼前又好像出现了一个虚幻的世界，他似乎又看见如玉轻飘飘地向他走了过来……

不知过了多久，天空中忽然传来了一声令人心惊肉跳的炸雷，周围的空气都被震得"嗡嗡"作响，接着就是雨点落下来的声音。虚幻的世界消失了，他还没有缓过神来，急促的雨点就像千军万马似的从天而降。

他急忙爬起来，借着闪电的光亮，跑到了附近的马棚下面——这是胡家白天喂养骡马的地方，现在倒成了他避雨的"天堂"了！

天气也越来越奇怪了！瞧！刚才还是晴溜溜的好天气，转眼之间又变得如此野蛮放肆！看来，今天晚上他又要在老天爷的虐待中度过了！

明晃晃的闪电一个接着一个，胡家庄园像一个巨大的怪兽，时隐时现，阴森而恐怖。不知谁家的茅草屋倒了，风雨中传来了凄厉的哭叫声。唉，在这样的夜晚，能安然入睡的也许只有一品庄园了！


其实在这样的多事之秋，完全安宁的地方几乎不存在了，尤其在这风雨交加的夜晚，一品庄园里面也弥漫着诡异的气氛。

第一声炸雷过后，胡生金就猛地弹坐了起来，他机警得像一只兔子，即便进入睡眠状态，也保持着高度的警惕。

眼下，不好的苗头越来越多了，烦心事也越来越多了！

首先，上面征收的税粮税款明显地增加了。他的心里很不舒服，但他的嘴里却不敢有任何抱怨。这是国家大事，他胡生金虽然是大户人家的当家人，但和那些当官儿的、扛枪的相比，他只是一粒能喘气的尘埃。在国家大事面前，他不能表现出一丁点的不满。

其次，社会上有关飞贼强盗的传闻也多了起来，动不动就发生大户人家被偷被抢的事，他觉得社会上飞贼强盗的眼睛总是盯着他家的一品庄园。为此，他做了一些准备：买了几把上好的钢刀，准备了一些棍棒，庄园的四角上也加设了岗哨。不好的事情随时有可能发生，他要时刻准备着保卫家园。

正常人害怕这种风雨交加的夜晚，而贼娃子强盗却偏偏喜欢在这时候出没，因此，他不得不多长一个心眼。

胡生金一骨碌爬起来，摸摸索索地抓衣服。大老婆王莺却伸出两臂箍住了他，一边把他往怀里拉，一边把赤条条的身子向他贴了过来。他猝不及防，倒在了炕上，王氏肉乎乎的身子已经像膏药一样粘在了他的身上。

他对老婆这种不识大局的举动很窝火：偌大的庄园都由他撑着，一旦出了差错，他没法向先人交代啊！再说，都已经是五十岁的人了，如胶似漆的年龄早就过去了，黏黏糊糊的像个啥？如果别的女人像春藤一样纠缠男人，他一定会骂她一句狐狸精。但王氏是他明媒正娶的"正宫娘娘"，他不能贬低她。何况她通情达理地同意他娶了二房，他不能把感情都放在二姨太的身上。当然他也知道，王氏这样做，是担心他出门之后溜到二姨太的房间里去呢！哼！女人的心眼就像红柳笆篱的窟窿眼儿一样又多又小……不过，说句公道话，自从娶了小，他丢不开大房，更舍不得离开二房，但在二姨太那里过夜的次数还是占了多数。现在，他心里虽然对王氏不满意，但并没有责备她，只是推开她的手，说："最近夜紧得很，我到院子里转一转。"

"四处都有专人把守，你急啥？那些人总不能只吃饭不干活。"王氏好像害怕他飞了似的，把脸贴在他的脊背上，柔声细语地说。

"那些人……那些人还不就是个摆设！吓唬一下鹰雀老鸦还行，真叫他们上阵，只怕都像骟马一样不顶用了！指望他们防贼？哼！这阵子又是风，又是雨，只要他们不叫贼娃子偷走，我就烧高香了！"

"就算是条狗，吃饱了也知道叫两声呢！"

"如果人能像狗一样忠心，我倒放心了！很多人连狗都不如！"

"那就干脆把那些不如狗的东西打发了，省下饭钱，多养几条狗！"精明的王氏马上算起了细账。

简直是彻头彻尾的馊主意！都说女人头发长见识短，一点也不假。瞧！她连狗和人的用处都分不清楚了！胡生金心里嘲笑着自己的"正宫娘娘"，嘴里却说："有的人的确不如狗，但有些事狗又干不了……我还是亲自看一看。"说话间，他开始在黑灯瞎火里穿衣服。

人狗关系的一番高论彻底把这个像春藤一样的女人搞糊涂了！这种高深莫测的理论虽然让人摸不着头脑，却常常具有非凡的说服力。女人显然被男人的高论"说服"了，她顺从地松了手，又把赤条条的身子缩到被窝里去了。

胡生金用即兴而来的高论镇住了自己的女人，穿了长袍马褂，摸黑出了门。


雨水犹如瀑布一样从屋檐上泻了下来，发出排山倒海一般的龙虎声威。专门用来排雨的水槽早就不够用了，院子里形成了几道气势磅礴的雨帘。一团团浓云狼奔豕突一般由西向东涌去……

胡生金出了门，借着闪电的光亮，看到院子里积水不多，说明勤快的管家已经把排水洞打开了。

大老爷来到了东、西倒座之间的三门过道，开了门闩，跨进中院，一眼就看见高管家房间的猪油灯有气无力地亮着。

他干咳了两声，管家房间的门随即打开了。高管家赶紧把大老爷让进了屋里。

"唉，老天爷的脾气越来越坏了！"大老爷走进屋里，跺着脚上的烂泥，唉声叹气地埋怨着天气。

"今年的雨是来得早了点……我把几个排水洞都打开了。哎呀！排水洞都差点儿不够用了！院子里的水已经没过了我的脚腕，我搬开了洞口的石头，雨水哗啦啦地往外淌。我活了五十多岁，还没见过这么大的雨！"高管家顺着大老爷的口音说话的同时，有意无意地把自己的苦劳也提了一下。

"遇上这样的鬼天气，你又睡不成安稳觉了。"大老爷说着言不由衷的话。

　　"最重要的是庄园的安全……我属猴，天生没瞌睡，躺在炕上也睡不着，打雷闪电，刮风下雨，正好给我解闷。"高顺也是精明人，大老爷可以抱怨天气，他绝不会不分场合地说一些牢骚话。尽管这场毫无征兆的风雨搅乱了他的好梦，在东家面前他依然显得精力十足。

　　"不知为啥，我的心里总觉得不踏实，这场雨是不是有些多余了？"大老爷心事重重地说。

　　"哎呀呀！我的大老爷！这个时节哪有多余的雨？大麦、小麦、青稞正是需要水分的时候，这就是一场及时雨啊！再过一个多月就该种糜子了，有了这场雨，河道里不缺水，野地里也该浇透了，正好多种些秋庄稼。这哪里是下雨？这是老天爷给大老爷您送五谷粮食、送金子银子呢！我把今年秋庄稼的事都已经料理好了！老爷，您就等着发财吧！照这样下去，不要说您是红柳墩的土地爷，整个民勤，甚至整个凉州的土地爷都该姓胡了！"

　　"嗯……真是那样我就谢天谢地谢菩萨了！大河里涨水小河里满，小河里涨水河滩里满。河滩里有了水，还愁镶井里没水？"

　　两人都笑了。

　　笑声过后，大老爷又说道："唉，前些日子凉州出了大事，我的心里很不踏实……角楼上的人都还警醒吧？"

　　"老爷，您只管放一百个心！凉州城里是出了点事，但癞蛤蟆到底翻不起大浪！后来那些闹事的都押到刑场上去了……角楼上的人吃的是您胡家灶火里的饭，叫他们蹲着他们不敢站着，叫他们站着他们不敢蹲着。下雨前我已经查过了，要不，我们现在再看一下？"

　　大老爷笑而不语，高管家心领神会。他们冒雨来到中院的查哨亭，点了火把，冲着四角划了几个圈。很快四个角楼上也都亮起了火把，绕了几个圈。

　　这说明角楼上的人都处于戒备状态！

　　从查哨亭回来后，他们各回各的房间去了……

# 13

大老爷一直处于高度戒备状态的神经随之松弛了下来，回到房间，钻进被窝，他很快酣然入睡了。唉，他的神经长时间像拉满的弓一样紧绷着，一旦把那些烦心的、杂七杂八的事置之脑后，他的全身就像抽了筋脱了骨一样瘫软了下来。这位强打精神而又雄心勃勃的大老爷也该好好休息一下了！

风雨声弱了下来，闪电带着雷声逐渐远去。又不知过了多长时间，几道亮光再次划破了夜空，接着传来一阵雷声。雨点再一次紧锣密鼓一般落在了屋顶上，落在了院子里。

这一次雷声响起的时候，他却像一堆烂泥一样一动不动，一点儿反应也没有了。

现在睡不着的是大老爷的老婆王氏。

大太太已经快五十岁了，感情的潮水趋于平静，之前，她黏黏糊糊的做法只有一个用意，那就是想用自己的身子拴住大老爷的心呢！——平心而论，王氏作为大老爷明媒正娶的"正宫娘娘"，除了她，她不想叫大老爷沾染任何别的女人。可是她的肚子不争气，如果她直接反对老爷娶二房，不但不能打消老爷的念头，说不定还会和她闹翻呢！她知道，大老爷执意要娶二房，明里打着为胡家传宗接代的招牌，暗里却是为了满足他的花心呢！男人就像种马，见了异性就会两眼迷离情动神摇。既然不能合情合理地拒绝大老爷这头老畜生对嫩草的念想，还不如干脆做出一番与老爷情投意合的样子来！但一想到自己的男人搂着别的女人睡觉，她的心里又像虫儿咬猫儿挠一样难受起来。二姨太李丫子正是春情旺盛的时候，过门没多久，身体就有了反应，按理说再过一月就该生了……她心里很不好受，这说明就是她的身子有问题呢！自从李氏怀上了身孕，大老爷就雇了一个婆子伺候她。有一段时间，大老爷大都住在李氏的房间。因为大老爷宠着李氏，上上下下的人见风使舵，对李氏也不敢怠慢。以前，大太太并不是那种感情热烈得像沸水一样的人，但最近她却显得精神十足，她担心大老爷把心思都用在李氏的身上呢！她说女人怀胎期间阴气重，这时候沾了女人不仅伤身子，而且容易伤胎气，最好分房另住。看到王氏说得情真意切，大老爷只好睡到她的房间里来了。但她的心里还是不踏实，李丫子的这块田地太肥了，老爷刚刚撒了种，就在她的身上生根发芽了，看来今后的麻烦越来越多了……另外，遇上了这种天气，她总觉得四面八方都隐隐地透着一股说不清道不明的邪气。此时，她好像看见无数莫名其妙的怪物在院子里徘徊，向屋里张望。因此，当又一次亮光闪过之后，她不由自主地往男人的怀里钻。

就在这时她听到了轻轻的敲门声，她吓得连大气都不敢出了。但她又身不由己地支棱起了两只耳朵，竭力捕捉那个不合情理的诡异的声音。

又是几下轻轻的敲门声，而后传来了若有若无的声音："老爷——，老爷——"

哪来的声音？出了鬼了？她来不及往下想，急急忙忙把男人推了一把。

大老爷还没来得及说话，王氏已经伸出手，捂住了他的嘴。她害怕男人不明不白的声音冲撞了外面的那个来路不明的神灵。接着，她压低了声音，对着男人的耳朵说："不好了！外面好像有声音！"

大老爷一下子警觉起来，睡意顿时消失得无影无踪。他一骨碌爬起来，也把耳朵调整到了门口的方向。

又是几声轻得若有若无的敲门声，接着传来了叫声："老爷——老爷——"

纯粹是个蠢婆娘！门外真真切切有个人，而且是个女人！屋外的人想叫他们听到喊话声，又害怕惊吓了他们，因此，门外的人竭力压着自己的声音。听出来是人的声音，大老爷倒变得坦然了。他爬起来，冲着门口喝道："谁？"

"老爷，李丫子要生了！"外面的声音显得急切而又兴奋。

大老爷的脑子里轰的一下：庄上的女人都已经说了，李丫子坐月子在一月以后呢，咋会这么快就生呢？简直是胡说八道！他觉得外面说话的声音很耳熟，但一下子又想不出是谁。想到这里，大老爷冲着门口发了狠话："你再敢胡说，我撕烂你的嘴！"

"老爷，我说的是真的，东小院里的人都乱麻麻地忙开了！她们叫我过来向您讨主意呢！"

"那你等一下……"

大老爷摸索着衣裳，心里却乱哄哄的。前几天有人过来催生，庄上的人说，坐月子在一月以后呢。一切都按一月以后准备着，咋就突然生了……他的脑子里乱哄哄地想了一通，随即又高兴起来：大老婆王氏怀胎慢，坐月子也慢，拜过天地三年后才生了胡有荣。这个李丫子看来是块好料，和他同房还不到一年就要生了！照这样下去，说不定在儿女的数目上他都能赶上他二弟呢！嗯，如果能生个少爷，那就再好不过了！

大老爷还没穿好衣服，大太太已经坐起来了，她是一个很有心计的人，李丫子本来就是她的一块心病，听说丫子即将生孩子，她躺在炕上也睡不踏实，她要打探一下丫子的事。

出了门，大老爷环顾了一下门口，门前却不见人影——传话的婆子已经退到西倒座的廊檐下去了。

大老爷来到廊下，那个婆子赶紧向前迈了一步，叫了一声："老爷！"

大老爷忙说："别急！先进屋。"

大老爷走进西倒座，破例点了猪油灯。直到现在他还不知道传话的是谁，于是他端着猪油灯，走到那个婆子面前，仔细端详了一下——原来是他家打杂的佣人，大家都叫她柴婆子。

大老爷在猪油灯下近距离打量女人的举动，使柴婆子显得很不好意思，她红着脸，低了头，说："我是个下人，本来不该到这里来，因为其他人都进了月婆子的房间了，到这里来怕犯忌。二太太叫我过来传话。"

"噢！"大老爷算是听明白了，随即说："女人坐月子的事，该咋办就咋办嘛！"

柴婆子嗫嚅了半天，说："大家都不敢做主。"

大老爷一下子笑了："我已经说了，该咋办就咋办！是女人坐月子，不是我坐月子。"

"老爷，您不知道，李丫子是早产，和正常坐月子不一样！"

早产？胡老爷心里一惊，一股不祥的气浪直冲脑门。他顿时变了脸，语气也变得生硬起来："这就应该问一问周妈了！我们胡家好吃好喝供着她，就是叫她伺候李丫子生出个少爷来呢。没想到她竟然这样儿戏！平白无故的，咋会早产？"

大太太王氏也走了进来，听到"早产"两个字，她心里暗自窃喜：早产算个啥大事？哼！最好是难产，大人孩子一起完蛋，那就一了百了了！平时她想说李丫子的坏话，苦于找不到借口。现在大老爷正在生气，她乘机煽风点火地说："这个周妈也太没用了！我们胡家一片诚心，她却把我家的诚心不当一回事，把我家好吃好喝都糟蹋了！嗯……也许不是早产，而是李丫子不地道。"大太太压着心里的喜悦，却又摆出一副不显山不露水的样子。

"看来她真的不够地道！"大老爷加重了语气，阴沉着脸说。

大老爷的话让大太太底气十足，她以为得了理，说："我早就觉得李丫子的气色不对，她的身上有邪气，她的脸上有狐气。我看是她不守妇道，说不定过门前就已经怀上了野种，却在我们胡家门上抱窝来了！"

"不要胡说八道！我说的是周妈不地道！李丫子的事，我心里清楚呢！"大老爷瞪了大太太一眼，哼！打李丫子的屁股，疼的还不是他胡生金的脸？

大太太知道自己太冒失了，她立马转了个弯，赔笑说："我就说嘛，李丫子毕竟是我们胡家人，她哪能做出不地道的事呢！都怪那个周妈太没用了！"

"唉，这个周妈！"大老爷不再计较大太太的糊涂话，跟着大太太埋怨起周妈了。

"老爷，是这样——头一声雷响，把李丫子吓了一跳，后来她的肚子就开始疼起来了，想必是因为受到惊吓而动了胎气了。刚开始周妈以为缓一缓就好了，谁知道她的肚子一阵比一阵紧，周妈已经叫人准备坐月子的东西了。因为是早产，谁也没有十拿九稳的把握，二太太叫我在您跟前讨个主意，免得紧要处慌乱。"柴婆子不慌不忙，把事情都说清楚了。

大老爷不再埋怨周妈了。唉，看来要埋怨也只能埋怨老天爷了！随即，大老爷又觉得好笑起来：女人坐月子还要他拿主意？好！他也有主意，那就是生快点，最好生一个能继承家业的少爷！想到这里，他笑着说："这还用问？最好叫李丫子生个站着撒尿的！"说罢，他自己也不由得笑了。

这句话就像一道定身法，把柴婆子搞得无所适从，一动不动地站在了那里。

大太太不失时机地接过话茬说："我们是大户人家，也是厚道人家，大人娃娃我们都要。如果万一……你们应该知道，我家老爷不缺女人，就是缺少继承家业的人手。你们看着办嘛！"在下人面前，大太太绝不是一个麦草拐杖！她要尽可能表现出她尊贵的身份和沉甸甸的分量！

柴婆子的两只眼睛贼溜溜地转着，不停地在大老爷和大太太之间扫来扫去。

大老爷收起了笑脸，说："就按太太说的办！"

这一下柴婆子完全听明白了，她给大老爷和大太太行了告退礼，很快退出房间去了。

# 14

自从去年秋天遇到那个懵懵懂懂的年轻人之后，李丫子的心里就变得朦胧而慌乱：那个陌生而年轻的家伙闯进了她的生活，她的心变得狂野而蠢蠢欲动。她的身子已经交给了大老爷，但她又幻想着把她最私密的感情托付给那个年轻人。转眼几个月的时间已经过去，她的身材逐渐隆起，但她还是忘不了那个年轻人疯狂的喊叫，更忘不了他发烫的嘴唇。只有孩子在肚子里闹腾的时候，她才意识到自己真正的角色……

就在打雷闪电之前，她又梦到了那个年轻人。他不知羞臊地搂住了她的腰，又去解她的衣扣。她竟然没有拒绝，很快他们纠缠在了一起……忽然一声惊雷，她猛地坐了起来，而后肚子开始疼起来了。

自从显怀以后，大老爷就安排周妈照料李丫子，周妈原以为李丫子只是受了惊吓，放松一下，也就没事了。但李丫子的肚子一阵疼似一阵，头上都带上豆子大小的汗珠了。很明显，这是临产的症状，周妈紧紧张张地敲响了二太太的门。

二太太一看这阵势，就知道李丫子要生了。她叫醒了院子里的太太奶奶，很快做了安排：周妈去请接生婆——也就是管家高顺的老婆，大家都叫她陈妈；她虽然不是专门的接生婆，却是附近接生最多的人。少奶奶准备灶火里的草木灰。有的人忙着烧开水、烫洗白布。三太太和另外两个佣人赶紧收拾李丫子的房间：搬走了纺线车，收拾了李丫子炕上的东西，接下来还要把席子卷走。二太太拿了一些红布和红头绳，不一会儿，李丫子的房门、东小院的所有门口都挂了红。除此之外，她又吩咐家人要安顿好自家的孩子，不要随意在李丫子的门前走动，更不能到月婆子的房间里来。据说，其他闲杂人进了产房就会沾上晦气……按理说，李丫子怀的是大老爷的骨肉，大老爷应该参与其中，但大老爷和大太太位高权重，女人坐月子的事不必叫他们分心费神。再说，月婆子的房间是一个不干不净的地方，不能因为生孩子，叫一家之主沾上带血水的污秽之气。刚开始她们并不打算惊动大老爷，因为早产，她们才在大老爷那里讨了个口风。当时只有柴婆子没有进出李丫子的房间，二太太就叫她去找大老爷……

东小院里的气氛变得紧张而忙乱，一时间，到处是来来往往乱麻麻的人影。

现在一切都已经准备就绪。陈妈来到了李丫子的房间，香油灯调得出奇地亮，灯台不远处的炕上放了一把挂了红的剪刀和一个装着酒的瓷罐。孩子出生后，接生婆要在燃烧的酒上面烧烫剪刀，然后剪断脐带。土炕的一半已经铺上了用细筛子筛过的草木灰。女人们七手八脚而又十分小心地把赤身裸体的李丫子抬到了草木灰上。李丫子的身上都是汗珠，嘴里发出一阵又一阵嘶哑而又痛苦的呻吟声。陈妈跪坐在一旁，一边摸着李丫子的肚子，一边催着李丫子用劲。就在这时她又猛地想起了另一件事，她赶紧打发人去抓白公鸡——因为是早产，她担心孩子出生后哭不出声，那时就要剁下白公鸡的头，把五谷粮食和没头的公鸡一同扔进月婆子的房间。据说，那样一来孩子就能正常哇哇大哭了。

屋子里都是生养过的人，看到眼前的阵势，她们都不由得想起自己坐月子的事了；同时又都为李丫子捏了一把汗。女人坐月子简直就像过鬼门关一样险象环生，叫人心烦的是天上的雷电并没有停下来的迹象，雨也变得叫人摸不着脾气，一会儿紧，一会儿慢。唉，老天爷也太不通人情了，在这紧要的关头还要无端地添乱！

又一道刺眼的白光划过夜空，很快传来了轰隆隆的雷声，李丫子疼得咬着牙，扭动着身子，费力地喘着粗气，不时地发出撕心裂肺的声音。陈妈掌握着力度挤压着肚皮，嘴里一遍又一遍催着叫李丫子用劲，随着一声洪亮的哭叫声传来，孩子出生了！

陈妈笑了，一脸喜气地说："姨太太，贺喜了！是个胖乎乎的少爷！"

随即屋子里就是一片贺喜之声，二太太忙叫人给大老爷报喜……

经过长时间的煎熬，李丫子已经精疲力竭，听了大家的贺喜声，她的脸上露出了心满意足的笑。她的身心轻松下来，软软地瘫在了灰堆上。大家的眼睛又从李丫子转移到了陈妈身上，只见她有条不紊地点燃了酒，烧着剪刀……

早上起来，风停了雨住了，胡家庄园沉浸在一派喜气之中。红布条、红头绳分外扎眼，来来往往的人，脸上都挂着笑。庄园里的人都给大老爷贺喜，大老爷笑呵呵的，心里有说不出的高兴。是的，都已经五十岁了，又添了一个儿子，他哪能不高兴呢！当年老父亲盘算着叫他们兄弟三人生出八个儿子来呢，现在都已经六个了，看样子，再过一两年他们就能完成任务了！

大老爷在大家的贺喜声中着实高兴了一阵子，他叫管家从库房里取了一些香油送到了两个灶上，并且给大太太传话说，中午的汤饭里要调上韭菜炒鸡蛋，庄园里有了喜事，也该让所有的人沾一下喜气。庄园里上上下下的人都乐滋滋的，脚步也比平时轻快多了。

大太太却憋了一肚子的不痛快：李丫子生得太顺利不说，还生了个少爷，大老爷的嘴巴都快笑歪了！但大老爷的话她不能不听，她按照老爷的吩咐准备饭食，心里却不知把大老爷骂了多少遍了。之后她又开始骂李丫子了：就凭她戏子匠的身份，能生出一个好材料来？哼！生了个少爷就高兴得忘记了东西南北，说不定将来还是个叫花子的命呢！

忽然，院子里响起了一阵热烈的鞭炮声，大家好奇地从门口探出头来，只见大少爷挑着一挂鞭炮小跑着进了东小院。庄园里添了个少爷，大少爷多了个弟弟，他用鞭炮给庄园里增添喜气呢！庄园里的空气再一次活跃起来，喜庆的气氛一浪高过一浪！

看着大少爷一脸喜色，大太太却变了脸：大少爷都已经当上爹了，心里咋还不开窍？大少爷是多了个弟弟，但对她来说，这不仅不是一件好事，而且是一件彻头彻尾的烦心事，李丫子本来就是她的一块心病，现在又多了一个小冤家，只怕以后庄园里的麻烦越来越多了！唉，连自己的亲生儿子都不懂自己的心事，她还能说什么呢！大太太的心里泛起了一股无名的苦涩……

## 15

　　太阳爬上树梢的时候，李丫子房间里恢复了平静。二太太坐在炕头，正在没完没了地给李丫子讲一些月婆子的禁忌，比如，不要下地走动，不要开窗开门，不要乱吃东西，不要用扇子扇风，要穿厚实点……李丫子的心里升起了一阵又一阵暖烘烘的感觉。

　　周妈和二太太正围着李丫子说话，忽然虚掩着的门打开了。二太太转头一看，只见五少爷胡有文乐颠颠地跑了进来。看见二太太坐在炕头，他叫着"妈妈"，耍着两手跑了过来。二太太的脸上顿时落了色——月婆子的房间是禁地，除了生过的女人，谁都不许到这里来。她早就给家人叮咛过了，五少爷年幼不懂事，她叫三少爷胡有富和她的女儿妞妞管好五少爷，没想到五少爷却闯到这里来了，显然是三少爷和妞妞贪玩失职！

　　心思机灵的周妈知道二太太不高兴，她赶紧走过来，在五少爷的衣襟上拴了红头绳。

　　唉，昨晚二太太叮嘱别人安顿好自家的孩子，不准到月婆子的房间里来，她在意这些禁忌，偏偏犯忌的就是她的孩子——这也太打脸了！二太太抱起五少爷，急匆匆地出了门。她到自己的房间看了一下，不见三少爷和妞妞的影子。刚出门，却见妞妞、三少爷还有五六个小孩从厨房里跑了出来。二太太气呼呼地放下怀里的五少爷，抓住妞妞，照着屁股就是一巴掌，嘴里骂道："越大越不顶用了！叫你看着五娃，你干啥去了？"

　　妞妞委屈得哭了。二太太的举动把五少爷吓得不轻，看到姐姐哭，他也跟着哭了。

　　三少爷看见妹妹和弟弟都哭了，自己也不好意思躲在后面了，他怯生生地走到二太太跟前，说："妈，都是我不好，你要打就打我吧！"

二太太越加生气了："你以为我不敢打你？都这么大了，还不长记性。给你安顿的事，总是东耳朵进，西耳朵出，不给一点颜色你们不知道轻重！"二太太说着，又要教训三少爷。周妈和厨房里的人赶过来，拉住了二太太。二太太抱起哭叫的五少爷，吊着脸进了自己的屋子。三少爷和妞妞也怯怯地跟着进了屋。

"我咋给你们安顿的？你们知道五娃跑到哪里去了？男娃不顶用，女娃也靠不住，唉，我的心都白费了！"二太太恨不得把他们两个好好地捶一顿！

三少爷不作声，妞妞揉着眼窝，嘀咕道："厨房里有韭菜炒鸡蛋，我们到厨房里闻了一会儿香味，不知道……"

"就你们嘴馋！"二太太嘴里骂着，心里却愧疚起来：他们虽说是大户人家，但这个家庭精细到一丝一毫上去了，只有过年过节、庄园里有了好事才能吃一顿好吃喝。娃们平时尝不到油花，今天破例做了韭菜炒鸡蛋，满院子都是香味，大人们都不时地嗅着韭菜味呢，难道她的孩子闻一闻香味也有错了？

就在这时，二老爷胡生银走了进来，看见二太太正在凶女儿，他瞥了一眼二太太，说："哪来那么大火气？有话好好说嘛！"

二太太数落着孩子，把事情的原委说了一遍。

"嗯，我说是多大的事呢！为了这么点事，就要打娃娃，你也太能生气了！"二老爷责怪了二太太几句，然后对两个惊恐得不知所措的孩子说："去！都到外面玩去吧！"

妞妞擦干了眼泪，和三少爷一起带着五少爷一溜烟出门去了。

"你平时不知道管教娃娃，我管教他们，你又说三道四……"二太太冷着脸，情绪低落地埋怨着二老爷。

"你呀，真是头发长见识短！庄园里又添了个少爷，上上下下的人高兴都来不及呢，你却拿自己的娃娃出气，知道内情的人自然不会多嘴，不知内情的人，还以为你冲着李丫子和六少爷发脾气呢！"

"我就是怕五娃沾了晦气！"

"哼！月婆子的房间就进不得了？那还不是骗人的鬼话！不管男人还是女人，都是先从月婆子的房间里走出来，然后才长大成人的。如果进了月婆子的房间就晦气，天下人不都成了晦气鬼了？"

二太太不由得笑了起来，说："你的歪道理太多，我说不过你！"

"不是你说不过我，是你的话本来就没有道理。不要生气，也不要打孩子，庄园里的人都高兴呢，我们应该比他们更高兴！"

这时北小院里传来了吆喝毛驴的声音，二太太分管的就是推磨碾米的事，因为理亏，二太太巴不得赶紧离开二老爷，听到了外面的声音，她搪塞了几句，趁机溜出门去了。

看着二太太的背影，二老爷笑着摇了摇头。

二老爷从屋里出来，拐进了草院子，忽然听到了男女的嬉笑声，他疑惑地往前走了几步，只见长工阿五和三太太正在草垛旮旯里说话。阿五正在编红柳篮子，三太太站在阿五的旁边，几乎和阿五紧靠在一起了。说话间阿五毫无顾忌地摸了一把三太太的大腿，逗得三太太格格地笑个不停。

二老爷吃了一惊：阿五是他家的长工，因为家里一无所有，都快三十的人了，至今仍旧是光棍一个。三太太已经生了两个孩子，正是如狼似虎的年龄，加之三老爷长年在城里忙生意，她未免有些放肆。从三太太的调笑声里，二老爷感觉这一对男女似乎已经越过东家和下人的界限了！想到这里，二老爷加重了脚步，重重地咳嗽了一声。

三太太警觉起来，立马收起了笑脸。而后她又此地无银三百两似的说："哎呀，阿五的架子越来越大了！叫他编个篮子，他都摆起架子来了！我只好求爷爷求奶奶给他说好话。叫外人见了只怕要说闲话了！"三太太说着，瞥了一眼二老爷，故意提高了声音说："哎！我说阿五，你再不给我们胡家好好干活，我在二老爷跟前告你的状！"说完话，她扭着水蛇腰，慢慢地走开了。

阿五低了头，不敢看二老爷，也不敢看三太太，只管忙手里的活。

做贼心虚！二老爷心里乱糟糟地想着，默默地转到前院里去了。

庄园里弥漫着韭菜炒鸡蛋的香味，吃饭的时间刚到，长工、短工们都挤过来排队打饭。

就在这时，大老爷和高管家走了过来，长工、短工们齐刷刷地给大老爷鞠了躬，异口同声道："给大老爷贺喜！六少爷富贵平安！"

大老爷一下子愣住了，这种贺喜的阵势他还是第一次见到！他还没来得及开口，高管家已经提高了声音发话了："嗯，大家说得好，今天是东家的好日子！庄园里又添了一位少爷，可喜可贺！大老爷高兴，今天给大家做了一顿好饭。老爷现在是红柳墩数一数二的土地爷，再过几年，那就应该是民勤，甚至是凉州府的土地爷了！跟着老爷，老爷不会亏待你们。以后干活，大家都要更加尽心尽力！"

原来这都是高管家安顿好的，怪不得大家的声音那么整齐。大老爷还了礼，开心地看着高管家，笑着走开了。

啊呀！今天的汤面条，除了有韭菜炒鸡蛋，还不限量，大家可以敞开肚皮吃！大伙儿在说笑中吃了个心满意足！

刚放下饭碗，有人说王欢乐在前院里说书，人们的精神一下子亢奋起来，纷纷涌到前院里看热闹。纺线的停了纺车、织布的放下梭子、锅灶上的人来不及洗刷碗筷、没事的太太孩子都涌了过来，挤在了一起。磨房、碾房里离不开人，婆子们急得在北小院的门口探头探脑。

王欢乐整天一副笑模样，听说他读过几年书，唱过戏，有点学问，后来不知咋的就成了庄园里的长工了，唱戏、讲故事是他的爱好，也是他的拿手活。

王欢乐站在木墩上，未及开口，先打了一阵快板，而后他拉开声音说唱道："生了一张破烂嘴，不知欢乐不知愁。说完大事说小事，说到你家莫生气。"

"快点讲故事，别要你的油舌头！"有人笑说道。

王欢乐笑着，拉开了说书人的架势："说起国事打打杀杀，说起家事吵吵闹闹。家事国事太烦人，不如听咱说闲话——话说朱元璋平定天下，为确保朱家天下永世平安，特派刘伯温斩断其他地方的龙脉王气。刘伯温从金陵出发走遍了天下，但凡有龙脉王气的地方，他都会毫不犹豫地行道作法。为压制王气，他把无数夜明珠撒到了刘家峡，又开始云游四方。沿着石羊河来到民勤后，他写了许多歌谣，其中一首写道：'石羊河，水长流，从南到北不停留；春种秋收又一年，无衣无食年年愁……东风吹走百年愁，夜晚点灯不用油。无腿无嘴无数牛，天南海北到处走。'"

　　"王欢乐，你胡说八道呢！世上哪有无腿无嘴的牛？无腿咋走路？无嘴咋吃草？"

　　"这是谶言！我就害怕你们听不懂。那就听另一首：'登高远望全是沙，珍珠玛瑙进万家。遍地风光遍地花，民勤瓜果香天涯。'看来咱的好日子还在后头呢！"

　　"别提那些稀罕吃食，提起瓜果，我都要流口水了……哎！刘伯温是谁？"

　　"哎呀！你连刘伯温也没听说过？他就是明朝开国皇帝朱元璋的大军师！他有通天彻地之才、经天纬地的本领呢！据说，他前知三百年，后知五百年，他说过的很多话都应验了！"

　　"他说的是啥意思？"有人问道。

　　"他的意思是说，将来我们这里家家户户都会富得流油，瓜果到处都是，谁想吃就吃，想吃多少就能吃多少，还能住上高楼大厦呢！"

　　"王欢乐，做梦去吧！不挨饿就好了，谁敢想那些稀罕吃食？能闻一下瓜味儿就算没白活！"

　　"就是嘛！我们都没见过高楼大厦呢，哪有住高楼大厦的命？——有茅草屋就不错了！"

　　"嘿嘿！这也是刘伯温说的，如果你们不相信，只能问刘伯温了！"

　　"啥？刘伯温还活着？"

蓉蓉的庄园

"唉，据说他斩断了各地的龙脉王气回到金陵，不久就去世了！"

"王欢乐，你欺负我们不识字呢……"

"啊呀！这些话都是朱元璋的大军师刘伯温说的！他说过的话言无不中，我只是说了几句他的话嘛！"

"扯得太远了！听不懂！说几句简单的！"有人摇着头说。

"人家本来就是明朝人，当然远了——既然大家不想听，我也用不着白费口舌了！"王欢乐说着从木墩上跳了下来。

"黄狗不上台，一上一摇摆——你也学着摆架子了！"有人笑骂道。

"再说一段嘛！大老爷喜得贵子，你也应该叫大家高兴高兴……"有人凑热闹说。

王欢乐笑了起来，说："那我就唱几句！"说完他又站在了木墩上，打了几下快板，带着凉州腔，用"小曲戏"欢快的节奏拿腔作势地唱了起来：

"鸳鸯帐里忙坏人，忙呀（个）忙坏人，

老爷耕田又施肥，又施（那个）肥；

而今庄稼大丰收，（大呀）大丰收，

添人添丁又当爹，（又呀）又当爹！"

围观的人们发出了一阵混笑，王欢乐也跟着笑。阿五一边笑，一边看着对面的三太太。三太太也毫不避讳地回敬了阿五一个热辣辣的媚眼。

"王欢乐，又骂我了？"这时大老爷从大门口转了过来，笑着说。

"老爷，我哪里敢骂您？今天是个好日子，我给老爷贺喜呢！"

"嗯，我都听见了！什么忙坏人，什么耕田施肥，那还不是骂人？"

大老爷随即笑了起来，王欢乐也笑了，大家在一阵笑声中散去了……

本来就吃不饱肚子，加上受了一夜风雨的折磨，江百先觉得浑身像散了架，不知不觉中他出现在了胡家大门口。

因为庄园里添了六少爷，大老爷十分得意，听说来了个叫花子，他叫管

066

家拿了一块粗粮饼打发讨饭的人。高管家看到江百先腰杆挺拔大大咧咧，心里早就产生了一丝厌恶——叫花子就得有一副叫花子的模样，哪有这样不懂礼数的叫花子？他快步赶到前院，牵了大黄狗出了门。高管家不说话，他放长了手里的绳，大黄狗直奔江百先而来。江百先吓得转头就跑，高管家和几个长工哈哈大笑。直到脱离了危险，江百先才转过身来，长舒了一口气。

赶走江百先之后不久，一个背着褡裢的女人慢腾腾地来到了庄园的门口，家人正想着攮她走，她却说她是二太太的亲戚，想见二太太一面。二太太出了门，却认不得那个人。那人说她是黄家的远亲，在城西沟一带，因为今年春上城西沟丢了水，没法种庄稼，她厚着脸皮认亲戚来了。

二太太听明白了——今年开春浇水的时候，刚轮到城西沟，忽然遇上石羊河发洪水，冲垮了水坝，城西沟的田地都荒了。她们黄家确实有这样一个远亲，只是多年不走动，她几乎把那一门亲戚忘了！二太太赶忙把那个女人请到了家里。二太太招呼着叫那个人吃喝了以后，又叫管家给了一升粮食，那个女人千恩万谢地出门去了。

送走了"亲戚"，二太太未免叹息了一阵。大太太却在另一个屋里絮絮叨叨地埋怨开了：二太太的穷亲戚也太多了，照这样下去，过不了多久他们胡家也得背着褡裢要饭了！

# 16

雇工们正准备打饭，灶房里忽然窜出了一只老鼠，打饭的队伍一下子乱了，大家都争抢着打老鼠。老鼠在水缸、醋缸、人们的空隙中乱窜了一阵，跳到了面板上，有人紧跟着扑了过去，老鼠又溜到了锅头上，最后竟然跌到锅里去了。

老鼠随着面条在锅里翻滚，众人一片惊呼。

赵叶儿赶紧把老鼠从锅里舀了出来，但雇工们却都涌到灶房外面去了。赵叶儿催着雇工打饭，可是谁也不想吃这一顿带着老鼠味的饭食。

高管家很快出现在了大家面前，但众人只是嚷嚷，就是不肯打饭。

听说出了事，大老爷急匆匆地走进灶房，问："老鼠在哪？"

赵叶儿说："扔了。"

"败家子！咋不声不响地就扔了？"大老爷埋怨着赵叶儿，又说道："给我舀一碗饭！"

赵叶儿赶紧舀了饭，放在了大老爷面前。

大老爷很快就把那碗饭咽到肚子里去了。

众人面面相觑。

大老爷走过来，指着一个雇工说："你家的锅里有没有跌过老鼠？"

那个人摇了摇头。

大老爷又指着另一个人问道："你家的锅里有没有跌过老鼠？"

那人苦笑着说："没有。"

大老爷笑了："看来你们两家和'富'字少了点缘分！长长尾巴尖尖嘴，老鼠就是偷财贼。老鼠大天白日的往锅里跳，那就是给吃饭的人送财来了！——大家有所不知，以前我家的锅里已经跌了两次老鼠了，我老父亲也吃了两次老鼠。第一次吃老鼠，我父亲挖出了金银；第二次吃老鼠，我父亲买下了我家的宅地。你们想想看，这么大的地方，老鼠咋就偏偏跳到锅里去了？这是财神爷帮你们发财呢！这就是一锅发财饭啊！也算老天爷有眼，老鼠虽然跌在了你们的大锅里，却让我胡生金吃了第一碗饭，看样子我们胡家今年又要发财了！世上难道还有不想吃发财饭的人？吃饭！吃饭！"

原来还有这样的理！大家很快涌到灶房里打饭去了。

回到西倒座，大老爷拼命用指头扣自己的嗓子，接着就是一阵呕吐……

高管家刚走出大门，几个雇工抬着二少爷火急火燎地冲进了大门——二少爷和雇工挖镶井，上面的土块跌落下来，擦伤了二少爷的大腿，血水都流了出来，雇工们急忙把二少爷抬了回来。二太太看了一眼，早已拉着二少爷的手哭了。

高管家不敢怠慢，一边招呼众人把二少爷抬进屋里，一边派人请郎中。好在只是擦伤了皮肉，郎中开了膏药，又吩咐了贴药换药的事，大家都松了一口气。送走了郎中，高管家急急地出了庄园，查看挖镶井的事了。

每年春种以后，庄稼地里就离不开人了：种子没发芽的时候，要防着麻雀、喜鹊等贪食的鸟儿刨食种子；田苗长出来以后，又要防着兔子、流窜过来的牛羊糟蹋庄稼。大少爷和二少爷都已成年，大老爷把东、西两边的庄稼分别交给了二少爷和大少爷看管，每年收获后，两面的庄稼还要对比一番。为了大少爷和二少爷的脸面，大太太和二太太也常常照料庄稼。二少爷受伤后东面的庄稼自然没有专人照料了。

一连几天二少爷在家养伤，二太太心疼得不行，又是问长问短，又是贴药换药。就在这时有人传过话来，说羊群跑到东面的庄稼地里去了，要不是发现得及时，庄稼恐怕要遭殃了！

大老爷心疼他家的田苗，对窝在家里养伤的二少爷很不满意，但他只是叹息了一声，没有说话。大太太却嚷开了："二少爷都快要娶媳妇了，还管不了庄稼，谁家的丫头能看上他？干脆穿个开裆裤玩过家家去！你看大少爷，干了多少活，没叫人费过心！"大太太站在院子里，把二少爷数落了一顿。

大太太的话，让大老爷很不自在，他没好气地对大太太说："不要胡说八道！你只管做饭！庄稼的事轮不到你说三道四！"

"咋啦？我给胡家操心也不行？把我的好心都当驴肝肺了……好！以后胡家的天塌下来我也不说一句话，就当我是个哑巴！"大太太说着，钻到灶房里去了。

大老爷摇着头，慢腾腾地走开了。

二少爷躲在屋里，委屈得流出了眼泪，当天晚上连饭也没吃。

暮色笼罩了大地，繁忙了一天的庄园归入沉寂。东小院里静悄悄的，只有二太太房间里还亮着猪油灯。二太太坐在灯下缀衣扣，灯光太暗，她调了一下灯捻儿，屋子里一下子亮了许多。

"都半夜了，睡吧！叫大嫂看见了，又要说我们浪费灯油呢！"二老爷翻了身，慢吞吞地说。

"我给二娃做衣服呢！他都到了找媳妇的年龄了，总不能为了省油，叫我家少爷一年四季只穿一件衣服嘛！"

"找什么媳妇？今天大嫂还埋怨我们二少爷呢，她叫二少爷穿开裆裤、玩过家家呢！"

"大嫂的话你不用多心在意！女人嘛，见识总是没有头发长……哎！你想过没有，我们二娃该找个啥样的媳妇？"说到这里二太太停下了手里的活，转过头来看着二老爷。

"听你的呗！"

"哎！二娃也不小了，该找媳妇儿了！可是你总是不闻不问，好像二少爷找媳妇成了我一个人的事了！"

"那是媒婆的事！如果我们不声不响地给二少爷找了媳妇，还不把媒婆给饿死了！——就算我心急，也急不出个儿媳妇来嘛！"

"唉，摊上你这个当爹的，真能把人急出病来呢！你也不能闲着，该打听打听了！"

"嗯，我也没闲着——三娃、四娃都该读书识字了，现在连个教书先生也没有，我正琢磨这件事呢！"

"你不要说这种推三阻四的话！请先生当然重要，但二娃的媳妇也不能耽误嘛！"

二老爷笑着却不再说话，屋子里又安静了。

二太太缀好了衣扣，把衣服折放好，吹灯睡了。

远远看见有几个半大小娃在南面的大榆树上玩耍，大少爷急忙赶了过去——听大老爷说，庄园附近的树木就是他们胡家风水的一部分，小孩在树上玩耍，就是破坏他家的风水呢！大少爷来到树下，冲着那些小孩呵斥道："谁叫你们在树上玩耍？滚！"

小孩们并不管树下站着的是有身份、有地位的胡家大公子，他们毫不客气地回敬说："树上没刻着胡生金的名字，也没刻着胡有荣的名字，谁能说这些树是你们家的？我们在树上玩耍，关你屁事？滚！"那几个孩子不把大少爷当回事，还鹦鹉学舌般把大少爷顶了回来。

树上的孩子们哈哈大笑。

小孩的言语让大少爷十分生气：这些小娃不尊重他家的风水不说，还敢直呼他爹的名字，简直大逆不道！他想爬上树把这些人拉下来，狠狠教训一顿。那些小孩一个个像猴子似的从树上滑下来，围住了大少爷。他们抱腿的抱腿，拧胳膊的拧胳膊，把大少爷按在了地上，接着拳头纷纷落在了大少爷的身上。之后，那些小孩一哄而散。

大少爷想保护自家的风水，到头来却挨了一顿拳头，落了个鼻青脸肿！

大少爷狼狈地回到家里，把大老爷和高管家吓了一跳！问清了原委，高管家勃然大怒。他马上安排了两个长工寻找肇事的小娃，还叮嘱说，一旦找到人要狠狠地揍一顿，最好也揍他个鼻青脸肿！

高管家给长工交代完毕，赶紧赶过来看大少爷。大少爷已经洗了手脸，正在给大老爷和大太太诉说苦情："我就是怕那些人坏了我们家的风水，谁知道那些人会平白无故地打人……"

"你也太老实了！他们打你，你不知道还手？"大太太拉着大少爷的手，既心疼，又生气——她和大老爷也算是响当当的人物，咋就生了这么个棉花蛋？能叫几个野娃欺负成这样！哼！要是她，不管三七二十一，先捶下一个再和那些无法无天的野人讲道理！

高管家却忽然高兴起来了："我就知道老虎不下狗娃！大少爷不愧是当

家人的儿子！看！大少爷都知道保护胡家的风水了！嗯，大少爷保护风水有功，应该好好休息一下，最好再把身子补一补！"高管家好像压根没有听到大太太的抱怨话，还刻意把大少爷着实夸奖了一番。

高管家在大少爷的脸上涂脂抹粉，大太太心里舒服多了，大老爷阴冷的脸缓和了下来。

吃饭的时候，高管家又大着嗓门把大少爷保护风水的事大讲特讲，好像大少爷立了一件盖世奇功。


院子里莫名其妙地飘出了炒鸡蛋的香味，三少爷和四少爷嗅着味道，来到了大少爷的房间。看见大少爷正津津有味地吃着鸡蛋，他们的口水都差点儿流出来了，三少爷说："大哥，我们也想吃炒鸡蛋！"

大少爷被炒鸡蛋噎了一下，他停了下来，看了看两个弟弟，又把眼睛转到了他母亲的身上。

大太太走过来说："你大哥为了保护风水，流了好多血，伤了身子，这是给大哥补身子呢！等你们有了功劳，大妈也给你们炒鸡蛋，你们先到院子里玩去吧！"大太太一边说话，一边挤眉弄眼地示意大少爷快点吃。

大少爷匆匆忙忙地把鸡蛋扒拉到嘴里去了。

三少爷和四少爷没吃到鸡蛋，都很沮丧，他们怨声怨气地把这件事说给了二太太房里的人。二少爷干活受了伤，不但没人同情，还叫大太太数落了一顿。而今大少爷干了件荒唐事，却被吹捧得没完没了了，这且不说，还吃上了炒鸡蛋！二太太心里想着这些糟事，没好气地说："你大哥是你大妈生养的，你大妈尊贵，生养的儿子自然也比别人贵气……"

二少爷早就憋了一肚子的火，二太太的话更让他觉得愤愤不平，他气呼呼地说："大哥是少爷，我们也是少爷，大哥能吃炒鸡蛋，我们为什么不能吃炒鸡蛋？走！我们也要鸡蛋去！"

屋里的几位少爷，还有妞妞、三太太的女儿娟娟都蹦跳起来。他们叫嚷着，像一窝蜂一样向门口涌去。二老爷一直没有说话，看见一群小娃要出门，他一把拉住了三少爷，紧接着给了他一巴掌，吼叫道："都待在家里！谁敢乱说乱跑，我打断他的腿！"

三少爷哭出了声。其他人一看二老爷发了火，都站着不敢动了。

二老爷极不情愿地瞥了一眼二太太，埋怨道："在孩子面前也不知道说点好听的……"

二太太心疼地把三少爷搂在了怀里，一边给三少爷擦眼泪，一边埋怨二少爷说："看你这个二哥咋当的，尽惹事……"

房间里安静了下来。


# 17

这些日子，李丫子一直吃不饱。周妈想叫大太太多给一些米面，大太太却没好气地说："李丫子也太过分了！生了个娃都快变成喂不饱的母猪了！你给李丫子说，我们胡家伺候月婆子就这么个规矩，要想吃好、要想吃饱，等出了月子再说……"

周妈在唉声叹气中把大太太的话说给了李丫子，李丫子不说话，眼泪却顺着眼角流了下来。


二太太正在北小院里淘粮食，周妈探头探脑地在门口张望，但她又很快退到东小院里去了。

这个周妈！平时说话办事大大方方，今儿个咋变得鬼鬼祟祟的，莫不是看上了北小院里的什么东西了？

就在这时，周妈又把脑袋探了进来。二太太放了笊篱，喊道："哎！周妈，六少爷还好吧！昨晚我好像听到六少爷的哭声了！"

周妈笑着向二太太走了过来，说："二太太，我正想请您帮忙呢！看见您忙，不敢打扰，只怕您怪罪我们这些下人不识抬举，给一点颜色就大红大绿没完没了了。"

二太太笑说道："我还没有怪罪过别人呢！只要用得着我，尽管说！"

"我知道您不会怪罪，才敢大着胆子说话呢！要是换了别人，打死我也不敢张嘴！"

"你呀，总是先在嘴上抹了蜂蜜再说话……啥事？"

"是这样——我好歹伺候了一趟丫子，想给六少爷做双鞋，也好留个念想。您剪的鞋样好，我想麻烦一下您！"

"那是个啥事儿？我这就过去！"

"要是天下人都有二太太的好心肠，我们下人的日子就好过了！"周妈兴冲冲地说着，跟着二太太向李丫子的屋里走来。

进了房间，二太太少不了看六少爷，又问了一下李丫子。接着拿起剪子忙了起来。

周妈轻手轻脚地关了门，凑到二太太跟前，压低了声音说："二太太，我把您请到这里来，剪鞋样是小事，还有一件为难事呢！我伺候丫子吃饭，可是大太太给的米太少，丫子都喝不饱，咋奶娃呢？昨晚六少爷哭闹，是因为丫子缺奶水，六少爷吃不饱！这样下去也不是个事儿，我想请您想个办法。只要丫子能喝饱，我就放心了！"周妈对着二太太说话，眼睛却警惕地盯着门口，唯恐有人偷听。

竟然会有这种事！二太太心里乱糟糟的，剪好了鞋样，她叹了一口气，安慰李丫子和周妈说："你们不要对外人说，我回去想个办法。"

周妈手里拿着鞋样，嘴里说着感激的话，把二太太送出了门。

回到北小院，二太太满脑子想的都是李丫子的事，她觉得有必要和二老爷商量一下。

听说大太太克扣李丫子，二老爷冷笑着说："哼！大嫂算计李丫子也不是一天两天了。丫子能活到现在，算她命大！"

"你这个人，不帮忙也就算了，还说这种话！咒死丫子，你有什么好？"二太太听了丈夫冷冰冰的话，显得不高兴了。

"我就是说说嘛！我哪里咒她了？进了我们胡家的门，就是我们胡家的人……前几天五娃闹肚子，干脆就说五娃需要喝小米汤。以后五娃、丫子的米汤一块儿做，五娃吃不吃倒没啥，丫子总能多喝几口呢！——这样一来，我们也有理由过问米汤的事了。"

"这才像个喝过墨水的人！我这就给管家说！"

"你不要瞎掺和，我去找高顺。"

经周妈打点，二太太开始过问吃饭的事，李丫子不再挨饿。但从这件事上，李丫子还是感到了大太太的可怕。

# 18

有个新来的雇工悄悄找到了王欢乐，说他们几个做了一顿好吃的，他们要王欢乐尝一尝。

王欢乐跟着那个人来到庄外，只见那几个人用一个开豁的砂锅烧水，砂锅里除了水，并不见吃食。

"有啥好吃的？"王欢乐问。

"我们抓了几只老鼠，等到水开就把老鼠放到锅里去——胡老太爷吃了老鼠发了财，修筑了一品庄园，我们也想发财。"

王欢乐顿时来了气，他一脚踢翻了砂锅，骂道："一群猪！"

"哎！你不想发财，我们还想发财呢！"

"我没见过猪也能发财！"王欢乐说完，头也不回地走了。

那几个人看着王欢乐，骂道："狗咬吕洞宾，不识好人心！"

和往年一样，野地里的柴草没过脚腕的时候，喂养的大牲畜就该进柴湾了。大老爷和管家早就开始考虑柴湾里放牛的人选了，可是直到现在他们都还没有拿定主意。北柴湾离庄园只有七八里路，因为春种时喂惯了饲料，柴湾里的牛有时会偷着往庄园里跑。更可怕的是每年到了青黄不接的时节，偷牛贼就会多起来，去年，派去放牛的人叫贼娃子揍了个鼻青脸肿，还丢了几头牛。事后放牛人逃之夭夭，几头牛也不知所终。今年，大老爷不知派谁合适，知道内情的人也不敢轻易接受这个吃力不讨好的差事。派人的人怕丢牛，派去的人怕丢命！现在已经到了牛群进柴湾的时候了，大老爷和管家的心里都着急着呢！

午饭后有一段难得的消闲时间，雇工们大都来到了大榆树下，懒散地坐着，有人抓紧时间抽旱烟过瘾。再过一段时间就要立夏，气温已经逐渐升高，那些像柴棚一样的屋子显得拥挤而且散发着怪味，因此，大家都喜欢聚在这里说笑，有的人干脆把破草帽扣在头上，胡乱地躺在地上睡觉。照理说大家忙了一早上，也该缓一缓了，可是人多有人多的热闹，想闲也闲不下来。刚开始有几个人比臂力，后来又有人比摔跤。几轮下来，有个叫朱老二的人把其他人都比下去了。

朱老二未免得意起来，自吹自擂地说："不是我说大话，我以前学过一点拳脚，你们中间随便出来四个人和我对打，我也不怕！"

"四个打一个？妈的，牛皮都叫你朱老二吹破了！"有人笑骂道。

"听说女人婆姨就喜欢吹牛皮的男人，现在朱老二在这里吹牛，说不定到了晚上女人争着抢着钻他的被窝呢！"

听着这些话，阿五不由得想起了三太太的身材、脸蛋，他呵呵地傻笑。

"哎呀！你们看，阿五想女人了！"

"他呀，早该想女人了！都快三十了，还没摸过女人的大腿根，亏死了！"

人群里发出了放肆的笑声，就连头上扣着破草帽的人也坐了起来。

阿五红了脸，唾了大家一口说："碰不过猪头碰羊头呢！刚才还说朱老二呢，咋又扯上我了？"

朱老二争辩说："我可不是开玩笑！我说的是真的！"

"你不用再吹了，再吹，黄牛、水牛、大牛、小牛的肚子都叫你吹大了！"

"你们这是小看人呢！不信，咱们比一比！"朱老二较真了。

"谁和你比？我还省下力气陪老婆呢——除非有什么好处！"说话的人半躺在地上，眯着眼，一副爱理不理的样子。

"行！我输了，把两天的腰食都给你们。你们输了，把腰食给我！"

"哈！老子刚想睡觉，就有人送枕头来了！"说话的人一下子来了精神，把破草帽扔到了一边，说："来来来！想多挣一份腰食的都过来！"

大多数人都站了起来。

人群里很快出来了四个人，他们和朱老二都来到了开阔处。

朱老二拉开了架势，眼睛耳朵高度集中起来。那四个人都猫着腰，眼睛死死地盯着朱老二，想把这个爱吹牛皮的家伙掀翻在地。

有人从后面偷袭过来，朱老二猛地转身，使出一招扫堂腿的同时，把手掌推了出去，来人一屁股跌坐在了地上。另外的三人同时围了过来，朱老二像泥鳅一样从他们的空隙间钻了出来，顺势在前面人的屁股上给了一脚，那人一个马趴扑过去，一头撞在了另一个人的怀里，两人都倒在了地上。最后一个自知不是对手，早溜到人群里去了。

大家先是惊讶，接着就是一阵乱嚷嚷的喝彩声。朱老二来到庄园里也有一段时间了，他们不知道他竟然有这样一身本事！

在门口转悠的大老爷也看见了刚才的一幕，赶过来凑热闹说："人才！真不愧是人才！一个对四个都不在话下，哪里学了这么一身好功夫？"

朱老二不好意思起来，说："闲着没事，闹着玩呢！"

"嗯，都玩出名堂来了！好！好！好！"大老爷说完，笑吟吟地到庄园里去了。

晚饭后高管家来找朱老二。朱老二和高管家刚进了账房，大老爷也走了进来，朱老二赶忙退让到了一边。

"坐！坐嘛！你的功夫不错呢……有件事想和你商量一下。"大老爷叫朱老二坐在了靠近他的椅子上。

账房是庄园的重地，除了管家和老爷，平时几乎没人敢把腿脚踏进这个特殊的地方。因此，尽管大老爷和高管家都表现得和颜悦色，朱老二的心里还是隐隐有点不踏实。

"朱老二，有件大好事呢！多余的牛该进柴湾了，老爷打算叫你到柴湾里看护牛群，你看咋样？"管家看着朱老二，兴冲冲地说。

"这——"到柴湾里放牛不是什么力气活，却是个危险营生，朱老二未免犹豫起来。

"这可是大好事呢！每天一斤口粮外，还有一升粮食的工钱呢！早有人想着到柴湾里去了，可是老爷对那些人不放心。你也许已经听说了，现在的贼娃子越来越放肆，你有一身好拳脚，正好派上用场！"眼看朱老二有些犹豫，高管家开出了优厚的条件开导朱老二。

"多谢大老爷和大管家看得起我朱老二！我也担心呢，白天不可怕，就是担心晚上睡得太死。现在正是青黄不接的时候，毛贼的胆子大着呢！能不能再搭一个帮手？"朱老二不好拒绝这件麻烦事，便试探着说。

"嗯……那就再给你搭个帮手，叫王三娃陪你去，那个小娃可机灵呢！"大老爷表现出了少有的慷慨——王三娃只有十三四岁，原是三太太娘家附近的一个孤儿。两个月前来到胡家讨饭，恰被三太太看见了，三太太叫二老爷说了好话，把王三娃留在了胡家，为的是混口饭吃。他在庄园里干的是大人的活，吃的却是半个人的饭。

078

既然大老爷这样大方，如果再说一些推三推四的话，那就有些不识抬举了。朱老二爽快地说：“行！我听大老爷和大管家的安排！”

大老爷和高管家相互看了一眼，会心地笑了。

# 19

刚下过一场雨，空气清新得润心润肺。二太太和二少爷各骑着一头毛驴不紧不慢地走在僻静的小路上。

“妈，我们只管走，走，走，到底到哪里去？”二少爷在前面掉转了头，大声问道。

“我也不知道到哪里去！在庄园里待久了，闷得慌，就想出来走走。嗯，今天天气好，走一走，转一转，说不定还能碰上好事呢！”

“能有啥好事？难道大爹还要夸我们不成？”

“那也说不准！如果我们不声不响地给你捡个媳妇回去，你大爹不夸你都由不得！”

“哼！想得到大爹的夸奖，除非石羊河里的水能倒流……”

“你这孩子，净说瞎话！哎！二娃，你也不小了，该找媳妇了！你想过没有，你要找个啥样的媳妇？”

“啊？这——我还没想过呢！”

“看你傻模傻样的，你也该想媳妇儿了！”

“那好！从现在起，我就开始想媳妇，保证给你想出一个称心如意的儿媳妇来！”

“嗯，这才是我的好儿子！”二太太心里舒服得像吃了糖油糕一样，甜到心里去了。

他们走走停停，停停走走，最后在一个院落前停了下来。拴好了毛驴，他们走进了院子。

女主人认出了他们母子，客气的把他们让进了屋里。

这是一户相当不错的人家，屋子里收拾得干干净净。二太太和二少爷正在打量屋子里的陈设，女主人已经领着一个十分俊俏的姑娘走了进来。

女主人赶忙给那位姑娘解释说："这是一品庄园的二太太和二少爷！"接着，又对二太太和二少爷说："这是我家春杏，再过两年就二十岁了……"说罢，春杏赶忙向二太太和二少爷问好。

女主人又笑着说："哎！杏儿，二少爷一路辛苦，把手帕拿来，叫二少爷擦擦汗。"

春杏从兜里掏出了手帕，递给了二少爷。二少爷擦了汗，又把手帕递了过去，二太太却把手帕接在了手里，笑着说："既然春杏这么懂事，这块手帕就留给我们二少爷了！"二太太笑眯眯地看着那个叫春杏的丫头，把手帕塞到二少爷的衣兜里去了。女主人使了个眼色，春杏不好意思地抿嘴笑着出门去了，很快她又端着两杯茶走了进来。她给二太太献了茶，又把另一个杯子呈到了二少爷面前，看了一眼二少爷，羞答答地说："二少爷请用茶！"

二少爷赶忙接了杯子。春杏站在了一边。

二太太和女主人又说又笑，还不时地说到二少爷和春杏。女主人不时地看一眼二少爷，满脸喜气。春杏显得很拘谨，她的眼睛不时地和二少爷相遇，一脸娇羞。二少爷是陪他母亲散心来的，现在叫他坐在屋里，不能随意说话，不能随意走动，他觉得像揣了个刺猬一般难受。他盼着母亲快点离开这个地方，二太太却并不心急，只是没完没了地和女主人说话。二少爷只能用焦急的眼神一次又一次催促二太太。

二太太和女主人的说笑总算结束了！二少爷不由得松了一口气。

二太太站起身来说："看来杏儿是个懂事的丫头，她把手帕送给了我家少爷，我们也不能失礼。二娃，把这对银镯子送给杏儿。"二太太说着，取了镯子，递给了二少爷。

二少爷把镯子递给了春杏。春杏不好意思地低了头，二少爷干脆把手镯给她戴到手腕上了。

二太太和女主人都开心地笑了。

二太太意味深长地说："你家杏儿出落成了一朵花儿，我家二少爷也到了找媳妇的年龄了。今天到你们家喝茶，算是缘分！"

女主人笑着对春杏说："杏儿，别愣着，这是胡家二少爷，一回生，二回熟，从今以后你就不是陌生人了，你们也应该说几句话嘛！"

春杏含羞地向前挪动了一下脚步，说："二少爷，我们家的茶好不好？"

"好！"二少爷赶忙说。

春杏红了脸，说："只要二少爷知道我家的好，我就对二少爷一辈子好！"

二太太和女主人心花怒放，都笑得合不上嘴了。

告别了那户人家，二太太心里喜滋滋的。她一直为二少爷的媳妇扯心，前几天有人给她介绍了春杏，打听了一下，她觉得春杏是个好姑娘，给二少爷当媳妇再合适不过了。于是她借故和二少爷见了一次春杏。

"二娃，你觉得春杏那个丫头咋样？"二太太沉浸在喜悦当中，满脸笑意地问。

"好！"

"既然你说好，那就干脆叫春杏给你当媳妇！"

二少爷愣了一下，说："我才不想说媳妇呢。"

"啥？你都说了人家的好了，为啥不想叫她当你的媳妇？"二太太一脸茫然。

"当着人家的面，咋能说人家的不好呢？再说，好姑娘多的是，总不能都当我的媳妇嘛！"

"那你说说，她哪儿不好？"二太太紧问道。

"我也没说人家不好！我还没想过说媳妇呢！"

在二太太的眼里，春杏的一言一行，一颦一笑都叫她舒心畅快，谁知道二少爷却这么冷淡！二太太觉得像喝了汤药似的，一下子苦到心里去了：唉，这是什么话？说人家是好姑娘，却又不想叫人家当媳妇，难道好姑娘都只能当个摆设？

他们母子二人都没了好心情，慢慢地回家去了。

## 20

江百先在红柳乡公所附近流浪，有人说郭员外过寿，凡前去贺寿的人都会得到款待，于是他跟着他人来到了郭家庄。

有人对郭员外说过好话就抢着吃馒头去了，江百先是个读书人，虽然肚子饿得难受，他却不好意思平白无故地享用别人家的吃食。看到郭员外的头微微颤抖，而且他嘴唇青紫，脸色灰暗，江百先马上断定郭员外患有内疾。作揖贺寿之后，他上前问道："请问郭员外，您是不是一直觉得气短乏力？半夜里会不明不白地惊醒？"

"你是什么人？咋知道这些事？——我怀疑得了病，有位过路的神仙却说这是我的福气。走路乏力，说明我天生就是享福的命，不须奔波劳作。半夜里惊醒说明我命里钱财多，白天时间不够用，半夜里也需要清点钱财……"

"郭员外，那是过路的神仙胡说八道呢！从气色上看，您患有内疾，应该服药调理。久病不医，只怕对您不好！"

郭员外的脸色马上变得难看起来。就在这时有个女人走到了江百先的面前，抬手就给了他一个响亮的耳光："你瞎了眼了？今天是老爷的好日子，大家都给老爷贺喜，你却咒着叫老爷生病，你不想活了？"

江百先没想到自己的好心会换来一记耳光，他争辩说："你，你是什么人？

我也是为了让郭员外健康长寿。"

"我是什么人还要你管？告诉你，我就是郭夫人！你哪里是想叫我家员外健康长寿？我看你诚心是给我们家添堵来了！来人！把这个不知好歹的东西轰出去！"

江百先还想争辩，旁边已经闪出了五六个人丁，一顿拳打脚踢把江百先赶出了大门。

争抢吃食的一帮人不知道发生了什么事，都伸长了脖子向门口张望。唢呐声和锣鼓声停了片刻之后，又热烈地响了起来。

江百先坐在沙坡上一脸委屈：他深谙医术，自以为可以凭借自己的一技之长换取一顿饭食，谁能想到换来的却是一顿拳脚！唉，也许现在有用的只有力气了！

过了几天，郭员外忽然发病，郭家人开始四处打听江百先，却最终也没找到他的踪影……


江百先正为吃饭的事发愁，听说邱家店雇用短工——邱家店修建房屋，除了一日三餐外，还有十个铜钱或半升粮食的工钱。他很快出现在了邱家店。

店家安排江百先和另一个叫李虎儿的人劈柴——就是把一个个树根劈开当柴火用。

那些树根好像故意跟江百先作对：使的劲大了，砍不到合适的位置上，使的劲太小，那些树根像磐石一般纹丝不动。尽管他累得满头大汗，却没劈出多少柴火来。

"咳！你这个人，咋就不像个男人？当心斧头伤到腿脚，把你变成瘸子！你看，应该这样——先拿稳手里的斧头，对着树根试一下，然后再使劲。还有，你得先端详树根的走向……"李虎儿走过来给他教了一番。

江百先拿稳了斧头按照李虎儿教的砍了下去，树根还像原来一样躺在地上，倒是他手里的斧头脱了手，蹦到一边去了。

"就你这副熊样，咋长了大人？看样子你生来就是个当老爷的料，干不来这种粗活。在一边待着，跟我学——咱俩的活我一个人包了！说好了，过一会东家把吃食送过来，你给我分一半……"李虎儿说着，拍了一下胸脯，以显示他有力气干这样的活，也有理由享用更多的吃食。

江百先的脸上带上了愧色，说："我可以把吃食给你，不过你不能在东家面前说我的坏话。"

"只要你把一半吃食给我，我保证不说你的半句坏话。"

李虎儿不再嫌弃笨手笨脚的江百先；江百先也不敢放下手里的活，高一斧子，低一斧子地砍着树根。不一会儿，他就觉得手心里一阵疼痛，再一看，手掌上已磨出了两个血泡，他忍着疼痛，一次又一次抢起斧头，一次又一次向下砍去。

"听得出来你不是本地人，也许不知道这里的事，我告诉你，附近也有不少干活的地方，最好的是一品庄园。那里除了三顿饭，还有一顿干粮呢，也不拖欠工钱——不过千万不能栽在管家的手里，他可是个没人情的角色。"李虎儿嘴里说着话，手下的树根逐渐顺着纹理剥落下来。

"听说胡家的金银多得用不完，粮食多得连仓库都不够用……"

"这话你就说对了！话又说回来，别人眼红也是白搭！胡家占了最好的风水，修了一品庄园——那是老天爷帮他们家发财呢！胡家大老爷娶了两个老婆，他的小老婆水得就像一根葱，掐一指甲就能渗出水来……唉，要是能搂着那样水灵的女人美美地睡一觉，这辈子也算没白活！"

江百先的心里咯噔一下，就在这时，手掌上的血泡磨破了，血水从他的指头缝里流了出来，随即他手里的斧子脱了手，重重地甩了出去。

"哎！你这人咋这样？我只是想搂着别人的小老婆睡觉，又没想着抢你的女人，你生气了？"

"我不小心失了手……"江百先说着，背过李虎儿捡起了斧子，他已经叫李虎儿笑话了一顿，他不想叫别人继续看他的笑话。

好不容易熬过了一天，吃过晚饭，江百先钻到柴棚下，他的脑子里乱哄哄地想了一阵子，不一会便入睡了。接下来的几天，或劈柴挑水，或搬运土块，或抬送泥包，哪一样都是力气活，江百先累得腰酸腿困，有时手指头都疼得失去了知觉，但他咬着牙关，不说一声苦，不说一声累。半月以后，房屋修建结束，江百先的手心手背上也多了不少疤痕。他把一半工钱给了李虎儿，走出了邱家店。

从那以后他开始出卖力气打发日子。


## 21

五六个雇工正忙着装骆驼垛子。他们把羊毛、驼毛从库房里搬出来，合成三四尺长的麻花样的毛团，十多个这样的毛团就可以捆扎成一个垛子了。羊皮和牛皮不需要过多的手续，只要搭在骆驼鞍子上用皮绳捆扎好就可以了。

尽管雇工们手脚麻利，但高管家还是不停地催着叫他们的手脚再快一些。大老爷一直站在旁边，他盯着装垛子的每一个工序，唯恐这些雇工不尽心。二老爷半夜里起来和雇工一道给骆驼喂了草料，现在他要亲自检查每一个垛子，免得路上出现麻烦。

这期间，二太太笑吟吟地走过来，叮嘱二老爷买针线、买笤儿，又要捎带一些城里的吃食。不大一会儿，大太太也踮着小脚来到二老爷跟前，要他买几尺花布。而后她们妯娌两个兴冲冲地站在门道里说笑……

十几个垛子已经准备就绪，接下来二老爷就该带着驼队出发了。

就在这时三太太挡在了驼队面前，只见她一手挽着花包袱，一手拉着四少爷，说他们母子俩要乘着驼队到城里看一下三老爷！三太太穿了一身新衣服，脸蛋儿擦得粉白粉白的，头上还用花花绿绿的头绳扎了朵花儿。

二老爷愣住了：事前压根没人说过三太太进城的事！难道是大老爷忘了给他说了？他看了看三太太，又把眼睛转到了大老爷的身上。

大老爷已经走了过来，说："现在不是过年过节，跑到城里干啥？"

"四娃想他老子了，我想陪四娃到城里看看。他老子都几个月没回过家了，也不见他的音信。"三太太说着把四娃向前推了一把，说："给大爹说，就说你想爹了！"

因为大老爷一向不亲近孩子，孩子们都不敢在他面前说话，四娃看了一眼大老爷，又转过身来往三太太的怀里钻。三太太皱了一下眉头，笑着说："真是个属老鼠的，见了自己的大爹都缩头缩脑，把先前说过的话都忘了？"

大老爷没有理会三太太母子的举动，他以一家之主的身份，很快做出了回答："四娃都懂事了！那就叫他二爹带他进城去。你——就不要去了。你管着我们胡家纺线织布的一大摊子事呢！我们家人多，穿穿戴戴是大事，你离开一天，我们家就有一天的损失呢！"

三太太变得不高兴了："我们随着二老爷的驼队，明天就回来了。欠下的活儿，我想办法补出来。"

"你们妯娌三个呢！今天你不想干活，明天她不想出力，只怕到了后天，庄园里都没人干活了，我们胡家的日子还咋过？"

"我还不知道我有这么重要呢！我进一天城，胡家人就不能活了？哼！就算我不想干活，就算我进城看男人，这也错了？谁想跟我的脚后跟走路，那是她的事，我管不着！今天你们想叫我进城也就罢了，谁挡了我，我不会给他好脸色！"大老爷的话叫三太太的心里很不舒服，她接连说了许多气话。

"我们胡家的脸都叫你丢尽了！脸上白眉赤眼，头上花里胡哨，嘴里不干不净，简直就是个骚货！"大老爷的语气里带了几分火气。

"就算我是骚货，你们家的那口子就没有点儿骚样？敢情你们家里的一窝丫头娃子是从墙缝里钻出来的！"三太太以守为攻，还击道。

大老爷是当家人，打嘴仗却不是三太太的对手。但大老爷不会善罢甘休，他抡起文明棍就要教训三太太。二老爷急忙走过来，拉住了大老爷。

几个雇工躲在远处探头探脑地看热闹，听了大老爷和三太太的对骂，他们早捂着嘴笑了。另外两位太太站在远处看新鲜，可是没看到新鲜，却看到了这样一场闹剧。二太太无可奈何地叹了一口气。大太太气得咬牙切齿，恨恨地说："最好把她的嘴撕烂，看她还敢胡说八道！"转过头来，看见大少爷站在旁边，她又气呼呼地说："哎！看什么看？你爹都叫人欺负成那个样了，你也受得了？要是你有几分刚气，三太太的嘴巴早就肿得能挂油瓶了！哪有她撒野的份？"

大太太的话强烈地刺激了大少爷，他卷起了袖子，准备冲上去，给三太太一顿嘴巴，好给他爹挽回丢失的面子。但二少爷却拽着大少爷的胳膊，而后众人把他拉到东小院里去了。

大老爷爱面子，三太太又一副倔脾气，这一对儿冤家搅到一起算是钉子遇到了铁，谁也不知道退步了。刚才这一阵子，已经丢人现眼了，再叫他们斗下去，只怕他们胡家的脸面都要丢光了！二老爷说了句"男不跟女斗"，赶忙拉着他大哥往上院里走。大老爷气得嘴唇发抖，一边走，一边回过头来骂："老子吃草娘吃料，养的后人没家教……"

三太太则抄着手，一屁股坐在了驼队前面，还故意仰着头，一副天不怕地不怕的模样。

大老爷坐在椅子上，心里的那口气无论如何走不顺，他气呼呼地骂道："就算孙猴子有七十二般变化，也跳不出如来佛的手心，我不相信我胡生金管不住一个女人……"说到这里，他剧烈地咳了起来。此时管家和大太太也不声不响地走进了西倒座，他们想看一看，一家之主的大老爷怎样对待刁蛮的三太太，必要的时候他们还要帮大老爷说话。

二老爷不由得想起三太太和阿五调笑的事了。三太太正值春情旺盛的年龄，三老爷又常年住在城里，与其叫她和阿五这样的下人不明不白地调笑，还不如叫她见一次三老爷。男男女女的事往往拴得了人的身，拴不住人的心，時间久了说不定还会闹出闲话来呢！二老爷心里想着，却不敢把这些话说出口。他给大老爷倒了一杯水，说："大哥，你就不要生气了，庄上人多嘴杂，他们都看我们家的笑话呢！老三都好几个月没回家了，老三家想进城，也在情理之中。"

大老爷的鼻孔里喷出了一股粗气，不说话了。

高管家皱了皱眉头说："老爷，要我说这也是你的不是——老太爷说过，对女人婆姨能给好心，决不能给好脸。女人敢冲着您大呼小叫，那是因为您平时对这些人太客气了！"

大太太也添油加醋地说："我们胡家都快没王法了，女人都成了没笼头的驴了！还是管家说得好，如果你能拿出当年老太爷的威风，只怕她见了你，连大气都不敢出了！哪里还敢撒野？"

二老爷极不情愿地看了管家和大太太一眼，又把目光转到了大老爷身上。

直到大老爷喝了水，顺了气，二老爷才说："大哥，把她留在庄园里也是个扎手的刺猬！还不如叫她进一次城……"

"干脆把她送到城里，不要回来了！眼不见，心不烦！"大老爷并不想叫老三家离开庄园，但他的心里却对这个没有教养的女人有几分怯。因此，最后他还是同意二老爷的意见了。也许管家和大太太说得有道理，看来以后他得有点当家人的派头……

得到了大老爷的许可，二老爷不敢怠慢，他马上安排好了三太太母子和随行人员，立刻动身了。

驼队走得不紧不慢，一行人有说有笑，三个多时辰之后，驼队来到了县城。三太太和四少爷从东门下了骆驼，二老爷带着驼队到南门那边卸货去了。

三太太和四少爷的眼前是一个全新的世界：用青砖修筑的东城门像挂在天上的彩虹一样高大，宽阔的大门扇像两堵墙一样紧贴在门道两侧的内壁上，门扇上一个个铁质的大铆钉，犹如雨后野地里长出的蘑菇，大门上方写着两个大字"民勤"。进了城，各种名堂的铺子一个连着一个，铺子门前摆着各种东西：有笊篱、篮子，有白菜萝卜，有粉条米面；也有摆着的针头线脑、油瓶盐末、碟盘碗筷——想必是杂货铺了。再往前走，飘来了一阵阵香味，只见街道两边都是卖吃食的摊点，卖油糕的、卖包子的、卖杂碎的、卖臊面的、卖凉粉的……真是不一而足。有些卖饭食的人家，敞着大锅，弄得烟气水汽袅袅绕绕地混在一起，好像进入了月宫仙境一般。叫卖声此起彼伏，如鸦雀聚会一般聒噪，这边"凉粉！凉粉端尖碗喽！"的声音还没有落下，那边"包子，卖包子喽！"的叫声又响了起来……

看着两边的吃食，四少爷馋得直咽口水，他讨着三太太给他买包子，却被一口回绝了："过一会儿就能见到你爹了，到时候叫你爹给你买！"

三太太和四少爷到来的时候，三老爷正忙着给顾客称红枣，三老爷向他们母子打了招呼，又忙着招呼客人。端午节快到了，红枣成了畅销货，最近一两天，每天都能卖出几十斤红枣呢！只是今天的这位顾客太挑剔，她一个一个地挑了枣，又在称斤上计较了起来，秤杆平了还不行,偏要称梢翘起来……

打发走了那个啰唆得叫人心烦的客人，三老爷走过来说："现在正是忙日子，你们咋到城里来了？"

"我和妈妈都想你了！"不等三太太开口，四少爷早嚷开了。

好久不见，三太太满以为三老爷见了他们母子俩，一定会十分惊喜而且亲热，但三老爷的表情叫三太太有些失落。她没好气地说："你现在成了城里人了，敢情把老婆孩子都忘了。这么长时间了,不见你人影,也不见你音信。"

三老爷嘿嘿地笑着说："生意太忙！刚才你也看见了，打发一个客人就得好半天呢！"

"爹，我想吃包子！"四少爷一直惦记着香喷喷的包子，就在他爹妈说话的时候，他已经拉着三老爷的衣襟讨着吃包子了。

"哦，我都快忙昏头了！"他随手取了钱，递给了三太太,说:"铺子里忙，你带四娃买包子去！"

三太太接了钱，把驼队进城的事给三老爷说了一遍，又问道："要不要给二哥他们准备晚饭？"

"这个你就不用操心了！他们还要照料骆驼呢，每次进城都要住店。我晚上还有点儿事，你们两个吃好！"正说着，又有人前来买盐打醋，三老爷赶忙过去招呼客人。

天色逐渐变暗，大多数店铺都关了门。卖吃食的地方却一片繁忙，一个个马灯高悬在摊点的上方，构成了朦胧而诱人的夜景。三太太带着四少爷吃了小吃，又看了一阵新鲜热闹，才回到店里。

三老爷关了铺子，对三太太说："生意上有点事，我出去一下——顺便看一下二哥。如果我一时半会来不了，你们先睡。"

"办完事，快点儿回来，我们害怕……"三太太说着，眼睛里流露出的是说不尽的柔情蜜意。她多么希望他能留下来陪他们母子，不巧的是丈夫偏偏在这个时候有事！看来她只能盼他早点儿回来了！

四少爷觉得一切都新奇，他在每个门口都探头探脑地看了一番，又要跑到大街上看热闹。三太太却不敢叫他四处乱跑，领着他在街上转了一圈，就把他带到了院子里。四少爷又在院子里蹦跳着疯玩了一阵，才进屋睡了。

四少爷很快进入了梦乡，三太太却无论如何睡不着，她觉得浑身燥热，从头到脚都在出汗。她试着把腿脚都伸在外面，但热气仍旧纠缠着她，她只好拿了枕巾当扇子。即便如此，热气非但没有消退，反而好像更热了，她索性把被子推到了一边，让自己裸露在炕上，绣花被子彻底变成了多余的摆设了！唉，城里的鬼天气和乡里的大不一样，夜晚倒比白天更热了！她一边竭力驱赶着身上骚动的热气，一边用耳朵捕捉着外面的动静，此时此刻，她多么希望丈夫推门进来……

也不知过了多久，疲劳终于战胜了热气的骚扰，不知不觉中她合上了眼。蒙眬中，房门吱呀一声开了，丈夫走了进来，他像以前那样猴急地把她揽在了怀里，接着就去解她的衣带。仔细一看，搂住她的人又变成了她家的长工阿五了。奇怪的是她并没有拒绝他，反而伸出了双臂……就在这时忽然传来大声呼喊的声音，她猛地睁开眼，弹坐了起来。刚才的一幕既让她自责，又让她兴奋。只是刚才的叫声太不是时候了，把她的一场好梦都惊散了！她正在胡思乱想，又听到一阵叫喊声："抓贼啦！抓贼啦！"她完全清醒了——原来刚才真的有人喊叫呢！随即屋顶上有人跑过，匆忙而纷乱的脚步声，几乎要把房顶踏出窟窿来呢！原来出了贼了！从脚步声判断至少也有三个人呢！看来城里也没有想象的那么好！

经过这番折腾，三太太睡意顿消，看了看熟睡的四少爷，她的眼睛又转向窗口，呆滞地看着窗外朦胧的夜色……


三老爷到南面看过二老爷以后，和几个生意人走进了一家酒店。

就在三太太辗转难眠、想入非非的时候，三老爷却和另外两个生意人正在酒店里喝着烧酒、吃着猪头肉。最近黄米销售旺盛，他们商量着多进一些黄米。事情商量停妥后，他们叫了几个陪酒的女子。那几个女子，脸蛋粉嫩如雪，身材纤细高挑；声音娇滴滴，如出巢的新燕一般；脚步细微微，恰似清风拂嫩柳。很快他们就跟着女子到各自的房间里去了……

厮混到了半夜，三少爷才醉醺醺地走出客店，跟跟跄跄向胡家杂货铺走来。

听到了敲门声，三太太赶紧出来开了门，随即，一股冲人的酒气扑面而来。三太太顶了门，扶着丈夫进了屋。

三老爷倒在炕上就打起了呼噜。三太太躺在炕上，大睁着两眼，无语地看着天花板。她撕下脸皮和大老爷打了嘴仗才获得了一次进城的机会，她是专程来看丈夫的，当然她也打算叫丈夫好好地"看"一下她，最好把她"看"个饱，"看"个够。可是丈夫半夜三更不进门，进了门又像死猪一样昏睡，实在叫她绝望！

一个夜晚悄然而去，又一个白天开始了。三太太和四少爷乘着驼队返回了庄园……

　　两年前，一品庄园在城里买了地皮，办起了胡家杂货铺，三老爷堂而皇之当上了掌柜。杂货铺虽然不是很大，但整个铺子以及来往货物钱财都由他掌管，他变得阔绰起来。第一年下来，他给家里交了四块银圆和若干铜钱，自己还留了两个袁大头。当时他害怕大哥查看他的账目，但大哥似乎已经满意了，说要查看他的账目，但最终也没细细盘问过，他的心里坦然了。有了钱的三老爷阔绰起来，有时候生意人约他去吃喝，一顿饭就能吃到深更半夜。一来二去，他熟悉了那些灯红酒绿的场所。刚开始，他还惦记着老婆孩子，惦记着胡家庄园，后来他迷上了迎春阁的一个叫春喜的女子。她只有十八九岁，周身荡漾着柔曼的浪气。只要几天见不到她，三老爷就会变得魂不守舍。他的银子叫她百依百顺，她的俏笑叫他骨软筋酥。他甚至产生了把她迎娶回来的打算。昨天晚上三老爷又和春喜喝着烧酒鬼混到了半夜，之后搂着她逍遥了一阵子……

　　直到上次三太太和大老爷打过嘴仗后，李丫子才知道三太太在庄园里也过得不舒心，惺惺相惜，她和三太太不自觉地亲近了起来。随后她把大太太克扣饭食的事转弯抹角地说给了三太太。

　　"你也太胆小！嫁汉嫁汉，穿衣吃饭。你奶着娃，又吃不饱肚子，还不敢吭声？如果是我，早就把胡家的锅底给捣破了！——我吃不成，别人也别想安生！"

　　"你是庄园里名正言顺的三太太，我是个二房，哪能和你比？"

　　"二房咋了？就算你是二房，那也是胡老大用八抬大轿把你抬进来的！到胡家来也是为了一口吃食，你既没有偷胡家的鸡，也没有摸别人家的狗，你怕啥？"

　　三太太大声说话，周妈着急了："三太太，你小点儿声，这些话传到大太太的耳朵里，她还不拿我和丫子出气？"

　　三太太随即压低了声音说："如果大嫂再敢克扣吃食，你给我说！我不相信胡生金的大老婆能把我吃了！"

李丫子神色阴郁地说："三嫂，你千万别冲撞大嫂……"

"丫子，你也不能太怕事！该说的话就得说！你一直装聋作哑，别人还以为你好欺负呢！以后你不要把三嫂当外人！"

看着三太太出了门，周妈感慨地说："要是庄园里的女人都像三太太，只怕县老爷的公堂设在胡家堂屋里，也断不清胡家的官司了！"


# 22

庄园周围的沙枣花送来第一缕香气的时候，大老爷就亲自套起他家最健壮的大犍牛开始犁地了。按道理，种秋庄稼还需要三五日，但胡老太爷说过"吃得苦中苦，方为人上人"，大老爷一直记得这些话，他是胡家最忠实的子孙，每一样农活他都会率先动手。他家的耕地有好几百亩，绝大多数农活只能依靠长工短工，但他也是个闲不住的人。不知道吃苦流汗就等于不知道过日子，在庄稼地里忙活一阵子，他的心里才会感到踏实。更重要的在于他从父亲的手里接过了勤俭的家风，他要通过言传身教把这个家风传给儿孙。

只用了早半天，大老爷就犁了五分地。

大太太心疼大老爷，特地给他作了一顿好吃的——除了挽面，还炒了一盘子鸡蛋。

大老爷吃了挽面，却叫大太太把炒鸡蛋送到了长工灶上。

大太太看着赵叶儿把鸡蛋倒进了长工灶上的大锅里，心里却骂起大老爷：把别人的好心当驴肝肺呢！给了好也不知道好！别人心疼他，他倒心疼起长工了……

朱老二来到柴湾不久，就捉住了一只黄羊、五只野鸡和六只兔子。

先前的肉片经过烘烤已经可以收藏了，总共差不多有十五六斤。朱老二把这些肉干分成了均匀的两份：一份给了王三娃，一份留给了自己。

王三娃得了肉干，打算把这些东西，还有几斤黄米送到三太太的娘家去。三太太娘家日子过得很艰难，三太太给他找了一个吃饭的地方，他无以为报，只能用这些肉干报答三太太了——他不能把这些东西带到庄园里去，送到三太太的娘家就等于送给三太太了。

别看王三娃只有十三四岁，穷苦的日子使他早就带上了大人的老练，虽说一个单趟足有七八里路，但他背着十多斤东西，只缓了两三回，就到了三太太的娘家。中午时分，他又返回了柴湾。

王三娃放慢了脚步，他一边走路，一边细心地观察着周围的一切。朱老伯给他教了一些识别鸟窝的方法，他想在见到朱老伯之前捡几枚鸟蛋，好让他敬重的朱老伯高兴一番。

忽然，他听到高大而浓密的红柳掩映的沙丘背后有人说话，只听得有人说："……他看不见我，我却把他看得一清二楚。牛房里只有一个三十多岁的男人。"

"不是说还有一个男娃呢！"

"管他呢！就算再有两个、三个男娃也不顶事！我们四个壮汉，对付一两个人，那还不是喝水吃豆腐？等他们睡熟了，我们再动手；只要我们把牛赶过东外河，就算天王老子来了也是白搭！"

原来这是一伙偷牛贼！王三娃心里一惊，但他并不慌乱，轻手轻脚地绕过沙丘，到了远远的地方，他又从灌木丛里伸出头来细细看了一下：不错，的确有四个大汉敞着肚皮、八叉着腿乱躺在沙坡上。

王三娃很快找到了朱老二。朱老二先吃了一惊，但随即又镇定了下来：这伙人约定晚上动手，说明他们不是强盗，而是一群毛贼，并且对方只有四个人……他的心里很快有了主意。

朱老二烙了几块面饼，给王三娃分了饼子和煮好的兔肉，又装了两葫芦茶水，而后他对着王三娃的耳朵叮嘱了一番，叫他如此如此……

太阳快要落山的时候，朱老二把牛群赶进了牛圈。而后他走进牛房，在灶火里点燃了柴火，烟囱里很快升起了一股浓烟。太阳的光亮消退、暮色笼罩了大地之后，朱老二又忙碌了一番，悄悄离开了牛房。

夜幕下的柴湾显得分外寂静，除了夜鸟和一些虫子的鸣叫声，周围安静得叫人很不踏实。二更时分，四个黑影蹑手蹑脚地向牛房摸来。

简易的牛房坐西向东，两个黑影一南一北，摸黑向牛房逼近。其中一个黑影刚走近牛房，一脚踩到了铁夹子，只听得哎哟一声，已经倒在地上捂住了腿，叫起爹娘来了。另一个走运，虽触动了铁夹子，却没有伤到骨肉，他吓得转头就跑。朱老二平时用铁夹子抓野兔，前几天铁夹子立了大功，给他逮住了一只黄羊，这一次它又大显神威，把一个贼娃子搞得哭爹叫娘，把另一个贼娃子吓得魂飞魄散。好！朱老二要的就是这个效果！

就在这时，南面不远处的沙丘上燃起了一堆大火，几乎在同一时刻，朱老二已经从火堆那边冲了过来，他大喝一声："大胆毛贼，哪里逃？吃我一棒！"说着舞动棍棒，直奔那几个黑影而来。就在同一时间，西面不远处也亮起了熊熊大火，把牛圈牛房都映照得清清楚楚。

那几个偷牛贼原打算先降住放牛人，然后再赶着牛上路。没想到他们还没来得及降服放牛人，放牛人却舞枪弄棒来降服他们了！那几个贼人也有棍棒之类的家伙，但在朱老二面前，他们手里的家伙都变成烧火棍了！只听得朱老二手里的棍棒呼呼生风，棍棒在他手里指东打西，神出鬼没。三个偷牛贼不是伤了胳膊，就是伤了手骨，他们三人，伤了骨头的就有一双半！三个偷牛贼落荒而逃……恰在此时，西面、南面的不远处又传来了喊杀声。那是王三娃虚张声势策应他朱老伯呢！

小腿被铁夹子夹住的那个家伙，掰开夹子，随着另外三人，像兔子一样，没命地向北逃奔而去。

朱老二大战偷牛贼的事很快流传开来，人们见了面，不自觉地就会谈起这件事。啊呀！以前的朱老二默默无闻，后来人们也只知道他会摔跤，谁知道他还有这样的手段？真人不露面啊！

早上起来，负责草料的几个人，又忙碌起来了。有的来来去去搬运草捆，有的两人一组，一个操铡刀，一个在铡刀下面送草。

这些人干着活，不知不觉又说到朱老二的事了。王欢乐首先兴奋起来，大声叫嚷说："这件事我最清楚了！啊呀呀，你们不知道，当时太阳刚落山，十多个偷牛贼悄悄向牛房摸了过来。朱老二是谁？他本来就是舞棒弄枪的好手！这时他躺在牛房的土炕上，眼睛和耳朵却细心地关注着外面的动静。从外面的脚步声、呼吸声，他早就判断出了来人的多少以及武功的强弱了！那十几个人快要到门口的时候，朱老二一个鲤鱼打挺跃身而起，接着一个箭步，就像燕子出巢一样，飞出了房门。那些偷牛贼吃了一惊，但他们很快就像卷心大白菜一样，团团围住了朱老二。忙者不会，会者不忙，朱老二手持荡魔棍，厉声喝道：'来人是谁？意欲何为？'

"朱老二的气势把那些贼人吓得面面相觑，不敢应声。

"只见朱老二挥动着丈二长的荡魔棍，忽东忽西，忽南忽北，他手里的荡魔棍呼呼生风，那些偷牛贼，沾着棍棒即伤，挨了棍棒即倒，不一会儿就倒下了一大片！"

几个前来拉驴套磨的婆子和牵马套车的男人也都忘了自己的本分事，他们站在一边，乐呵呵地听王欢乐绘声绘色地讲述朱老二大战偷牛贼的事。三太太也站在不远处，她耳朵听着王欢乐的故事，眼睛却在阿五的身上打转。阿五显然也看到三太太了，眼睛不由自主地转向了三太太。

大家正听得津津有味，王欢乐却停了下来。余兴未尽的婆子、男人们都问道："后来呢？后来呢？"

有的干脆叫嚷起来："讲得好！讲得好！快点往下讲！"

王欢乐刚抬起铡刀，又把铡刀放下了，说："那我就说了——话说那些倒在地上的偷牛贼，不是折了腿，就是断了胳膊；不是嘴里流血，就是鼻子里流血。他们一个个鼻青脸肿，纷纷跪在地上，一个劲儿地磕头求饶。这还不算，他们还把身上的金坨子、银疙瘩都掏出来扔在了朱老二的面前，要朱老二手下留情呢！他妈的，朱老二都变成财神爷了！"

大家哄笑起来。王欢乐也跟着大家笑了，这个快乐的家伙，不仅逗笑了别人，而且把自己也逗笑了。

阿五又看了一眼三太太，说："啊呀！朱老二都成了胡家庄的好汉了！我也要跟朱老二学几招，只要那些毛贼敢动歪脑筋，定叫他有来无回！"

王欢乐却冷了脸，操起铡刀说："手下来快点，铡草！"

大家都觉得不对劲，转头一看，只见大老爷穿着长袍马褂，慢腾腾地走了过来。众人看到大老爷，心里一下子慌了，大家立刻走散了。推磨的去拉驴，套车的去牵马，铡草的也忙了起来。这场景就像满树乱喳喳的麻雀看见鹞子飞过来一样，一个个屏气凝神，如临大敌，他们都担心大老爷发脾气。

大老爷走过来，笑容可掬地说："阿五，你刚才说什么？"

"我说了句不该说的话。"阿五怯怯地说着，声音小得就像蚊子叫。

"嗯，我都听见了，说得好嘛！朱老二就是我们胡家庄园的好汉！谁敢打我们胡家的主意，就得叫他有来无回！"大老爷仍旧笑着。

"老爷，我知道错了，我以后再也不胡说了！"在大老爷面前，阿五不知道怎么忏悔才好，他说话的语气里都带着哭腔了。

"我没有怪罪你！朱老二护牛有功，他是我们胡家庄园的好汉！你敬重好汉，也算一条好汉！没事，好好干活！"说罢，大老爷慢条斯理地走开了。

大老爷走远了，阿五却给自己狠狠地扇了一个嘴巴，并且自言自语地说："都怪你嘴太闲！"阿五后悔得不知道说什么了！他担心大老爷叫他饿肚子。别人也都变得严肃起来，忙起了手里的活儿。


现在是吃午饭的时间，雇工们都来打饭。他们手里拿着粗瓷大碗——说是碗，其实应该叫盆才对，因为它们比碗都要大出很多。打饭也有讲究，先男人，后女人。给男人舀饭用大勺，给女人舀饭用小勺。也有个别人打的饭比别人多，这需要吃饭的人干更多的活，而且还要得到大老爷的许可，才能得到这样的特殊待遇。阿五就是享受特殊待遇的人，因为他干两个人的活绰绰有余！有时候有的人因为干活出色，会得到管家或大老爷的奖赏，也有机会到东家灶上享用东家的饭食。

赵叶儿拿着个大勺子，忙着给雇工舀饭。有个帮灶的婆子用一个长柄木头勺子不停地在锅里搅动，她要把锅里的饭搅均匀，以免稀稠不均。打了饭的人三三两两蹲坐在院子里狼吞虎咽地吃了起来；排到后面的人手里拿着饭碗，眼睛却盯着锅里的饭和赵叶儿手里的勺子。有的男人干脆酸眉醋眼地盯着赵叶儿晃动的胸脯，一脸馋色。赵叶儿知道男人们的心乱，但她顾不得和这些人计较，只是一勺又一勺的舀饭。当一个大碗，不，确切地说是一个粗质的黑陶瓷盆子伸过来的时候，赵叶儿愣了一下，又把勺里的饭倒到锅里去了，然后说："老爷吩咐过了，今天这里没你的饭！"

这个粗瓷大碗的主人就是阿五，他觉得很扫兴。他把伸出去的碗收了回来，低了头，一声不吭地出门去了。其他人面面相觑，却都不作声，但他们心里很不好受。唉，不就说了一句话，难道连吃饭的资格也没了？

阿五心情沮丧地回到了草棚里，把粗瓷大碗扔到一边，八叉着腿躺在了草铺上。他心里有气，但他没有对大老爷生气，而是对他自己生气：安安生生地干活得了，为啥要多嘴多舌地逞能呢？好！图了一时嘴上的痛快，却惹了个饿肚子的烦恼！想起刚才打饭时的情景和其他人狼吞虎咽的模样，他觉得自己的肚子更饿得难受了。刚才还只恨自己的阿五，很快又对大老爷产生了敌意：狗日的，没良心！好歹我也干了一早上的活了，难道连一顿饭食也没有挣下？好！今天你叫我饿肚子，明天我就叫你们家的驴先人、马祖宗饿肚子，一个个饿成皮包骨，叫它们拉不动磨，走不动路！唉，听说凉州城里都已经乱了，为啥这里还显得风平浪静？如果这里也像凉州一样乱了才好呢！正好不再受这种窝囊气了……就在这时，他觉得门口来了一个人，抬了一下眼皮一看，却是胡家的四少爷胡有贵。

四少爷站在门口，直冲冲地对他说："老爷叫你拿碗到东小院里吃饭呢！"说完，蹦跳着走开了。

阿五一下子愣住了。他从来没想过在东家灶上吃饭，只有对胡家有功的人才能破例到那个地方享用饭菜，难道他立了功了？管他呢，填饱肚子要紧！他提了粗瓷大碗，出了草棚，顺着草院子向北走来。

走过草料棚、青草垛和麦草垛，最后穿过了一道小门。这道门就是套磨套碾子的婆子和毛驴进出东小院的通道，平时由东小院里的人掌管。现在门大开着，阿五轻手轻脚地进了东小院，向东家灶里面张望。

"先到东面屋里等一下！"三太太看见了阿五，大声对他说。看样子，今天东家灶做饭的是三太太，阿五心里想。其实，东家灶一直由大太太掌管，只不过洗锅抹灶却是三个太太的事。今天轮到三太太洗锅。

东面有一间小小的放杂物的屋子，阿五刚进了屋，三太太已经端着一个雕花的瓷盘子走了进来。她毫不避讳地用热辣辣的眼神地看着阿五，而后把饭倒在了阿五的碗里，笑着说："胡老大都夸你了，说你是胡家的好汉呢……慢慢吃，还有呢！"她扭着水蛇腰走到门口又回过头来，再一次给了阿五一个勾魂摄魄的笑。

这是咋了？自从早上说了"闲话"以后，阿五就知道自己要倒霉了，但谁又能想到，大老爷竟然会把他当"功臣"对待，他也有资格享用东家灶的饭食了！更叫他畅快的是给他端饭的又是素日和他眉来眼去的三太太！他还没来得及吃饭，三太太风一般的影子和火一样眼神又搅得他心里波澜起伏。短短的时间里，他好像把春夏秋冬的色彩都看了个遍，也把酸甜苦辣的滋味尝了个遍！他的心里百感交集，而三太太的模样又像印在了他的脑子里，挥之不去。直到饭菜的香味再一次刺激他的嗅觉的时候，他才把目光盯在了饭碗上。

东家灶上吃的是灰面，虽然没有炒菜，却有葱、蒜、辣子等调料。饭菜的香味刺激着他，阿五觉得有点晃眼，不由得咽了几下口水。饥饿容不得他多想，拿起筷子就是一阵狼吞虎咽。

他很快就把饭食刨了个精光，这时三太太又端来了一盘面，看见阿五端着空碗，她笑着说："这么快就吃完了？比驴吃料还快！"

这是一句骂人话，但从三太太的嘴里说出来，却带上了一种亲切的味道。阿五嘿嘿地笑着，眼睛却舍不得离开三太太。骂就骂吧，东家见了下人，比这更难听的话也敢说呢！把他当作驴也没什么，除了不吃草，他和驴没有多大区别。平时见了三太太他总要心思飘忽地想一阵子，现在三太太就在眼前，他的心里未免多了几分狂野。

三太太无话找话地说："听说别人都不想和你一块儿住，把你撵出来了？"

阿五局促不安地说："都怪我不好，睡觉打呼噜……现在住在草棚里。"

三太太满面春风地笑着，把盘子里的饭倒在了他的碗里，说："你给二太太编的篮子真好看，抽时间给我编一个。"而后她在他的胳膊上使劲地拧了一把，压低了声音说："阿五……"三太太看着他，眼睛里流露出的是说不尽的缠绵绵的情意。

阿五的心疯狂地跳动了起来，他呆呆地看着她，忘了吃饭，骤然间心里升起了一股和三太太融化在一起的冲动。但他的手脚却不敢乱动，这里是胡家庄园，不是他阿五随心所欲的地方！他只是用一双眼直勾勾地看着她。

三太太莞尔一笑，扭着细腰出门去了。阿五愣愣地端着饭碗，看着三太太的影子出神……

## 23

转眼间六少爷已经满月了，只因李丫子是二房，六少爷是二房所生，地

100

位低下，庄园里的人都不提过满月的事。但细心的周妈还是在满月那天给六少爷穿上了新袜，戴上了护巾。二太太、三太太围着六少爷和李丫子说了一些好听的话。

大太太看见六少爷穿戴一新，当下就不高兴了："李丫子，你是不是真的把你娃当少爷看待了？你是不是忘了自己的身份了？你应该知道，你是二房，是个奴才，你的娃也讲究过满月，那猪娃狗娃也都得过满月了！不要以为你生了个娃，大老爷就真的是你的男人了，我可告诉你，大老爷是我的男人！不是你的男人！大老爷高兴，你也算个人；大老爷不高兴，你休想带走胡家的一根针一根线！"大太太说完，一脸轻蔑地出门去了。

所有的委屈都涌上了心头，李丫子泣不成声。

二太太赶忙安慰李丫子。三太太骂了一阵大太太还觉得不解恨，她说她要当着大老爷的面问清楚，他胡生金是不是李丫子的男人，六少爷是不是他胡生金的儿子。二太太和周妈费了好大的工夫，才拉住了三太太。


一个偏戴破草帽的长工动作娴熟地在地里撒种子，另外几个长工正扬着鞭子吆喝着耕牛犁地。高管家阴沉着脸，在田地外的地埂上不停地走来走去。他的眼睛一直盯着长工的一举一动，嘴里还絮絮叨叨地说着什么。哼！这帮长工吃起饭来一个比一个能行，饭量也一个比一个大，但要他们出力气干活，就像叫他们上刀山入火海似的为难。就拿种米子来说，如果不盯着他们，他们连种子的多少都会应付，有时还会把剩下的种子偷偷地带回家，喂养他们的老婆娃娃。

就在这时胡家的佃户黄狗娃背着个褡裢从北面的荒地里走了过来。

"狗娃！麦子米子都还没熟，你背个褡裢干啥？偷麦子、偷米子还早着呢！"管家大声喊叫着说。

"大管家，你冤枉好人呢！"黄狗娃远远地走来，笑嘻嘻地说。

"哼！你也不撒泡尿照照自己，哪个好人长你这模样？你偷东家的东西都习惯了！麦子熟了偷麦子，米子熟了偷米子，每年不干点偷鸡摸狗的营生，你的手脚都发痒呢！你以为我不知道？"高管家骂道。

"大管家，你太高看我狗娃了！就凭您大管家的一双眼睛，谁能把老爷家的东西偷了去？再说，就算我有那个贼心，也没有那个贼胆！"黄狗娃说着，已经来到了高管家的面前。

"哼！你有心没胆？我看，你既有那个心，也有那个胆！哎！狗娃，前年你欠了东家的三斗麦子、五升米子、几十个铜钱。去年又欠了二百铜钱！该还账了！"高管家骂着黄狗娃，忽然想起了陈年老账，顺便提说了一下。

"我的大管家，现在青黄不接，你要我还账，就等于要我的命呢！你放心，今年下来，我连本带利一并还清。"

"今年下来，你一定要还清——本来要交铜圆银子，我在老爷面前求了情，叫你交粮食，上打租变成了下打租，你也该知足了！要不，我在东家面前都不好张嘴了！"

"今年下来，我一定还清！东家的东西我一丝一毫也不敢欠呢！另外，大管家，我还有一件事求您呢！"

"嗯？是不是又揭不开锅了？"管家疑惑地看着黄狗娃，敏感地问。

"大管家，您放心，这次不是借钱借粮的事。麻烦您把牛车租给我用一下——就一晚上的时间！"黄狗娃嬉皮笑脸地说。

"哎呀！狗娃，你租种东家的地，都发了财了！手脚不够用，要用牛车了！"高管家带着嘲讽的口气说。

"大管家，您就别拿我们穷人开心了！这年月，不饿肚子就烧高香了，谁敢想着发财？"黄狗娃露出了一副可怜相。

"那借用大车干啥？想摆阔？"用得起大轱辘车的人家不多，一般人家置办不起这种大家伙，再说，也没有多大的用处。胡家种地多，收获的麦捆、米捆，都要用大车转运，用石滚子打碾。黄狗娃租种胡家的地，每年麦子、米子收割后，手提肩挑就能搬到家里去。他家也用不着滚子打碾，他和老母

102

亲一起动手，用棒槌敲打，用不了几天粮食就收进家里了。现在黄狗娃居然要借用胡家的大车，这叫高管家实在想不出黄狗娃借车有什么用！莫不是黄狗娃饿昏了头，大白天的说起梦话来了？

"大管家，我知道您辛苦，这里有兔肉干，煮熟的，您尝一尝。"黄狗娃说着，从褡裢里掏出了肉干，递给了高管家。

"你个狗东西，脑子滑得很！哼！这些兔子，也都是吃了我们东家的柴草长大的，你这是拿东家的兔子做人情呢！不过，算你有良心！牛车是东家的，租车得有现钱，不拖不欠，这是老规矩。"高管家说着，把一片肉干塞到了嘴里。

"这个我知道……我想今天晚上就把牛车借回去，孝敬您的份子，保证少不了！"

"丑话说在前头，好借好还，牛是东家的宝贝，你可要喂好喽！如果牛掉了膘，受了伤，大老爷不会饶你，我也不会放过你！"高管家叮嘱黄狗娃说。

黄狗娃满口答应着，说了些感激的话，笑吟吟地走开了。

高管家心里乐滋滋的。大车是东家的，黄狗娃借牛租车，东家得了钱财，他也能趁机捞点儿油水，大老爷、他和黄狗娃都高兴着呢！这样的事，何乐而不为？至于黄狗娃借车干什么，黄狗娃不说，他也不想多问。在这种事情上，他完全可以睁一只眼闭一只眼，难道黄狗娃还能驾着牛车去做贼？哼！量他黄狗娃也没那个心胆！

当天晚上，黄狗娃驾着借来的牛车回到了家里。他拴好了牛，给牛添了一些上好的青草，很快进了屋。

他家的屋子里已经挤了五个壮年汉子。狗娃娘在另一间屋里忙着往灶火里添柴。虽说平时他们家舍不得多吃多喝，但今天他家的锅里却炖着兔肉呢！几张烙好的厚实的锅盔也放在案板上。

那几个壮年汉子粗声大气而又眉飞色舞地说着话，唾沫星子乱飞乱溅。狗娃娘把切好的锅盔和炖好的兔肉都端了上来，那些人的话一下子少了，操起筷子开始吃喝起来。

兔肉很快就被一扫而光，狗娃娘干脆把肉汤也端了上来。那些人又喝着肉汤吃了一阵锅盔。直到一个个吃得伸着脖子、打着饱嗝，他们才停了手，擦着沾了油水的嘴。

狗娃娘取了一些红布和红头绳，给每个人都挂了红，在狗娃的腰里系上了红带子，最后在借来的牛头、大车上也拴上了红头绳。

忙完了这些，狗娃和壮汉们都跳上了车，一个驾车的把式坐在了车辕上，抖动了缰绳。当到狗娃娘再次出来唠叨的时候，他们已经消失在夜色中了。

他们几个都不说话，偶尔说话，也显得悄声悄气。这阵势就像执行一次绝密的军事任务，一切都带着紧张而神秘的气息。

牛车一直向南驶来，大约过了八九里地，他们来到一个几乎和狗娃家一样的院子旁边。他们几个人轻手轻脚地下了车。

留下一人看护牛车，其余几个人悄悄来到了这户人家的门前，有人把门扇的转轴往上一抬，门扇就折放到一边去了。接着他们几个人一拥而入，进了屋子。

这家人不知道发生了什么事，也不知道闯进来的是什么人，屋里的人吓得惊叫起来。黄狗娃点着了准备好的灯烛，屋子里亮了。

"大爹，大妈，你们不用怕，我们给您贺喜来了！狗娃看上你家的铃铛了，我们现在就要把铃铛娶回去，要她和狗娃成亲呢！"

原来是黄狗娃抢亲来了！铃铛爹知道了原委，倒镇定了下来，说："我家铃铛已经有人家了，你……你们不能乱来！"

狗娃一伙人却不理会铃铛爹的话。他们跪在地上给铃铛爹娘磕了头，又把准备好的、用红布包裹着的一点吃食放在了铃铛爹娘面前——这算是狗娃孝敬岳父岳母的彩礼了！

黄狗娃说了一句"动手"，那几个人立即行动起来了。

从狗娃一伙冲进屋里的那时起，铃铛就已经吓得缩成了一团，知道是抢亲的，她更加不知道如何是好，只是竭力让自己蜷缩在被窝里，不敢露头。

104

前来的几个人是抢亲的行家,听到狗娃说了"动手"两个字,他们一下子把盖在铃铛身上的被子掀在了一边。铃铛一丝不挂地蜷缩在炕上,就像没有泥土遮盖的蚯蚓一般。她尖叫了一声,背过脸去,赶紧用手遮住了自己害羞的地方。唉,家里穷得没吃没穿,虽说到了谈婚论嫁的年龄了,但仍旧没有一件内衣,到了晚上她只能赤条条地钻到被窝里。现在被子被这伙抢亲的人揭开,她身上没有一丝一缕遮羞的东西。

"铃铛,你已经是狗娃的人了,快点起来穿衣服,跟我们走。"有人说。

"不……我不……"铃铛的身子毫无遮拦地暴露在这伙人的面前,她又急又臊,只得尽量让自己蜷缩起来,嘴里不停地重复着几个简单的字。

有人在铃铛的光屁股上轻拍了几巴掌,说:"铃铛,今天这事由不得你!你走也得走,不走也得走!"这时另一个人已经把蜷缩着的铃铛拉了起来,这两个抢亲的家伙趁机在她的身上摸摸捏捏。另外两个人的眼睛盯着铃铛的爹娘,防止他们有什么过激的行为。铃铛爹娘一看这架势,知道事情已经无法回头,便叹了一口气,说:"铃铛,穿上衣服,跟他们去吧!看来你命里就是狗娃的媳妇!"铃铛娘把衣服递了过来,铃铛伸手去接衣服,却被两个壮汉拦住了:"铃铛,你是新娘子,狗娃娘已经给你准备了上轿的衣裳。不用你动手,我们给你穿。"

那两个壮汉说着,磨磨叽叽地给铃铛穿衣服。他们的四只色眼在铃铛刚刚发育起来的身上扫来扫去,穿衣服的时候,他们的手还极不老实地在铃铛敏感的地方摸捏。这是抢亲中常有的事,并不值得大惊小怪。

把新娘子打扮好以后,他们又给铃铛爹娘磕了头,最后他们抬着装扮出来的铃铛上了大轱辘牛车——这算是铃铛的花轿了!

返回的路上,驾车人使劲地用皮鞭抽打着牛,这头牛的四条腿忙个不停,鼻孔里喘着粗气。可怜的牛怎么也想不明白,它已经比平时快了许多了,但驾车的这个家伙还是对它不满意,鞭子不停地落在它的背上。是什么紧要事,需要这么不要命地赶路? 其实不是它的脚步不够快,而是这些人太心急了!

这头老牛当然不会知道，今晚它即将完成一个壮举，促成一段姻缘，两个互不相识的懵懂的男女从此会拴在同一根命运的绳索上，一同应对生活的风风雨雨……这些人这么火急火燎地赶路，为的就是尽快把抢来的铃铛送入洞房里去呢！

车上坐着的人开心起来，他们把新娘子围在中间，有个壮汉放肆地把手伸进了铃铛的胸部。刚开始铃铛还要挣扎，但她越挣扎，那个人的手就越不老实，最后她只能无力地躺在车上，任凭这些人调笑。抢亲队伍里的汉子都是成了家的人，没成家的人决不能加入抢亲的队伍。

此时铃铛的脑子里空白得连一件事也想不起来，她不知道她要到哪里去，也不知道她将来的命运。唉，女人，有时就是深秋的一片落叶，飘向何方，落于何处，她们自己也不知道啊！

大车在狗娃家门前停了下来，狗娃娘迎了出来，那几个人七手八脚地把铃铛抬进了屋里。狗娃娘已经把茅草屋收拾了一下，家里穷是穷，但今天是儿子大喜的日子，她要尽可能让这间小屋带上喜庆的味道。

那几个人喝了茶，又回到了洞房，说：“狗娃，我们把媳妇给你娶回来了，你会不会和媳妇睡觉？要不，我们给你教一教？”

另一个说：“你们两个好好用功，大娘还急着抱孙子呢！”

这几个人完成了使命，惹了一阵笑，各自回家去了。狗娃娘看着儿子儿媳妇吹灭了房间的灯，也悄悄地躲进另一间屋里去了。黑暗中她长长地舒了一口气：唉，儿子总算有媳妇了，她心里的一块大石头也落到地上去了！


“啊呀呀！铃铛的那个身子呀，白生生，滑溜溜，酥得就像豆腐，软得像发面。摸一下，酥酥的，麻麻的，我的心呀都跳得差点儿管不住了！她的脸蛋儿白里透粉，粉里透红，就像一朵新开的桃花一样，惹得叫人放不下，丢不开。她的一双眼睛扑闪扑闪的，像井水一样清澈，像月亮一样明亮。我的三魂都叫她给勾走了！”现在是吃午饭的时间，大家散坐在前院里。王欢乐端着碗却不吃饭，他正在眉飞色舞地给大家讲述昨晚黄狗娃抢亲的事。大家干脆把王欢乐的说笑当成了一道菜，他们一边扒拉着饭食，一边津津有味地听他讲故事。

"我操你亲妈！人家叫你抢亲，就是给狗娃抢老婆呢！你既端详铃铛的脸蛋，又端详铃铛的眼睛，还摸了铃铛的身子，那不是把铃铛当成你老婆了？你的良心叫狗吃了？缺德！"有人笑骂道。

"新房当日无大小，我只是多看了一眼，摸了一下。我也是搂着老婆睡过觉的人，心里想是有点儿缺德，但我并没有干缺德的事嘛！叫你们这帮没见过女人的饿鬼抢亲，只怕你们连自己都把持不住呢！"

大家哈哈大笑。又有人说："快说！快说！你还看见什么了？"

"嗯……最后我看见黄狗娃搂着铃铛睡觉去了！他妈的，不管怎么说，铃铛也是我们帮他抢回来的，咳！狗娃那个忘恩负义的东西，只顾搂着铃铛睡觉，没说一句客套话！多心死了！哈！把个狗娃美死了！"

"幸亏狗娃没对你说客气话，如果真的客气一下，只怕你赖在洞房里不走了！"

"哼！王欢乐，你别高兴得太早了！现在是民国，抢亲可是犯法的事，当心叫抓了去，把你给铡了！"

"别拿'民国'两个字吓唬人。我看民国也就是聋子的耳朵，好看不中用。民国都喊了多少年了，可是只见打雷，不见下雨。你们看，老爷仍旧是老爷，长工仍旧是长工。老爷不受苦照样吃得好睡得香。长工是个啥样？还不是像驴一样，谁把你当人看？其实民国和清朝也没有什么两样，除了不用留辫子，我还没看出有什么别的不同。"一个年岁稍长的胡子拉碴的人说。

"说的有道理！我看民国不民国也没啥意思。他妈的，没饭吃也没人管，只能没完没了地卖力气；没老婆照样没人管，晚上睡觉只能搂个枕头。"

人群里又是一阵大笑。

"哎！叫你们出力气干活，你们一个个像霜打了的茄子，蔫头耷脑地打不起精神。现在倒好，你们一个比一个精神了！你们有吃有穿有住处，还嫌民国不好？想当老爷？呸！你们也不撒泡尿照照自己，谁是当老爷的模样？癞蛤蟆想吃天鹅肉呢！快点吃饭！吃了饭，该干啥干啥！"就在大家七嘴八舌说开心话的时候，高管家忽然从一旁冒了出来，他劈头盖脸地把大家骂了一顿，迈着八字步走开了。

"真他妈的冤枉死了！王欢乐摸女人解馋，我们跟着挨骂，这是个啥事儿？亏死了！"有人放低了声音嘀咕道，语气里满是无奈。

阿五的手里端着饭碗，耳朵却高度灵敏地关注着大家嘴里关于女人的长长短短。同时三太太的模样就在他眼前晃来晃去……

就在庄园里的人们谈笑黄狗娃抢亲的时候，李丫子的心里波澜起伏，这天夜里她做了一个奇怪的梦，先前的那个年轻人把她强行拉上了马车，而后马车像箭一样向前狂奔……

## 24

东外河东面的一处开阔处，人们正忙着修筑王家寨子——有的人推着独轮车，有的干脆挑着红柳筐，他们把远处的沙土装到车上、装到筐里，不断地运送到墙根下。寨墙已经一丈有余，墙根下的人挥动着铁锨，把运来的沙土往墙头上送，送到墙头上的沙土有专人摊开铺平。别处的土层夯筑完毕后，一二十个提着石头杵子的人便会出现在新铺的土层上，这些人分成两组，面对面站在两端。领号子的人首先拉开嗓门唱一声"哎——嗨"，这边的人接着唱了起来："哎嗨哎嗨哟呀，哎嗨哎嗨哟，哎——哎——嗨呀，嗨嗨哟！"接着另一边的人又接上前面的号子唱了起来。唱到每一句末尾，杵子就会重重地落下来，周围的人都能感觉到振动。土层在这样的节奏里变得越来越坚硬，墙体逐渐升高。因为头绪多，墙头上、墙角下、运送沙土的人群里都有监工，如果干活的人偷奸耍滑，立马就会引来他们的叫骂。挑送沙土的来回奔波，拿锹的喘着粗气，唱号子的人手里的杵子不断地落在土层上。这是一个令人震撼的场面，周围一里多的地方都有紧张忙碌的人。

人们像蚂蚁一样忙碌着，推车的、挑担的、拿锹的、唱号子的，身上的汗水把汗褂子都湿透了。

江百先也夹杂在人群里，他正忙着往墙头上送土，沙土不断地往上扬，额头的汗水顺着脸颊流下来，又落到泥土里去了。这种超强度的体力劳动，几乎超出了他的极限，但他还是不停地挥动着手里的铁锹，直到口干舌燥时，他才走过去喝一阵茶水，顺便让自己松一口气。

开饭时人们三个一群五个一伙地散坐开来，江百先喝了一大碗茶水，抓了两个馍馍，躺在了土堆上。繁重的体力活使他饭量大增，他大口吃着馍馍，腮帮子都鼓起包来了。他一边吃着馍馍，一边天真地想，如果能美美地睡上一觉，那就再好不过了！

一阵脚步声过后，传来了一个声音："哎！呆子，你以前是不是没干过这样的活？"

说话间，来人已经坐在了旁边——那人三四十岁模样，大家都叫他诸葛禅。江百先急忙坐起来说："你的意思是说我不会干活？"

"我没说你不会干活！给别人干活也有讲究——太惜力了，别人会骂你是猪；太卖力了，别人又会说你是驴。这里都是体力活，你要学会用力气，像你那样卖力，不到三天就把命搭进去了！"

"我怕东家看不上我……"

"那也不能不要命！你要学会均匀用力……"

几番波折之后，江百先意识到这是一个崇尚力气的地方，因此，干活的时候，他总会摆出一副不要命的架势，他不能叫别人嘲笑！没想到干活卖力还有这么多道理！江百先不由得对这位名叫诸葛禅的人带了几分感激。不知不觉中，两个馍馍已经吞咽到肚子里去了，监工大声吆喝着人们干活。江百先拖住沉重的腿脚向工地走去。

晚饭以后，天上已经亮起了星星，干活的人，陆续离开了工地，有人躺在草铺上很快进入了昏睡状态。江百先也为自己布置了一个"床"——在沙丘高处的芨芨草中间铺了干柴草，只要钻进柴草，他就可以入睡了。

江百先觉得浑身散了架，刚躺下来闭上了眼，传来了诸葛禅偷声偷气的声音："呆子！呆子！"

"快点睡吧，我都累得说不动话了！"

诸葛禅走上沙丘，说："难道你真的想累死在这里？这里的监工太严了，撒泡尿都有人盯着，妈的，简直要人的命呢！我打听清楚了，三岔口正忙着准备打秋坝的料，我们到那里混几天饭。"

"工钱还没领呢！"

"我早把工钱领回来了！他们还给了我几个馍馍呢！"

啥？东家说，至少干五天才能领到工钱，他们才干了两天，也能领到工钱？

诸葛禅又补了一句："管事的是我家的一个亲戚，你放心，你的钱都在这里呢！"说着，他把一把铜钱塞到了江百先的手里。

东家会这样慷慨？江百先几乎有些不敢相信自己的眼睛了！

"还愣着干吗？吃也吃了，喝也喝了，活儿也给他们干了，这叫两不相欠，趁天黑赶快走，只怕到了天亮，东家又要我们给他卖命！"

既然还有更好的营生，谁会留恋这种地方？再说这种活还真有点叫人吃不消！江百先爬起来，离开了他的"床"，随着诸葛禅消失在了夜色中。

诸葛禅说，他以前跟别人学过一段时间的风水，只是没学出什么名堂。他家有年逾古稀的老母亲，靠他东奔西走维持日子。他居无定所，食无定处，只要挣到几个钱，很快又会出现在其他地方。

"说起来我也是诸葛亮的后代，我们的先人出将入相，可是我却像叫花子一样四处闯荡，为了不给先人丢脸，我都不敢叫别人知道我的姓了！"

趁着兴致，江百先也把自己的身份透露了几分：他学过医术，因为家里遭受水灾，流落到了这里，他一直想着安放家人的灵魂……


三岔口在红柳墩南面十多里的地方，东外河在这里分出了三个支渠，水权轮到哪个渠道，就要把哪个渠道的水坝放开，接下来还要堵上另外的渠道。有时候会出现"脱坝"——堤坝被洪水冲垮，相应的渠道就会"丢水"。赶上这种倒霉事，整个渠道下属的人家十有八九只能另谋生路了！——今年开春，城西沟就遇上"丢水"的事，很多人家只能靠乞讨过日子了。

为了保证各个渠道的水权，每年四五月间就要准备渠道口的土石。远处的沙土要通过独轮车或手提肩挑堆放在指定的地方，各人的工钱由运送沙土的多少而定。江百先和诸葛禅两人一辆独轮车，诸葛禅把辕，江百先把绳子挂在肩上使劲往前拉。虽然停停走走，走走停停，但几趟下来，江百先的肩膀已经磨出了一道血印，他只好把衣服垫在了肩上，光着膀子拉车。他累得满头大汗，有时候几乎上气不接下气，而诸葛禅却显得很轻松，好像他一点儿也不费力。江百先打量一下，发现诸葛禅只是扶着车辕，却并不出力推车！

江百先生气了，他把绳子扔到了地上。正在上坡的独轮车向下滑去，诸葛禅闪在一边松了手，独轮车翻了一个跟头，倒在了一边。

江百先坐下来，一边擦汗，一边发牢骚："你啥时候成了看戏的了？这是两个人的事，你为啥不出力？要不然干脆散伙单干！"

诸葛禅并不惊讶，争辩说："哎哎哎！我可没逼着你出力，是你自己不要命，现在倒埋怨我了？磨道里的驴也知道偷懒呢！你用不着生气！"

"我把你当人，谁知道你却是没心没肺的驴！我不想和驴搭档，单干！"

"一个篱笆三个桩，一个好汉三个帮，别生气了，我保证以后也像你一样卖力！"

他们再一次装了土，拉着独轮车，一步步向三岔口走去……

半夜里吹来了一阵凉风，江百先翻了一下身，把身子向草堆里蜷缩了一下，就在这时他听到诸葛禅吧唧着嘴巴吃东西。白天像牛马一样吃苦流汗，吃到肚子里的食物很快就消化了，诸葛禅咀嚼食物的声音，马上勾起了他的食欲。江百先爬起来问道："你吃的啥？"

"当然是馍馍！我以为你睡着了，没敢打扰你！"

"哪来的馍馍？"

"管伙食的是我的一个亲戚……"说着，诸葛禅给江百先递过来了一个粗粮馍馍。

江百先吃着馍馍，不由得带了几分羡慕——这家伙虽说不能叫人喜欢，却也叫人讨厌不起来，走到哪里都有他的亲戚！

第三天晚上，就在江百先睡得迷迷糊糊的时候，诸葛禅来到了他们睡觉的地方，他给了江百先一个馍馍，说："我今天得回家看一下老母亲。如果我明天早上不回来，你一个人干吧！"

江百先正想着问话，诸葛禅已经转身消失在夜色中了。

不知过了多久，周围忽然亮起了许多火把，有人把江百先从草堆里拉了出来吼叫道："说！你的贼搭档到哪里去了？只要乖乖地交代了他的去处，一切都好说，如果不老实，只能说明你也是贼娃子！"

一定是诸葛禅干了见不得人的勾当，把他扯进去了！他分辩说："我只是和他一起干活，别的我什么都不知道啊！"

他们不相信他的话，很快给了他一顿拳脚，当确信江百先真的不知内情，那些人才骂骂咧咧地走了。

遭受了一顿侮辱，也无法在这里卖力气了，江百先窝了一肚子的火离开了三岔口。江百先终于知道诸葛禅的身份了！他不知该说什么，只是狠狠地骂了一句：该死的贼娃子！

# 25

有个叫榔头的雇工前来借粮，可是他已经欠了不少钱粮，高管家三言两语就把他打发走了。榔头抹着眼泪走出了账房。

"咋啦？出什么事了？"大老爷看见榔头揉着眼窝，走过来问道。

榔头跪在地上哭了："大老爷，您救救我们一家人的命吧！老婆又生了个娃，可是家里实在揭不开锅了。您再给我借一些粮食吧！我给您磕头了！"榔头说着，一个劲地磕头。

"你都欠了六斗麦子，一斗米子，还想借多少？老爷家的五谷粮食也不是天上掉下来的！是吃苦流汗苦出来的。"高管家从账房里走出来，大声说。

"再借给他一斗麦子一斗米子，凑合叫女人出了月子再说。"大老爷说。

榔头感激地磕了一阵头，而后跟着管家借粮去了。


朱老二大战偷牛贼使大老爷的心里变得敞亮起来。他盘算着叫朱老二当他们家的二管家，专门负责庄园的安全。考虑再三，他觉得这样做有百利而无一害，既能镇住那些心怀鬼胎的人，还能笼络雇工们的心呢！

现在大老爷和高管家坐在账房里，商量这件事。

大老爷把自己的打算说了一遍，说："我打算杀一只羊，做一顿肉面条，叫上上下下的人都尝一顿荤腥。我就是想叫下人知道，只要和我胡生金一条心，我姓胡的决不会亏待他！"

大老爷的慷慨叫高管家着实吃了一惊：大老爷精打细算地过日子，为了朱老二，他能舍得一只羊？高管家转动着眼珠子，心里升起了一丝隐隐的不愉快。自从来到胡家，他一心一意为胡家操劳，给胡家挣来的钱财，他自己也说不清有多少了！他这样不要命地忙着苦着，大老爷并没因为他高顺劳苦功高而排场讲究地犒劳过他。而今，朱老二只不过要了几下棍棒，却要享受这么高的奖赏，他心口的这团闷气，无论如何都走不顺！想到这里，高管家笑着说："老爷，您是菩萨心肠，上上下下的人都知道呢！您看，庄园里都已经养活多少吃饭的人了！要不是老爷您心肠好，现在眼前有些活眉眨眼的人说不定早就埋到坟堆里去了！朱老二这次功劳大，也给我们胡家长了脸扬了名，只……只是，我想，他好歹是个下人，一下子把他抬举那么高，好像不大合适。老爷的恩惠得慢慢用，一下子用完了，以后咋办？"

大老爷一下子不说话了：管家的心里装着他们胡家大大小小的事，在这方面，就连二老爷、三老爷也比不上！

一看大老爷犹豫不决，高管家知道自己的话已经发挥作用了，这足以说明他高顺在庄园里分量不轻呢！权衡了一番，他转了口："老爷，我只是随口说一说。您知道，我这个人，说话办事向来直来直去……庄园里的事，归根到底还得老爷您做主！"

"唉，那一帮下人，混饭的多，用心的少。如果都能像你这样，我就一百个放心了！你说的有道理，朱老二暂时还不能挂二管家的名，叫他在东家灶上吃饭，除了月粮，再加一些铜钱，他应该满意了！你看咋样？"

"老爷，您是明白人，这样做，已经抬举他了！他感恩戴德都恐怕来不及呢，哪能不满意？不过，完全打着朱老二的名义设盘一顿犒劳饭是不是不大合适？六少爷洗三、满月都没有动客，朱老二只是个下人，总不能把他捧到天上去嘛！能不能起个别的名堂？"

"也好！也好！你说，起个啥名堂好？"

"老爷，六少爷出生都一个多月了，洗三的时候，上上下下的人都没有沾喜，满月的时候也没有请客。当然朱老二也有功劳，干脆就说是双喜临门！说起来，朱老二的喜还是沾了六少爷的喜呢！"

"好！就这样说！犒劳的事，宜早不宜迟，就定在明天中午。"

第二天一大早，胡家就放倒了一只大羯羊，并且传出话来，六少爷出生给胡家带来了好运气，朱老二降服偷牛贼就是印证。胡家庄园双喜临门，大老爷要犒劳大家呢！

庄园里一派喜气。太太、奶奶、帮灶的婆子们忙着和面切肉。胡家的菜刀一向无肉可切，通常只用来切菜切面，现在都钝得不能用了。她们不得不把菜刀拿过去，在盛水的沙瓷大缸的缸沿上钢一钢。雇工们今天分外用心：推磨的婆子，手里忙着活，嘴里哼着曲子，一脸笑意；田地里干活的、挖井的、用斡杆打水的，身上都出汗了；阿五忙着推土拉粪，手里的独轮车跑得飞快。

看着里里外外的人这般卖力，大老爷的脸上露出了心满意足的笑。

大太太的心里极不舒服：哼！都已经五十岁的人了，添了个秋葫芦蛋，也用得着这么高兴？还不是讨好他的小老婆呢！她一边声色俱厉地指派着婆子们干活，一边发着牢骚："生了个六少爷就要杀一只羊，生了大少爷是不是该杀一头牛！不要脸的老东西，做事都没有章法了……"

大太太的话传到了织布房里，另外两个织布的婆子时不时地用不安的眼神瞅一眼李丫子。李丫子全然不顾大太太的牢骚话，她的眼睛盯着手里的活，梭子在上下经线之间不停地穿来穿去。三太太觉得大太太的话有些刺耳，便自言自语地骂了一句："哼！大太太也太迟钝了，那个老东西早就没章法了……"

中午的时候雇工们都拿着碗筷聚到库房南面的灶房前面了。满院子的肉香味，刺激得他们不停地咽着口水。这些人一年到头难得享受一次荤腥，他们的嗅觉变得像狗鼻子一样灵敏。他们原以为东家只是象征性地在锅里漂几个肉末儿罢了，走近一看才发现锅里的肉蛋儿多得超出了他们的想象，饭也比平时稠多了！锅头的另一边还放着一个大盆子，盆里盛的是萝卜酸菜，打了饭以后，有专人在他们的碗里放一筷子酸菜呢！

雇工们从未享受过这么高的待遇，此时此刻他们倒被这顿超出常规的、高档次的饭菜弄得慌了神：吃了这样的饭是不是要扣很多工钱？他们凭吃苦流汗得来的工钱养活家人，如果克扣工钱，他们宁愿吃汤水面条，也不想沾染这一顿荤腥！因此他们谁也不想把手里的家伙伸出去打饭。

赵叶儿催了几次，那些人只知道往后退。赵叶儿生气地把勺子扔到锅头上，出门找高管家去了。

高管家急匆匆地来到他们面前，黑着脸说："谁不想吃饭？东家给了好都不知道好，想造反？"

大家面面相觑。一个胆大的雇工走上前，说："大管家，我们不是不想吃饭，东家太抬举我们这些下人了，我们不敢吃！若论功劳，只有朱老二受用得起。我们这些人穷惯了，哪敢吃这样的好饭？"

高管家一下子把悬着的心放了下来，他还以为出了什么大事了，原来是这！他的脸上立刻堆上了笑："你们想多了！这不是朱老二的庆功饭，而是因为生了六少爷，大老爷高兴，犒劳大家呢！朱老二也是沾了六少爷的喜了！"

"老爷生了六少爷，我们这些人更没有功劳了！"那人又说。

高管家一下子大笑起来："老爷生少爷，你想有啥功劳？老爷生了少爷，功劳当然是老爷一个人的！如果你也有了功劳，老爷早就用骟驴的刀把你给劁喽！最好还是把你们裤裆里的那一索拉留着！有老婆的伺候老婆去，没老婆的，以后娶了老婆还用得着呢！"

锅头上的婆子捂着嘴，只是笑。赵叶儿臊得满脸通红，不好意思地转过脸去。雇工们早就笑得合不上嘴了。

那个胆大的雇工尴尬地笑着，说："我们是下人，不会说话，叫大管家见笑了！"

高管家心情大好，笑说道："你们这些人精是不会说话的人？还不是担心老婆娃娃饿肚子！我已经说得很清楚了，这是老爷犒劳大家呢！大家只管放开肚皮吃！就算吃撑了肚皮，你们的钱粮也不会短斤少两！不过，吃了这样的饭，谁也不能忘了老爷的好，以后干活不要舍不得力气。吃饭！吃饭！"

大家都笑了起来。

于是雇工们排起了队，赵叶儿开始舀饭。有个婆子拿着筷子，打了饭的人把饭碗伸过来，她就夹起一筷子酸菜，放到伸过来的碗里。

庄园上下都说这是六少爷的贺喜饭，二太太和三太太也端着饭碗到李丫子的房间里凑热闹来了。李丫子心事重重地说："上次周妈把六少爷打扮了一下都招来了大太太的一顿骂，今天早上她还骂大老爷呢，吃了这样的饭，大太太又不知道要说什么难听的话呢。"

"想那么多干啥？你只管安心吃饭！"三太太快言快语地说。

"在大太太的眼里我就是一个讨吃讨饭的叫花子……我的心里总是不踏实。"

"不要胡思乱想！趁热吃吧，凉了就不好吃了！"二太太也催促着李丫子。

周妈再一次把饭碗放到了李丫子的面前，李丫子才慢吞吞地开始吃饭了。

# 26

因为忙着准备换季的衣裳，庄园里雇了几个做针线的月工，有个叫秋桃的姑娘也过来帮忙。秋桃只有十八九岁，生得秀气而大方，二太太见了她，立刻喜欢上她了。除了做针线之外，二太太还特意吩咐秋桃，叫她照料二少爷穿穿戴戴的事。

这天早上，秋桃拿来了换穿的衣服鞋袜。偏偏二少爷是个不注意穿戴的人，听了秋桃的啰唆，他心里很不畅快，冷冷地说："这身衣服才穿了一两天，又要换，太啰唆了！"

秋桃笑说道："二少爷，话可不能那么说！谁不想穿得好看点？放着新衣服不穿，那成什么了？再说，这是二太太吩咐的，你不能连二太太的话也不听嘛！"

二少爷没好气地说："别张口就是二太太！我妈不是皇上，她的话也不是圣旨！"

"二少爷，你可以不听我的话，但你不能对二太太不尊敬。如果你不换衣服，我这就给二太太说！"

二少爷立马换了口气说："我只是说说嘛！急什么呢？我照你说的做不就得了？"

秋桃高兴起来了："如果你早点想开，也没有这么多啰唆事了！"

二少爷拿起衣服，又说道："我换衣服，你站在这里也不合适——你到门外等一等。"

秋桃看了二少爷一眼，带了几分羞涩，说："我又不是外人……"

"那你转过身去，闭上眼！"

秋桃背着二少爷，闭上了眼。

过了好一会儿，秋桃问话，却没人应声。她睁开眼，转过身来，却发现二少爷早就溜出门去了，衣服却没有换！

受了二少爷的一番捉弄，秋桃委屈得哭了。

二太太找到二少爷，干脆把话挑明了——她已经看上秋桃了，打算叫秋桃当他的媳妇呢！他不能不听秋桃的话！二少爷显得闷闷不乐，后来只要二太太说起秋桃，二少爷干脆懒得吃饭了！

二太太叹息了一番，只得作罢。

## 27

六少爷是个禁风禁雨不禁喜的人，庄园里吃了贺喜饭之后，当天夜里子时，他就开始哭闹了。谁家的孩子都有哭闹的时候，不哭不闹反而显得不正常。可是六少爷的哭闹实在与众不同，一声连着一声，李丫子把乳头塞在嘴里，他也不知道吃，只是蹬着双腿，耍着小手，无休无止地哭叫。有时候哭累了，急匆匆地吃几口奶，松开乳头之后他又接着嚎叫起来。周妈以为李丫子第一次生养，不会抱娃娃。她接过六少爷，用了她所有哄孩子的本领，不管她左右摇，上下晃，轻手拍，还是唱催眠曲，六少爷只是一个劲地昂着头，看着天，一脸惊恐地哭叫。这下可苦了李丫子和周妈，她们轮流把六少爷抱在怀里，嘴里哼着，手里摇着，几乎一夜没有合眼。直到东方渐渐发白，六少爷才停止了哭叫，安然睡去。

接下来的几天都是这样，每到子时，六少爷就开始哭闹，直到天蒙蒙亮，他才肯睡觉。李丫子和周妈束手无策。

庄园里先后请了三个郎中，但这几个郎中都没有治好六少爷的哭闹病。

人们闲谈的话题都转移到六少爷的身上了，只要有空，大家就会把这件事挂在嘴上说一阵子，给六少爷的哭闹蒙上了一层神秘的色彩。于是，出主意的出主意，想办法的想办法，十字路口贴了夜哭贴，上面写着："天皇皇，地皇皇，我家有个夜啼郎，过路君子念三遍，一觉睡到大天亮。"庄园里的人都来到贴子前，把上面的内容念了三遍。大家几乎不识字，只不过这几句话人人知道，因此这些人不是念了三遍，而是干脆背了三遍！

但夜哭贴并没有治好六少爷的夜哭病，胡家庄园仍然处在骚动慌乱之中。大家一致认为六少爷染上了邪魔，但怎样化解治疗却众说纷纭，有的说应该找巫婆占卜，有的说应该找神汉子调治，有的说应该找喇嘛念经，有的说应该找道士禳解。最后大老爷拍板说，不管喇嘛道士，也不管巫婆神汉，先找来一个再说！这也算是病急乱投医了！

就在大老爷心烦意乱的时候，大太太却高兴起来了，看着李丫子走了过来，她故意提高了嗓门说："龙生龙，凤生凤，老鼠养的会打洞。李丫子不愧是个戏子出身，刚出月就开始教自己的儿子唱戏了！哎呀！我们胡家要出人才了！"

李丫子气得转身回自己的房间里去了。

江百先一直惦念着他的"如玉"，听说胡家六少爷得了怪病，他打算再到胡家走一趟。

江百先打扮成郎中模样，向一品庄园走来。

庄园前的空地上有许多小孩玩耍，孩子们的脚下踏着欢快而整齐的节奏蹦跳，嘴里齐声说唱道："石羊河，水长流，从南到北不停留；春种秋收又一年，无衣无食年年愁……东风吹走百年愁，夜晚点灯不用油。无腿无嘴无数牛，天南海北到处走。"

看了一阵玩耍的孩子，听了一阵孩子们的说唱，江百先来到了大门口说明了来意。但得到的回话是"六少爷得的是邪魔，郎中治不了"。接着胡家人毫不客气地打发了他。

江百先闷闷不乐地离开了一品庄园。


江百先在河岸上行走，忽然传来了一阵唢呐声，登上沙丘看去，只见北面不远处有一行送葬的人正抬着棺木急匆匆地向东走去。

"唉，这个人也够可怜的了！前些日子得了小病，加上家里断了粮，连病带饿，竟然离开了人世。他的两个孩子还小，不知道能不能活下去……"江百先正在暗地伤心，听得身后有人叹息，转过头来，他愣住了：身后站着的竟然是乔先生！江百先已经好久没见到他了。

"你——怎么也在这里？你——认识他？"江百先没想到乔先生会出现在这种地方，更没想到乔先生竟然会知道死者的底细，他惊奇地问。

"穷人都是我的朋友……我想救他，想叫他活下去，但他还是走了！"

"唉，要是能及时得到医治，也不至于走到这一步。"江百先感叹了起来。

"病人当然需要医治，更重要的还在于医治社会。"

120

"社会也需要医治？"

"当然，你是一名郎中，只知医治病人。我在四处游走，觉得医治社会更加重要，要不然，像你这样的郎中，都没有用医之地。"

江百先无话可说了。

乔先生看到江百先没了言语，便说道："好了！不说这些闲事了！走！咱们挖野菜去！"

于是他们一同向河滩走去……


28

江百先正在挖野菜，诸葛禅笑嘻嘻地出现在了眼前。

江百先心里的怒火一下子升了上来："卑鄙！小人！你害得我挨了拳脚，难道你还不满足，又跑到这里害我来了？"

"我哪里想害你？如果我想害你，我会给你馍馍？我会给你铜钱？应该说我们是一对儿落难的伙伴，只不过我的所作所为有点说不出口，连累了你！"他说着向江百先递过来了一个馍馍。

江百先接过馍馍，狠狠咬了一口。

"我还以为你会拒绝我的馍馍呢！"

"这不是嗟来之食，这是你以前欠我的——就凭我替你挨的那一顿拳脚，你应该请我吃一顿肉！"

"这就对了！"诸葛禅高兴起来了，"人可以生气，但不能对一切东西都生气。我这个人就是这样，我从来都不会对馍馍和钱财生气，更不会对肉食生气。只是我总是缺少这些东西，因此，我只好……嘿嘿！"他说着露出了一脸奸笑。

江百先的心里掠过了一丝厌恶，冷冷地说："别把那种偷鸡摸狗的把戏当本事！如果你还像以前那样，我和你一刀两断！"

"咳！你的呆气又来了！你以为别人都是正人君子？我这点儿小偷小摸的把戏根本就不是个事儿……听说你学过医术？"

"我学的都是治病救人的本事，从来没学过害人！"

"不要说得太难听！好歹我们也是一对伙伴……听说胡家的六少爷得了怪病，你能不能治好？"

"胡家六少爷得的不是怪病，别人不知道病理，还以为六少爷得了怪病了！"

诸葛禅哈哈大笑："好！好！好！只要你能治好胡家六少爷的病，我们的吃喝不用愁，你家人的灵位也有安放的地方了！"

"别高兴得太早了！我决不会拿我家医术害人！"

"放心吧，呆子！这一次不偷不抢，保管我们俩吃得好睡得香，还有人高高兴兴为我们出钱出力！"

"为啥？"江百先一脸疑惑。

"你不需要知道得太多，只要看我的脸色就行了。"

尽管江百先看不上诸葛禅的为人，但听说家人的灵位有了安放的地方，而且他也能见到他的"如玉"了，他怦然心动……


大老爷正为六少爷的病而烦恼，马家的一个后生又找上门来，讨要他家的宅地。大老爷的心里升起了一股怒火——胡老太爷早就交代过，宅地是他们胡家的命根子，哪能送给别人！胡家人毫不客气把来人拉出了庄园，高管家又跟踪那人来到了野地，打断了那人的一根肋骨。

## 29

一天又过去了，庄园里归于平静，高管家刚钻进被窝就打了一个长长的呵欠。

他的老婆陈妈心疼地说："累了就睡一会儿吧！别硬撑着。操心的人有的是，不少你一个。"

高管家没有说什么。他心里明白，老婆才是世上真正疼爱他的人。他很快闭了眼睛，想尽快进入睡眠状态。

就在这时院子里传来了急促的脚步声，紧接着有人轻敲了几下门，并低声喊道："大管家——大管家——"

高管家机警地从被窝里爬起来，喝问道："谁？"

"我是朱老二。外面有人敲大门，说是西山来的，找您呢！"

西山来人了？噢！好久没给西山送口粮了，也许有人催口粮来了！高管家赶忙坐起来穿衣服。陈妈心疼地看着他，无可奈何地叹了一口气。

"来了几个人？"管家出了门，问站在旁边的朱老二。

"听说只有一个人。深更半夜的，除了您大管家，别人都不敢做主开门，又怕耽误了紧要事。"

高管家没说什么，对朱老二的警惕性却十分满意。

来到大门口，管家大声问道："叫门的是谁？啥事？"

"我是西山来的王阿小，西山的牛羊出了点麻烦。"

高管家一听，心里顿时升起了一团火——一定是把牛羊弄丢了！哼！老爷把米面送到西山养活你们，你们是什么角色自己不知道？出了麻烦事，就算老爷不追究，我高顺也不会放过你！他心里骂着，赶紧叫东南角和西南角两个岗哨上的人到大门上面来。西南角的一个小子，刚走出岗哨就摔了一跤。他赶紧爬起来，赶了过来。

高管家没好气地冲着上面骂道："是谁不会走路？如果站不稳，找你妈吃奶去……"

岗哨上的人已经到了大门上头，问道："大管家，啥事？您吩咐！"

"外面有人敲门，说是西山来的王阿小，你们从上面看一下，到底几个人……往门外扔一个火把！"高管家大声说。

有人向门外扔了火把，外面被火把照亮了。紧接着上面传出话来："回大管家，门口只有一个人。不知道是不是王阿小，我们都没见过他。"

借着火把的光亮，高管家从门缝里看清楚了，外面只有王阿小一人，肩上还背着个羊毛褡裢。

高管家和朱老二移开了顶大门的两根粗大得像檩子一样的圆木，大门随即打开了一道缝。

王阿小从门缝里挤了进来，大门又很快关上了。两道圆木又一上一下放在了卡槽里，顶上了大门。高管家转过身来对王阿小说："犯了夜了！深更半夜敲大门，你就不能大天白日的来？"

"大管家，我不想犯夜，可不犯夜不行！事情有点儿急……到了屋里再给您细说。"

高管家转过身来对朱老二说："叫上面的人都回到岗哨上去，警醒些！"

朱老二答应着，开始和上面的人说话。高管家转身向账房走去，王阿小亦步亦趋紧跟在高管家后面。

进了屋王阿小把褡裢放在了地上，说："大管家，我顺便给您带了点稀罕物。"

"稀罕物？"高管家不由得瞪大了眼睛。

王阿小从褡裢里掏出了几个捆扎得很严实的小包，悄声说："这些都是牛肉干、羊肉干，熟的，直接可以吃。另外还有二十几斤肉干，我送到您老家去了……这些都不是啥，您看这个——"王阿小说着又从褡裢里掏出了一个红褐色的七枝八叉的像树根一样的东西，炫耀似的说："这是九头锁阳！锁阳是个好东西，吃了它，大补呢！"

"就你的心眼多！听说男人吃了九头锁阳睡不着觉！"

"这东西是上等补品，吃了它，不光男人睡不着，女人想睡也不得睡！"

"那你就是害我呢！"

"谁敢害您大管家？我就是想叫您多生几个少爷呢！"

高管家收起了笑脸，说："你大半夜的赶到这里，不光是为了这些闲事吧！有没有正事？"

王阿小一下子变得难肠起来："好我的大管家，我急着来找您，就是有正事呢！西山遭了狼灾了，我们的两头牛，六只羊都叫狼咬死了！"

高管家的脸顿时变得难看起来："王阿小，你不要在我面前偷奸取巧！西山有狼不假，可是，谁都知道，狼是个灵性的东西，它们决不会吃附近的牛羊！"

王阿小一脸委屈地说："大管家，我可不敢说假话！这是千真万确的事儿。前天晚上出了事，我昨天一早就赶过来了。我怕给您报迟了，又要扣钱扣粮。"

"这倒奇怪了！兔子不吃窝边草，狼比兔子还精灵。哼！人心不足蛇吞象，你们都成了填不满的茅坑了！"

王阿小显得局促不安，憋了半天，才说道："大管家，我对天发誓，我说的都是实话呀！"

"这件事我可做不了主，过几天二老爷将要亲自带驼队往西山送口粮，再说这些日子大老爷正在为庄园里的琐事生气，如果露了马脚，吃不了你们兜着走！我的身子可干净着呢！"

"大管家，如果我说了假话，要杀要剐，任凭您处置。"

高管家的脸色缓和了下来："如果你刚才说的都是真的，那就干脆报三头牛、九只羊——烧酒、黄酒一样醉！"

"要是二老爷要牛皮羊皮咋办？"

"那么多的牛羊，还凑不够几张皮？这种事你们都不知干过多少了，现在倒在我面前装糊涂！哼……记住，千万不能说漏嘴——我可什么都没说！到时候别怪我翻脸不认人！"

王阿小悬着的心放了下来，说："大管家，您放心，这里的规矩我都知道呢！"

高管家满意地点了点头。计议妥当之后，高管家安顿王阿小在柴棚里过了一夜。

第二天，胡家上下都知道西山里的事了。

哎呀！三头牛，九只羊，这个损失可大了！大老爷立刻变得像霜打的树叶一样蔫头耷脑，胡家人也都没有了好心情。卖苦力的一些下人，在一阵惋惜之后，又很快把这件事变成了谈笑的话题，并且自然而然地把最近发生的几件事都扯到一块儿去了。瞧！胡家不愧是大户人家，喜事来了挡不住，动不动就是双喜临门；祸事来了也不含糊，六少爷的怪病还未见好，西山又出事了！祸不单行啊！

大老爷倍受煎熬，眼睛里都带上了血丝。他叫王阿小当着他的面把事情的经过说了一遍，从言语中倒也看不出什么破绽。但直觉告诉他，这里一定有鬼！

"王阿小，不要以为你们的那个地方天高皇帝远，你有七窍玲珑心，我有千里识妖眼，哼！如果你敢弄虚作假，我把你这张人皮，从头顶扯到脚后跟！"大老爷说着话，眼睛一眨不眨地盯着王阿小。

高管家也附和着大老爷，一本正经地说："王阿小，你不要耍小聪明！"

王阿小扑通一声跪在了地上，说："老爷，我给你家当下人也不是一年两年了。我吃的是您的五谷，我决不敢做对不起您的事啊！"说完，他又转向高管家说："大管家，您知道，我王阿小是个老实人呢！"

大老爷板着脸说："你不用在我面前装好人！二老爷马上就要进西山，

等二老爷把事情的来龙去脉搞清楚了再说！"

高管家也板着面孔说："到时候如果有差错，你过得了老爷的关，也决过不了我这一关！二老爷回来时，别忘了把羊皮、牛皮都带回来。"

暂时过了大老爷这一关，王阿小立即退出房间去了。

大老爷没能从王阿小的谈话中挤出任何多余的水分来，他一面催着二老爷进西山，一面想着给六少爷治病，心里乱哄哄的。

# 30

在勉强可以看见人影的灯光下，李丫子和六少爷睡得正香。周妈无精打采地坐着，不住地打盹；有时一阵瞌睡袭来，她的头几乎垂到了膝盖上，一瞬间，她又会猛地醒来。她重新坐端正，不一会儿，又打起盹来。刚到子时，六少爷忽然全身抽搐了一下，接着放开声，哭闹起来了。周妈手忙脚乱地抱起了六少爷。李丫子揉着一双熬得通红的眼睛坐了起来，现在屋里只有她、周妈和孩子，她没有了羞怯，也来不及讲究穿戴，大襟衣衫斜搭着，袒胸露乳。她从周妈手里抱过孩子，就把乳头往六少爷的嘴里塞。六少爷猛吃了几口奶水，然后又像往常那样哭开了。

李丫子和周妈轮流抱着六少爷，机械地拍着六少爷的小屁股，嘴里仍旧哼着没有任何作用的催眠曲。

六少爷的哭闹实在叫人心里发毛而又无可奈何。但如果侧耳细听，就会发现除了六少爷的哭闹声之外，另一间屋子里也传出了唠唠叨叨的说话声。

循声而来，却发现这声音来自大老爷的房间。

"六少爷又哭了！唉，我们庄园里的女人也太不中用了！连孩子哭闹都没办法！"大老爷唉声叹气地说。

大太太紧靠着大老爷，她的手从老爷的胸部滑到了下面，摸着老爷的身子说："不要说我们女人不中用，要怪也怪你！要我说你压根就不应该沾染别的女人。当初我生了大少爷，家里顺当得很。这下好了，生了这么个娃，满院子都不得安生。"

"六少爷一定是得了邪病了！你放心，找个合适的人治一治就该好了！"

大太太很失望，她的本意是想叫大老爷听出她说话的弦外之音，可是这一次老爷显得很迟钝。她琢磨了一下，接着说："老爷，有件事，我想了很久了，不知当说不当说。"

"都老夫老妻了，哪有不能说的话？你尽管说！"

"老爷，你仔细想一想，六少爷是不是不吉利。"

"不吉利？咋个不吉利？"

"你还记得不？六少爷是早产，没足月就出生了。才过了一两个月，庄园里就乱起来了，晚上又哭又闹，西山里的牛羊也叫狼咬死了！还有，六少爷出生时，又是打雷，又是闪电，又是风，又是雨，这也太不正常了！依我看，他的身上带着妖气呢！"

提起六少爷出生的事，大老爷心里也显得不踏实了。大老爷本来就十分相信神神鬼鬼的事，大太太的话又叫他想起六少爷出生时怪异的天气了。

大太太趁势说："老爷，六少爷出生才一两个月就带来了这么多的不顺心的事，我看六少爷迟早都是我们胡家的大麻烦！"

"你说咋办？"大老爷随口问了一句。

"照我说，不如把六少爷送给人，或者干脆送到野滩里去！"

"我还以为你有啥好办法呢！原来是这么个馊主意！我能把自己的骨肉送给人？送到野滩里？纯粹是胡说八道！你不能下蛋，别人下了蛋，你又不舒服了？"胡老太爷计划叫他们兄弟三人生八个儿子呢，现在他们还没有完成任务，哪能把六少爷送给别人呢？至于把六少爷送到野滩里去，更是没脑子的混账话！

大太太一下子委屈得哭出了声："我就知道你心里没有我！我好心好意叫你娶了小，在你的眼里，我倒成了不下蛋的母鸡了？自从那个戏子进了门，你的三魂都叫她勾走了！我也是为了这个家才多嘴多舌地说了六少爷一句，谁能想到你会生气？早知道你生气，我也不会多嘴，胡家的天塌下来，砸着的也不只是我一个！再说，好歹我也给胡家生了大少爷，难道我一点儿功劳也没有了？好！如果你心里只有那个小的，现在就把我休了！你跟那个小妖精一块儿过，我和大少爷单另过日子！"大太太哭哭啼啼地说一阵，哭一阵，哭一阵，说一阵。

没日没夜的操劳、接二连三的烦心事，折磨得大老爷心力交瘁。他只是想和大太太说说话，解解闷，没想到却犯着大太太的神经了。

烦恼透顶！他们家本来就已经够乱了，现在大太太又哭又说，等于乱上加乱！沉默了一会儿，大老爷安慰大太太说："别哭了……唉，你们女人就爱多心多肺。我们一个被窝里都睡了几十年了，你还不了解我？"

大太太的心里早就憋了一肚子的牢骚，今天大着胆子说了几句心里话，却惹出了一场不愉快。她很快收起了半露的锋芒，装作委屈到了极点的样子，偎在了老爷的怀里……


# 31

就在六少爷开始哭闹、大老爷和大太太说话的时候，三太太轻手轻脚地出了门，走进了草院子。她蹑手蹑脚地走在满是杂草的地上，唯恐弄出响动。但平时看起来软绵绵的草末草叶，却在她的脚底下发出了很大的声响，在三太太听来，脚下的声音几乎和放鞭炮一样清脆。因此，她只好放慢脚步，缓缓向前走来。

她来到草棚外面，轻轻地叫了一声："阿——五——！"

尽管三太太的叫声比出气声大不了多少，但阿五却早就听到三太太的声音了，他猛地弹起来，冲到草棚口，忽然他又像遭遇了定身法似的站住了。

三太太希望阿五走过来，用他粗壮有力的双臂紧紧地抱起她。但脚步声过后，草棚里又陷入了寂静，她只好再次轻轻地喊了一声："阿——五——"

阿五应了一声："哎！"但仍旧站着没动。

夜色黑漆漆的一片，在星光的映衬下还能朦朦胧胧地辨别周围那些或明或暗的轮廓，草棚下漆黑一团，什么也看不清。三太太摸索着进了草棚，前走了两三步就碰到阿五身上了。阿五像一根树桩一样僵硬地站着。

"你——咋了？"

"我怕！"阿五喘着粗气小声嘀咕道。

"阿五，你是不是个男人？我都不怕，你怕啥？"

"三太太，你是三老爷的人，我……"

"不要管别人的闲事！阿五，你今年多大了？"三太太不想听"三老爷"三个字，她现在的心思都在阿五身上。

"我，都快三十了！"

三太太把脸贴在了他的胸前，说："阿五，你都快三十了，还……你想不想媳妇？"

她的头发触到了他的胸口，阿五觉得像有千万条虫子蠕动，他的心疯狂地跳动着。但他还是支支吾吾地说："想！可是我家穷，没人看上我，我也娶不起媳妇！"

"阿五，我不嫌弃你，我给你当媳妇！"三太太说着，把身子贴在了阿五身上。

"可是，你是三老爷的人！"

又是三老爷！哎呀！阿五一直和牲口打交道，反应都变得迟钝了！三太太没办法给阿五细说，她干脆把手从他的腰里伸了进去，说："阿五，我现在就叫你尝尝媳妇的味道……"

猛然间阿五忘掉了一切，他变得狂野起来，野蛮地伸出他伺候牲畜的粗壮的双臂抱起了她……

自从上次三太太在他的胳膊上拧了一把，阿五的心就叫三太太拴住了。此后几天，只要有照面的机会，他们都会眉来眼去一番，然后才会心照不宣地离开。今天早上，三太太到他的住处取篮子，顺便给他送了一个馍馍，叫他在草棚里等她，他的心立刻不安分了。他早早忙完了活儿，等着三太太的到来。但当三太太来到他身边的时候，他觉得既自卑，又害怕。她是庄园里堂堂正正的三太太，是三老爷的女人，而他却是一个和牲口打交道的下人，好比一个是天上的神仙，一个是地上的叫花子。只要他能看着她，她能多看他一眼，就心满意足了，他不敢有太多的非分之想。直到三太太的脸贴在了他的胸口、手伸进他的腰里，他才疯狂地抱起了她。

他们俩黏在一起，几番蜂狂蝶乱之后，三太太的双臂紧紧地箍住了他的腰，还在他靠肩的地方留了几个牙印。他们都喘着气，大汗淋漓。三太太瘫软成了一团棉花，她对着他的耳朵喃喃而语："阿五，从今以后我就是你的人了……"

"三太太，有了你，我就是死，也值了！"

她把脸贴在他的胸口，说："不要说这种不吉利的话！你不能死，以后，我是你的，你也是我的！"

忽然大门口的大黄狗紧叫了几声，他们俩都吓得弹坐了起来。三太太摸黑套了衣服，阿五来到棚口探了探。

三太太轻手轻脚地离开了草棚。阿五站在门口，脑子里满是三太太滑溜溜的肌肤和水蛇一样的腰身……

三太太蹑手蹑脚地回到了自己的房间，悄悄地钻进了被窝。她心乱如麻，过去的事，现在的事，都乱哄哄地交织在了一起。

三太太的爹妈去世得早，她一直和哥哥相依为命，自从嫂子到了家里，她俨然成了家里多余的东西了。在十八岁那年，她成了三老爷的媳妇（三老爷当时还是三少爷）。

大老爷掌管了胡家的家业以后，显得雄心勃勃，胡家的弟兄三个，分管了三个财源。

三太太一开始就对这样的分工大为不满——在这种分工之下，大老爷一家老小生活在一起，二老爷一家也是聚多离少。她家就不同了，一半进了城，另一半却留在了乡里，城乡之间就像隔着一条无法逾越的天河，把他们两口子隔在了两岸。

三太太找大老爷论理，却被三老爷扇了几个响亮的耳光。传统认为，女人跟了男人，她的使命就是伺候男人、生儿育女，还要推磨碾米、生火做饭、洗锅抹灶等，其他事情上女人只能靠边站了！想对胡家的家事说三道四？哼！没门！乖乖地到一边去吧！狗肉上不得席面，女人上不得台面！

三太太的愿望没有实现，还白白挨了几个耳光。

刚到城里的那半年，三老爷每过一两个月就会到庄园来一趟，此后他回家的次数越来越少。近一年多来，三老爷除了过年到庄园里住几天，平时他都在城里忙生意。隐隐约约有人说，三老爷和一些不清不楚的女人来往频繁……

想到这里她就不由得想起了三老爷给她的那两个耳光，她觉得直到现在她的脸还火辣辣地疼。最后她终于明白了：他们胡家需要女人，但决不会把女人当人看待，在胡家人的眼里，女人只不过是一群下蛋的母鸡。她们虽然穿戴体面，也享受着东家灶的待遇，但在三太太看来，她们其实和犁地耕田、收割打碾、伺候牲口的下人是一类货色。她们没日没夜地劳作，无休止的流汗，其实只是为了胡家的男人，不，严格说，只是为了胡家权力顶端的几个人过得更好，过得更加逍遥罢了！

她心里的家庭轰然倒塌，她觉得她以前所做的一切都变得毫无意义。

她是个感情炽热的人，但她的男人只顾在城里逍遥快活，哪里还把她放在心上？到了晚上，孩子进入梦乡以后，她常常辗转反侧，难以入睡。她开始对庄园里走动的男人好奇起来,听说阿五一个人住在草棚里,她便对阿五格外关注。阿五都快三十了,他的情感世界至今还是一片空白,当三太太的情感触角向他伸过来的时候,他也就心甘情愿而且想入非非地接受了它的缠绕……

## 32

早上起来刚打开大门,高管家的一个远方亲戚带着一位道士走了进来,说他找了一个能给六少爷治病的人。高管家不敢怠慢,赶紧来见大老爷。大老爷看了一眼道士,觉得来人有传说中的道骨仙风的模样,他赶紧吩咐管家款待这位道长。

高管家领着道士走后不久,又来了一个喇嘛,说是要给六少爷治病。大老爷不由得暗暗高兴起来——看来六少爷的病也该到好的时候了!瞧!来了道士,又来了喇嘛,只要其中一个有真手段,那就大事万吉了!大老爷见过了喇嘛,又叫管家安排了喇嘛的饭食。

大老爷正在高兴,又有人说胡家祖上的老亲也送来了一位巫婆,也是专门给六少爷看病来的。大老爷又赶紧叫东家灶上加菜加饭。

道士、喇嘛和巫婆都被安排在了客房里。

道士长眉白须,一手拿着拂尘,一手捋着胡须,对喇嘛和巫婆摆出了一副不屑一顾的神态。

喇嘛身披袈裟,见了道士和巫婆,念了一声"阿弥陀佛"就坐在椅子上,微微地闭上了眼。在他的眼里,佛教才是天下的正宗,道士和巫婆都是混饭的江湖人物。他不愿和这些江湖人物同流合污。

那个巫婆更不想多看道士和喇嘛,她睁着两只眼睛,看着胡家客房的墙壁。

133

道士、喇嘛和巫婆共处一室，却谁也不想看见另外的人。他们背坐着，卖弄着各自的高深和神秘。

一下子来了三个给六少爷看病的神秘的人物，庄园里的人都好奇起来，他们纷纷来到客房前看热闹。一时间，上上下下的人都交头接耳。哎呀！六少爷病得奇怪，这个治病的阵势也是独一无二，一下子来了三个治病的，看来六少爷的魔怔这一下能彻底治好了！

大老爷有自己的打算，眼下混吃混喝的多，货真价实的少。他虽是一家之主，但来的这些人，哪一个是真，哪一个是假，他识别不出来，三个中只要有一个不是混饭的，他胡生金就烧高香了！

吃饱喝好之后，道士开始给六少爷治病，道士说六少爷是夜游神附体，只要劝走了夜游神，六少爷的病自然也就好了。接下来他开始作法，一会儿口中念念有词，一会儿烧香磕头，还不时地拿手鼓、铃铛在六少爷的屋子里敲敲打打，最后烧了三张黄纸送出门外。道士作法结束，说他已经把夜游神打发走了，六少爷再也不会无端地哭闹了。

吃也吃了，喝也喝了，夜游神也打发走了，领了大老爷的赏钱之后，道士随即离开了庄园。

大老爷长出了一口气，胡家的所有人也都长出了一口气。六少爷的病已经把整个庄园折磨了十多天了，只要治好了六少爷的病，就是整个庄园的福气！

但当天晚上，六少爷又准时哭闹起来。胡家的太太都开始骂道士。大老爷嘴里骂着道士，心疼得要命——没治好病不说，还倒搭了钱财，他胡生金亏大了！

第二天，喇嘛给六少爷治病。他点了三炷香，神神道道地说了一些别人根本听不懂的话，之后，他说他已经治好了六少爷的病。

仍然少不了款待，仍旧少不了赏钱，之后，喇嘛离开了庄园。只是六少爷的病并没见好。

第三天，巫婆走进了三太太的房间，她的讲究更多，她说在她治病期间，不许乱走动，不许出声，不许对神灵不敬……她两手乱耍乱舞，口中念念有词，过了一阵，她忽然说："最近神灵一直在胡家庄园转悠，但有人却无端地说'无腿无嘴无数牛，天南海北到处走'——神灵们来来去去从不用腿，对好好恶恶的事从不开口，说这种话就是对神灵的大不敬！这等于把神灵当成无腿无嘴的牛了呀！正因为这样，神灵十分生气，就算是菩萨转世也对六少爷的怪病无可奈何！六少爷的病能不能好、何时能好，只能看六少爷的造化了！——最好摆上阴阳二物，我在神灵面前说几句好话、讨个情面，不然，庄园里恐怕还要发生更加可怕的事呢！"

大老爷立马慌了神，忙问什么是阴阳二物？

"阴阳二物，也就是人们说的金银罢了！"

大老爷赶紧端上了一粒金豆和一粒碎银。

巫婆又说了许多别人听不懂的话，收拾了东西就要离开，一群婆子劝也劝不住，慌得大老爷一个劲地说好话。虽然没有治好六少爷的病，但巫婆对端上来的金银却毫不客气，而后她离开了庄园。

因为大太太进进出出挖苦李丫子和六少爷，李丫子巴不得能早点治好六少爷的病，但一连折腾了好几天，六少爷的病没有任何好转的迹象。她变得焦躁不安。

大老爷一脸丧气。唉，骗子太多不说，神灵也太难伺候了！不就是小孩说了几句过去的传言，神灵们也多心了？

这下倒好，非但没能治好六少爷的哭闹病，反倒给大老爷添了不少心病。一提起有人给六少爷治病，大老爷就会感到头皮一阵又一阵地发麻。但六少爷的病不能不治，对神灵也不能不敬，接着大老爷叮嘱家人，以后要防着小孩在庄园周围胡说八道。

一连几天，庄园里人影杂乱，脚步纷纷，可是大家都很少说话，他们知道大老爷的心情不好，唯恐多嘴多舌引来不必要的麻烦。

看到大老爷不高兴，大少爷也闷闷不乐：他家拥有"一品宅地"，又住在一品庄园，别人到他们家骗吃骗喝，就是不尊重他们家的风水！道士的家就在燕窝湖，大少爷雇了五六个人，人人提了棍棒，要找那个道士算账。大老爷知道后，把大少爷狠狠地骂了一顿，那些人一个个扔了棍棒，灰溜溜地走散了，大少爷灰头灰脑的到东小院里去了……

## 33

二老爷现在正在去西山的路上。

二老爷是个慢性子，他既不催下人，也不催驼马，只是由着下人和驼马的脚步慢吞吞地行走。来到了一处隘口，前头带队的下人慌慌张张地跑过来说，前面遇上了强盗，挡住了去路。

二老爷皱了一下眉头，从骆驼上跳了下来。他跟着那个人走过去，只见路中央躺着一个人——衣裳已经破旧得不成样子，上衣的两个袖管几乎只剩下一半，衣襟处也开了一个破洞；裤子比上衣整齐一些，但裤脚处却已经变成一条条破线头了。一双用芨芨草编制的鞋子，更是寒碜——诸葛禅穿了江百先的破衣烂衫故弄玄虚，但二老爷一行并没有见过诸葛禅，自然也不认识他。此时诸葛禅跷着二郎腿，用小臂支撑着头，仰望着天空，一副旁若无人的样子。

二老爷向前作了揖，说："请问，您是哪路神仙？我们要路过这里，请您行个方便。"

诸葛禅哈哈大笑："大路朝天，各走一边。我只是把天当屋，地当床。我没想挡您的路，您只管赶路就是了。"

这哪里是强盗，分明是个癫狂的汉子！二老爷给下人招了一下手，下人便拉着骆驼从那个癫狂汉子的身旁走开了。诸葛禅还是保持着原来的姿态，对眼前的驼队马匹，他不惊不慌也不避让。

对癫狂汉子的怪异的举动，二老爷百思不得其解，直到驼队过了隘口，二老爷好像才想起了什么。他赶忙叫驼队停了下来，然后把携带的炒面、馍馍等准备了一份，又折了回来。

诸葛禅仍然是一副悠然自得的样子。

二老爷走上前，作揖说："我是乡间俗客，冒犯了先生的高雅，望先生见谅。"

诸葛禅并不领情，冷言冷语地说："你我素昧平生，我是天地之间的一个睡客，你是路上行人，何来冒犯？"

二老爷恭敬地说："先生能以天当屋，以地为床，足见先生不是大材，也是高人。只因我眼拙，不识贤愚，差点儿和先生失之交臂。这是一些乡野俗食，望先生笑纳。我是胡家庄园的胡生银，下人都叫我二老爷。"

诸葛禅也不客气，他接过二老爷手中的吃食，说："无功而受禄，惭愧！惭愧！"

二老爷说："先生不用客气，这些俗食，您慢慢享用。"

诸葛禅又说："看来你我缘分不浅，既受馈赠，他日一定回报。我有一言，不知您是否想听？"

二老爷施礼说："谨听先生教诲。"

"河东河西风水乱，今日花开明日败。公子不图万贯财，丢掉金银去逃难。"诸葛禅说罢，哈哈大笑——他借用江百先的话装出一副高深莫测的样子。

二老爷只觉得自己像坠入云里雾里一般，一句也听不懂，他忙问："先生能不能解释一下？"

诸葛禅却闭上了眼睛，不再说话。

二老爷不再多问，他和下人别了这位癫狂汉子，继续向西而来。

诸葛禅乐颠颠地和躲在灌木后面的江百先坐到了一起，他把吃食在江百先的面前晃了晃，说："我早就说过，只要按我说的做，有的是好事！我敢保证往后还有人给我们管酒管肉呢！你尝一尝胡家的吃食。"

江百先把一片馍馍放在了嘴里。

"咋样？味道不错吧！"诸葛禅吃着馍馍，眉飞色舞。

"别的都还不错，就是带着一股贼味儿，吃起来心里不踏实。"

"你就知足吧！要不是我觉得你的医术有点儿用处，谁给你白吃白喝？"

　　二老爷的到来使西山胡家牧场变得忙乱而又泛着喜气。王阿小骑马陪着二老爷查看牧场，另外两个放牧的下人把牛羊赶出圈外，又回到了屋里。他们炒了两个饱鼓鼓的盘子，一个炒蛋，一个牛肉。现在锅里正炖着羊肉，一个高个子不紧不慢地往灶下加柴火。房子东面不远处，另一个矮个子正在烤肉。

　　二老爷一边骑着高头大马溜达，一边听王阿小讲上次狼灾的经过。原来和胡家牧场相邻的是黄家牧场，黄家牧场内，一处地势复杂、灌木丛生的地方，有一对狼夫妻在里面做了窝穴，每年都会生出几只狼崽来。今年这一对狼夫妻又生了两只狼宝宝，虽说这种东西野性十足，却是比较灵性的动物，它们经常在这一带出没，一直没有骚扰过这里的牛羊。前些日子，不知哪里来了冒失鬼，竟然把狼崽抓走了。那一对狼夫妻接连嚎叫了两个晚上，第三天晚上，它们不再嚎叫，而是开始了疯狂的报复。它们把黄家牧场和胡家牧场好多牛羊都咬死了。不只胡家牧场遭了狼灾，黄家牧场损失更大。

　　二老爷对此事了如指掌，黄家就是他的老丈人家，遭狼灾的事他早就知道了，只是他装出一无所知的样子，他要听王阿小的说辞。从看过的羊皮、牛皮上，他已经看出了狼撕咬的痕迹。他有些疑惑，心里琢磨着，却并不说破。

　　二老爷一边默默地打量着青草的长势、野兔野鸡的多少，一边和王阿小说话。现在的牧场到处是生机勃勃的景象。野兔受到了惊吓，机警地竖起了两只大耳朵，一溜烟就能跑得无影无踪。刺猬拖着胖乎乎的身子，在柴草之间出没，有时它们会大胆地鼓着一对圆溜溜的眼睛，好奇地打量过路的人们，当人们赶过来的时候，它们就会很快钻到灌木之间的洞穴里。野鸡扑棱着翅膀，紧紧张张地飞过一段，又落到草木间去了。从草木泛青的季节开始，一直到第一场霜雪来临，是整个牧场异常富足而且令人赏心悦目的一段时光，满眼是碧绿泛青的风光，各种野味野菜多得数都数不清。

二老爷和王阿小花了近两个时辰，才转了牧场的一部分。但二老爷已经心中有数，他们随即掉头回到了住处。二老爷现在已经对今年牧场的情况估算得差不多了！

王阿小和另外两个人开始忙着招待二老爷。房间太小，他们干脆把吃食都搬到院子里来了：炒蛋、炒肉、炖肉、烤肉都摆了出来。二老爷不讲派头，他们几个也不分主客，客气了几句，大家都拿起筷子放开肚皮吃了起来。

"你们几个可享福了，这简直是神仙过的日子啊！我们胡家虽说是大户，可我们家过年也没吃过这么好的东西呢！"二老爷一边津津有味地吃着，一边感慨道。

"托了二老爷您的福才有了我们的好日子！也就是这段时间有吃有喝，秋天的霜冻一来，我们的日子就难过了！二老爷，您最好多住些日子，让我们多伺候您几天！"王阿小赶忙说。

"你们这帮人精，以为我不知道？现在劝我多吃多喝，我前脚走出西山，你们就开始骂我了，说我占了你们的便宜！"二老爷笑呵呵地说。

"小的们不敢！只要二老爷您能天天住在这里，就是我们的福气！"

"不用在我面前说好话！你们以为这么点儿油水就能堵住我的嘴？蒙着我的眼？遭了狼灾不假，可是据我所知，狼咬死的是两头牛、六只羊，跟你们报的三头牛、九只羊不符呀！另外的毛皮是刀子扎过的痕迹。狼的嘴里长出刀子了？你们以为我胡生银不识数，好糊弄，是不是？"二老爷放下了筷子，脸色变得难看了。

王阿小吓得连筷子都掉在了地上了。另外两个人也把肉块含在嘴里忘了咀嚼了，呆呆地看着王阿小。

王阿小顾不得拾筷子，跪在了二老爷面前；另外两人看见王阿小跪了，他们也都跪了下来。王阿小说："二老爷，请您高抬贵手，我们都是有家有室的人，我们在这里吃饱了，还得给家人留一口呢！所以……"

"王阿小，我知道你在西山待的时间太长了！西山是个怪地方，待的时间长了就成了精了，狼成狼精，人成人精，你王阿小早就变成人精了！你什么话也不用说，这件事，我也做不了主，回去我就跟大老爷说！"

王阿小磕头如捣蒜，说："二老爷，您把我交给大老爷，那就是要我一家人的命呢！大人不记小人过，以后二老爷您说一，我王阿小决不说二！"

"那你说实话，现在草场上到底有多少牛，多少羊？再敢胡说，别怪我不给面子！"

王阿小报了数目。二老爷笑了，以前王阿小少报了两头牛，五只羊呢！

这时二老爷忽然爽朗地笑了起来："王阿小，你不用害怕，平时我把这里的一切都看在眼里呢！只是嘴里不说罢了！你们也不容易，既要蒙住我的眼，还要堵上管家的嘴！哼！话又说回来，你们也得养活老婆孩子，我不是小气得连一根鸡毛也舍不得的人！"

王阿小连忙磕头说："二老爷，您是菩萨心肠，我们这辈子谁也忘不了您的好！"

"好了！好了！不用给我戴高帽子了！你们平时要多用心：羊羔出生不能冻死、饿死，牛犊子生下来也要分开喂养一段时间。只要牛羊的数目上去了，几只羊、几头牛还不是小事？我胡生银不会抢你们锅里的饭！"

"二老爷！"王阿小已经感动得泣不成声……

## 34

大老爷转到北小院里，看到磨道里的驴站着不动，还伸过嘴来偷吃磨台上的粮，他一下子生气了。他走过去把磨道里的几个婆子训斥了一顿，那几个婆子一下子都变成了秋霜过后的蝉，没有了一丝声息，只是忙着各自的活儿。推磨是二太太的事，二太太的娘家姓黄，黄家的家业远在他们胡家之上。仗着黄家的面子，二太太在家里有什么不周到的地方，大老爷睁一只眼闭一只眼也就算过去了。可是大老爷最近心情郁闷，一肚子的烦恼无处发泄，他不好直接指责二太太，其他的几个婆子就成了他的出气筒。这叫指着桑树骂槐树，二太太不会不明白。

训斥了几个婆子，大老爷吊着脸往回走。刚到三太太的门口，四少爷端着饭碗从屋里奔了出来，直接撞到了大老爷的怀里，碗里的汤面洒在了大老爷的长袍上，四少爷手里的碗随即掉在地上摔成了两半。——按时间，现在应该已经吃完了饭，为什么还端着个饭碗？端着饭碗又不好好吃饭，还像无头苍蝇一样乱撞，简直成了野人了！

大老爷怒不可遏，一把揪住四少爷，照着他的屁股就是一巴掌。四少爷疼得哇哇直叫，他挣脱了大老爷的手，没命地往前跑。三太太的女儿娟娟看到这般阵势，早就放开嗓门哭开了。大老爷还嫌打得不过瘾，紧跟着四少爷撵了过去。四少爷撒开腿往前跑，大老爷叫骂着往前追。一时间哭喊声、叫骂声混在了一起，东小院好像变成了杀猪场。

听到哭叫声，三太太从屋里跑了出来，只见大老爷抓住四少爷，正狠命地打屁股。她扑过去护住了儿子，哭叫起来：“我就知道你对我们一家子看不过眼，你打！你打！你打死我们算了！”

大老爷怒气正盛，但在三太太面前他还是有所顾虑。他放下了扬起的巴掌，说：“说什么混账话？你看！你生了个什么样的不长眼睛的败家子！”

“我知道，你们生的都是好材料，我生的都是败家子！把我们这些败家子都打死，叫你们的好材料享福去！如果嫌少，你再多养几个——反正你有的是女人，两个不够，再多娶几个，给你下一窝好材料！”三太太呜呜地哭叫着，抱住了大老爷的腿。

东小院里的人都听到三太太和大老爷纠缠在了一起，但他们都不敢轻举妄动。有几个孩子，把头伸出门外，探头探脑地看热闹。二太太把孩子们都叫到了屋里，不叫他们出门。从大老爷训斥婆子的话里，二太太就知道大老爷火气十足，他嘴里骂的是婆子，矛头却是冲着她二太太来的。她心里很不高兴，哼！也就是一些鸡毛蒜皮的小事，哪里用得着多嘴多舌？听到三太太的骂声，她的心里倒有几分痛快：活该！谁叫你管那么宽、那么多？气死才好呢！但在儿女面前她却不能说这些气话，于是她自言自语地说："打别人的娃不心疼，有朝一日你的好材料惹了祸，看你还下得了手？"说完，她又安顿孩子们说："记住！以后走路吃饭小心点，别端着饭碗疯疯癫癫到处跑！"

大老爷自以为自己是一家之主，庄园里没有他不能管的事，也没有他不能管的人，可是他的几个巴掌下去，却惹了一身骚——三太太抱着腿撒泼了！三太太历来桀骜不驯，明里暗里说大老爷办事不公。听了这些话，大老爷心里不舒服，却也不好发作。如果三老爷在门上，他会叫三老爷教训这个不懂规矩而且大逆不道的母狗，问题是三老爷在城里管着一摊子生意，他也只能将就着过了。明明四少爷犯错在先，他下手在后，作为一家之主，他教训四少爷是正常不过的事。作为当家人，他决不能放纵这种败坏家风败坏家业的行为！可是三太太却偏偏护着她的败家子，嘴里还不干不净地骂起他大老爷来了！大老爷这样想着，却没敢再下手。就现在这副样子，已经把他们胡家八辈子先人的脸都丢光了！

四少爷捂住屁股蛋像杀猪一样嚎叫，三太太抱着大老爷的腿不依不饶，口口声声要死在大老爷的手里。大老爷在庄园里是有头有脸的人物，现在他的长袍上挂着撒落的面条，腿上还吊着个三太太。他的嘴里只重复着一句话："没教养的东西……"

高管家听到东小院里闹出了动静，跑过来一看，只见四少爷和娟娟号啕大哭，大老爷的腿上还吊着个三太太。因为不知原委，他打住了脚。这里的人都是东家，他不能不明不白地蹚这碗浑水！他得观察风向！

大太太一向对三太太没有好感：进进出出扭着个水蛇腰，一看就带着一身臊气；上上下下的人都对他们两口子恭恭敬敬，唯有三太太别具一格，她不但在大太太面前十分随意，而且在大老爷面前也表现得十分放肆。现在大老爷和三太太搅在了一起，大太太心里暗地高兴——这个骚货落在大老爷的手里，有她好看的了！凭大老爷雷公一样的脾气，三太太少不了要挨一顿巴掌！最好下手重点，把这个不知天高地厚的女人揍个鼻青脸肿，看她还敢张狂！顺便也给她大太太顺一顺窝在心里的那口气。

但大老爷却迟迟不肯下手，就像狗逮了个刺猬似的进退两难，大老爷的脸面都丢尽了！为了大老爷的面子，大太太赶紧从灶房里赶了出来。她踮着小脚走过去，一边掰三太太的手，一边说："这像什么话？你们不知道羞，我们还知道臊呢！松手！"

"松手？我松了手，我儿子该叫人打死了！"三太太哭说道。

原来是大老爷打了四少爷了！管家明白了原委，赶了过来，把缠在大老爷腿上的三太太拉开了。此时，像老鼠一样蜷缩在屋里的二太太也出来了。大太太和二太太把哭闹着的三太太劝进了屋里，赵叶儿也把四少爷和娟娟领了进来。三太太把四少爷搂在怀里，仔细一看，四少爷的屁股都肿成了发面馒头。三太太又搂着四少爷哭开了。她既心疼儿子，又觉得自己难肠啊！

大老爷的心情糟透了！摆脱了三太太的纠缠，他从东家灶旁边的小门进了草院子。高管家像尾巴一样紧跟在大老爷的后面。高管家本来就在大老爷面前小心谨慎，大老爷窝了一肚子气，他更是小心上加小心，嘴里尽可能说着叫大老爷高兴的事，比如，草料如何如何充足，雇工们如何如何卖力……

走过草垛，刚到草料棚前，却见王三娃抓了一把粗米塞进了嘴里——几头重要的耕牛一年四季都不能断精料，这些煮得半熟的粗米就是牛饲料。

大老爷的心里刚刚经历了一场雪，现在又蒙上了一层霜——饲料是用来喂牛的，王三娃咋吃上了？他心里十二分的不高兴，但他没有说什么，只是摇了摇头，长长地叹了一口气。

高管家却心领神会，他转动着眼珠子，快步走过去，一把揪住了王三娃的耳朵，像老鹰抓小鸡似的把王三娃拉到了草料棚外，恶狠狠地问道："你刚才干啥？"

王三娃只觉得一阵揪心裂肺的疼，本能地用手捂住耳朵，觉得手上黏糊糊的，一看，手上都是血。原来，他的耳朵已经叫管家撕烂了！他吓得浑身哆嗦，这个原本伶俐的孩子说话都结巴起来，语无伦次地说："我偷了……我吃了……"

"啊？你不光吃牛饲料，还偷了？说！偷什么了？"高管家步步紧逼，厉声喝问道。

"我偷吃了牛饲料了！"王三娃这才说了一句完整的话。

"牛饲料是喂牛的，是你吃的？那你干脆把饲料都吃了！有人养没人教的狗杂种！"高管家又是一顿臭骂。

"唉，算了吧！"大老爷烦恼到了极点，看来他不想在这件事上劳神费力，便摇着头，摆了摆手。

管家松了手，陪着大老爷来到了西倒座，而后高管家又返回来拉住了王三娃，他要王三娃说出他还偷了什么东西——大老爷今天丢了面子，他要把别人的目光转移到王三娃的身上去！

面对管家凶神恶煞般的问话，王三娃一言不发。高管家抢起鞭子就往王三娃的身上抽。王三娃疼得几乎要昏死过去了，但他却咬着牙关，一声不吭。最后朱老二和阿五一起求情，高管家才骂骂咧咧地扔了皮鞭走开了。

前一段时间，王三娃跟着朱老二在北柴湾放牛，享受了几天富足的日子。朱老二回到庄园后，王三娃也到了庄园。不过他们两人的命运截然不同：朱老二享受上了东家灶的待遇，王三娃却干起了打杂的活儿。这几天分派给王三娃的活儿是捡拾烧柴——就是到附近的柴湾里，把一些干树枝、干柴草捡拾起来，捆扎成一个个的捆子，够一定数量的时候，高管家会派车把这些烧柴拉到庄园里来。每次返回庄园的时候，王三娃还要背一些柴草。前一天晚上下了雨，一些低洼处还留有雨水，柴草湿漉漉的。他只好背着一捆带着雨水的柴草往庄园里赶。那些柴草太沉了！加之路滑，他停停走走，走走停停，到庄园的时候，雇工灶上已经吃完了饭，管饭的婆子给他扔了半个馍馍就再也没人管他了。吃不饱饭实在难受，他想起草料棚里的牛饲料。他不声不响地进了草料棚，抓了一把粗米就往嘴里塞。就在这个时候，大老爷和高管家出现了，一瞬间，灾难就降临到了这个只有十三四岁的孩子的身上……

得知王三娃挨了一顿鞭子，大老爷埋怨了一阵管家，又给王三娃送来了吃食。王三娃一直抽泣，不吃不喝。

当天晚上，朱老二给王三娃贴了膏药，又在王三娃的衣兜里塞了一把肉干……

王三娃挨了皮鞭，三太太的心里很难过，她背过别人叫四少爷给王三娃送了两次茶水。


# 35


入夜，西倒座里的猪油灯不合情理地亮了起来，大老爷、大太太和高管家分宾主而坐，低声而语。

"哪里像个女人！当着那么多人的面，竟敢抱老爷的腿，我们胡家的脸都叫三太太给丢尽了！女人的晦气说不定都沾到老爷身上了！最好吊起来打一顿！"大太太气狠狠地说。

高管家附和着说："嫁鸡随鸡，嫁狗随狗，先人嘴里就是这样说的，偏偏她给胡家丢人现眼。要不，就按大太太说的，把她吊起来狠狠地收拾一顿！"

"唉，就这副烂样子，还说是民国了，社会进步了！照我说这个社会越倒退了！对这样的女人都没办法了！"大老爷鼻子里喷出一股粗气，怨声怨气地说。

大老爷的话叫大太太越加生气了，她愤愤不平地说："民国就允许三太太抱老爷的腿？一个不管，两个不管，只怕将来一个也管不了了！今天三太太能抱老爷的腿，明天说不定就敢捋老爷的胡子了！"

大老爷瞪了大太太一眼，示意她说话要注意分寸。

大太太不说话，却很不服气地把头扭到一边去了。

高管家说："谁养的狗谁就得想办法管，能不能把三老爷叫过来？"

"还是算了吧！三老爷的脾气你们也知道，把他叫过来，无非就是一顿打。打急了，说不定还会反咬三老爷一口呢！"大老爷心烦意乱，但还算理智，他慢吞吞地说。

"哼！前怕狼后怕虎，我们胡家迟早非栽在三太太的手里不可！"看到大老爷手里的皮鞭高高举起轻轻落下，大太太在失望中发了一通牢骚。

在人们匆忙的脚步里，两天时间又过去了。又一个黑夜来临，人们陆续睡去，庄园里又归于平静。

半夜时分，两个牛棚几乎同时蹿起了大火。

大门口的大黄狗急促地吠叫起来，墙角上的岗哨发现了火情，随即敲响了警锣。高管家闻警而起，不一会儿家人、长工、短工也都涌到了前院里。但人们的脚步还是太慢了，等到人们赶过来的时候，两个牛棚都变成了火海。

天亮了，火熄了，人们精疲力竭。管家、老爷也累得直喘气。

管家把长工、短工清点了一遍，发现王三娃不见了。他又到庄园里转了一圈，看见西面排水洞的石块被搬在了一边。他的心里一下子明白了。

高管家和大老爷合计了一下，开始四下打探王三娃的下落。只是王三娃好像变成了太阳下的露水，消失得无影无踪了。两天时间过去了，仍旧没有打听到任何音信。

大老爷忧心忡忡，走出大门，看见几个小娃在外面玩耍，嘴里仍旧唱着

"无腿无嘴无数牛，天南海北到处走"的歌谣，他一下子来气了——早就说过，大人小孩都不许说这种对神灵不敬的话，这些小孩还敢这样大胆？大老爷吼叫着，向那些小孩赶了过来，小孩们眼看闯了祸，立刻四散奔逃，有的逃向周围的灌木之间，有的钻到了柴草当中，有的转了几个弯以后，悄悄地钻到了庄园外面临时喂养骡马的马槽下面……

大老爷骂了一阵，气呼呼的到庄园里去了。


王三娃从排水洞钻出胡家庄园以后，先逃到了北柴湾，而后继续向北而来。他没有目标，只有一个大致的方向，他想尽可能远离胡家庄园。六七天以后，他的面前出现了一片广阔的水域：调皮的鱼儿在水下游动，水面上泛起一串又一串气泡。三三两两的水鸟时起时落——王三娃已经到了湖区，这片水域就是民勤有名的青土湖，也是石羊河水最终汇聚的地方。

王三娃很想抓几条小鱼聊以充饥，但他却不敢把自己暴露在别人面前，因此他尽可能行走在灌木杂草中，野菜是他最重要的食物。

夜幕降临，一阵阵轻风吹过，带来了丝丝凉意，加之只吃了一些野菜，王三娃禁不住打了一个寒战。就在这时他看见西面不远处忽隐忽现地跳动着一团火光，他身不由己地向前走去。

火堆旁围着八九个人，他们一边说话，一边准备烤肉。王三娃在不远处打住了脚。

一个穿着破衣烂衫的人不断地翻转着火上的肉块，肉熟了之后，他又拿起刀把烤肉一刀刀地割下来，分给了周围的人。那些人吃得津津有味。

"大哥，有一件事我一直没搞明白——我家从爷爷起就没有土地，只能饥一顿饱一顿地过日子，这种日子我都习惯了。听说你们家原来也有不少土地，咋就和我们一样成了叫花子了？"

那个被称作大哥的人说："提起这件事，嘴里的肉都没有味道了——我们家原来有房屋院落，也有一些田地，后来被胡开程骗走了！现在红柳墩的'一品庄园'就是我家的宅地。"

"这也太荒唐了！宅地还能叫别人骗走？那也得想办法要回来呀。"

"老父亲在世时到胡家讨要公道,可是没要来公道,倒叫胡家人打断了腿。这些年我们一直想着自家的宅地,前不久我三弟上了一次胡家的们,又叫胡家人打断了一根肋骨——看来我家的宅地要不回来了！"

"宅地是千万不能丢的！宅地就是命根子啊！怪不得你和我们一样成了叫花子了！"

"正因为丢了宅地,老父亲没脸见先人,死后也没敢进祖坟。我们这些人以后也没脸见先人了！"

"红柳墩的胡家有钱有势,看来你家的宅地真的要不回来了！"

"活人也不能叫尿憋死！要不回来就该想别的办法,听人说那是'一品宅地',只要有了它,不愁没有好日子过！"

"我都成了叫花子了,还能有什么办法？"

听了这些话,王三娃的心里升起了一股怒火,他忘记了自己的身份,直接冲到这些人面前,嚷嚷道:"看来你们马家人都是脓包！麻雀也知道护自己的窝巢呢！你们把宅地丢了也不敢吱声？能要来就要,要不来就抢,抢不来就放一把火烧了它！我不信胡家人能睡安稳！"

这些人其实是一个丐帮,靠乞讨过日子,有时候也干一些偷鸡摸狗的营生。他们毫无顾忌地说着话,没想到会冒出一个陌生人来！他们一下子把王三娃围了起来,喝问道:"你是哪里来的？为啥偷听我们说话？"

看来这些人把他王三娃当外人了！他把自己的遭遇说了一遍,又叫那些人看了他的耳朵。那些人将信将疑地接纳了他。

王三娃成了流落在青土湖一带的叫花子。

# 36

太阳掠过树梢的时候，传来了一阵由远而近的驼铃声。不一会儿，一支驼队像一字长蛇阵一般出现在了人们面前，驼队穿过西面的林木，走过田间小路，最后来到了庄园大门前的空地上，驼铃声随之消失。

一来一去，二老爷去西山这一趟已经八九天时间了。看到院子里破败的惨象，二老爷大吃一惊。听说遭了火灾，他先赶过去安慰了大老爷几句，接着出了大门，指派了一帮人卸骆驼垛子。二老爷和高管家忙着收拾肉干毛皮：清点数目，过称计数，记账入账，院子里尽是乱麻麻的来来往往的人影。

交接完毕，二老爷来到西倒座给大老爷大致讲了一下西山的事——跟王阿小说的几乎一模一样，不必细说。之后，大老爷又说起了庄园里的几件事。

他们兄弟二人正在说话，忽然传过话来，说门外来了两个人，自称能消灾化难，声言要见老爷，正等着回话。

最近庄园里乱得找不到头绪了：六少爷不明不白地哭闹，喇嘛道士骗吃骗喝，三太太撒泼耍赖，王三娃偷吃饲料，损失惨重的夜半大火，对神灵不尊不敬的歌谣……想起这些事，大老爷觉得心里像压了一堆石头似的喘不过气来。听说来人能消灾化难，他们兄弟二人赶忙走出了西倒座。

出了三门，远远看见大门外站着两个人，前面的那个人，穿着长衫，戴着一副墨色眼镜，单是打扮就显得别具一格！

二老爷一眼就认出了这个人——就是在西山路上遇到的那个高深莫测的癫狂汉子！只不过他扔掉了流浪汉的衣服，穿了一身长衫而已。二老爷赶忙走上前，说："看来我们缘分不浅。前几天在路上不期而遇，我就知道您不是俗人，果然不错！"

大老爷疑惑不解，二老爷笑着把西山路上的巧遇说了一遍，大老爷这才明白了。看着旁边还站着一个人，大老爷问道："这位是？"

"我们是师徒二人，我叫诸葛禅，这是我的徒弟，名叫江百先。"

两位老爷"噢"了一声，江百先赶忙笑着问好。

诸葛禅说："我们二人云游四方，听说贵府欠安，情愿进献小技，还贵府平安富贵。"

大老爷大喜！哎呀！这是菩萨显灵，有意救他们胡家呢！于是他立刻恭敬地把诸葛禅和江百先请进了庄园。

细说间，两位老爷都知道了诸葛师徒的大致状况，他们赶紧以大师相称。

诸葛禅口若悬河，谈笑风生。江百先如坐针毡，但他只能强作镇静。听了巫婆给六少爷治病的经过，诸葛禅大笑起来："大老爷，您叫巫婆给糊弄了！巫婆没办法治好六少爷的病，只能用那样的鬼话蒙骗别人了！"

大老爷一头雾水："巫婆说得头头是道，能糊弄人？"

诸葛禅笑道："大老爷，民间传说朱元璋的军师刘伯温曾到过民勤——刘伯温和诸葛亮一样，是一位旷世奇人，据说他有经天纬地之才，上知天文，下知地理，中察人事，无所不知，无所不懂。他到过民勤，说过许多谶言隐语，现在大人小孩传唱的好多歌谣，就是刘伯温说的。"

江百先接过话茬说："这些歌谣大意是说不久的将来，民勤将会变成一个非常富庶的地方——'无腿无嘴无数牛，天南海北到处走'说的是以后耕田犁地、行走赶路都会用机车取代——上海的大街上，有钱人乘坐的就是这种机车，这种带着洋味的机车跑得非常快，从这里到县城，用不了一炷香的时间就到了！"

"您去过上海？"大老爷惊奇地说。

"我的这位徒弟就是从上海那边过来的！我觉得他天资聪慧，见多识广，就收他做了徒弟。"

"您说巫婆糊弄人，难道您能治好六少爷的病？"大老爷带着几分怀疑的眼神问道。

"大老爷，一病一理，一药一性，六少爷的病应该能治好，您只管放心！芝麻小事，我的徒弟出面足够了！"诸葛禅显得从容不迫。

江百先赶忙应声说："我会尽心尽力给六少爷看病。"

大老爷点头笑了。

大老爷急着要他们师徒给六少爷看病。诸葛禅却说，他们和巫婆道士不同。他们看病，一不作法，二不上香，只在病人发作的时候，才依病情医治。

大老爷心里更加高兴。

夜晚悄悄来临，刚到子时，六少爷就开始哭闹起来了，周妈和李丫子又开始轮流抱着六少爷，哼起了催眠曲。

大太太的精神随之亢奋起来，她催着大老爷叫江先生快点给六少爷治病：如果手到病除，自然皆大欢喜；如果不见效，就说明李丫子连同六少爷都是狐妖之类的东西，她又可以在大老爷面前煽风点火了……

谁都以为治病需要道具，可是江先生说，他的道具就是两把手和一张嘴。只是他要大老爷、大太太陪他一同到姨太太的房间去。

大老爷正想见识江先生的手段，对江先生的要求自然满口答应。其他人一个个满脸狐疑地看着江先生。

李丫子的房间里，周妈正抱着六少爷摇晃，六少爷则蹬着两腿，耍着小手，扯着嗓子哭闹。知道有人给六少爷看病，李丫子好奇地转过身来，抬起头瞥了一眼请来的大师。

李丫子吃了一惊，眼前的大师就是去年秋天她遇到的那个憔悴的年轻人！他把她当成了如玉，还狠狠地亲了她。正因为如此，她的梦里三番五次地梦到他，原来他是个大师！刹那间，她的心跳都加快了。

同时，甜的、酸的、苦的、辣的各种滋味都涌上了江百先心头，眼前的人明明白白就是他的如玉啊！可是现在她成了别人的二房，还生了孩子！

江百先和李丫子相互对视，他们都在回想去年秋天的那一场奇遇。

看到江百先和李丫子表情古怪，大老爷干咳了一声，说："她就是我家姨太太——以前她叫如月，大太太觉得叫起来太绕口，给她改了名字，现在大家都把她叫李丫子。"

江百先自知失态，他很快回过神来，环顾了一下房间，又看了看周妈和姨太太，说："驱邪看病讲究望闻问切，我刚才看了一下少爷和姨太太的气色。"接着他转入了正题说："我治病的办法看上去有点奇怪，还请老爷太太不要见笑。"

大老爷不想听江先生这些啰唆得叫人心烦的话，他只想叫他快点治病。

"请姨太太照我说的做。"江先生说："请姨太太解开衣衫，露出胸腹。"

大老爷和大太太——连同周妈，都一脸愕然，他们要江先生给六少爷治病，可是他不在六少爷身上用功，却叫李丫子做这种难堪的事，真是怪得出奇！他们面面相觑，却又不能插话，江先生说得清楚，这是人家的医术！

李丫子仍在回想去年秋天的那件往事，听说叫她解开衣衫，她臊得满脸通红，她和大老爷恩爱的时候才敞过胸露过怀，在这么多人面前解衣宽带，她觉得就像被人扒光了衣服游街示众！她没有解衣衫，看了江百先一眼之后，把脸背了过去。

"老爷，姨太太不肯配合，我实在无能为力！"江先生难为情地说。

大老爷表情为难地说："还有没有别的法子？"

江先生说："老爷，别人也许还有别的法子，但我只有这么一个法子。如果不能照做，老爷您只能另请高明了！"

此时六少爷仍旧无休无止地哭叫，大老爷心烦意乱，他横下心来说："都是自家人，江先生怎么说，你就怎么做，别耽误了少爷的病！"

李丫子羞答答地转过身来。她刻意看了一眼江百先，恰好江百先也看着她。她的眼前闪过一道亮光，但随即又臊得低了头，不敢看任何人，然后慢吞吞地解开了衣扣。

江百先的心里又猛地颤了一下，但他很快镇定了下来，说："把少爷的褥子去了，叫姨太太抱上孩子。"

周妈赶忙解开了少爷的褥子，少爷身上只剩下了裹腰的带子。周妈把少爷交给了李丫子，六少爷哭得更厉害了。

"姨太太，请您一手平放在小腹前，托着少爷，另一只手揽着少爷的腰，叫少爷贴着您的胸腹。"

李丫子照做了，但六少爷的哭叫声并没有减弱。

"请周妈把少爷的两手叠放在少爷的腹部。"

周妈赶忙照着江先生说的做了。

就在这时，六少爷忽然停止了哭叫，两只黑溜溜的眼睛瞪瞪地看着大家，一脸憨态！

屋里的人长出了一口气，而后都笑了起来。哎呀！这个江先生真是神了，三招两式就把六少爷闹了半个多月的病给治好了！大家赞叹江先生的医术，又赶忙给大老爷贺喜。

江先生又说："刚才的做法太麻烦，把少爷放好后，叫姨太太轻轻握住少爷的手就可以了。这样，只要一个人就能抱少爷了。"

大老爷赞不绝口。他一改往日愁眉苦脸的样子，一下子变得高兴起来，同时对诸葛禅和江百先佩服得五体投地。大太太、周妈都给六少爷和李丫子贺喜。李丫子长舒了一口气，感激地看了江百先一眼。她想叫他明白，她是胡家的二姨太，也是去年秋天他搂抱过、亲吻过的花仙子！但看到他一脸平静，她的心里又增添了一份失落。

自江先生开始治病，大太太就跟在后面，表面上她和大老爷一样，把心思都用在了六少爷身上，可是她的心里却希望江先生和以前的巫婆道士一样才好呢！但江先生却三言两语治好了六少爷的病，她大失所望：以前好几拨人都无能为力的病，竟然这么快就治好了？她的打算像水泡一样破灭，心里涌起的蠢蠢欲动的狂野的心思，又一次平息了下来。

就像疾风卷过水面，李丫子的心再一次骚动起来，江大师的影子动不动就会在她的眼前晃悠。每每这个时候，她又会想起看病的一幕，她的脸上火辣辣的。出于感激，李丫子托周妈给江百先带去了一些铜钱，江百先收了钱，而后又把钱退还给了她。李丫子把那些带了别样气息的钱紧紧地捂在胸口……

大老爷心情大好，他觉得江大师法术高超。想到庄园里最近发生的几件不顺心的事，他觉得有必要向江大师讨教一番了。

江百先暗暗发笑，他只是一个医术高超的郎中，并没有什么法术，但可笑的是大老爷不把他当郎中，偏偏相信所谓的法术。六少爷的哭闹病纯粹是惊吓所致——母腹是胎儿最安全最舒服的地方，离开母腹后，因受到惊吓，孩子一直处于惊恐之中。他之所以叫六少爷紧贴姨太太的胸腹、双手放在腹前，就是为了给六少爷营造一个像母腹一样的安全舒适的环境罢了。在这样的环境下，六少爷自然不会哭闹了！这就是医术！对大老爷的讨教，他含糊其辞地说，他只负责看病，别的一切都是他师父的事。

大老爷赶忙向诸葛大师请教。

诸葛禅心中大喜，表面上却故作平静。他绕着庄园转了好几圈，一本正经地说，胡家庄园占据的是"一品宅地"，院内的房屋也是发财的布局，只是按庄园的坐向和石羊河的流向，积累财富的速度慢了点，短时间内难以形成金山银山。

大老爷眯起双眼，觉得诸葛大师说的很受用。他赶忙问道："能不能禳解一下，带来更好的财运？"

"天下事阴阳分明，阴缺阳来补，阳缺阴来补。风水缺漏当然也能修补。"

大老爷赶忙向诸葛大师请教修补风水的方法。

"令尊大人在修筑庄园时，只看重守家聚财，却轻视了子孙的前途——都怪你家没有用好这一块绝佳的'一品宅地'。因此府上不愁吃穿，也有相当的余财，却难以在短时间内汇聚四方的钱财，而且子孙也摆脱不了庄园的羁绊——虽然庄园由土地爷护佑，石羊河也带来了源源不断的财源，但从更大的范围来看，南面的苏武山有青龙飞升之势；青龙飞升，势必吸纳四方灵气。

而贵府又正对青龙，因此贵府的一部分风水就这样泄漏了！如果能镇住青龙，则贵府的财运必将如日中天，而且还能成就子孙的功名呢！这是一举两得的大好事啊！"以前在苏武山修庙的人家几乎都是这样的说辞，诸葛禅只是依葫芦画瓢而已！

大老爷如梦方醒：古今成事，人谋居半，天意居半，诸葛大师来到他们庄园，就是老天爷给他们胡家赐福呢！诸葛禅的话音刚落，他就迫不及待地请教降服青龙的方法了。

"打蛇打七寸，降龙压龙头。镇压青龙的方法很简单，只要在龙头处修一座寺庙，青龙再也不能兴风作浪了。庄园的风水自然会丰盈起来，贵府的财运功名都可以顺势而来。"

听说要修寺庙，大老爷不说话了，他不知道要花费多少银两！

"骡马虽大，一根绳子就能拴住它；佛法无边，佛贴一张，足可以压住泰山。镇青龙的寺庙不在大，而在其名，有了寺庙的名称，就可以镇住青龙。两三间房屋的代价应该足够了！"诸葛禅早就看出了大老爷的心事，他说出了修寺庙最简单的花销。他不能把费用说得太夸张，那样会把铁公鸡一样的大老爷吓个半死！

大老爷心里一下子豁然开朗了：舍不得荞麦捉不住燕，两三间房屋的代价虽也叫他心疼，但毕竟是为胡家和胡家的儿孙办大事，这点儿花销太值得了！——据说汉中郎将苏武曾在此牧羊，后来人们把他居住过的山叫苏武山。苏武山是个神奇的地方，凡发达的人家都喜欢在苏武山建庙，并且都能给建庙的人家带来好运。诸葛禅说的和以前的传说一模一样，因此大老爷的心里美滋滋的。

当天晚上，心思涌动的大老爷失眠了，他心里不停地盘算着修寺庙、镇青龙的事……

## 37

天蒙蒙亮，大老爷、高管家和诸葛禅骑着马出了门，他们到苏武山查看地势、确定镇压青龙的最佳位置。

织布房里的所有人早就忙开了。几个女人手里忙着活，嘴里说着一些张家猫李家狗的闲话，就在这时，织布的婆子拉断了经线，三太太放下梭子去接线，嘴里极不情愿地埋怨着那个婆子。

"李丫子，不要只忙着织布！客房里有客人，过一会把茶水送过去，顺便把房间打扫干净。"就在这时，门外传来了大太太的喊话声。

"你们不要动不动就攀丫子！以往打扫客房都是周妈的事，今天咋轮到丫子了？周妈干啥去了？"三太太立马回敬道——三太太管着纺线织布一摊子事，她想叫李丫子安下心来织布，可是大太太总会找借口，叫李丫子干一些杂七杂八的事，这叫三太太的心里很不畅快。

"谁说李丫子只能织布不能干别的活？再说，我们家有几个周妈？周妈早就到磨房里去了！如果不想叫李丫子打扫客房，那就叫她到磨房里推磨，把周妈换过来打扫客房。"大太太没好气地说完话，转头走了。

几个婆子七嘴八舌地议论开了："听说客房里住了一对师徒，他们到底长什么样？"

"我早见过他们的模样了，也就是一个葫芦七个眼，和别人没有什么两样！"

"那也不能说他们和我们一样，你也是一个葫芦七个眼，你能把六少爷的病治好？"

三太太笑了起来："说到治病，我倒想起了一件事。丫子，听说那个姓江的大师叫你脱了衣裳，看了一眼就把六少爷的病治好了，你给我们说一说，他的眼睛和别人有什么不一样。"

"啥？还有这样的事？"

"哎呀！丫子，你咋不知道羞臊了？"

李丫子急了："你们不要听三嫂的胡话，那是给六少爷看病呢！"她说着脸已红到脖根里去了。

"别不好意思，我们也是开玩笑呢！按理说，大太太使唤你也算合情合理——江大师治好了六少爷的怪病，你给他端茶水最合适。"

几个婆子都笑出了声。

李丫子的心里已经波澜起伏，她故作平静地走过去，在三太太的脸上拧了一把，说："不管好话坏话，从你嘴里出来都变了味了！"

"别磨蹭了！忙完那边的活还要织布呢！"三太太不再跟李丫子计较，而是催促她快点去干活——现在落下的活，晚上点上油灯也要赶出来呢。

李丫子出门去了。


自从给六少爷治病以来，江百先的脑子里都是"如玉"的影子，她是他一生的牵挂，也是他活着的理由。想到这里，"如玉"的言行举止就在他眼前飘来飘去。

江百先正在发呆，忽然传来了轻轻的敲门声，打开门，只见"如玉"站在门前！

"你——"他愣愣地吐出了一个字。

"我过来打扫房间……"她看了他一眼，平静地说。

江百先舒了一口气，李丫子走进了房间。

李丫子不紧不慢地收拾房间，她折放了被子，转过身来问："上次你给六少爷看病，用的是什么法术？"

"我用的是医术，不是法术。"

"你是个郎中？"她有些惊讶了。

"我家六世行医，我从六岁开始就读书学医了。"

"那你为什么还要四处流浪？"

"我原来是南方人，因家庭变故，最后成一个流浪汉了……"江百先简单地提说了一下自己的家世。

"你以前说的如玉是谁？"

"她是我老婆。"

"你有老婆了？"

"我有过老婆……她死了。你和她长得一模一样，第一次见到你，我还以为她又回来了。"

"我命薄，就算我像你的如玉，只怕不能当你的如玉……"李丫子的语气里带着一份苍凉。

江百先一时语塞，李丫子收拾了房间，出门去了。

## 38

从苏武山回来以后，大老爷和管家又坐在了一起，他们忙着商量石料、木料、工匠的雇用以及所需钱财的数目。别的不说，单是花费时间就得三个多月——准备材料，尤其准备石料是件费时费力的大事。

说来也巧，有个游方僧人正好在苏武山修庙，可是连续两次搭架立木，两次都莫名其妙地倒塌，并且第二次还伤了一位工匠。僧人以为这是天意，于是便放弃了修庙的打算。修庙用的石料、木料等倒堆积了不少。高管家找到了那位僧人，从他的手里买来了大老爷所需的材料。材料不是很多，但修一座小庙已经足够了！

事情出奇的顺利，大老爷心里一下子舒展开来，采办好了材料，他家很快招来了工匠开工修庙了。

　　磨道里的驴随磨转，雇工跟着管家转，管家跟着大老爷转，大老爷跟着钱财转。现在，大老爷和管家居然跟着诸葛禅转起来了！

　　就在大老爷和高管家跟在诸葛禅的屁股后面乐颠颠地忙碌的时候，二老爷却显得十分淡然。二太太提醒二老爷说，他也不应该闲着，趁着动工，揽一些营生，多多少少总能落几个活手的钱！

　　"有到头的富，却有赚不完的钱。现在我们已经有吃有喝有穿了，要那么多钱干啥？啥时候把你穷怕了？还不如活得轻松点！"二太太提醒二老爷，二老爷却反过来用他的活人哲学开导二太太。

　　"那也不能眼睁睁看着大哥把胡家的钱财都花光吧？"

　　"你呀，只长头发，不长见识。知道个啥？我哥那是为胡家干大事呢！我们只管放宽心，踏踏实实地吃饭睡觉过日子得了！"

　　"唉，我这辈子咋就摊上了你这么一个懒虫，看着金子银子一河水地淌，你都懒得把手伸出去！"二太太无奈地说。

　　二老爷不关心修庙的事，和江百先的来往倒多了起来。


　　李丫子打扫了客房，看见桌子上放着一本《红楼梦》，她犹豫了一下，问道："你说，书上写的是不是都是真的？"

　　"这个……应该是吧。"江百先含糊其辞地说。

　　"这么说，贾宝玉和林黛玉的事也是真的了？"

　　"你认得字？"江百先大吃一惊。

　　李丫子"嗯"了一声。

　　"既然你读书识字，为什么还要到这里来？"

　　"我老家在凉州，出生不久，父母亲相继去世……"李丫子简单地讲了一下自己的身世。

江百先叹息说："唉，好人的日子太难过了……"

"我没想着过好日子，只要有人记着我，想着我，我这辈子就算没白活……"她说着拿出了一样东西，塞在了江百先的手里——那是一个手帕：一尺见方的锦缎上绣了一幅鸳鸯戏水图，水池中有一前一后两只鸳鸯，前面的那只转过头来看着后面的那只，后面的鸳鸯正向前面的那只游了过来……

就在这时院子里传来了大太太的声音："李丫子，快点把锅灶收拾一下，还有，长工要进柴湾，烧一锅开水……"

李丫子匆匆离开了客房。

看着李丫子的背影，江百先的心里五味杂陈……


## 39


胡家苏武庙已经修建完毕，今天将举行落成仪式。

庄园里一大早就开始忙碌起来。三驾马车整装待发，因为要走远路，车辕的两边还配了打梢子的骡马。早已塑好的一尊菩萨像，前几天就已经供奉在胡家的堂屋里了。早上起来，大老爷带着胡家的一帮子孙，对菩萨进行了叩拜，给塑像挂上了彩带。在诸葛禅的安排下，胡家人亲自抬着菩萨像，放在了车上。安放菩萨用的纸钱、香烛，还有其他杂七杂八的东西也都装上了车。诸葛禅把提前准备好的一个长方形状的记事石碑也搬到了车上，石碑上面刻写着修庙、供奉菩萨的原因、日期等重要信息，它将安放在苏武庙正墙之前、菩萨像的后面。胡家一帮老少，凡参与安放仪式的人都像过年一样洗净了手脸，换上了新衣服。最后，三驾马车载着菩萨像以及其他杂物、人员，驶出了庄园，浩浩荡荡地向苏武庙而来。胡家资历最老的长工也从未见过这样隆重气派的场面。

这是胡家敬奉神灵的仪式，李丫子是二房，没资格参与其中。她抱着六少爷，有时候出现在中院里，有时候出现在前院里，她的眼睛一直离不开江百先，有时候四目相遇，她的心里就会胡乱地跳弹一阵子。江百先已经乘车远去，她还站在门口失神地张望着一路灰白的尘土……

　　胡家苏武庙坐北向南，除了有一间供奉菩萨的正殿以外，两边还各有一间土木平房，以方便过往行人在此停留居住。殿内有香，凡是来到庙里的客人都可以上香祈福。

　　诸葛禅把长方石碑恭恭敬敬地安放在了殿堂中央，石碑前是菩萨像，东西两面有香笼和盛放香烛的盒子。安放完备，念了经文，诵了佛，又是一阵上香、烧化纸钱。庙两边的砖墙不高，像没有完工一样。那是诸葛禅特意安排的，之前他就给大老爷说过，修庙的目的是为了镇住青龙，也是为了让胡家子孙飞黄腾达。围墙上陆续添砖，就会源源不断地给胡家带来好运，那些未完工的围墙就是留着叫胡家每年增砖添瓦呢！

　　香烟袅绕之中，立庙安神的仪式也接近了尾声。恰在这时，乔先生走进了苏武庙，他一连说了三个"好"字。诸葛禅和大老爷都很高兴。乔先生对菩萨进行了叩拜，然后说："胡家苏武庙的位置恰到好处，胡家后人必将大富大贵。不过这座庙里，只能添砖加瓦，不能少砖减瓦。你们应当记住'苏武庙里添一砖，胡家门里出一官'——只要不断地添砖加瓦，胡家的家业就会像春潮带雨一样顺势而来。"

　　大老爷等赶忙致谢。仪式结束后，胡家人驾车回到了庄园，乔先生和诸葛师徒也离开了胡家苏武庙。


　　第二天大清早，有人惊叫着前来报喜，说大门前的榆树上喜鹊成群结队地叫个不停，想必有什么好事呢！

　　大老爷出门一看，啊呀！大门前都成了喜鹊的世界了！有的在树上喳喳地叫着，不断地跳来跳去；有的扇动翅膀，你追我赶；远处的喜鹊不断地向这里飞来，好像要参加一次隆重的聚会，好不热闹！上百只喜鹊绕着几棵高大的榆树飞来飞去，上蹿下跳，叫人眼花缭乱！这情景颇有百鸟朝凤的排场！

胡家人都出来看热闹，他们指指点点，脸上洋溢着喜色；长工们也都围在门口议论纷纷。人们赶忙向大老爷道喜。

哎呀！昨天修好了苏武庙，今天就出现了这等好事，看样子诸葛禅真的把胡家缺漏的风水修补起来了！不知不觉中人们谈论的话题又从眼前的喜鹊转移到诸葛师徒身上去了……

谁也不会想到，前一天夜里，诸葛禅悄悄地把一些肉丝缠绕在了胡家门口的那几棵大榆树上了……

在青土湖畔层层叠叠的灌木杂草中，有一处破落的庙台。有人简单地修理了一下，四周加了柴墙，屋顶上铺了柴草，这里就算是流浪汉的家了。

现在这里气氛严肃，其他人都静静地坐在下面，上面坐着王三娃和马大哥——令人惊奇的是乔先生也坐在他们旁边。

"人活着离不开五谷，要收获五谷就得有土地，土地就是我们的命！自从胡家买了田地、占了'一品宅地'，他家的粮食一年比一年多，金子银子都多得花不完了！我们也是人，也离不开五谷、离不开钱财，谁不想过好日子？土地是大家的土地，啥时候变成他们胡家的私产了？咋办？我的办法就是抢！破了他家的庄园，抢了他家钱财，我们也不愁吃穿了！"这是王三娃的话——自从他加入丐帮，这些人更加活跃，有时候他们会偷富家人的牛羊驼马！因为胆大心细，他现在已经是这里的大当家了。

"我们就是些叫花子，和胡家人斗，那是拿鸡蛋碰石头呢！抢不是好办法，最好还是靠我们的第三把手。只要能把钱财弄到手就好办了！"马大哥说出了自己的想法——自从王三娃来到这里，他当了这里的二当家。

"你们的说法都不对！抢了胡家的钱财，你们可以过几天好日子，但天下穷人多的是，其他穷人还是照样饿肚子。最好的办法是把穷人都动员起来，等我们有了足够的力量，直接攻下县城，所有人都有饭吃了！"说话的是乔先生。

"什么时候才能把穷人动员起来？再说，胡家不仅拥有一品庄园，而且最近又修了苏武庙、供奉了菩萨，只怕穷人没动员起来，我们早穷死了！最好的办法还是抢！"

"菩萨是天下人的菩萨，哪里是他一家的菩萨？还是偷比较妥当——到时候菩萨也会保佑我们！"

"先按二当家说的办，一旦行不通，我们再听候大当家的调遣——我会想办法尽快把穷人动员起来，只要攻下县城，别的都是小事。"

"乔大哥说的好！我们都不能闲着，二当家先行动起来，我也要尽快准备人手和骡马。"

他们几个商量后开始分头行动了。


又过了几天，胡家苏武庙空无一人的时候，江百先又来到了庙里。他上了香，化了钱，然后匍匐在地上号啕大哭。死难的亲人一直是他心头无法忍受的痛，此时他在告慰那些逝去的灵魂。那块长方石碑，表面上是记事碑，其实它由两块相同的石板组成，上面刻写的是他们石家先人的灵位。一个阴刻，一个阳刻，巧妙地叠合在了一起，天衣无缝。原来玄机都藏在这块石碑当中呢！胡家苏武庙其实是供奉石家先人的地方，四面八方的香客向菩萨进香的同时，他们石家的亡灵也享受了四方的香火。

就在这时乔先生出现在了面前，他哈哈大笑道："你是好人还是坏人？是成全胡家还是想祸害胡家？"

江百先吃了一惊，忙问："这是什么意思？"

"你也太缺德了！为了一己之私，竟然叫人家这般破费！"

江百先惊慌失措，忙说："先生果然有一双慧眼，还望您成全我这个落魄人。"

163

"我无意说破此事。但有一件事我不得不说，我先前说的'苏武庙里添一砖，胡家门里出一官'后面还有'苏武庙里少一砖，胡家门里死一官'。只是怕胡家大老爷犯忌，没敢直说，不久之后必有应验。"

"难道是因为庙里供奉了我家的灵位？"

"你太高看自己了！别的我不知道，我只知道只敬菩萨不敬人的人，敬菩萨也没有用！说不准菩萨还会惩罚他！"乔先生很干脆地说。

"都怪我太自私了！"江百先开始痛恨起自己了。

乔先生笑说道："不是你太自私，也不是我见死不救——天下大事，三十年一小变，百年一大变，这是必然，整个社会就是一副病态，应该是大变的时候了！有毁灭才有重生，我更喜欢重生和新生！"

江百先茫然地问道："难道都要重生和新生吗？"

"一切都会在毁灭中得到新生！人是新生的人，物是新生的物，事是新生的事。"

"难道胡家庄园也会毁灭吗？"

"我在四处走动，见了不少穷人，听了不少闲事。据我所知，一品庄园正走在飘摇的独木桥上，一旦遇到风雨，后果难以预料啊！"

"难道天下没有安宁的日子了？"

"大乱之后必有大治，安宁的日子总会到来，穷苦人也会过上好日子！"

"依你之见，什么时候天下才能安定？什么时候好日子才能到来？"

"穷人安，天下安。我说不出具体的时日，但我相信，穷人安宁的时候，就是天下安宁的时候，那时好日子也就到了——这个日子应该不会遥远！"

乔先生的话让江百先感到吃惊，也让他带了几分敬畏，他再次提出了他俩结交朋友的事，但乔先生却避开了话题。

安放了家人的灵位，江百先舒了一口气，他想用自家的医术赚几个小钱度日，但一想到乔先生说的话，他又觉得不踏实……

# 40

自从修了苏武庙，诸葛师徒成了庄园里的常客。诸葛禅每次到来总是高谈阔论，大老爷对他几乎言听计从，反倒把管家冷落到一边去了。高管家嘴里不说，心里却很不高兴。管家发现，只要诸葛禅住在庄园，都会在半夜溜出门，到西面的空院里窥探。当诸葛师徒又一次来到了庄园，庄园里的人都安静下来以后，高管家叫人悄无声息地把一口大铁锅放在了过道里，然后在锅里倒了几桶水。

半夜里诸葛禅溜出房门，走进了过道，他只顾往前走，忽然小腿撞到锅沿上了，只听得"扑通"一声，他一下子栽到了锅里，紧接着呛了一口水。他挣扎着，却不敢喊叫。

这时管家和几个长工打着灯笼出现了，他们把诸葛禅拉了出来，故作惊奇地问："哎呀！诸葛大师，你咋跑到这种地方来了？我们还以为是黄鼠狼偷鸡来了！"

"哎哟！我出来起夜，谁知道……哎哟！哎哟！"

管家把诸葛禅戏弄了一番，心安理得地睡觉去了。诸葛禅像个落汤鸡似的回到客房，把江百先吓了一跳。他赶紧叫诸葛禅换了衣服，又询问起了事情的来龙去脉。诸葛禅不说事情的原委，只顾摸着自己的小腿长吁短叹。疼痛把诸葛禅折腾了一夜，江百先在难过当中过了一夜。

第二天，诸葛禅把江百先带到了野外，问道："我们相识都好长时间了，你看我是什么人？"

江百先一头雾水，他没思考过这个问题，就算他认真思考，也实在难以回答这个问题！诸葛禅是什么人？小偷？骗子？偷奸取巧的小人？招摇撞骗的混蛋？诸葛禅的确算不得好人，但要把他说成坏人江百先又于心不忍。

"你是个诚实人，也是个文墨人，你为我吃了苦，还为我挨了拳脚，我已经把你当朋友了。既然是朋友，我干脆打开窗子说亮话了——其实我也不知道我是什么人。我经常给有钱人家打短工，但我并没想着安心干活，我一边干活，一边打量东家的东西，一旦能摸一些钱财吃食，我很快就会离开那个地方。我母亲早死了，只有一个人过日子。我有过女人，因为家里穷，她跟别人跑了。后来我找了个相好，手里有几个钱以后，我就去找我的相好。妈的，这辈子只能这么过了！这些日子，我忙前忙后，你以为我真的为胡家修苏武庙？我算计着胡家的金银呢！只是不知道他家藏金银的地方。我总觉得他家的金银应该在西面的院子里，因此一有机会我就往那里跑，谁知道高管家有了警觉，把我捉弄了一顿——管家已经怀疑上我了，我得马上离开这里！你想不想和我一起走？"

原来诸葛禅竟然是这样的人！一时间江百先的心里五味杂陈，他不想和他同流合污，也不想离开他的"如玉"，他淡淡地说："二老爷想叫我教孩子们读书，我暂时不能离开庄园……"

"我就知道你不会走。我早就看出来了，你看上了胡生金的小老婆，她也看上你了。"

"不要胡说！"

"我耳不聋眼不花，你们俩的事能瞒得了我？同样是折放被褥，她总是把你的被子折得整整齐齐，见了你，眼睛都能说话了！还有那副手帕是哪里来的？还不是那个骚娘儿们送的？说不定你们都已经在一个被窝里睡过觉了！"

"不要胡说八道！"

"我只是说一说，你们俩的事，我不会多嘴多舌……"

诸葛禅消失在了密麻麻的灌木之中，江百先又回到了庄园。

一连三天，每每到了太阳快要落山的时候，庄园门口都会出现一个乞讨的人，说是来讨饭的，却又是一副鬼鬼祟祟的模样，眼睛总是盯着庄园里面不住地打量。高管家觉得这种人非贼即盗，他指派了几个长工连骂带吓，轰走了那个人。半夜里，大老爷忽然听到堂屋门口的铃铛响了一下，但随后又没有任何响声了。就在迷迷糊糊之中，大老爷又清清楚楚地听到了铃铛声——为了防盗，他家的堂屋门上拴了铃铛，只要触动门扇，铃铛就会发出响声。大老爷急匆匆地下了炕，透过门缝看去，发现有个黑影从堂屋里走了出来。他猛地打开了门，大声喝道："谁？站住！"

那个黑影很快溜到东倒座前面的那个过道里去了。

大老爷大声叫嚷着撵了过去。但当他赶到东小院里的时候，院子里静悄悄的没有任何声音，也看不见其他的人影！

大老爷的喊叫声早已惊动了墙角上的岗哨，有人敲响了警锣，墙角上随即亮起了火把，高管家和前院里的雇工也急匆匆地赶了过来。

没有找到行窃的贼，而后他们又都涌到了上院里。大老爷和管家进了堂屋，发现他家的神主（写着先人灵位的小木牌）不见了！

大老爷一阵慌乱！高管家说，四处都有人把守，贼娃子一定还在庄园里。于是他们在庄园里仔细搜查开了。

神主终于找到了，就在北小院的墙角处好端端地放着，但他们找遍了整个庄园也没有发现窃贼的踪影。

大老爷安放了神主上了香，但他心里却七上八下。叫他想不通的是，庄园的墙角上都有岗哨，贼娃子咋就摸到他家的堂屋里来了？

就在此时，高管家紧紧张张地走进来说，东北角楼上有个叫张四的小子不见了，也许窃贼就是那个人模人样的张四！

的确如此。张四其实姓孙不姓张，是马家的外甥，他机灵胆大而又能干。他改名换姓来到一品庄园，就是为了偷取胡家的神主——眼看得不到宅地，马家人也不想叫胡家人安宁！几个月以前他来到庄园，很快得到了大老爷和高管家的赏识，叫他负责东北角的岗哨，有时候他也出入于上院子。当天晚上，夜深人静的时候，他悄悄离开了岗哨，轻手轻脚地偷了神主，没想到惊动了胡生金。胡生金把他撵到了东小院，他慌慌张张地扔了神主，再次来到了角楼。后来害怕事情败露，在管家带着一帮人四处寻找窃贼的时候，他已经顺着绳子滑落到了庄园外面。外面有人接应他，当高管家明白过来的时候，他已经骑着快马逃之夭夭。

大老爷把那个姓孙的张四狠狠地诅咒了一顿，而后又叮嘱高管家打发了几个来历不明的雇工……

## 41

大太太嫌李丫子没把衣服洗干净，当着众人的面把李丫子羞辱了一顿。大老爷凶了大太太几句，大太太却和大老爷顶上了："不要总是偏着你的小老婆！我再不好也给胡家生了个长子，你的小老婆能生出长子来？再说，她生的是不是胡家的种还不知道呢！不要以为你们在一个被窝里睡过觉她就是你的人，只怕她的心早就跟着别人跑了！"大老爷怒火中烧，他提着文明棍就要教训大太太，大太太仍旧不停地叫骂。

李丫子躲在织布房里泣不成声。二太太变成了和事佬，她劝说了一阵大太太，又来安慰李丫子。三太太一边给李丫子宽心，一边骂大太太："生了长子有什么了不起？就大少爷那副模样，就算有十个八个也恐怕不顶用……"

江百先心里疼着李丫子，却无可奈何。从大太太的话里他知道有人察觉到了他和李丫子的来往，猛然间好像有一座无形的大山向他压了过来。过了两天，二老爷到城里送货，江百先乘着驼队进了城。

刚走上西大街，传来了一阵嘈杂的吆喝声，人们纷纷向两边躲避，江百先不知发生了什么，随着人群躲到一边去了。只见十多个扛枪的士兵拉扯着一个人走了过来——那人却是乔先生！他被那些当兵的五花大绑，快速向东面走去。前面有两个开道的士兵，大声呵斥着路上的行人。

又出了什么事？难道乔先生也是坏人？

后来人们议论说姓乔的和土匪有来往，有时还偷偷地在大街上散发传单……江百先的脑子里像塞了一团麻，怎么也理不出个头绪来……


一连几天，大老爷情绪低落。这天夜里，他做了个奇怪的梦：整个庄园忽然无缘无故地摇晃了起来，其他人都逃出了庄园，他却怎么也找不到出口。紧接着庄园拔地而起，而后向南飘去，一直到了一个怪模怪样的地方才轰隆一声跌落在了地上……

大老爷惊叫一声，出了一身汗。

他心神不宁：这说明他们胡家很不安稳——二老爷对家事不闻不问，三老爷远在县城，只有他胡生金一心一意守护着家园。唉，该是好好处理一下这些琐碎而又关乎家族兴衰的大事的时候了！

大老爷给城里的三老爷带了信，叫他尽快回一趟家。


被高墙厚土圈起来的县城，也不完全是生意人的天堂。小偷、地痞流氓会时不时地捣乱，不明不白的募捐也不少。最可恨的是神出鬼没的小偷，不声不响就会把东西摸走，叫人防不胜防。有一次，三老爷正在铺子里忙着，忽然听到外面有响动。走到院子里一看，只见有个"瘦猴精"一样的人，正抓住一根松木椽子、两脚钩住屋檐、身子倒悬在院子里，一双眼睛贼溜溜地向四下里张望。看见了三老爷，那个"瘦猴精"卷起身子，一个鲤鱼翻身，跃到了房上。等到三老爷爬到房上的时候，那个"瘦猴精"早已跑得无影无踪了。

当天夜里，三老爷把洗过的衣裤搭在了院里的绳子上，第二天衣裤却不见了。三老爷觉得十分奇怪：大门好端端地锁着，晚上院子里也没有听到响动，贼娃子咋就把他的衣裤偷走了？难道贼娃子长了翅膀不成？该死的贼娃子！

不久前的一个晚上，结算了当天的来往账目，他到街上要了一碗杂碎填饱了肚子。本来打算返回铺子，一抬头却发现自己不知不觉中来到了迎春阁，当天他又在那里厮混了一夜。第二天，天还没有亮，他就回到了杂货铺。铺子门竟然半开着！他很快发现铺子里进了贼，店里的两袋米面不见了！

两袋米面可不是小数目，三老爷心疼得好几个晚上都没有睡好觉。妈的，城里好是好，花天酒地，要啥有啥，就连城里的野女人也别有一番滋味。但城里也有它的不好，瞧！贼娃子也太猖狂了，两袋米面说没就没了！

三老爷想报官，但又下不了决心，因为一夜风流，才丢了米面，要是让别人知道了真相，他马上就会变成别人耻笑的对象，他还敢报官？看来打掉的门牙只能往肚子里咽了！

一方面被失盗的事折磨着，另一方面又怕风流事招来别人的风言风语，这两件事都上不了台面，他害怕这些事传到大老爷的耳朵里。

就在他忐忑不安的时候，忽然得到了口信，大老爷叫他尽快回一趟家！

三老爷顿时傻了眼，肯定是大老爷知道了他的丑事，才叫他回家呢！说不定他大哥早就为这件事生气了！好事不出门，坏事传千里，世上就是有一些嘴尖的家伙，唯恐天下不乱，这事儿咋这么快就传到他大哥的耳朵里去了？看来，这件事想瞒都瞒不住了！

大老爷毕竟是一家之主，他的话三老爷不能不听。三老爷把杂货铺的事做了安排，决定回一趟家。

但直到骑上马走在回家的路上的时候，他的心里仍然没有一个顺顺当当的应对大老爷的理由。因为有心事，他并不想走得太快，因此他不像一个赶路的人，倒像是一个吊儿郎当的闲人，由着马的脚步缓缓而来。

在胡家这个大家庭，大老爷是最忙的一个，每天料理着庄里庄外的几乎所有的大事小事，还要把一大家子的账目清清楚楚地装在心里。二老爷也没闲着，他们胡家每年的钱财大多数都来自西山和东马岗。他胡生财开着杂货铺，虽然也有不少盈利，但比起两位当哥的来说，就逊色多了。

三老爷一边想着心事，一边骑着马慢腾腾地走着。县城在他身后越来越远，而他们胡家那个熟烂于心的庄园却越来越清晰了：高大的院墙、宽阔的大门、门口用铁链子拴着的大黄狗……这时他又不自觉地想起他的女人马惠儿来了。他们两口子，一个住在城里，一个待在乡下，城乡之间隔着好几十里路，平时都不能相互照料。按道理说，没有功劳也有苦劳呢！可是他丢了两袋米面，他大哥就想拿这件事大做文章了？这件事怪他，但也不能全怪他。眼下本来就不太平，趁着夜色行窃的贼、明火执仗的强盗时有耳闻，他胡生财只是一个做买卖的小商人，哪能管得住贼娃子强盗的手脚……

他一边慢腾腾地赶路，一边竭力想着各种借口为自己开脱罪责。他只想着自己的委屈，却把风流快活的事忘到脑后去了！想到这里，他觉得他并没有亏欠着他们一品庄园，相反，一品庄园倒好像欠了他很多东西了。一瞬间，他的罪责感荡然无存，反而觉得委屈起来了。

他的心里很快形成了一道坚不可摧的防线，是的，他已经为这个家付出了很多，他一肚子的酸汤苦水还没有向任何人倾倒过呢！如果他大哥敢拿丢失的米面说事，他就会毫不留情地对他大哥反戈一击！

但一品庄园毕竟是他生活了二十多年的窝巢，也是他人生的发祥地，他对这个窝巢和发祥地是自豪的。他出人头地了，人生的枝叶开始向更高远的天空里舒展生长，但他的根却扎在了一品庄园。因此他对他大哥的不恭敬的想法，也是出于一时的激愤，只要大哥不把他骂个狗血喷头，他也不会对大哥不敬。他的这些想法，只是他思维防御中的一部分，他先要对大哥可能的责难采取"守势"，不到万不得已，他的思维锋芒和语言锋芒决不会主动出击。

一品庄园就是一个高大阔气的宫殿，他算不得这个宫殿的一道梁，但他却是支撑大梁的一根响当当的柱子！这样想着，作为胡家子孙的那股豪气再一次占据了他思维的高地，他狠狠地在马屁股上抽了几鞭子，向庄园疾驰而来……

三老爷的到来给一品庄园带来了一派喜气。

庄园里特地杀了一只羊，做了一顿手抓。胡家三兄弟吃过了肉，又喝了几盅酒。大老爷说出了自己的心事："前些日子我做了个梦……你们两个应该知道，我掌管着这个家，除了比你们多受了一些苦，多出了一些力，从不在吃喝钱财上动歪脑筋。我每天吃的喝的，和我们家里人一模一样。我破费的地方就是娶了二房，你们也都是老爷，如果你们想娶二房，我这个当大哥的完全赞成！只要能给胡家多生出几个儿郎来，就是我们胡家的福气！你们有没有这样的打算？"

二老爷笑了："我都已经三个儿子了，我早知足了！"

大老爷又问："老三，你呢？"

"我没想过，只是我一个人住在城里，身边少个洗衣做饭的人。"

"那你为啥不早说呢？！"大老爷似乎有点生气了："娶二房也就是花几个钱的事，为了儿孙的事，该花的钱还得花……有没有合适的人？如果有，想办法抓紧办！身边没有女人也不行！"

"哪有合适的？大哥没有说起过，我也没敢想过。"

"也不能心急！最好和老三家商量一下。如果她不同意，到时候抹脖子上吊也不行。"二老爷赶紧插话说。

"天下的正房没有不反对二房的，哼！女人终归是女人，闹腾也只是闹腾，过一阵子也就没事了。我娶了二房也没什么事嘛！"

"只怕老三家和大嫂不一样。"二老爷又说。

"我们的家事，暂时还轮不到女人说三道四！"

大老爷的话让三老爷大出意外，也大受感动。他已经在城里逛花了眼，马惠儿在他的眼里变得像鸡毛儿一样没有了分量。如果再娶一房女人，马惠儿就可以留在庄园，他则可以带着二房到城里去……

两个孩子已经在外间的屋里睡着了，马惠儿拉开了被子，坐在炕沿上出神，她心里细细碎碎的波纹涌动着，溅起了一阵又一阵浪花。本来她打算等男人回来一块儿睡，但三老爷说他要交代一下账目，有可能迟点儿回来，她想了一阵心思，先钻进了被窝。

又过了大约一个时辰，男人回来了，她问道："事情交代完了？"

"嗯……完了。"

三老爷钻进了被窝，他的身体时断时续地触碰着她的肌肤，她感受到了一股异样的气浪扑面而来。长时间的分离，她对他非常渴望，她想他很快就会搂着她一起入睡。但三老爷并没有亲近她，他把头放在枕头上长叹了一口气。

"咋了？"她问道。

"唉，都是庄上的一些烦心事！父亲在世时打算叫我们弟兄三个生出八个儿子呢，现在才生了六个。三个人当中，我生的最少，只生了一个，今天大哥又说起了这件事。"三老爷语气沉重地说。

"想生个娃，那也要男人女人钻在一个被窝里才行！你长年住在城里，我住在乡下，咋生出娃来？"马惠儿的胳膊缠住了他，脸蛋也贴在了他的胸口。

三老爷对马惠儿春水一样的柔情表现得很平静，他淡淡地把她的胳膊推到一边去了。

这等于在三太太感情的烈火上浇了一盆凉水！

"我们是大户人家，城里的生意不能不做，家里其他的事也离不开人呢！大哥已经娶了二房，他问我有没有娶二房的打算。"三老爷说了一句试探性的话。

二房？大户人家的老爷、少爷娶二房不足为奇，但那也是正房妻室不能生儿育女的时候才会动这样的歪脑筋。她马惠儿已经生了一男一女，而且她的年龄还不到三十，三老爷就打起二房的主意了？怪不得三老爷一年半载不回家，回到家里也对她冷冰冰的，原来他的心里有了这种龌龊的打算了！她一下子委屈得哭出了声。

"哎！哭什么呢？就算我娶了二房，你还是三太太嘛！"

"这种有名无实的太太，有什么好？有什么用？还不如把我休了！"

"不要胡说！你已经生了一男一女两个娃娃，也算是我们胡家的功臣，咋能轻易就休呢？"

哭了一阵，她倒不哭了，三老爷的三魂七魄都叫那些花花绿绿的女人勾走了，哭也没有用！

三老爷睡着了。

看着眼前熟睡的三老爷，三太太的心里彻底明白了：一切都明摆着，他的心里已经没有她了！一瞬间三太太又觉得痛快起来：男人不把她当人，她又为什么把男人当宝贝呢？她的确和阿五有过几次神魂颠倒的肌肤之亲，但比起庄园里的这些种马来，那就是小巫见了大巫了！男人都给她穿绿裙子绿衣服了，她给男人戴一顶绿帽子又怎么了？活该！

## 42

第二天江百先来到了庄园，大老爷慷慨地拿出了好酒，并且把最近不顺心的事说了出来。江百先本来就不是酒肉英雄，几杯酒下肚，很快就觉得说话都有点儿不大利索了。

江百先趁着酒兴说，胡家的宅地已经好得不能再好了，只是再好的风水、再好的宅地也要受天时的影响，他们胡家应该认识一下天时才对。自从清朝在英国手里吃了败仗以后，国家就进入了没完没了的混乱状态了。先后与英国、法国、日本、八国联军发生了战争。八国联军攻陷北京以后，皇帝都逃到长安去了……在和外国人打仗的同时，国内也发生了战乱，后来，南方的革命党发展起来，金銮殿里的皇帝都被拉下了龙椅……再后来，蒋介石掌握了军政大权，但战争仍旧没有消停的迹象。现在，从南到北的广大地区都变成一锅粥了！

"乱了！乱了！彻底乱了！有枪有炮的人都想着抢占地盘。今日你抢，明日他夺，老百姓连肚子都吃不饱了！土匪强盗聚众为乱，绿林好汉此起彼伏。有一年湖南遭受灾荒，当地的绿林好汉发动穷人抢米抢面，见东西就抢，见人就杀，大户人家纷纷逃命。一等富人逃到了上海，二等富人逃到了长沙，三等富人逃到了县衙……这些大户人家不是风水不好，而是现在的老天爷不养活富人了！当然，老天爷也不养活穷人，每年冻死、饿死、穷死的一大层呢！老天爷杀穷人，穷人杀富人，富人又相互残杀。整个大地都带着一股血腥味呢！"

在座的人一个个听得目瞪口呆，他们听说过一些打打杀杀的消息，却不知道外面闹得这么凶！

"这哪里是绿林好汉？纯粹是土匪闹事呢！光天化日之下他们也敢抢劫？"大老爷首先从惊愕中回过神来，愤愤不平地说。

"何止是抢劫？那些人冲进大户人家的院子，见粮就抢，见人就杀，跑得快的，才能捡回一条命！谁还顾得了金子银子？跑得慢的，都在石头棍棒之下送了命了！"江百先口无遮拦地说。

"现在不是国民政府的天下吗？政府有枪有炮有军队，还能眼睁睁地看着土匪闹事？"高管家惊奇地问。

"政府当然不会不管，也派去了军队，可是那些闹事儿的，连军队也不怕！有的军队还叫他们打散了！"

"都怪那些拿枪的心太软，手里拿着枪还能叫人打散？"三老爷一副恨铁不成钢的口气。

"穷人没了活路，富人也不会好到哪里去……"江百先全然没有注意其他人的神态，仍旧口无遮拦地说。

"照你这样说，我们应该舍弃家财，才能平安了？"二老爷好像听出了其中的玄机，一脸认真地问道。

江百先这才从半醉半醒中彻底清醒了过来——老爷和管家把金子银子看得比命都重要，对抢劫和打杀富人的事恨得咬牙切齿！而他说的尽是穷人抢劫富人的事，这无疑已经触犯了老爷和管家的大忌了！于是他赶忙改变了口气说："话又说回来，大老爷，您家的风水宅地独一无二，您又是这里的土地爷，尽管外面纷纷扰扰，混乱一片，但一品庄园安如泰山，您只管安享富贵尊荣。"

"嗯，江先生说得太对了！大老爷，您一脸富态，老先人给您占了这块风水宅地，修了一品庄园，您挂着土地爷的大名，诸葛大师又给贵府修了苏武庙，镇了风水，谁敢打老爷家的主意，那就是不想活了！"高管家趁机大献殷勤。

大老爷的脸色这才缓和了下来。

一场因为多嘴而引起的恐慌总算掩饰过去了，但江百先的心里却有点儿不踏实了。

事后，三老爷进了城。江百先也想离开庄园，因二老爷挽留，他便多住了几日。二老爷想和江百先结为兄弟之好，江百先不好拒绝二老爷的好意，犹豫再三，他们勉强举行了生硬的结拜仪式。当二老爷把铜钱、衣服、鞋帽等赠送给江百先的时候，江百先的心头升起了一股浓浓的忏悔。后来他还把听到的一些不好的话说给了二老爷。

江百先的心里十分矛盾，他想把自己的身份亮出来，却又举棋不定。因为牵挂着"如玉"，他舍不得离开庄园，但他又不得不离开庄园。忙完了几件琐事，他再一次离开了庄园。

穿过庄园南面杂树林的时候，忽然传来了一阵女子的声音："石羊河水悄悄流，杨花轻舞柳絮飞……"

这声音、这唱词已经在他的心里回荡过无数遍了，他急急地循声走过去，只见"如玉"穿着以前的那身衣服边歌边舞，她的声音在林木间婉转飘荡，她的舞姿像蝴蝶一样翩跹摇曳。

他情不自禁地叫了一声："如玉！"

她停了歌舞，向他飞扑了过来。

"自从见到你，我的魂就跟着你走了！大老爷年过半百，大太太阴冷刻薄，胡家庄园归根到底不是我待的地方。只要你不嫌弃，我会等你一辈子！你是个郎中，不应该像叫花子一样活着，你一定要活出个人样儿来！"

他紧紧地搂着她。她不说话，只是无声地流泪。

"吁——"就在这时，传来一声吆喝羊群的声音，该是羊儿吃水的时候了！羊群正好要从附近经过。

他们都吃了一惊，慌慌张张地离开了对方。江百先背起他的包裹，很快消失在林木之间。"如玉"整理了一下衣衫，依依不舍地送走了江百先，她再一次从花仙子变成了李丫子，无精打采地返回庄园去了。


# 43

高管家心情大好，他手牵缰绳，一边慢条斯理地挪动着脚步，一边看着他心爱的骡子啃食新鲜的青草。

就在这时不远处走来了一个女子：她身材丰满，面容姣好，随着走动的脚步，她的浑身荡漾着说不尽的轻盈娇柔。一瞬间，蓝天碧野、远处的树木、近处的杂草都好像隐没了行迹，高管家的所有心思都叫她吸引过去了，他的眼睛一眨不眨地盯着她。很明显那个女子也看见了高管家，她不敢正眼看他，只是低着头赶路。直到走到管家眼前的时候，她才抬起头看了一眼，而后又低了头，绕过高管家，继续向前走去。

就是这不经意的一眼，把高管家的三魂七魄都勾走了——她的一双眼睛扑闪着，像井水一样清澈，像星星一样明亮。她的脸蛋儿白里透粉，粉里透红，就像一朵刚刚开放的桃花……惹得管家心猿意马。

让他纳闷的是，他一直住在胡家庄园，咋不知道附近还有这样美貌得叫人失魂落魄的女子？仔细一打听才知道是黄狗娃的媳妇，名叫铃铛。

黄狗娃这个狗杂种！穷得连肚子都吃不饱，谁知抢了个媳妇，竟然是这样一个宝贝货！一连几天，高管家寝食难安，他开始注意这个名叫铃铛的女人了：每天中午，她把午饭送到地上，黄狗娃吃完饭，她就会提着空空的粗瓷瓦罐返回家里。高管家眯着眼睛，打起了小算盘……

又是一个中午，铃铛送饭回来，刚走过一个灌木葱茏的沙丘，高管家从旁边转了出来。他看着她馋涎欲滴，脸上露出了不怀好意的笑。

铃铛知道眼前的这个人是胡家的大管家，他的举动几乎吓了她一跳，他的笑叫她起了一身鸡皮疙瘩；她不知道他竟然长着这样一副嘴脸！她不由得后退了几步。

"哼！跟着黄狗娃那个穷鬼图个啥？只要跟了我，我保你一辈子荣华富贵！"高管家的眼睛直勾勾地盯着铃铛，已经向她走了过来。

"不！不！"铃铛说着又往后退，手里的瓦罐掉在了地上，碎成了奇形怪状的几片。

高管家从衣兜里掏出了一枚银手镯，扬了扬，说："别害怕，我喜欢你，只要你答应了我，这个就是你的了！"

铃铛一把打飞了管家的手镯，说："我不稀罕你的东西！"

高管家恼羞成怒，他一心想着把她轻盈娇柔的身子据为己有，她的举动不但没能使他收敛起张牙舞爪的嘴脸，反倒更加刺激了他的馋欲。不管铃铛同意不同意，他抱起铃铛就往灌木丛里钻。吓得铃铛直喊叫。

高管家三把两下撕了铃铛的衣裤，但铃铛手脚并用，拼命挣扎；高管家像饥饿的疯狗逮了个刺猬，心里着急，就是无法得手。

178

吃完饭，黄狗娃又开始忙着除草，忽然隐隐约约听见铃铛的喊叫声。他急匆匆地赶了过来。

转过灌木丛，清晰地听到了铃铛的叫声，他喘着气跑过来，只见高管家半裸着身子张牙舞爪，铃铛在他的身下挣扎喊叫。他冲上前去，照着高顺的脑门打了过去。

高管家重重地挨了一拳！他顾不得疼痛，提起裤子，如丧家之犬一般落荒而逃。一直逃出沙坡，他才感觉到了头疼，用手一摸，脑门上已经起了一个鸡蛋大小的包了！

黄狗娃要去追打高管家，却被铃铛拉住了。

黄狗娃把铃铛送回了家，提了菜刀要找高管家算账。他娘抱着他的腿大哭——民不和官斗，穷不和富斗，他们家连肚子都吃不饱，哪能和高管家斗？铃铛也趁机从他的手里拿走了菜刀。黄狗娃无力地蹲在了门前，心里像翻江倒海一般翻滚着……

没有不透风的墙，尽管高管家对调戏铃铛的事守口如瓶，黄狗娃也不敢声张，但人们私下里却都开始议论高管家了：哼！高管家也太不是个东西了！都老得快喝不动水了，还干这种缺德事，也不怕遭雷劈！

高管家的心里极不舒服，他惦记着铃铛，又摸着自己脑门生气。他打算直接找黄狗娃的麻烦，但毕竟做了一件见不得人的事，心里总有几分不踏实。于是他开始向黄狗娃催要以前借下的钱粮，还放出话来说，如果不能按期归还，就要捣了他家的茅草屋！

在这青黄不接的时候催粮催钱，就等于要人的命呢！黄狗娃知道高管家有意为难他，他真想揣着菜刀把高管家劈成两半，然后一死了之。但看着年迈的母亲和新婚的妻子，他心里的火气又小了许多。他牵挂着母亲，也舍不得妻子啊！

黄狗娃闷头闷脑地干了一阵活，忽然发现他家的地埂上一动不动地躺着一个人，头上还扣了一顶破草帽。

奇了怪了，这个人啥时候躺在这里了？不会是死了吧？哎呀！如果是个死人，他黄狗娃摊上麻烦事了！他向前走了几步，远远地冲着那个人喊道："喂！你是哪路神仙？是不是迷路了？"

那人慢腾腾地坐了起来，笑说道："我是过路的财神爷，叫你发财来了！"

财神爷？哼！别的不说，单从那顶破草帽就可以看出来，此人的身份和他黄狗娃不相上下！黄狗娃放心了，只要这个人还能喘气就好！他长叹一声说："我这辈子天生就是穷命，没想着发财，只要能安安心心过日子我就知足了！"

那人说："皇帝轮流做，明日到我家。谁天生是享福的命？谁天生又是受苦的命？我真的是叫你发财来的！"那人说着掏出了三块大洋递了过来。

黄狗娃苦笑着，推开了那个人的手："我不认识你，你不认识我，我哪能平白无故要你的钱？"

那人说："你不认识我，我却认得你——你娘已经五十多岁了，依靠你养活，只是吃了上顿没下顿。今年春夏之交，你抢了个媳妇，名叫铃铛。前不久高顺调戏铃铛，挨了你的一顿拳头，现在高顺都把你逼得走投无路了！"

黄狗娃出了一身冷汗——这个人和他素昧平生，咋把他家的事掌握得一清二楚？莫不是高顺的什么人？

看到黄狗娃有些慌乱，那人忙说："我不是坏人。我需要几匹骡马，你需要离开红柳墩这个是非之地。我只是想和你交个朋友……"

## 44

长工灶上正忙着做饭。厨房里水汽弥漫，有人忙着往锅里下面。赵叶儿拿着长柄木勺，不停地在锅里搅动，唯恐面条坨在一起。烧火的婆子在灶火里加了更多的柴，手里的风箱拉得更欢了。雇工们都已经到了门外，等着吃饭，有的人还说着一些不堪入耳的粗俗话。

锅又滚了起来，她们调了盐醋，尝好了味道，一顿饭就算做好了。两个婆子眼疾手快，她们各自拿了一只碗，在锅里捞了面，盖起来放在了阴暗的角落里去了。

一切准备就绪，灶房门打开了，门外的雇工们说话声小了下来，大家排起了松散的队。赵叶儿开始给雇工舀饭。

就在这时，大老爷和高管家走了进来。他们在灶前转了一圈，什么话也没说就走了。

打完了饭，赵叶儿忙着洗锅抹灶，有个婆子用一个开豁的破锹头掏灶火里柴火燃烧后的灰烬。有人传过话来，说大老爷找赵叶儿问话。

赵叶儿惴惴不安地来到了西倒座的时候，大老爷正阴沉着脸坐着。赵叶儿不知道做错了什么事，但她知道自己肯定做错事了——如果不出差错，大老爷决不会平白无故地把她传到这个地方来。这里是大老爷摆弄威风的地方，但对赵叶儿来说，这里无疑是一处刑场。进得门来她怯怯地站在了门口，不敢正眼看她的老公公。

"今天大灶上做了几个人的饭？"

"二十八个半人的饭。"赵叶儿回答道——阿五干活多，吃的也多，他每顿都要吃一个半人的饭。

"称了多少面？"

"是婆婆称的面。"赵叶儿不知道差错出在哪里，她的脑子急速地回想着以前的事。

就在这时，大太太走了进来，她看了一眼赵叶儿，又看了看大老爷，说："咋了？出什么事了？"

赵叶儿的心里马上轻松了下来，在这种场合，婆婆就是她的靠山，不管出了什么差错，婆婆都会向着她说话。

"我问她，今天外面灶上称了多少面。"

"哟！称面的时候，磨房的人刚好把称拿走了。我也没有细细过称，只是简单地用碗盘了个数。"大太太解释说。

"我就知道你们婆媳是一路货色，大小轻重都分不清了！要不，雇工的饭能那么清？那些人整天吃苦流汗，吃不饱哪来的力气！如果他们出工不出力，倒霉的还不是我们胡家？"

"老爷，你就不要在这里大呼小叫了，虽然盘的不太准，也没有大的出入——也没听见雇工说三道四……"大太太毕竟是庄园里的"正宫娘娘"，她的地位没人可比。因此尽管大老爷在她面前吹胡子瞪眼，但她却没有半点儿慌乱。哼！就这么点儿芝麻小事，有什么要紧？就算她们婆媳俩把胡家头顶的老天爷捅个窟窿，也犯不着用这种口气说话！她不但不害怕大老爷，反倒责怪起大老爷了。

"那些人看着吃食出力气，等到叫他们说出难听的话，我们胡家都不知道要损失多少东西了！今天这个不操心，明天那个不操心，我们胡家不就完了？媳妇跟着婆婆的脚步走，赵叶儿遇上你这个当婆婆的，一辈子也别想学好！今天你们不用吃饭了，看你们还长不长记性！"大老爷把大太太和儿媳妇骂了一顿，气呼呼地出门去了。

尽管在大老爷的眼里大太太和儿媳妇用心不够，但平心而论，赵叶儿的一双眼睛两把手一直为胡家操劳着，平时她从不多吃多占。因此，听了大老爷的一番话，她觉得既委屈，又扫兴。大老爷出了门，她却开始哭了。

大太太最自豪的就是给胡家生了长子胡有荣，胡有荣的媳妇又是赵叶儿，虽说大老爷是她的男人，但自从李丫子进了门，她的心就向儿子儿媳妇倾斜了。现在看到儿媳妇受了委屈，她的心里自然也不好受。她走过去，帮儿媳妇擦了一把眼泪，说："别哭了！在这个庄园里过日子，谁还不受老爷的气？为了针尖大的点儿事就哭鼻子流泪，也太叫别人小看了！老爷的话也不是句句都对！他说不叫咱吃饭，咱就真的不吃饭了？该吃的时候吃！该喝的时候喝！哼！在这个庄园里，少吃一顿没人过问，少喝一口也没人同情，那还不亏大了？流泪伤身，吃亏的是自己，我还指望你生一大堆胖孙子呢！别哭！"大太太一边埋怨大老爷，一边安慰自己的儿媳妇。其实大太太早生气了，不过她不愿多说。不管怎么说，她也是庄园里的大太太，不看僧面看佛面，为了这样一点儿芝麻小事就把她和儿媳妇拴在一块儿出洋相，存心是找她的茬儿呢！自从娶了小，看我不顺眼了？只怕今天犯错的是你小老婆，你连大屁都不敢放了！哼！老东西！

"你一定要活出个人样儿来。"这句话让江百先的心里升起了一股豪气，是的，他有医术，有能力，他应该凭自己的本事吃饭！

这段时间他成了一名游医，频繁往返于红柳乡公所和红柳墩之间。他不图穷人家的钱财，只有到了富家大户才挣一些碎钱。这天晚上，刚回到红柳墩的茅草屋，身旁忽然出现了两个黑影，接着传来了一个低沉而阴冷的声音："我们是走夜路的，把钱财都交出来，饶你不死！"

江百先吃了一惊："我是一个叫花子，哪来的钱财？"

"别啰唆！这些日子你一直行医看病，挣来的钱到哪里去了？快把钱拿出来！要不然，我们送你见阎王！"

江百先把铜钱碎银都拿了出来。那两个人得了钱财后，把江百先的手脚捆了起来，一溜烟消失在了夜色中。

江百先大声喊叫了一阵子，眼看无人理睬，他挣扎着从沙坡上滚了下来，落在了低洼处，最后干脆放弃了喊叫。

第二天胡家长工听到了喊叫声，循声过去，发现了蜷缩在低洼处的江百先。众人把他送到了胡家庄园，二老爷赶紧派人抓药煮药。过了三四天，江百先才恢复了过来。

这些日子一直由李丫子送茶送饭，看到江百先像以前一样走出走进，李丫子的心里也变得畅快了。早上起来李丫子打扫了房间，一脸歉意地说："都怪我不好，如果你不去看病，就不会有这场灾祸了。"

"都怪我太没用了！"江百先觉得无地自容。

"不！是老天爷不想叫你离开我！也不想叫我离开你！"李丫子说着低下了头。

江百先觉得整个天地之间都充满了飘飘洒洒的毛毛雨……

黄狗娃忽然阔绰起来了，他们一家都穿上了绸缎衣服——他母亲穿了大襟袄，铃铛穿上了倒大袖袄裙，黄狗娃的短衣短打也换成了长袍马褂。并且听人说黄狗娃还打算置办田地，明年还要修建庄园呢！

妈的！这个黄狗娃，前些日子还穷得叮当响，媳妇都是雇人抢来的，怎么一夜之间就发达了？不要说胡家人不信，穷人也都不相信！但黄狗娃一家千真万确穿上了晃眼的衣服不说，他们的腰杆都挺起来了，走路的姿势也变了！难道黄狗娃真的发财了？就在人们狐疑不定的时候，黄狗娃居然找到了大老爷，商量着买胡家的田地了！人们这才确信黄狗娃真的成了有钱人了！

黄狗娃发了财，大老爷开始不踏实了。大老爷想叫高管家打听黄狗娃家钱财的来历，但高管家和黄狗娃成了冤家，暂时不宜见面……最后大老爷直接找到了黄狗娃。黄狗娃吞吞吐吐地不想说，但在大老爷的再三询问下，他还是说出了原委：

"半月前的一天，我到北柴湾砍柴，一斧头下去，蹦出了一块瓦片，我觉得有些奇怪，向下挖了几下，没想到挖出了一罐金子两罐银子……本来这件事我不想对外人说，您是大老爷，是有钱人，说了也无妨。我们都是有钱人，以后应该相互照应才对。大老爷，您可不能乱说！唉，金银这东西，没有的时候想着它，可是有了金子银子，心里又不踏实。"

大老爷表面上答应了黄狗娃，但回到家里，他立马就把事情的来龙去脉告诉给了高管家。高管家本来想着刁难黄狗娃，听说黄狗娃成了有钱人，他只好收起了自己的锋芒——有钱人不好惹！这是铁律！

事后不久，黄狗娃来到胡家借骡马，说是要到城里兑换零钱，顺便买一些过日子的家当。高管家不想把骡马借给他，但黄狗娃却在高管家的手里塞了一块银圆，高管家爽快地把两匹骡子、一匹马借给了黄狗娃。

借到骡马的当天晚上，黄狗娃一家三人随着骡马走出了他们熟悉的、用篱笆围起来的院落。刚走了几步，狗娃娘又回到了院子里，跪在地上磕了几个头，接着她抓了一把土，塞进了衣兜里，眼睛里含着泪说："狗娃，这一去，不知道能不能回来。娘老了，如果我死在了外面，你就把这把土撒在娘的坟头——有老家的泥土陪着，当娘的也就心安了！"

"娘——"夜色下，传来了狗娃和铃铛哽咽的声音。

他们很快擦干了眼泪，骑上了骡马，看了一眼自家的茅草小屋，而后急匆匆地消失在了夜色中……

等了几天不见黄狗娃回来，高管家开始打听黄狗娃的下落，但黄狗娃已经远走高飞了！

其实黄狗娃也舍不得离开自己生活过的土地，但眼下没有养活他的五谷、没有他能走的路。这里的天低得叫他直不起腰，这里的地小得容不下他的脚，他不得不拖家带口、带着无法言说的痛苦和怨恨远走他乡……

## 45

一连几天雇工们抱怨吃不饱饭，后来有两个人干脆找到了管家，他们想结算工钱离开庄园。大老爷不敢怠慢，赶忙和管家、二老爷坐在了一起。

"这几天的饭确实太清了！有人说我家的饭也就是水里漂了几根面条，都能在饭里养鱼了！唉，雇工们干的都是体力活，吃得少了，他们的确扛不下来！"二老爷慢腾腾地说。

"咋会这样呢？送到灶上的米面足量足数，做饭的还是那几个人，再说，别人家大都只管三顿饭，我家除了正常的三顿饭，还有一顿干粮呢！他们还嫌我家吃的不好？"

"老爷，我们确实比别人家多管了一顿饭，只是雇工们起早贪黑，受的苦也多，每天吃四顿，也不算多。"

大老爷闷闷不乐："我胡生金虽说舍不得多吃多喝，但从不克扣长工短工的钱粮——老父亲的话我记着呢！以前也没听过那些人说三道四，他们咋就看不上我家的饭了？"

高管家的脑子高速运转起来：他曾无意中看见做饭的婆子在灶火里烧面团吃，那些面团是从哪里来的？还不是来自雇工的口粮？并且赵叶儿曾经抱怨说，做饭的婆子鬼得很……高管家把他以前看到的、听到的事说了一遍，接着又说："每顿饭的米面不足，说明做饭的婆子们手脚不干净！"

"还有这事？"大老爷和二老爷都惊讶得张大了嘴，几乎异口同声地问。

"这也是很自然的事，米面就在她们嘴边，多吃一点，多占一点，那还不容易？磨道里的驴也知道偷嘴呢！"高管家说得头头是道。

"怪不得雇工们怨声怨气！"二老爷好像一下子明白了。

"那倒要好好管教一下做饭的婆子们了！总不能撑的撑死，饿的饿死。以后叫赵叶儿把眼睛睁大一点！"

"老爷，少奶奶不是不用心，只是少奶奶年轻不谙事，她的两只眼睛，防不着婆子们的四把手！再说，少奶奶面情软，就算看见了，也磨不开面子啊！"高管家说得一针见血！

大老爷不说话了。是的，少奶奶是年轻了点，叫她在灶上独当一面，难免力不从心，那些婆子们一个个都是人精……唉，少奶奶是他家最放心最妥实的人了，少奶奶不能胜任这个活儿，他还真不知道谁能顶替少奶奶了！

二老爷平时不管这方面的事，大老爷没有主意，二老爷也拿不出好办法。

186

说起来他们胡家也有近二十口人呢，但要维持这个大家庭的正常运转，人手还是显得捉襟见肘！瞧！现在长工灶上就缺少一个响当当的人手呢！

　　看到两位老爷没了主意，高管家笑着说："老爷，二老爷，如果府上人手实在不够，我倒想起一个人来了！"

　　"谁？"

　　"说起来倒有点王婆卖瓜的味道呢——这人就是我的侄女！"

　　大老爷摇着头说："嗯……不是我小看你侄女，骒马上不了阵，赵叶儿的样子就在那里放着呢！"

　　"老爷，二老爷，您别泄气！我这位侄女，名字叫高盈盈，年龄只有十八九岁，别看她年纪小，却是一等一的伶俐人，通常十个都不及她一个！"

　　二老爷心里想，他们家也不需要伶俐得像生铜铃铛似的人物，只要能看管锅灶碗盏就行了！他还没开口，大老爷却高兴起来了，说："那你尽快领过来！其他的事以后再说。有这样伶俐的人，你以前咋没有提起过？"

　　"我们高家平时享受老爷的恩惠太多了，我高顺不是不知足的人，哪里还敢张这个口？要不是老爷您遇到了麻烦，我今天也不会多嘴多舌！"

　　"哎呀！我的大管家，这话就有些见外了！我们胡家每天白白糟蹋掉的五谷不知有多少呢！还怕你侄女的一张嘴？你尽快把她带过来！"大老爷似乎显得有些迫不及待了。


# 46

　　高盈盈生得秀气而大方：一对水汪汪的眼睛大而有神，两弯秀眉如高天上的月牙儿一样清新，鼻梁高挑，脸蛋圆润。她身穿白底红花的上衣，下身穿青色新裤，加之身材已经扯开了条而且舒展开来，一眼看上去她就像初春的藤条上一朵饱鼓鼓的半放的花蕾一样引人注目。大老爷问了年龄、属相和账目中常用的几石几斗几升的问题，高盈盈都回答得字字相投。大老爷满心欢喜。看到大老爷一脸喜色，高管家的心里自然也像熨斗熨过一样舒展。

"丫头，我们家吃饭的人多，自家人忙不过来，雇来的婆子们手脚又不老实，不是想着把米面往外带，就是想着多吃多占。我们打算叫你去帮灶，你要多长个心眼，灶上的米面不能叫他人带了去，这可是件大事呢！"

"老爷，听说您家灶上都是自家人掌管，主人管下人那是顺理成章的事，而要一个下人管下人，就有些说不通了。我年纪小，可以一边帮灶，一边盯着灶上的米面。如果有什么事，我可以给您通风报信，别的事我可管不了。"高盈盈口齿伶俐地说。

大老爷高兴得脸上的皱纹都舒展开了，他情不自禁地夸奖道："果真是个伶俐的丫头，不愧是高管家的侄女！"

高管家心里乐着，却一脸严肃地说："这是老爷交给你的头一件差事，你可要用心呢！"

高盈盈笑着说："请二位长辈放心，我知道怎么做。"

大老爷和高管家对视了一下，心领神会地笑了。

高盈盈来到长工灶上，不是扫地擦锅头，就是摘菜洗菜。赵叶儿有时候叫她干这样那样的活儿，她很快就能把活儿干完。没事的时候，她和赵叶儿又说又笑，亲热得像一对儿好姐妹。

高盈盈的到来让灶上的两个婆子变得谨慎起来。她们的心里一点儿也不舒服，这个名叫高盈盈的黄毛丫头，就是一根刺，扎到她们的皮肉里去了！但一连几天，赵叶儿还是原来的赵叶儿，高盈盈除了说笑，就是忙这忙那，实在看不出高盈盈的到来和以前有什么不同。两个婆子的胆子再一次大了起来。做晚饭的时候，趁赵叶儿和高盈盈说笑玩闹，阿婆子眼疾手快地揪了一团面，然后不动声色地去烧火。原先烧火的白婆子则走了过来准备擀面。阿婆子一边烧火，一边把面团捏成了两个面饼放在灶火里烤了起来。

饭后，阿婆子提了一筐从灶火里掏出来的灰烬从厨房里走了出来，就在她即将走出大门的时候，高管家却拦住了她，叫她把筐放下。

阿婆子暗暗吃了一惊，她迟疑了一下，还是放下了筐。高管家用棍子拨弄了一下筐里的灰渣，赫然露出了两块饼……

高管家一脸轻蔑，同时又是一脸得意，就像凯旋的将军一般趾高气扬。

两个婆子很快被带到了高管家的账房里，不一会儿大老爷也赶了过来……与此同时，庄园里的人从雇工到太太们都传得沸沸扬扬，纷纷议论着两个女贼的长长短短……

人赃俱获，两个婆子吓得直哆嗦，身体抖得就像筛糠。江百先上前求情，被大太太顶了回来："别以为你能治狐妖病，我们胡家就离不开你了！我们家的事，轮不到吃闲饭的人说话！"——大太太因为江百先治好了六少爷的哭闹病而一直耿耿于怀，现在江百先插手胡家的事，她自然不高兴。

在管家和大老爷的逼问下，阿婆子和白婆子很快一五一十地招供了偷窃长工米面的事。尽管两个婆子跪在地上苦苦哀求，但高管家和大老爷却冷若冰霜，他们立刻做出了决定：两个婆子以后不准再跨进庄园一步，并且她们以前每月半斗粮食的工钱，一笔勾销！

两个婆子被轰出了庄园。

白婆子气狠狠地离开了胡家庄园，走不多远，她转过身来，看了一眼一品庄园高大的院墙，狠狠唾了一口。

阿婆子被撵出庄园后，心里像塞进了一团乱麻，怎么都理不出个头绪来。她只是机械地深一脚浅一脚地向家里走去。论年龄，她只有三十出头，但在这三十多年的时间里，她却吃尽了苦头，尝遍了人间的酸甜苦辣。她出生在一个穷苦的家庭，从小就过着缺衣少食的日子。十八岁那年，她来到了婆婆家，她的男人忠厚老实，虽说生活困难，但她还是感受到了家庭的温暖可爱。那一年三水泛滥——当地人把秋天的洪水叫三水。三水过后，一处低洼的水塘里有几条活蹦乱跳的鱼，她男人跳进水里去抓鱼，鱼没抓到，男人却再也没有上来。她的婆婆哭瞎了双眼。也就是说，结婚不久，她们婆媳两人的生活重担就压在了她一个人的肩上。按道理说，她年龄小，还可以重新找个人家，一方面婆婆没人照顾，另一方面穷人的命本来就不值钱，尤其像她这样的女人，过门不久就死了丈夫，她的头上早就扣上了一顶"克夫"的帽子，别人见了她避之唯恐不及，谁还会来沾染她呢？于是她选择了和婆婆一起相依为命。一个响当当的男人通常都养活不起一个家，让一个女人独立应对一切，生活的艰辛不言而喻。

一晃十几年过去了，人们好像已经忘记了她的过去。后来她在一品庄园里干活，虽说辛苦，生活总算有了着落，并且每月还能挣半斗粮食。每次做饭后她舍不得洗手，她要把沾在手上的面带回家去，给婆婆做面汤。后来她和白婆子发现赵叶儿忙不过来，就偷偷地把面块或面饼想办法带回家，因此，婆婆有时候也能改善一下伙食。今天她和白婆子贪心地烧了两块面饼，却叫高管家发现了。她的生活路断了不说，她的头上又多了一顶"贼"帽子了！尽管为了活命不做贼的人寥寥无几，但"贼"帽子还是把她压得喘不过气来。她不知道见了别人该说什么，也不知道别人见了她会说什么。她觉得自己就像晚秋的一片树叶，在这一场突如其来的寒流面前，毫无招架之力。她好像已经脱离了枝干，正在飘飘悠悠地往下落。

她踉踉跄跄地走进家门，有气无力地坐在了炕沿上。她已经瘫软成了一团棉花，如果不是婆婆等着吃饭，她也许早就软绵绵地倒在炕上了。

"媳妇儿，你咋了？病了？"婆婆虽然两眼看不见，但她的耳朵却出奇地灵敏，从儿媳妇的脚步声和呼吸声里，她已经察觉到了异样。

"婆婆，没事……我这就给您做饭。"她有气无力地说。家里还有一点面，平时她们都舍不得吃，今天她要破例给婆婆做一顿面条。

"婆婆，这几天发三水了，满河滩都是鱼，有人抓了大鱼，有一尺来长呢！我也去抓一条，给你做一顿香喷喷的鱼汤。"现在她倒显得平静了。看着婆婆吃了面条，她又怔怔地看了一会儿婆婆。

"我的好媳妇，婆婆没想过喝鱼汤，有米有面就够了！你坐下来陪婆婆说说话。"婆婆说着，伸过手来，抖抖地在她的脸上摸了一下，说："媳妇儿，我的好媳妇，你好像又瘦了！唉，都是婆婆不好，叫你受苦了！"

"婆婆，我好着呢！我这就去抓鱼……"说完，她狠心地推开婆婆的手出了门。

其实现在还没有到秋天，自然没有三水，更没有满河滩的鱼。阿婆子心里想着逝去多年的丈夫，她想追随已故的丈夫而去，便编了一个谎话。她的脑子里是慌乱的，也是平静的，人生的一幕幕又在她的脑子里闪现浮动：饥寒交迫的日子，新婚丧夫的痛苦，孤苦伶仃的家庭……

她拖拉着一双破鞋，来到了涝池边。其时暮色深沉，星光亮起，四周不知名的虫子和青蛙不知疲倦地叫着。夜风吹乱了她的衣衫和头发，她整理了衣服，顺了一下头发。她闭了眼，默念着丈夫的名字，一纵身，跳进了水里。

她落水时发出了扑通一声响，但声音很快就消散在纷乱的虫蛙乱鸣的夜色里。她没有挣扎，也没有紧张，很快，一切都恢复了平静。

婆婆最忌讳的就是三水和抓鱼，而儿媳妇偏要提起这件事，婆婆觉得喉咙里像堵了鱼刺一样，一下子说不出话来了。当她平静下来的时候，儿媳妇已经出门去。唉，今天的儿媳妇咋了？给她做了面条不说，还要去抓鱼。儿媳妇咋就不知道自己家的家底儿了？可是这又有什么办法呢，她两眼抹黑，给家里帮不上忙，出不上力……

婆婆坐在炕上，不知不觉中恍恍惚惚地闭上了眼。忽然房门打开，儿媳妇一身素衣走了进来，不声不响地站在了她面前。她大吃一惊：她的眼睛十几年前就已经看不见东西了，今天怎么又能看见儿媳妇了？更让她吃惊的是，儿媳妇竟然披麻戴孝！

"儿媳妇，你这是咋了？"她疑惑不解，愣愣地问站在地上的儿媳妇。

"婆婆，原谅我吧！儿媳妇不孝，不能给您端茶倒水了！我是来和您告别的……炕头上的布袋里还有一些干粮，饿了，您自己吃吧！"儿媳妇说完就要转身离去。

婆婆急忙伸手去拉儿媳妇，就在这时，她忽然醒了。眼前仍然是漆黑的一片，她什么也看不见。"儿媳妇，我的儿媳妇……"她感到大事不好，一边大声呼喊着，一边摸索着出了门。一声声凄厉的叫喊声飘荡在纷乱的夜色里。

婆婆在黑暗中游荡了一夜，也呼唤了一夜儿媳妇，天亮的时候，她无力地瘫坐在地上，神情呆痴，嘴里机械地念叨着几个字："儿媳妇，我的儿媳妇……"她疯了。

人们从涝池里捞出了阿婆子的尸体，卷了一块破席片，和她已故的丈夫埋在了一起。

过了三四天，阿婆子的婆婆也悄无声息地走了。


## 47

这段时间江百先大都住在庄园，闲来无事他也给周围的人看病，常常药到病除。庄上的人都说江百先的手段把周围的郎中都比下去了。李丫子暗中提醒江百先在庄园里开办药铺，那样一来，他就可以名正言顺地留在庄园里，大太太也不会说他吃闲饭的话了。但江百先仍然不为所动——他家的遭遇让他刻骨铭心，他不能自寻烦恼。就为了这件事李丫子好几天都不搭理江百先。

一天的时间转瞬即逝，再过半个时辰就应该到卸磨的时间了。张婆子忽然从磨道里冲了出来，只见她抓了两把面，一边往嘴里塞，一边阴阳怪气地哈哈大笑："哈！我要吃饭，我要吃饭……哈哈！我要吃饭，我要吃饭……"

二太太大吃一惊，张婆子一向稳重，今天咋了？二太太来不及细想，赶紧走过去抓住了她的手，说："张婆婆，不要急！再过一会儿，我们就该卸

192

磨吃饭了。"

张婆子手舞足蹈，一边把面粉往嘴里塞，一边说："哈哈，我不是张婆子，我是阿婆子，我要吃饭，我要吃饭……"

二太太顿时觉得头皮发麻，一股凉气从脚底冲到了头顶：阿婆子前几天已经死了，咋又跑出了一个阿婆子？再说，眼前的这个人明明就是张婆子，她又为啥说自己是阿婆子呢？是不是阿婆子的鬼魂附体？二太太吓得大声喊叫起来："快来人了，阿婆子来了……"

这一声喊叫，把东小院里的人都惊动了。推磨的、织布的、做饭的，还有院子里玩耍的孩子们都先后涌了过来。有人莫名其妙地问："出什么事了？阿婆子在哪？"

张婆子仍旧不停地叫嚷："我不是张婆子，我是阿婆子，我要吃饭，我要吃饭……"

二太太早已吓得脸色煞白，她急急地逃离了张婆子，躲在了人群中。挤在一起的人听到张婆子满嘴胡言乱语，一个个吓得凝神屏气，不知如何是好。

就在这时张婆子像一阵风似的跑了起来，他穿过东小院和上院之间的走道，从三门过道进入了中院，很快出现在了长工灶上。

长工灶上已经换了两个婆子，张婆子从一个婆子的手里夺了切刀，说："这是我的活，你们干什么？哈！我是阿婆子，我要吃饭，我要吃饭……"她操着切刀切了几下面，忽然哭叫起来："我要杀管家，我要杀老爷！"说着，她提了切刀就往外冲。

灶上的几个人被张婆子的这番阵势吓得目瞪口呆，跟着张婆子赶过来的几个人都已经来到了中院里，却不敢靠近，只是远远地围观。看见张婆子提着切刀冲了出来，众人都吓得直往后退。

高管家和大老爷听说出了稀奇古怪的事，急忙带着雇工赶了过来。雇工上前夺了张婆子手里的刀，并用驴缰绳把她捆了起来。

张婆子被驴缰绳捆着，嘴里却仍旧絮絮叨叨地说个不停："我是阿婆子，我要杀管家，我要杀老爷！我要杀管家，我要杀老爷！"

高管家铁青着脸，肚皮都气成了牛皮鼓，他的一双眼一直盯着张婆子。过了好一会儿，他才气狠狠地说："羊羔都养成狼崽了！我的好心都叫她当成驴肝肺了！撕她的嘴，看她再胡说八道！"

张婆子忽然坐起来叫道："谁敢打我？谁打我谁不得好死！"

几个雇工被张婆子的话镇住了，高管家气得浑身发抖，他赶过去，抬手就给了张婆子一个响亮的嘴巴。

张婆子边哭边喊叫："高顺，我不会放过你，早晚有一天我要放一把火把你烧死！"

高管家怒不可遏，他还想给张婆子几个嘴巴，却被大家挡住了。张婆子也好像累得没有了力气，软绵绵地倒在了地上，像死了一样。

张婆子安静了下来。可是整个庄园却像笼罩了一层神秘而恐怖的色彩。各个头绪上的人都早早收了工，人们在不祥的气氛中吃了一顿晚饭。

驴缰绳已经解开了，张婆子气息微弱地躺在前院的一间柴棚里，几个身强力壮的雇工看守着张婆子，他们要防着她乱跑乱动，又要防着她胡说八道。高管家和大老爷早就安排人骑着快马去找道士了。

一个时辰之后，道士来到了庄上，听了管家和大老爷的叙说，他在张婆子的身上抽了几法鞭——拇指粗细、一尺长的红柳木柄上系了一根麻绳，看上去也就是一根普通的鞭子，据说到了道士手里就成了法鞭了。道士又摇着黄铜铃铛、念着别人全然不懂的经文在庄园各处走了一圈，最后还在胡家的堂屋里上了香。道士说暂时只能杀一下阴气，别的法事要等到天亮以后再说。

但一波未平，一波又起，二太太又不明不白地发起烧来，忙得一群女人们进进出出，不知所措——胡家庄园被张婆子的一番疯癫话彻底搞乱了！

第二天，道士在庄园里做了一个道场，念了经文，化了纸钱，最后还给一品庄园做了一道护身符。道士在庄园的角角落落都走了一遍，把护身符供在了堂屋的神主前，并且叮嘱说要在七七四十九天之后，上香的同时，把护身符烧化在堂屋的供桌前。

张婆子虽然恢复了正常，但很多人见了她仍然毛骨悚然，高管家和大老爷商量之后，打发她回家了。

张婆子虽然回家了，但大太太却疑神疑鬼，她说每每到了晚上，庄园里就会出现怪异的声音，一会儿从大门响到三门处，一会儿又从三门响到大门口。人们再次陷入恐怖之中。江百先说那是大太太的心病，只要不胡思乱想，也就没什么声音了。大太太夹讽带刺地说，他们胡家的事犯不着旁人指手画脚，接着她催着别人去找道士。道士说这是阿婆子的鬼魂作怪，他找到了阿婆子的尸体，在心口上方和坟孤堆的四角上都钉了桃木桩——据说，这样一来阿婆子的灵魂永世都不能翻身了。

## 48

这天早上，管家急匆匆地来到了西倒座，对着大老爷的耳朵低语了一阵——有个小偷不知什么时候溜进了庄园，被管家发现后，用绳子捆了起来。管家怀疑小偷又是奔着胡家的神主来的，如何处理，需要大老爷点头发话。

大老爷顿时拉下了脸，破坏他家的风水宅地和神灵，就等于亵渎他家的一品庄园。高管家心领神会，他把那人带到庄外，狠狠地给了一顿拳脚，还打掉了那人的两颗门牙……

一场混乱眼看就要过去，但二太太的病却时轻时重，连喝茶吃饭都得人照顾。磨房里的一摊子事没人照顾，三个婆子又为琐事闹了起来。因为高盈盈机灵懂事，大老爷便打发高盈盈过来帮忙。高盈盈对磨房里的事不熟悉，不得不三番五次地跑到二太太的炕头问这问那，有时候也给二太太端茶送饭。

五六天以后，二太太的病才逐渐好转。

195

二太太能正常料理家务，二少爷的心情也敞亮起来。早上起来他到二太太的房间送换下来的衣服，一进门就看见一个打扮得十分俊俏的丫头正在收拾屋子。她的眼睛大而有神，两弯秀眉如高天上的月牙儿一样清新，鼻梁高挑，脸蛋圆润；加之身材已经扯开了条而且舒展开来，一眼看上去她就像初春的藤条上一朵饱鼓鼓的半放的花蕾一样引人注目。他知道她就是高盈盈，这几天一直照料二太太，他不由得多看了她一眼，恰好她也看着他。这一对情窦初开的年轻人，相互对视着，似乎觉得自己的三魂七魄都跑到对方的身上去了！他们彼此给了对方一个深情而会心的笑。高盈盈打扫了房间出了门，二少爷也跟着她出了门。走了几步，高盈盈又回过头来，二少爷仍旧痴痴地看着她。他舍不得她离开，她也舍不得离开他。

大太太刚好从灶房里走了出来，看见这一对男女这么轻佻放荡，不由得笑话开了：猫儿友窝、狗儿撒欢也找个安静的地呢！他们倒好，不知道羞也不知道臊了！想到这里，大太太冲着二少爷说："二娃，盈盈是我们家的客人，当心把人家看羞了！"

高盈盈立刻慌了神，赶紧走开了。

大太太把嘴一撇，故作神秘地笑了笑，对二少爷说："二娃，给大妈说实话，你是不是想媳妇了？只要你能看上盈盈，大妈给你搭句话。"

二少爷涨红了脸，说："大妈……"

大太太缠住二少爷不放，说："哟！二娃，你也不小了！我只提说了一下媳妇儿，你的脸咋就红了？这样怕羞，以后咋跟媳妇在一个被窝里睡觉？"

二少爷没好气地说："那我就干脆不说媳妇……"

"别在大妈面前装正经！只怕将来和媳妇黏在一起，你爹妈拿棍棒都拆不开呢……"

二太太在北小院里听到了大太太和二少爷的对话，她从北小院的门口探出头来，大声说："二娃，不要闲磨牙，快点儿到地上去！当心牛羊糟蹋了庄稼……"

二少爷不再理会大太太，匆匆地进了过道，穿过三门，穿过中院，走出大门去了。

院子里又安静了下来，二太太的心里却很不舒服：大嫂说话也太没有分寸了！二少爷还没有成家呢，咋能说那些没大没小没高没低的话……


二太太做了一双新鞋，她刚叫二老爷试着把新鞋穿到脚上，有人传过话来，说王媒婆来了，问他们有没有时间见一见。

"王媒婆三日一趟五日一趟往这里跑，想给我们家二少爷说媳妇儿呢！"二太太悄声对着二老爷嘀咕了几句，然后转过头来对着门口传话的人大声说："你给王媒婆带个话，就说叫她费心了，我们家二少爷暂时还不打算找媳妇。"二太太说着又去端详二老爷脚上的鞋。

"你一直念叨着二少爷的婚事呢！现在媒婆找上门来了，你倒不想见了？伸手不打笑脸人，叫人家进来坐一坐嘛！"二老爷看到二太太一副冷冰冰的模样，心里着急起来，赶紧说。

"哎！你这个人，二少爷的婚事，你啥时候操心了？"二太太把二老爷数落了几句，又对门口的人说："二少爷的婚事，我说了算！"说完，二太太还极不情愿地白了二老爷一眼——只不过糊涂的二老爷并没有注意二太太的眼神。

二老爷平时确实不大关心二少爷的婚事，现在二太太这样说，他干脆不说话了。

传话的人站在门口，急急地问："到底要不要王媒婆进来？"

"哎！你咋越来越听不懂我的话了？那我就明说了，我们家二少爷还小，现在还不想找媳妇。"二太太没好气地说。

传话的人红了脸，立马转身走了。

二老爷又换上了原来的鞋子，说："我就不明白了，以前你总是絮絮叨叨地说，得给二少爷找媳妇了。还埋怨我，说我不操心。现在人家来说亲，你又说二少爷年龄小，难道我们家二少爷现在比以前还小了？"

"我就知道你长了一个榆木脑瓜子，只怕这辈子都不会开窍了！谁说我们家二少爷年龄小了？谁说我们家二少爷不找媳妇了？我已经给我们二少爷瞅下媳妇了！"

"啥？你给二少爷瞅下媳妇了？我咋不知道呢？哪家的丫头？"二老爷一脸惊讶。

二太太没有回答二老爷的问话，她把那双新鞋放在包袱里，慢条斯理地收拾完了东西，说："哼！你的眼里除了西山的羊，就是东马岗的牛，要不，就是你的骆驼，啥时候把自家的事放在心上了？"二太太怨声怨气地说。

二老爷又催问道："你说的到底是谁家的丫头？"

"这个丫头你见过不是一回两回了！就是高管家的侄女——高盈盈。"

二老爷登时拉下了脸，说："她？不行！"

这下轮到二太太想不通了，她惊讶地大张着嘴，愣愣地看着二老爷，说："咋啦——咋就不行了？"

二老爷冷冷地说："那个丫头太机灵了！小小年纪就把她叔老子的一身本事都学会了！"

二太太生气了，她把包袱重重地摔在了炕上："说什么呢？人家丫头机灵是好事，难道我们家二少爷就不能找个机灵的媳妇？难道我们家二少爷只能配个傻的愣的？"

"想到哪儿去了！我们家二少爷是个老实人，老实人配个老实人得了。太机灵的人心机太深，心机太深的人，常常心肠太硬太狠。"

二太太的表情一下子放松了："你想得太多了！那个丫头的模样儿就不用说了，谁也看得见呢！我能看过眼，我想你也能看过眼，我们家二少爷也一定能看过眼。那个丫头不仅心眼儿巧，而且心眼儿好，她在灶上帮了几天忙，赵叶儿一个劲地夸她。在磨房里忙了几天，磨房里的婆子又说起了她的好。给我端了几天茶水，每次轻手轻脚来，轻手轻脚地去，屋里屋外拾掇得顺顺当当……至于心肠好坏——我看她没有什么坏心眼。再说，一旦过了门，就是我们的人，不叫她跟她叔老子学就是了。"

二老爷有些心动，但还是不放心："只怕她跟了她叔老子……"

二太太说："如果你真担心，暂时不用说破，我们叫她过来帮几天忙，看一看，过一阵子再说。"

# 49

高管家不动声色地谋划着自己的"棋路"。他在庄园里已经干了十几年了，但他的根基并不牢固。庄园里有三个老爷，他的心思都用在了大老爷身上，和二老爷三老爷的关系若即若离。虽说大老爷是当家人，这样做暂时自然不会错，但大老爷只有一个名正言顺的儿子，并且这位大公子表现得很平庸。二老爷有三个儿子，二老爷的大儿子，也就是二少爷，在各个方面的表现都比大少爷要出色一些。如果大老爷有个三长两短，他高顺在庄园里恐怕难以立足。他盘算着叫高盈盈和二少爷联姻，把他们高家和胡家的关系再加一道保险。但他又担心那样做会触碰大老爷的神经——既忠于大老爷，又和二老爷勾勾搭搭，看上去两头子顺情讨好，只怕两头子都落不下好。因此他不敢主动和二老爷走得太近。好在长工灶上缺少人手，以解决胡家燃眉之急为借口，他的侄女高盈盈走进了胡家庄园。高盈盈可以说是他们高家小字辈中最亮眼的人物，二少爷已经到了成家的年龄了，他敏锐地意识到，只要高盈盈出现在庄园，他不信二老爷和二太太看不见她。

高盈盈来到庄园不久就在二太太面前露了脸，这叫他的心里有说不出的高兴。更叫他高兴的是二太太专门在大老爷面前说了话，想把盈盈领过去帮她干几天私活！这说明事情完全按照他预先设想的那样发展着，而且比他想象的还要顺利。

东小院的东西两边是两排门对门的房屋。西面最北头的两间在大老爷名下，现在由大少爷和赵叶儿居住。南面紧邻的两间是三太太的住房。再往南的几间是庄园的"工厂"——里面摆放着三架织布机和几辆纺车，这里的事由三太太负责。东面一排最北头的一间是李丫子的住房。往南的三间都在二老爷的名下。再往南，和西面的织布房对着的是几间小库房。

高盈盈除了照料磨房和碾房里的一些琐事，还要整理二太太的房间，有时也帮二太太做一阵针线活。在此期间，每天起床后，二太太二老爷故意把数目不等的碎钱散放在屋里。高盈盈总是把被褥折放得整整齐齐，把其他物品收拾得顺顺当当，地面也打扫得干干净净，散放的碎钱她也会叠放在桌上。高盈盈的针线活也做得很出色，哪种情况下用哪种针脚都很熟练；缝补衣服、绾纽扣、上鞋底儿，样样在行。二太太看在眼里，喜欢在心里。二老爷原以为高盈盈和高管家是一路货色，没想到这个丫头年纪不大，"十八般武艺"却样样精通。

二老爷满心欢喜。高家丫头刚刚来到庄园的时候，他还以为是管家乘机在他们胡家安插人手呢！现在看来是老天爷给他送儿媳妇来了！他心里笑着，想在管家面前把事儿挑明，二太太却制止了他——这种事急不得，瓜熟蒂落，水到渠成，时间一到，一切都会迎刃而解……

以前在二少爷的婚姻大事上，二太太比二老爷心急，而现在二太太反倒能沉住气了。好！既然你当娘的不急，他这个当爹的也不急。二老爷喜欢当甩手掌柜，他还懒得操这份心呢！

二太太把磨房里的事给二老爷交代了一下领着高盈盈出了门。高盈盈还在裹脚，虽然她的脚隐隐作痛，但她还是紧跟在二太太的后面。

二太太在瓜地旁边停了下来。她在瓜秧间翻了一阵，摘了两个瓜蛋儿，随后给高盈盈分了一片瓜，说叫她尝一下新鲜。高盈盈简直有些受宠若惊了。

200

"吃！快吃……哎！客气啥呢，我心疼你，才把你带到这里来了，换了别人我还不想把她带过来呢！"二太太一个劲地劝着高盈盈尝新鲜，高盈盈才把一片瓜蛋儿放进了嘴里。

二太太高兴起来了，问："香不香？"

高盈盈赶忙笑着点头。

她们俩正吃着瓜蛋儿说话，从旁边一簇高大的红柳后面转出来了一个人，他轻手轻脚地走到二太太的身后，大声说："哎呀！我今天抓到偷瓜贼了！"

二太太知道是二少爷，笑着说："叫你看瓜看田呢，你跑到哪里去了？"

二少爷说："我早就看见你们了。因为是自家人，我放心呢！"二少爷和二太太说着话，心却早就叫高盈盈吸引过去了，他的眼睛不自觉地在高盈盈的身上转来转去。

高盈盈的嘴里含着瓜蛋儿，不好意思咀嚼，咽又咽不下。她很快瞥了一眼二少爷，只见二少爷也正看着她，她的脸上也飞起了红霞，赶忙低了头。

二太太早就把他们俩眉来眼去的样子看在了眼里——以前二太太担心二少爷不懂男男女女的事，现在看到二少爷神色，她倒感到轻松了。她对二少爷说："她叫高盈盈，是你高大叔的侄女……给我们家帮忙来的。"

"我早就知道了！我还知道她今年十八岁，属鼠，比民国大一岁……"二少爷笑着说。

"哎！二娃子，你咋知道的这么多！"二太太说着，又看了高盈盈一眼。

二少爷的目光在高盈盈身上扫来扫去，二太太的眼睛也不时地关注着她，高盈盈虽说是个大方的角色，却也未免不好意思起来。她的心里像塞进了一只调皮的小兔一般，怦怦地跳着。

说笑间，二太太和高盈盈已经吃完了瓜蛋儿，二太太开始领着高盈盈干活。原来是"接葫芦花"。

葫芦的叶片肥大繁茂，自然授粉率不高。为了提高产量，凡是种葫芦的人家都要"接葫芦花"——就是人工授粉。二少爷平时不愿干这种活，但他母亲在地里忙碌，他也不好意思闲着。他一边小心地忙着手里的活，一边问："妈，为什么要接葫芦花呢？"

二太太在叶片繁茂的葫芦秧中间小心翼翼地走动着，说："这个我可说不好，等你娶了媳妇，问你媳妇去！"

高盈盈已经到了朦胧地知道男女情爱的年龄了，听了他们母子的对话，她的脸烧烘烘的——二少爷问得叫人害臊，二太太回答得叫人脸红。她不好意思地看了一眼二少爷，二少爷也笑嘻嘻地看着她。他们俩谁也没说话，但年轻人心有灵犀，他们之间眉来眼去，已经像两块吸铁石见了面，谁也吸引着对方了。

自那以后，高盈盈每天都去"接葫芦花"。以前，二少爷懒得去干这类无聊无趣的活，但自从高盈盈到来后，他忽然觉得这类活儿变得有趣起来。只要高盈盈一来，他就会忙活一阵子。


看见高盈盈和二太太一家亲热起来，大老爷的心里也高兴起来了，他知道二太太和二老爷的做法大有深意。这是大好事！他们胡家的又一个儿郎扯开了条，该是开花结果的时候了！由高盈盈这样的丫头当他们胡家的媳妇，他们胡家的家业就会像东外河里的水一样一浪高过一浪！

这天晚上，大老爷打算到李丫子的房间里过夜，可是大太太却拉着他，说有事要和他商量。大太太伺候大老爷睡安稳之后，问："老爷，你有没有注意过新来的那个丫头？"

"丫头？哪个丫头？"大老爷不知大太太说的是哪个丫头，一时愣住了。但他很快就明白了："你说的是高管家的侄女吧？"

"嗯，就是她。你觉得她咋样？"

"人外有人，天外有天，我真的相信这句话了！那个丫头小小年纪机灵得都成了人精了！这几天老二家领过去给她帮忙去了。"

"你的心也太实了！帮什么忙？我看十有八九是老二家看上那个丫头

了！你应该知道那个丫头和二少爷的年龄不相上下。"

"我也正为这件事高兴呢！只要二少爷把那个丫头娶进门，我们胡家的人手更硬朗了！"

"老爷，我看你真是活糊涂了！这件事，我不但高兴不起来，反而愁得睡不着觉了！"

"咋啦？"大老爷觉得莫名其妙。

"老爷，我们名下只有一个大少爷，大少爷已经成了家，也给胡家生了儿女，这是好事。但你也应该知道，我们只有一个儿子，老二的名下现在就有三个儿子了。赵叶儿的分量你也不是不知道，如果高家丫头变成了二少爷的媳妇，一下子就把我们的儿媳妇比下去了。加上老二家有三个儿子，恐怕再过几年，庄园里的事就不是你我说了算，而是老二和老二家说了算！我们现在所做的一切还不是给他们看家护院？"

大太太的一阵枕边风，彻底把大老爷吹醒了：是啊！二老爷的儿子都已经起了身了！他忙问大太太："你说咋办？"

"那还不简单，把那个丫头打发了不就得了？"

"老二家已经把那个丫头捧在手心里了，我咋好意思从人家手里把人撵走？再说，就算我们把她撵走了，他们还可以向高家求婚呢！"大老爷引以为豪的高盈盈，瞬间变成了一个烫手的山芋，大老爷都不知怎么办了！

"这几天那个丫头跟着二太太摘葫芦花，以后想办法把二太太留在家里，叫那个丫头一个人去。那里是二少爷的地盘，他们都是干柴烈火的年龄，不愁他们闹不出动静！"

"老二家早就急着找儿媳妇了！只是二娃一直不动心……就他那副呆相，能闹出什么动静？"

"你又不是没年轻过……你只管等着看笑话就是了。"

## 50

二太太和高盈盈出门的时候，大太太不失时机地出现在了大门口，她笑着说："哟！人少了好吃饭，人多了好干活，这不，'接葫芦花'都要两个人去呢！一个吹箫一个按眼，肯定热闹多了！"

"盈盈不熟悉地方，我陪她去。不到一个时辰就回来了。"

"哟！这么机灵的丫头，还用得着你陪？"。

"人家是大闺女了，独来独往怕惹出闲话。"

"哎呀！我的二太太，我们胡家是什么人家？我们不说别人家的闲话也就罢了，哪里有别人说我们闲话的道理？"而后大太太又压低了声音，摆出很知心的样子说："昨天老爷到磨房里转了一趟，说叫你把那几个婆子催紧点呢！唉，你也知道，那些个雇来的人，吃起饭来一个顶两个，干起活来两个也顶不上一个……还是把磨房盯紧点好，'接葫芦花'是个啥大事儿，盈盈一个人去不就得了？"

二太太犹豫了一下说："盈盈，你细心点……早点回来。"

高盈盈笑着说："二太太，您放心！"

高盈盈提着篮子出门去了，二太太和大太太随即返回了庄园。


二少爷和高盈盈都到了有心思的年龄，前几天由二太太陪着，他们可以名正言顺地围在二太太身边，心照不宣地眉来眼去一番。今天二太太没来，他们两人倒不好意思待在一起了。二少爷的心怦怦地跳着，他想接近高盈盈，但又不敢走得太近。高盈盈的心也不安分地跳起来了，管也管不住，她想着和二少爷说话，但又不好意思开口，只是偶尔转过头来瞥一眼二少爷。

直到摘完了花，高盈盈才来到二少爷的跟前，用水汪汪的大眼睛看着他，问道："你——多大了？"问完了话，她的脸已经红到脖子里去了。

二少爷赶忙回答说："十九了！比你大一岁。"

高盈盈的心里一阵惊喜，她很快扫了他一眼，低下了头，用牙咬了咬嘴唇，说："你咋知道我的年龄了？"

二少爷嘿嘿地笑着，不知道说什么了。

高盈盈想和二少爷多说几句话，二少爷的嘴里没了词，她也不好意思待下去了。她很快走开了，走出几步，她又回过头来，冲着二少爷笑了笑。

这个妩媚而多情的一笑，像满地新开的鲜花一般，把大地装扮得五彩缤纷。二少爷觉得浑身有一种说不出的清爽，而她远去的身影又使他感到他的魂魄都跟着她走了，他的心里空落落的。

接下来的几天，他们俩逐渐没有了以前的拘束，开始大大方方地说话了。有时候二少爷会给高盈盈抓蝴蝶，有时候二少爷也会跑到沙丘之间，给她摘马莲花。有一次二少爷不小心扎了手，高盈盈毫不扭捏地把他手指上的刺小心翼翼地拨了出来。二少爷觉得她的手带着一种说不清道不明的香味，他想握住她的手，但他又不敢过于放肆。他俩都陷入了沉默。

半晌之后高盈盈才红着脸问道："你说为什么葫芦会有两种花？"

二少爷结巴着说："这个……我也不知道。你说呢？"

高盈盈看了看四周，只见高远的天上飘着几朵悠闲的白云；一轮红日斜挂在天上，亮堂堂地照着大地；绿意葱茏的庄稼和周围的草木浑然一体，直向远方延伸。他们的身边不时地有小鸟小雀飞来飞去。在更远的地方，隐隐约约可以看见一些干活的长工短工。高盈盈从第一次见到二少爷，就觉得二少爷可亲可爱，她一直想对二少爷表露心意，却又不敢直言。她已经把自己最私心的感情留给了二少爷，她想叫他知道自己的心思。现在她确信这里只有他们两个人，她的心里畅快了许多。她给了他一个饱含深意的眼神，说："这些都是害羞话……"

二少爷想听这些"害羞话",但又不便多问,只有心怦怦直跳。

虽然有些难以启齿,但高盈盈觉得只有把这些"害羞话"说出来,她的心里才会更畅快,于是她说:"这种话……你千万不能在二太太面前说。"

二少爷点了点头,心急地等着高盈盈说话。

高盈盈用春水一样的眼睛看着二少爷,说:"世上的好多东西都是成双成对呢!只要留心,你就会发现,天上的鸟儿双飞双宿,地上的猫儿狗儿也都有自己的伙伴。你看,满地的葫芦花也有荒花和果花之分,只有果花没荒花,归根到底结不出果;只有荒花没果花,仍然长不出葫芦来。只有果花和荒花配对,才能长出葫芦来呢!"

"嗯,就像男人女人一样!"

高盈盈扑哧一声笑了:"我说的是葫芦,你咋扯到男人女人上去了?"

"我俩就像一对葫芦花!"

高盈盈的心里怦怦直跳,出神地望着二少爷,心意朦胧地说:"二少爷……"

二少爷不再说话,却拉住了她的手。他呆痴地看着高盈盈的两只毛茸茸的花眼睛。那一双眼睛清爽清凉而透亮,好像能盛纳万物,也能把世上的一切无声地消融。同时,高盈盈的心跳也猛地加快了,一股温暖而强大的感情热流从她的脚下升起,直冲她的脑门。她的呼吸变得急促,随着呼吸的节奏,她的胸脯也不自觉地起伏起来。高盈盈从二少爷的眼睛里看到了一团炽热地燃烧着的火焰,那热烈的火焰几乎能把她脚下的大地烧焦烧化……

太阳寂静,白云无声,连风儿也不敢迈动脚步,好像害怕破坏了这黄花满地的幽静。蝴蝶则扇动着五颜六色的翅膀,特地给这一对情意绵绵的少年男女助阵;蜜蜂嗡嗡嘤嘤地飞着,有意为这一对爱意朦胧的少年男女欢呼。好半天,他们俩都没有说话。其实他们已经说话了,他们的千言万语都通过他们紧握着的手,通过他们的眼神传送到对方的心里去了!

过了好一阵子,高盈盈才反应了过来——二太太叫她来"接葫芦花",并不是叫她看二少爷的眼睛,也不是叫二少爷看她的眼睛。这事如果叫二太太知道了，肯定会给她扣一顶伤风败俗的帽子！她赶紧挣脱了他的手，挽起竹篮往回走。她的腿脚已经走开，但她的一颗芳心却留给了二少爷。她一步一回头，慢慢地走了……

看着高盈盈像蝴蝶一样飘去，二少爷觉得身上像抽了筋、脱了骨一样没了力气。好半天了，他的眼睛仍旧一眨不眨地看着她渐渐远去的身影……

二少爷心里埋藏的那颗蜂情蝶意的种子已经萌动，自从遇到高盈盈，这颗种子就像遇到了温润的泥土，迅速发芽生长了。稚嫩的藤条带着不可遏抑的热情毫不犹豫地向高盈盈伸了过来，并且和她的心思缠绕在了一起。二少爷的生活中多了一份期盼，每天早上他早早地来到田地，一心等着高盈盈的到来。

自从遇到二少爷，高盈盈心里的那一湾清澈的湖水不再风平浪静，只要想起他，那层水波就会不自觉地荡漾开来，搅得她心神不宁。和二少爷一起说笑，使她的心情特别舒畅。就算他们不说话，只要他们待在一起，她的心里也能获得一种别样的满足。

那天摘完花，他们一前一后来到瞭望台。

四目相对，二少爷的心疯狂地跳动着，他痴痴地看着她，说："盈盈，你就像花儿一样好看！"

高盈盈反应敏捷地接过他的话茬说："那我就叫你看一辈子！"

高盈盈敞开心扉的话使二少爷忘记了所有的顾虑，他们发烫的嘴唇很快贴在了一起。

"不要脸的东西！都给我滚！"忽然，他们的身边传来了惊雷一样的声音，他们俩都惊呆了，二少爷的手像被蜜蜂蜇了一下，下意识地收了回去。高盈盈急忙爬起来，用衣襟遮住了胸口。转头一看，只见二太太一脸冰霜地站在旁边。看到二少爷和高盈盈慌乱的丑态，二太太拉长了脸，又加了一句："我们胡家的脸都叫你们丢尽了！"

二太太咋来了？她什么时候来的？

"不要脸的东西！我叫你来干活，你倒勾引上少爷了！走！跟我回去！"

高盈盈和二少爷不约而同地跪在了地上，连头也不敢抬。二少爷忙不迭地说："妈，盈盈是好人，都怪我不好，你打我吧！"

"哼！我知道她是好人！只是她好得太过分了！"二太太没想到他们两个竟然会这样不争气。

高盈盈变成了一只温顺的小羊羔，跟在了二太太的后面。

二太太不再说话，转身就走。走出了沙丘，看见竹篮子还放在葫芦秧中间，二太太朝篮子走来。高盈盈加快脚步走过去，把篮子提了过来。二太太也不说话，一把夺了篮子，把高盈盈的手打到一边去了，好像害怕高盈盈脏了她家的东西似的。

此时二太太的心里就像翻江倒海一样翻腾着。她们胡家是大户人家，照这样下去，她家的二少爷至少也是庄园里的一根顶梁柱，而这根顶梁柱到底能支撑多大的重量，既取决于他本人，也取决于他后面的那个女人。因此，在婚姻大事上，她这个当娘的格外慎重。作为大户人家的媳妇，端庄贤淑必不可少，那种为人轻浮的女子，别说叫她驮垛子，只怕驮不起他们胡家家业的垛子，三下五除二倒能把他们的家业败个一干二净呢！高盈盈长得人模人样，小小年纪机灵过人，可是谁能料到她竟然会是一只骚狐狸！

铁的事实摆在了面前，高盈盈已经失去了给二少爷当媳妇的资格！这且不说，现在，叫这个丫头待在他们庄园里都成了一件危险事了！——最好体体面面地把她送回家。这样，既保住了高家丫头的面子，也保住了二少爷的面子，当然也保住了二太太、二老爷的面子，高管家也无话可说了。二太太的心里五味杂陈，好歹高盈盈也叫她高兴了一阵子，想不到事情竟然会这样！唉，人是肉，识不透……

二太太在心里把高盈盈狠狠地骂了一阵子，也悔恨了一阵子，最后她的心里总算平静下来了。她转过身来对高盈盈说："丫头，看来这儿不是你待的地，再过一两天，我们送你回家吧！"

高盈盈的心里除了悔恨，别的什么都不想。他平时也能管住自己，这一次她咋就没能管住自己呢？她后悔得寻死的心思都有了！让她气恼的是，不知什么时候起，她竟然对男男女女的事有了一种朦胧的意识，每当猫儿闹春、狗儿撒欢追逐的时候，她都会浮想联翩。直到那天和二少爷相遇，她怦然心动。也许是她的诚心感动了天地，二太太叫她"接葫芦花"，她和二少爷有了见面的机会。很快，两颗稚嫩的心迅速靠拢……听了二太太的话，她赶忙说："二太太，你是我的大恩人，我听你的！"

二太太长叹一声，说："我不是你的恩人，更不是你的大恩人！丫头，记住！给菩萨磕一百个响头，也不如管住自己的心！回到家里，好好过日子吧！"

高盈盈的声音小得像蚊子："二太太，我记住了，您的大恩大德我这辈子也忘不了！"说到这里，她羞愧交加，忍不住哭出了声。

二太太不理会高盈盈，只管往前走。但她的心里却骂着身后这个叫她厌恶的丫头。哼！什么大恩大德，什么这辈子忘不了，最好现在就把她忘了才好呢！


听说二太太要把高盈盈打发走，二老爷好半天说不出话来了。

"叫我说什么好呢？以前二少爷不想媳妇，你愁得睡不着；现在他亲了人家的脸蛋，你又睡不着了……要我说，事情闹到这一步你也有责任呢！"二老爷埋怨二太太说。

"谁知道她是一团棉花？我们胡家门上干净着呢，不能叫一只狐狸精坏了名声。"

"唉……"二老爷的心里早烦透了：好不容易给二少爷瞅了个媳妇，还闹出了这样的事，说个媳妇咋就这么多愁肠事？

"我们想个办法，尽快把她送走，胡家庙太小，供不起这样的活神仙！"

"你看着办吧……"二老爷通常关心的是西山和东马岗的牧场，他破天荒地关心了儿子的婚姻大事，但最终还是落了个竹篮打水。

　　二太太和二老爷找到了大老爷，把高盈盈的事闪烁其词地说了一遍。尽管二太太说得很含糊，但大老爷已经听出了其中的玄机——二太太想把高盈盈撵出庄园去呢！

　　大老爷和大太太顿时精神大振：真是瞌睡遇上了枕头，这下他们可以睡个安稳觉了！

　　高管家大吃一惊，但听说高盈盈干了见不得人的事，高管家立马变得像霜打的树叶儿一般没有精神了。事情都到了这个份上，只有照老爷说的办了。

　　第二天大门外早早套起了一架骡车，几个身强力壮的汉子正忙着往车上装东西——主要是粮食、瓜菜等吃食。虽然事情是由高盈盈和二少爷的丑行引起的，但高盈盈是高管家的侄女，二少爷又是胡家有身份的人，被窝里放屁被窝里臭，他们谁也不想把这件事张扬出去。这种送别的场面，不像高盈盈和二少爷干了丢人事，倒像过了门的新媳妇第一次回娘家一样隆重气派。

　　当一切都准备好了以后，二太太领着高盈盈出了门。胡家的其他人也跟了出来，为高管家的侄女送行。就在高盈盈一手扶着车辕，准备上车的时候，转头一看，只见二少爷站在人群中，神情呆滞地看着她。看到她要上车，二少爷身不由己地向前走了几步，而后站住了。二少爷的这一举动，使高盈盈的痴情又涌上了心头：初次见面的对视，脸红耳热的情话，发烫的嘴唇……这一切历历在目，但从现在起，他将和二少爷天各一方。她还能见到他吗？即便能见到他，她什么时候才能见到他？也许这一次就是他们俩的永别……想到这里，不知从哪里来的胆气，她放开车辕，转过身来，一下子向二少爷飞扑了过去。她冲到二少爷面前，抱着了二少爷，把嘴唇紧紧地贴在了二少爷的脸上。二少爷也没羞没臊地搂住了她。

　　所有人都大吃一惊！二太太只知道高盈盈胆大放荡，但她没想到她会大胆到这种程度，当着这么多人的面，他们都敢亲热搂抱！二太太首先反应了过来，她急步走过来，想把这两个不要脸的东西拉扯开。但这个丫头好像黏在了二少爷的身上了，二太太使出了浑身的力气也没有把他们分开。大太太和三太太过来帮忙，才把他们缠在一起的四条胳膊解开了。然后几个女人七手八脚把这个脑子出了毛病的丫头推上了车。大老爷和二老爷又后悔又气恼，他们的脸都变成了鸡冠色。高管家瞠目结舌，他不敢抬头看周围的任何人，头都差点儿低到裤裆里去了！

驾车人把缰绳一抖，吆喝了一声"驾"，锈红色的骡子拉着车走开了。高盈盈转过身来，冲着二少爷扯开嗓门大声喊叫道："二少爷，你等着我，我高盈盈这辈子生是你的人，死是你的鬼……"喊叫后，她开始号啕大哭。在她的哭叫声里，驾车人在骡子的背上狠狠地抽了一鞭子，车轮飞快地转动起来……

门前围观的人想笑却又不敢笑，只好把涌上来的笑又咽到肚子里去了。大老爷气得一口气没有走顺，剧烈地干咳起来。高管家满面羞愧，恨不得钻到地缝里去。二老爷心里早骂开了：没教养的东西，临走的时候还给他们胡家门上留下了一股馊臭气！唉，摊上这样的事，倒了八辈子霉了！心思灵巧的二太太却打圆场说："哟！这个丫头一直好好的，咋变成这样了？自从阿婆子出了事，庄园里都没有章法了！一定是哪里来的乱鬼缠上这个丫头了！过一会儿我到堂屋里上炷香……"

送走了高盈盈，大家又陆续向大门走来。大太太心情大好，看着大少爷和赵叶儿一前一后走进了庄园，她像王婆卖瓜似的说："多亏我们平时管教得好！大少爷长了这么大，还没出现过风言风语的事呢！"

这无疑是落井下石的一句话，二老爷和二太太心知肚明，但他们现在是哑巴吃黄连，有苦说不出，只能心思烦乱地往家里走去。儿女们不争气，他们当娘老子的挡不住别人看笑话！

二少爷和高盈盈的丑行简直把胡家人的脸面都丢光了！二太太知道二老爷不会轻易放过二少爷，回到家里，她赶忙叫二少爷装病。二少爷却对二太太的话不理不睬，二太太急得跪了下来。二少爷这才按照二太太的吩咐躺在了炕上，双手双腿又耍又跳，嘴里还说着一些别人全然不懂的胡话。二老爷本来想狠狠收拾一顿这个有辱门风的逆子，但看到二少爷疯疯癫癫，二太太立在一旁长哭短嚎，他叹息了一声，赶紧叫管家托人找郎中……

高盈盈回到家里，家人还没来得及高兴，就听到了她在胡家的丑事。她老子当时就把她捆起来吊在了房梁上，他一边用鞭子教训丢人现眼的女儿，一边嚷嚷道："你敢给高家丢人？我打死你……"

皮鞭落在身上，高盈盈感到一阵又一阵揪心的疼，但她不说一句求饶话，任凭他老子打骂。

她娘揉着眼窝，一边劝说女儿向老子说好话，一边劝说丈夫放下手里的皮鞭，但女儿和丈夫都不理她的话，最后她只好抱着丈夫的腿大哭。

直到高盈盈昏了过去，她老子才扔下皮鞭，气呼呼地出门去了。

她娘赶紧叫人把女儿放了下来，然后往女儿的嘴里灌水。

高盈盈睁开眼，无力地叫了一声："妈……"

她娘把她搂在怀里，哭说道："盈盈，你就给你老子认个错吧！要不，他恐怕真的打死你呢！"

"妈，女儿总有一天要嫁人，我就是喜欢二少爷，二少爷也喜欢我。难道女儿不能爱别人，别人也不能爱女儿吗？要是爹不想要这个女儿，要杀要剐，女儿都认了！只要我还有一口气，我照样爱二少爷——我会用心爱他一辈子……"高盈盈说着又昏了过去。

她娘哭成了一个泪人儿……

庄园里的人们都把高盈盈笑话了好一阵子，唯有李丫子对高盈盈带了几分敬佩之情：她也有情，她也有爱，要不是她的头上套着一个二房的紧箍咒，她也想痛痛快快地把埋藏在心里的情和爱毫不保留地表达出来……李丫子正在为高盈盈高兴，却不小心打破了碗，大太太走出走进埋怨说，李丫子就是个扫帚星，自从她来到胡家，庄园里稀奇古怪的事越来越多了。骂完了李丫子她又把矛头对准了江百先，说最近的麻烦事多都是因为庄园里吃闲饭的人太多了……

江百先听出了大太太的话外之音，第二天就离开了庄园。

过了几天，大太太又说六少爷太小，不应该享受另外的吃食，李丫子的吃食也减了下来。三太太想找大太太论理，恰在此时王媒婆给二少爷介绍了一位蒋家的女子，一连几天，庄园里忙出忙进，李丫子的事很快被大家淡忘了……

# 51

到了现在这个季节，草院里显得很清静，阿五除了喂养推磨拉车的牲口之外，就是拉土拉粪。忙完了活儿，他正躺在草铺上闭目养神，忽然闻到了一股女人的脂粉味，睁开眼一看，只见三太太站在了草房门口。

"三太太……"阿五激动而紧张，说了三个字，又把满肚子的话都咽下去了。

但三太太却显得堂堂正正，好像没有一点儿胆怯和顾虑。她扭了扭水蛇腰，撒娇说："人家想你了嘛！"

"三太太，我们这是做贼呢，万一……"

"现在这世道，不带点贼味儿还不把人亏死了？推磨的偷粮，做饭的偷米，连人模人样的管家也打算偷白铃铛呢！胡老大都五十了，明明白白地偷了个十八九的二姨太；胡老三更干脆，把我扔在乡里，城里的野女人都叫他偷遍了！就连二少爷和高家丫头也学着偷嘴呢！我偷着要个汉子，你偷着尝一尝女人的味道又有什么呢？生在贼窝里，不是贼也是贼！反正贼帽子已经有了，多偷一次，还能多快活一回呢！现在人都忙去了……我等你！"

虽然担惊受怕，但阿五还是禁不住三太太肌肤的诱惑。他走出草料棚，在院子里走了一个来回，当确信没有别的眼睛和耳朵之后，他很快溜到草垛后面去了。

"你咋才来？"阿五一进来，三太太就勾住了他的脖子，她把酥软的胸脯贴在了他的身上，说："阿五，我把心都交给你了！"

阿五回应说："三太太，我的心也交给你了！"他已经没有了第一次的慌乱，他搂住她，亲吻着她。三太太像喝醉了酒，软绵绵地倒在了他的怀里……一阵蜜蜂采花般的疯狂和蝴蝶在花丛间穿梭似的纷乱之后，他们才像退了潮的大海一样平息了下来。

阿五又亲吻了一阵她，然后依依不舍地穿衣服。三太太贪婪地伸出手来摸着他，不忍放手。阿五的心又乱了起来，说："三太太，这是白天，快穿衣服……"

三太太却忽然伏在阿五的身上呜呜地哭了："阿五，这里的罪我已经受够了，你带我离开这个鬼地方吧！"

阿五一下子蔫了，他叹了一口气说："三太太，你跟了我，除了受苦受罪，别的什么也没有……"

其实，她也知道他没有能力带她离开这个地方，她只是心疼地抱住他，把脸贴在他心口上，听着他心脏跳动的声音……


## 52


李丫子忽然患上了头疼病，请了郎中，吃了药，也不见效。有时候一阵头疼袭来，李丫子会疼得揪心裂肺地嚎叫。尤其到了晚上，只要李丫子哭叫起来，整个东小院里的人都觉得毛骨悚然。

大老爷心烦意乱。

高管家的心情和大老爷一样不好，他到庄稼地里转了一圈，刚跳下骡子走进二门，看见四五个小孩在院子里蹦跳吵闹。那是庄园里打短工的婆子们的娃娃，因为没人照料，婆子们干活的时候，孩子们就在庄园附近玩耍。这些孩子彼此熟悉，平时都在大门外的空地上玩闹，今天咋跑到院子里来了？高管家本不打算理会这些小娃，但他觉得这几个小孩说的话却不大对劲。仔细一听，只听得那几个小孩一边跳跃，一边说："三把马刀两张锹，管家老爷变成灰……"

有人养没人教的野杂种！这也是人话？分明是咒着叫他和老爷死呢！管家的火气直往上涌，大步流星地走上前，厉声呵斥道："你们说的啥？"

孩子们吓得连大气都不敢出了。

高管家又横眉竖眼地问道："你们刚才说啥？"

几个小孩战战兢兢地说："三把马刀两张锹，管家老爷变成灰……"

"谁教你们说这种混账话？"管家紧问道。

其他的孩子都指着其中的一个说："他！"

高管家认得是柳婆子的娃娃，大家都叫他三蛋。柳婆子是阿婆子死后来到庄园里打短工的，顶的就是阿婆子的角色。阿婆子死后给庄园制造了一点小小的麻烦，难道柳婆子和阿婆子沾亲带故，或者阿婆子阴魂不散，编造了这种损人的话咒他高管家来了？在这种事情上，高管家决不会放纵他人。他揪住三蛋，撕了衣裤，用十二分的力气给了三蛋一巴掌。

三蛋只觉得一阵揪心扯肺的疼痛，他本能地捂住了屁股蛋，放声嚎叫起来："妈妈救我，妈妈救我……"

柳婆子正在擀面，听到孩子像杀猪一样的嚎叫，她来不及放下擀杖，像一阵风似的冲了出来。只见高管家像老鹰抓小鸡一般抓住自己精屁股的孩子。她冲到管家面前，一个劲地问："咋了？到底咋了？"

"妈妈救我！妈妈救我！"三蛋哭叫着喊道。

"你为啥打我娃，他犯了什么错了？"柳婆子气冲冲地问。

柳婆子问话的语气让高管家更加生气，他又毫不客气地甩开胳膊给了三蛋两个响亮的巴掌。三蛋疼得半天哭不出声了，只是痛苦地张着嘴，手脚乱舞，眼泪直往外涌。

"高顺，你这个畜生！打牛还得把牛叫醒呢，我娃到底犯了什么错了？你打死我娃，我也不能叫你活！"柳婆子说着抢起擀杖向高管家打来。擀杖正中管家的脑门，管家的头上立刻鼓起了一个包。柳婆子手里的擀杖又一次抢了过来，被高管家挡在了一边。高管家更加生气，又要打三蛋，柳婆子扑过去护住了三蛋。柳婆子又挨了高管家的两巴掌。

一时间，院子里喊的喊，哭的哭，把整个庄园都惊动了。人们都向中院里涌来，大家七手八脚把纠缠在一起的高管家和柳婆子拉开了。高管家仍旧骂骂咧咧，柳婆子把三蛋搂在怀里泣不成声。三蛋一边嚎叫，一边惊恐地看着众人，他白白嫩嫩的屁股蛋上尽是青一块紫一块的手掌印。直到现在，这个年龄只有六岁的孩子仍然不知道管家为啥如此狠毒。

"出啥事了？"二老爷走过来问道。

"你不知道这个小杂种的嘴里说的是什么话，能把人气死呢！"高管家气狠狠地说。

"话？他说什么话了？"二老爷越发想不通了。

"你亲口问问这几个小杂种……"他指着旁边几个吓得六神无主的孩子说。

大家这才注意到，旁边还有几孩子呢！二老爷走过去问道："你们都说什么了？惹管家生气……"

几个孩子你看我，我看你，都不敢说话。他们以前说的话已经招来了一顿巴掌，谁还敢多嘴多舌？

"你们都说什么了？放心，这次不会有人打你们。"二老爷故作亲切地抱起了一个孩子说。

"你保证不打我们，我们才敢说。"有个孩子稚声稚气地说。

“这次保证没人打你们，说吧！”二老爷说。

几个孩子这才说：“三把马刀两张锹，管家老爷变成灰……我们也是听三蛋说的。”

高管家看了看三蛋，又看了看二老爷，气呼呼地走开了。大老爷刚走近人群，他疑惑不解地看了看围观的人，跟着管家向一边走去……

直到吃过晚饭，三蛋才说出了原因——今天一大早，他们几个小伙伴在外面的榆树下玩耍，不知什么时候来了一个人，那人拿出一包油糕说，只要三蛋学会他教的话，就给他油糕吃。三蛋很快就把那个人说的话记下了，也吃了两个油糕。那人还说，只要三蛋教会其他小孩，还会叫他们吃更多的油糕……


# 53


一连几天大老爷闷闷不乐。

李丫子头疼难忍，高盈盈出丑露怪，管家饶不了小孩的屁股，婆子打管家的脑门……这一连串的烦恼事就像走马灯似的轮番上演。胡家庄园俨然成了一个无主的戏台，各种各样的乱七八糟的戏子小丑都能在这个戏台上乱哄哄地登台亮相。

他再次想起诸葛禅来了，只是诸葛禅不是他们胡家呼之即来挥之即去的长工，庄上人谁也不知道他近日的仙踪！

高管家建议大老爷到苏武庙上香，大老爷觉得有理。第二天大老爷叫家人驾起马车，带了供奉神灵的东西来到了苏武庙。他按进香的规矩，扫除了菩萨身上的灰尘，给菩萨加了披风，上了供品上了香，磕了头，又说了许多叫菩萨保佑的话。

忙完了这些，大老爷说笑着从里面走了出来。驾车人已经做好了准备，只要大老爷和随行人员上了车，他们就可以打道回府了。

就在这时飞来了一只牛蝇，绕着车辕里的马嗡嗡乱飞，忽然牛蝇的叫声停止，那匹马猛地跳将起来，马车向前冲去。驾车人急忙收住了缰绳，又眼疾手快地把那只牛蝇拍死了——这时他赫然看见地上有一块砖！再一看，旁边的矮墙上刚好少了一块砖！

大老爷以为是马车把砖头撞下来了，他顿时拉长了脸，冲着驾车人骂道："你会不会牵马？"

"老爷，刚才飞来了一只牛蝇……"驾车人一脸委屈地说。

"哼！我们上香磕头，你却来拆墙！瞎了眼了？"

"老爷！这砖头不是我撞的……"

"不说你撞的，砖头自己能从墙上跑下来？哼！"

"老爷！我也不知道咋回事！我和车马都还没有碰到墙呢！"

大老爷气狠狠地还想说什么，只见坡脚下笑吟吟地走来了两个人——正是大老爷一直念叨的诸葛师徒！诸葛禅看见了大老爷，远远地打招呼："大老爷好诚心，亲自进香来了？"

大老爷暂且把心里的不愉快放到了一边，对诸葛禅说："哎呀！诸葛大师，我早就想你了！只是你是神仙中人，我们这些俗客打听不到你的音讯。这下赶巧了！"

诸葛禅来到大老爷的面前作了揖，说："大老爷，您亲自上香敬菩萨，一品庄园一定要风得风，要雨有雨……用不了几年，您家的字号该开到凉州城里去了！"

"真能像您说的那样，我就烧高香了……下面的人毛手毛脚，您瞧！马车都撞到墙上去了。"说着，大老爷对驾车人吼道："到底是你牵马，还是马牵你？五谷都叫你糟蹋了！"

高管家也声色俱厉地说："把他的月粮扣了！"

驾车人有口难辩，他欲言又止，一脸委屈地看着众人。

诸葛禅笑道："佛门净地是还愿向善的地方,气话、难听的话就不要说了!"

大老爷顿时噤若寒蝉。

诸葛禅借用佛的名义镇住了高管家和大老爷,说:"话又说回来,在这里,菩萨是胡家的菩萨,神灵是胡家的神灵,只要你们两位大人物上了香磕了头,保证庄园上下顺风顺雨……"

"可是……"高管家看着掉在地上的那块砖,机警地转动着眼珠子,欲言又止。

江百先想起"苏武庙上添一砖,胡家门里出一官;苏武庙上掉一砖,胡家门里死一官"这句话了,但在大老爷的面前他不敢把这句话原模原样地说出来。他笑说道:"一定是老爷和管家的诚心感动了菩萨了,苏武庙里都换砖添瓦了!此所谓旧的不去新的不来,看来一品庄园又要增添新气象了!大老爷、大管家,真是可喜可贺呀!"

大老爷的脸上带上了笑。

高管家和大老爷不再计较驾车人。来到了苏武庙,江百先也少不得要上香磕头,但他的心里想的却是他家在乱世中屈死的一个个灵魂……

大老爷正被一大摊子乱麻似的家事折磨得焦头烂额,既然见了诸葛师徒,便客气地邀他们到庄园里去。诸葛禅推说有事,谢绝了大老爷的邀请。江百先心里惦念着"如玉",便半推半就地上了胡家的马车。

到了庄园,吃喝之后,大老爷、二老爷和管家坐在一起,谈论起了家事。

江百先笑道:"世上本来没有奇怪的事,只是因为少见,所以才显得奇怪。大老爷,您是胡家的当家人,您说高家丫头不懂礼数,别人也都认为您说得有理。反过来,如果胡家的当家人是高家丫头那样的人,她还嫌弃我们这些人的愚钝呢!现在是民国时期,听说凡夫俗子的屁股都能在皇帝老儿的龙椅上坐呢!再过几年说不定天下当家的人就是高家丫头这样的人呢!到时候我们这些人都得看她的脸色行事……"

看得出来，他们对江百先的话并不满意，但都没说话。

说到管家打小孩的屁股，婆子敲管家脑门的事，自然也扯到"三把马刀两张锨，管家老爷变成灰"这句童谣了。江百先不由得暗暗吃了一惊，谣言其实就是知情人说的大实话呀！难道他家的血光之灾，将要在一品庄园重演吗？他感觉到一场巨大的灾难正在向胡家逼近。但他却不能直说，只是感慨道："世事纷扰，天上地下只在一瞬间，一切都应该从长计议。夏季炎热但也要准备过冬的衣物；衣食无忧，也应该有应对灾年的打算。锦绣衣虽好，有时难免肇祸，破烂衣难看，有时候也是难得的护身符……"

高管家和大老爷就像坠入云里雾里一般，对江百先的话也失去了兴趣，只有二老爷微微点头。

最后，大老爷和大太太陪着江百先给李丫子看病。进了门，江百先一眼就觉得李丫子消瘦了不少，两只眼窝也陷了下去。他故作神秘地说："看样子姨太太恶疾缠身，你们都到外面等一下，最好离这里远一点。"

其他人离开后，江百先来到李丫子的身边，压低了声音问："丫子，你要说实话，你是不是吃不饱？"

李丫子看着他，眼泪汪汪地说："不要叫我丫子！你叫我如玉吧！"

"丫子，这里是胡家庄园，我来给你看病……"

李丫子的眼泪一下子流出来了，她揉着眼窝说："江先生，你可要救我的命呢！大太太明里暗里下绊子，只怕孩子没有奶大，我先饿死了！"

江百先叹息了一声，说："我一看你的模样，就明白了八九分了。我想庄园里会让你吃饱饭的。另外，我叫别人在你的房间里放半碗锅烟子，如果发生了意想不到的事，你可以把锅烟子抹在脸上，或许有用。"江百先感觉到一场灾难正在逼近，他这样做，为的是给李丫子留一条后路。叮嘱完了这些话，他心意朦胧地看着她。世上有千般愁苦，有爱而不能表达，有情而不能诉说，这是不能言说的愁中愁，更是他人无法理解的苦中苦啊！

李丫子忽然把头埋在了他的怀里哭开了："江先生，你不要嫌弃我，你带我走吧！"

江百先显得很镇定，他叫她擦干了眼泪，一切正常之后，才打开了房门。

江百先给二老爷叮嘱了一番，此后二太太和李丫子一起用饭，李丫子的病也逐渐好起来了……

## 54

庄稼获得了大丰收！近年来，今年算是最好的一年。一品庄园的几间大库房都装满了粮食。

转眼已经过了中秋，秋庄稼收割完毕，四周的田地一下子变得空旷。

又一个早上来临，庄园里脚步纷乱。李丫子却忽然大哭起来，二太太不知出了什么事，急匆匆地来到了李丫子的房间。李丫子哭哭啼啼地说她做了个不好的梦，梦里胡家堂屋倒塌了，她总觉得心惊肉跳——是不是今天有什么不好的事。

二太太笑了——谁没做过一些荒唐的梦？昨晚她也梦见庄园的大墙被一阵大风刮倒了，现在不还是好好的？她安慰了李丫子几句，来到了前院，准备拉驴套磨。

此时角楼上放哨的长工们都走下了岗哨，赵叶儿和两个婆子正忙着给长工分发腰食。

就在这时，忽然冲进来了五六个手持钢刀的花脸大汉。人们都被这突如其来的一幕惊得目瞪口呆。倒是大门口的大黄狗毫不畏惧，它使劲冲着这些人狂叫起来，把铁链子拉得嚓嚓作响。有个大汉冲到大黄狗面前，手起刀落，只见一股血水涌起，大黄狗蹬了几下腿，便不动弹了。

二太太拉了驴准备套磨，看见大黄狗在钢刀下送了命，她觉得两条腿都软得快站不稳了。

"二太太，看样子是强盗来了！那些人杀人不眨眼，快叫院子里的人藏起来！"阿五刚走进前院，看见冲进来了一伙如狼似虎的家伙，他吓得心里怦怦直跳。

二太太松了手里的驴缰绳，高一脚低一脚地向东小院里去了。

分派完了一天的活，高管家骂骂咧咧地催着长工们快点上工。看到手持钢刀的家伙手段利落地砍死了大黄狗，他已经惊出了一身冷汗。遇上强盗了！这是他的第一反应。这伙强盗虽然手持钢刀，但毕竟只有五六个人，高管家给朱老二递了个眼色。朱老二专门负责庄园的安全，他们都配有刀棍。但这些"兵器"有的在角楼的岗哨上，有的在长工的房间里。现在他们都在灶房门前吃馍馍，等于赤手空拳。得到了高管家的暗示，朱老二为首的几个人都想溜到房间，操起家伙大干一场。

"谁敢乱跑乱动，看门狗就是他的下场！都过来，坐在这里！"强盗扬了扬手中的钢刀，厉声喝道。

朱老二看了看强盗，又看了看管家，把跨出的腿又收了回来，站着不动了。他看见灶房里放着擀杖，便猛地冲进灶房，提了擀杖冲了出来。朱老二自恃有一些功夫，他手持擀面杖直接冲了上去，劈头便打。谁知那几个强盗也不是吃素的家伙，有个花脸抬起手中的刀和朱老二的擀杖搅到了一起，另一个强盗已经把刀架在了朱老二的脖子上了。

"剁了他！看他还敢嚣张！"有个手持钢刀的家伙恶狠狠地说。

强盗不知低声嘀咕了一句什么，很快从身上摸出了一根绳子，把朱老二的手反绑了起来。

朱老二是公认的"武林高手"，既然朱老二不是强盗的对手，其他人更没有资格和强盗较量了。有两个婆子按照强盗的吩咐坐了下来，男人们却都站着不动。有个拿钢刀的大汉用刀指着男人一个个走过去，所有人坐成了一堆。

东小院里已经乱了。听说强盗土匪首先抓的是男人，二太太顾不得自己，先叫三少爷和四少爷钻进了炕洞，又赶紧催促着叫二老爷想办法逃走。大少爷和二少爷早已成年，钻不到炕洞里，二太太急出了一身汗。出了房门，看见阿五正催着大家快点躲藏，她便叫阿五想办法。阿五二话不说，拉着大少爷、二少爷还有太太们的几个女儿跑进了草院子。阿五把那些人用草盖了起来，并且叮嘱他们说，不管发生了什么事都不许出来。转头一看，三太太就站在他身后——四少爷已经藏了起来，她自己却不知道在哪里藏身，看见阿五拉着一帮人跑，她也跟了过来。

"愣什么？快点钻到草里去！"看到三太太不急于躲藏，阿五急得声音都变了调。

三太太不说话，直到阿五叫大少爷和二少爷钻到了草里，才拉着阿五的手说："我们藏在一块儿……我怕！"

"哎呀！我是个长工，用不着东躲西藏，你先藏起来！"阿五心急如焚，不由自主地埋怨起三太太了：都到了这种时候了，还要藏在一起？这可不是偷情要快活！

可是三太太拉着他不松手，他只好让她钻进了他们俩早已熟悉的那个草窝，而后他只身一人向前院里走来。

李丫子听说来了强盗，心里一惊，但除了听到院子里有乱麻麻的脚步声，却很少有人说话。她焦急地等着周妈，可是周妈到中院里领吃食不见回来，她出门一看，只见二太太正催着二老爷逃命呢！看来强盗真的来了！别的人有人照料，此时此刻她却变成了孤家寡人，也没人理会了。更大的麻烦在于别的人能跑，她却跑不成；别的人能躲，她也躲不成；即便躲起来，六少爷一哭闹，一切努力都等于白搭！她呆呆地看着六少爷，无意间看见了放在炕头上的那半碗锅烟子，她不由得想起江百先给她说的话了。她伸出双手，把锅烟子在脸上衣服上抹了几把，然后又在六少爷脸上也乱抹了一通。生死关头，她别无选择，是死是活，只能听天由命了！

按江百先的吩咐，二老爷的房间里早就准备了几套破烂衣服。看见草院里放着个粪筐，二老爷便把那个肮脏货挽在了胳膊弯里。这时先前牵过来的几头毛驴，因为不再有人理会，它们显得若无其事，正悠闲地咀嚼着草垛上的杂草。二老爷叫二太太去套磨，并且叮嘱说，如果有人问，只说是雇来的婆子就行了，别的什么也不要说！二太太神情慌乱地答应着，牵了一头毛驴向北小院里走去。叮嘱完以后，二老爷故作不紧不慢的姿态，向大门口走来。

就在二老爷来到大门口的时候，外面又冲进来了十几个骑高头大马的人，后面还跟着十多个喽啰呢！他们个个手提钢刀，头戴花脸，只露着两只眼睛，一眼看上去，整个模样就像狰狞恐怖的魔鬼。

"细细搜查，别放走了姓胡的！"领头的人骑着高头大马，冲进了院子大声喝道。原来这是一伙土匪，他们并不是六个人，而是三十多个人呢！庄园里有人看见了这个阵势已经把裤子尿湿了！

二老爷刚到大门口，就被两个土匪拧住了："说！干什么的？"

"老爷，我是庄上请来杀猪的。"二老爷用尽量谦卑的语气撒谎说。

"杀猪的？提个粪筐干啥？"有人质问道。

"老爷，这年月，日子不好过，到了胡家庄，顺便干几天零活，混口饭吃。"二老爷继续说谎。

"裤腰上为什么吊着那么多钥匙？"二老爷平时也管着一些房间，他手里的钥匙不少。刚才他慌慌张张地换了衣裤，却糊里糊涂地把这些招人耳目的东西带在腰里了！一般人家哪来这么多钥匙？二老爷身上的一大串钥匙自然引起了土匪的注意了！

"老爷，我们家也有七八口人呢！只是老的老，小的小，管不了事，这些家当，只好走到哪里带到哪里。"二老爷说着，心里却后悔得要命！为啥把这些招眼的钥匙带在身上了？真是该死！

"哼！一个杀猪匠还要穷阔气！"随后那个土匪提高了声音说："二当家，这里有个杀猪匠，咋办？"

"叫大当家看一看。"骑着大马第一个冲进庄园的那个人说——原来他就是土匪的二当家。

这时又过来了一个骑马的人。那两个土匪十分恭敬地迎上前去，指着二老爷说："大当家，就是这个，他说他是庄上请来杀猪的。"

二老爷虽然非常害怕，但听说这人是大当家，他还是抬眼看了一下，他想知道土匪的大当家是个什么样的人物。只见马背上的人，身段只有十几岁模样！二老爷不觉一怔，他觉得那双眼睛似曾相识，但一时又说不出是谁。

那个大当家和二老爷四目相对，然后摆了摆手，做了一个放行的手势。

两个小喽啰在二老爷的屁股上踢了一脚，喝道："我们大当家赏脸，快滚！"

二老爷赶忙溜出了大门，向东而去。庄园的其他人都不知道二老爷已经逃出庄园去了。

土匪的二当家很快做出了安排。他把所有人马分成了五路，分派到了五个院子里，要求各路人马把所有人都押到中院里来。那些土匪接到命令，像虎狼一样冲进院子里抓人。大老爷和大太太住在上院里，一般人不敢去那儿，自然没有人通风报信。大老爷喝了早茶，听得前面有人嚷嚷，刚走出西倒座，就和前来的土匪撞上了，土匪很快把他们两口子带了过来。其他人也被陆续押到了中院里，二太太也没能逃脱。

这时有个土匪慌慌张张地跑了过来，喘着气说："二当家，那边有个三分人样、七分鬼样的人，要不要抓来？"

"妈的！胡家庄园里啥时候出了鬼了？"二当家看了一下大当家，说："我过去看看。"

那个身材还没有完全发育起来的大当家看了二当家一眼，没有说话，只是点了一下头。

二当家跳下马，和那个跑腿的土匪一同赶了过去。他们两个穿过三门，出了过道，最后来到了李丫子的房间。只见李丫子黑脸黑眼坐在炕上，怀里还抱着一个几乎和她一样的黑小娃。二当家看了一眼，扬了扬手里的钢刀，厉声问道："什么来历？是人？还是鬼？"

李丫子哇的一下哭开了："好人，救救我吧！我是胡家抢来的，现在得了死病，胡家人都不理我，等着叫我死呢！你们行行好，快点救我出去吧！"

"妈的，碰上瘟神了！这人有病，传下去，谁也不要进这个门！走！"二当家说着，领着其他人退去。

李丫子模样装疯，言语装傻，骗过了土匪。只要土匪不理会她，就等于救了她了！

除了三分人样、七分鬼样的李丫子母子外，其他没有藏起来的人都叫土匪押在了一起。大门被人看守了起来，庄园的四个角楼上也派了岗哨——几乎在同一时间，二太太的娘家也失了火；土匪冲进胡家的时候，黄家人正忙着救火。这时，土匪的二当家发话了："我们是一群饿死鬼，吃了上顿没下顿，今天到这里来就是想捞点吃的，顺便摸一些钱财。你们都听好了，留命不留财，留财不留命。谁敢糊弄我二当家，我用手里的家伙跟他说话。说！庄上的老爷是谁？管家是谁？"

大家面面相觑，不敢说话。

二当家把刀架在大老爷的脖子上说："你是老爷，对不对？"

大老爷不敢说话。

大当家给二当家递了个眼色，二当家说："大老爷，你平时的威风到哪里去了，现在连实话都不敢说了？你穿着长袍马褂，不是大老爷还能是谁？"

大老爷只好点了点头。

二当家又说："好，老爷总算现身了！谁是管家，站出来！"

高管家的两只眼睛贼溜溜地转着，照样不敢出声。而庄园里的好多人却把眼光投向了高管家。

那人用马刀指着高管家，说："看来你就是管家了，对不对？敢说一句假话，爷爷送你见阎王！"

高管家战战兢兢地点了一下头。

"好！有了老爷和管家就好办了！现在你们把所有的口袋都拿出来，打开库房，给我们装粮食。我们不嫌多，只怕少，越多越好。另外，我们也准备了一些口袋。叫你家的长工们手脚利索一点，快点装粮！"

在这个阵势下，大老爷和高管家的威风早就跑到九霄云外去了，他们只得把口袋都拿了出来，打开了库房。长工们谁也不敢怠慢，只好老老实实地照土匪说的做。

就在长工们忙着装粮的时候，有人把庄园里存放的布匹、驼毛和羊毛也搜了出来。

不到一个时辰，所有的口袋都装了粮食，驼毛等也都捆扎整齐。这时一个由三四十匹骡马组成的队伍出现在了庄园的大门口，粮食等东西很快搬到骡马的背上，而后那支队伍大摇大摆而去。

所有人再次被集中在了院子里，二当家说："哼！有了粮食、布料，有了羊毛、驼毛，吃穿算是不用愁了，只是我们还没有钱财，现在该是把钱财拿出来的时候了！"

大老爷趴在地上磕着头，带着哭腔说："老爷们，行行好，您把吃的穿的都拿上了，也给我们胡家留一点儿吧！我们也有一大家子人呢！"

二当家冷冰冰地说："大老爷，风水轮流转，今日到我家。您都享受了一辈子荣华富贵了，还舍不得这么一点儿小钱？我们平时缺吃少穿，拿了你们家的这么点儿东西，你就心疼了？说！你家的金窖银窖在哪里？说实话，饶你不死；不说实话，说明你活到头了！"说完狂笑起来，其他土匪也都附和着大笑。这笑声就像刮过一阵阴风，叫人身上的鸡皮疙瘩直往上翻。

大老爷哀求说："老爷，我们家只有一些薄田，每年都收入一些粮食，并没有金银，更没有金窖银窖。平时我们都使用铜钱，如果老爷不嫌弃，我把家里的铜钱都拿出来。"

二当家冷笑道："大老爷，您不要说瞎话。都说你们家的金银多得像粪土，见了我们就吝啬起来了？看来不用手段，你们不知道马王爷长着三只眼！"说到这里，他阴冷地对喽啰们说："上刑！"

227

只听得有人打了一声口哨——是那个身材还没有完全发育起来的大当家的声音。

二当家似乎明白了什么，说："当然，大老爷家里的事，管家最明白。管家，你说，老爷家的金银在什么地方？"

高管家跪在地上，磕头如捣蒜，说："老爷，我只是个管账的，金银的事，我真的一点儿都不知道！"

二当家冷笑道："看来管家和大老爷一样不老实，只能委屈你们了！"

一帮喽啰一拥而上，手脚麻利地把大老爷和管家面朝地背朝天吊在了账房门前的廊下。二当家把马刀放在了大老爷的脊背上，说："大老爷，'一品宅地'的确给你们家带来了好运，石羊河水也给你家带来了财富，但你们应该知道，你家的宅地也是骗来的，庄园里都带着腥味呢！再说，天下的水土应该养活天下人，谁说它只能养活你们胡家人？对我们来说，钱财重要，对您来说，活命重要，您应该放聪明一点。只要我手上多用点儿力气，您就再也没有享受荣华富贵的机会了，您可要想明白了！"

大老爷对自家宅地的来历一清二楚，土匪提起了宅地的事，他不由得吃了一惊，胡老太爷当年的事很快在他的脑子里一闪而过。

管家吓得魂不附体，叫嚷道："老爷，都什么时候了，您就照实说了吧！"

这句话等于露了胡家的底了！大老爷再说别的都是多余，他这才结结巴巴地说："在……在……金窖在磨房的炕脚下，银窖在磨房东面的旮旯里。老爷，我都说实话了，你们放了我吧！"

二当家立即派人去挖金窖银窖。接着他又对大老爷说："大老爷，胡家可是远近闻名的大户，不至于只有一处金银吧？还有呢？"

"老爷，我家只有一处金银，真的没有别的了！"大老爷浑身疼痛，好像每一个骨节都脱开了，他忍着剧痛说。

二当家一挥手说："看来，大老爷把金银看得比命还重要，那就看管家的了！"

高管家气若游丝："老爷，我只是个管家。"

这时土匪在院子里点了一堆火，把胡家的两张铁锹头放在了火堆里。二当家的又叫喽啰把三把马刀也放在了火堆上。

一个土匪把烧红的铁锹拿到了大老爷面前说："都说了吧！要不然，三把马刀两张锹一起上阵，你很快就一命呜呼了！"

大老爷的眼泪流了出来，说："老爷们，我说的都是实话！"

金银很快被土匪挖了出来，送到了中院里。就在这时，那个操铁锹的家伙，把烧红的锹头按在了大老爷的背上，只听得一声撕心裂肺的惨叫，大老爷的背上冒出了一股烟雾，刺激的怪味使站在一边的人觉得五脏六腑里的东西直往上涌。大太太、二太太和陈妈已经晕了过去……

大老爷平时待人不薄，胡家的一帮雇工流着泪跪在地上，乞求土匪放过大老爷，院子里传来了一片哀求的声音。

这时朱老二走了出来，他来到二当家面前，说："老爷们，大老爷是个好人！你们不要折磨他，如果他有什么罪过，我愿意替他受刑。"

"哼！你想替胡生金受刑？可惜你皮肉太嫩，没有受刑的资格！"

朱老二还想说什么，有几个土匪走了过来，把朱老二拉到了一边，用一块衣布堵上了他的嘴。

有几个雇工嘴里仍旧说着求饶的话，土匪的二当家不耐烦了，他把刀架在了一个雇工的脖子上，其他人都不敢说话了。

大老爷的神志还算清醒，看见堆在地上的金银，他无声地流出了眼泪。

过了一会儿，另一张铁锹落在了管家的背上，他哆嗦着失去了知觉。

二当家又对旁边的人嘀咕了一句，立即有一帮土匪拉着胡家的女人冲进各处的屋里。他们要把胡家的金银首饰打扫个干干净净！

土匪把胡家所有箱子、柜子里都翻了个遍，凡是值钱的东西都被搜刮一空。押着赵叶儿的几个土匪，在搜刮了所有箱柜之后，又扯掉了赵叶儿的衣服……

大太太和二太太跪在地上磕头求饶，有个土匪把刀伸了过来，淫笑着说："再敢多嘴，把你们的衣服也扒了！"

大太太和二太太抱在一起，哭成了一团。

土匪还不满足，继续追问金银的藏匿之地，眼看大老爷再也说不出有价值的话来，他们用烧红的铁锨和马刀轮番折磨大老爷和管家。

大老爷和高管家被活活折磨至死。事后有人从账房里搜出了一沓契约丢在了火堆里。土匪的二当家把胡家供桌上供奉的神主装进了口袋，连同搜刮到的金银都驮到马上，又顺手牵走了胡家的几匹骡马，而后押着朱老二扬长而去。

土匪走后，庄园里的人才放声痛哭起来。

哭闹了半天，几个年长的长工才反应了过来，手忙脚乱地把大老爷和高管家的尸体放了下来。他们想用红单子把尸体遮盖起来，但胡家已经被搜刮一空，他们连一块红单子也找不到，只好把大老爷生前用过的被子盖在了大老爷和管家的身上。

直到院子里传来了一片哭叫声的时候，其他人才从藏身的地方钻了出来。看到院子里的两具尸体，他们又是一阵哀嚎。

按道理，大老爷一死，主事的就应该是大少爷或二老爷，但大少爷没挑过担子，在这样的大事面前一点儿主张也没有。大家都在寻找二老爷，但二老爷却没了踪影。别人不知道他躲藏在哪里，也不知道他的死活。二老爷一家又是一阵长哭短嚎，劝也劝不住。所有人都以为二老爷已经不在人世了。

## 55

二老爷当天逃出庄园，一口气跑到了东外河，慌慌张张地脱掉了那身破衣服，只留了短裤和一件汗褂子，而后仓皇向东马岗逃奔。就像从猎人的枪口下侥幸逃脱的兔子一样，他走一阵跑一阵，跑一阵走一阵，还不时地回头张望。他的臆想中，那伙土匪已经知道了他的身份，正骑着快马、提着马刀撵过来了。他的心里只想着远离庄园，越远越好，他要尽快赶到东马岗的牧场。他跌跌撞撞而来，沙子钻进鞋里也顾不得了。有时口渴难忍，就在低洼处用手刨个坑，等渗出水来，他掬几口水，润一下嗓子，又继续狂奔。天黑之后，迷了路，但他不敢歇脚，直到第三天早上，他才来到了牧场。

二老爷来到牧场不远处，刚看见长工，就一头瘫倒在地上不省人事了。

二老爷像叫花子一般出现在牧场，把长工们吓了一跳：二老爷狼狈得不成样子，上面只有短褂，下面只有短裤；汗水在脸上留下了一道又一道痕迹，好像戏剧中的花脸；腿上还有一道道血痕。长工们不知道发生了什么事，他们慌忙摸了一下，感觉二老爷的心跳正常，便赶忙往二老爷的嘴里灌水。

好半晌，二老爷才醒了过来，他睁开眼，连声说："完了！完了！一切都完了！"

几个长工不知道二老爷说的是什么意思，莫名其妙地相互看了一眼，又把目光落在了二老爷的身上。

二老爷忽然放声哭了："完了，我胡生银今后无家可归了！"

长工们忙问："二老爷，到底出什么事了？"

二老爷双目呆滞，他喝了一碗水，把庄园里闹土匪的事说了一遍。他不知道土匪后来的所作所为，但他推测土匪会把他家洗劫一空，家人的性命也难保无虞，说不定最后土匪还会放一把火，他们家的一切都会在火光中化为灰烬……

长工们不知道如何安慰二老爷，只是宽心说，也许事情并没有那么坏。接着他们给二老爷准备饭食。虽然一昼夜多没有进食，但二老爷并不觉得饿，吃了一碗汤面之后，他才觉得浑身酸困难忍，脚下也像针扎一样疼——原来脚上磨起了血泡，血泡破裂，血水把皮肉和鞋都粘到一块儿去了。他忍着剧痛脱了鞋，洗了脚，把汗褂子撕成布条把脚包扎了一下。

二老爷不知道庄园遭到了怎样的灾难，但他确信他们胡家这一次凶多吉少。他来到这里只是权宜之计，他必须尽快回到庄园里去，稍事休息，他和两个长工各骑了骆驼，又急忙向庄园赶来。

二老爷不敢直接去庄园，先叫长工到附近打探了一下。得知大老爷和管家遇害，他觉得天旋地转，差点儿从骆驼背上栽下来。

二老爷回到庄园，家人又是一阵长哭短嚎。二老爷虽然悲痛万分，但他的眼睛里却没有一滴眼泪。他知道胡家的担子责无旁贷地落在了他的肩上，他得把最要紧的事办好：一要庄园正常运转，二要抓紧办理丧事。

家里的米面已经被土匪洗劫一空，他一面到他的老丈人家借米面，一面安排磨房和碾房运转起来。

磨房和碾房不停地运转，灯火从入夜开始亮起，一直持续到天亮。

附近没有现成的寿材店，二老爷派人到城里打听上好的柏木棺椁。在大老爷生前的住房里，几个年长的女人正在给大老爷和高管家缝制寿衣。

三老爷也回到了庄园，他专门为大老爷和高管家的丧事而来，但他的身边却多了一个花枝招展的女人。不用说，她就是三老爷的小老婆。这个女人打扮得像戏子一样扎眼，不像参加丧礼，倒像看热闹来了。大太太的心里本来就痛苦不堪，看到这个穿戴得花花绿绿的女人在眼皮子底下飘来飘去，气不打一处来，她当时就把那个花女人叫过来骂了一顿。花女人赌气出门而去，三老爷撵着出了门，再没有回来。大老爷的丧事还没有办完，三老爷就撇下庄园里的一大摊子事跑到城里去了！

三老爷的所作所为让三太太哭肿了双眼……

账房前面，搭起了三间殿式灵堂，各式幡帐都挂起来了。整个中院里白漫漫的一片，秋风吹来，纸幡随风飘动，瑟瑟有声，加之香烟袅袅，诵经声、唢呐声、锣鼓声和哭声混杂在一起，一品庄园笼罩在一片萧瑟阴冷的气氛之中。

出殡那天一大早，在司仪的吆喝声里，起灵的队伍抬起了棺木。同时，亲戚们打起原来灵堂内外的所有纸活跟在了送丧队伍里，漫漫白色向墓地涌去。

在一片哀嚎声里，所有的纸活都在大火当中化为灰烬，随死者而去，平地上又多出了两个高高的土包。

这些日子二老爷没有眼泪，他一直忙着操办丧事。

送走了大老爷和高管家的灵柩，想起大老爷为一大家子劳心劳力、舍不得多花一文钱、舍不得多吃一顿好饭，想起大老爷临走时受过的委屈折磨，想起三老爷的所作所为，想起江百先一次又一次的暗示，想起家人往后的日子，大老爷的悲，胡家的悲，他个人的悲，一下子都涌上了心头。二老爷禁不住失声痛哭起来……

二老爷的哭声，又引来了家人的一片哀嚎。

阴郁而沉闷的气氛笼罩着一品庄园，有一则消息又被人们传得神乎其神，说土匪的二当家其实就是原先马家的一个后生——因为胡老太爷骗取了马家的宅地，马家人一直耿耿于怀，便伙同他人前来复仇。又有人说当天土匪中的那个矮个子，也就是被土匪称为大当家的那个人，就是原来在庄园里打过短工的王三娃！

听了这些传闻，二老爷也似乎有些明白了：怪不得他觉得那个人的眼睛那么熟悉，那双眼睛和王三娃的还真有几分像呢！现在，人们又一次想起三蛋说过的"三把马刀两张锹，管家老爷变成灰"的童谣了——原来谣言并非虚妄。

李丫子有幸逃过一劫，炕头上的锅烟子始终搅得她心神不宁。三太太收拾她的小木匣，让她惊奇的是她的东西不但没有减少，反而多出了五块银圆和一个银疙瘩……

遭遇匪祸以后，整个一品庄园都成了惊弓之鸟，大门在大白天都要顶起来，如果要开大门，都得经过二老爷的同意。庄园的四角上，在大白天都加了岗哨，只要有生人来到庄园，他们都会紧张一阵子。有一次黄老爷派人给胡家送米，一共来了四个人四匹马，胡家人不敢开门，直到二老爷亲自登上门楼，认得是老丈人家的马队，才打开了大门。还有一次，东马岗的驼队送烧柴，岗哨发出了警锣。胡家人如临大敌，他们提刀的提刀，拿棍的拿棍，所有男人都集中在了墙头，女人们纷纷躲了起来。走近一看，却原来是自家人，惹得整个庄园虚惊一场。

## 56

直到丧事过后，江百先才知道一品庄园遭遇了匪祸，他的脑子里一片烦乱——他想到了匪祸，但没想到灾祸会来得这么快。想起修苏武庙的事，他觉得自己也变成一个骗子了。得知"如玉"和二老爷安好，他的心里安稳了许多。他想见一次二老爷，又觉得心里郁结了说不出的愧疚；他想到庄园里看一眼他的"如玉"，又害怕见到"如玉"。正在犹豫之间，忽然听说乔先生遇难，地点在县城东面的一片野地里。

江百先怅然若失。在人们的指点下，他找到了一座立着石碑的新坟，石碑上写着"乔先生之墓"，下面是"生命远逝，遗志未已"几个字。

看着乔先生的坟墓和墓碑，江百先又觉得奇怪了：乔先生也是这里的流浪汉，谁给立了碑？"遗志"又是什么？

接着，又听说诸葛禅因为偷盗，在黑暗中挨了一顿棍棒不说，还摊上了官司。

江百先觉得天和地一同旋转起来，眼前的一切都变得模糊不清……

现在一品庄园这块人们曾经公认的风水宝地，变得阴森而恐怖。中院子几乎成了禁地，除非万不得已，谁也不想到这个地方去。尤其账房门前，那是大老爷和管家受刑遇难的地方，人们本来就忌讳这件事，害怕谈论这个地方，偏偏有人神神道道地说，某个晚上，他看到那个地方有两个黑影晃动。人们更加恐惧，大白天都变得疑神疑鬼，到了晚上更不敢随意走动。

二老爷把造谣生事的家人训斥了一顿，但恐惧仍旧笼罩着庄园。几天之后江百先来到了庄园，二老爷赶忙向他讨教。二人计议一番，很快做了两件事：首先，庄园的角楼上开始不间断地值班，不管白天晚上，没事的时候大门都要顶起来。其次，值夜的人，每隔一个时辰就要在三个院子里巡逻一次，如果有人起夜，可以在值夜班的人到来的时候出门，起夜的人回到屋里，值班的人才能离开。

这样一来，不得不多雇用几个人，也不得不多花费钱粮。唉，破费一点儿也没啥！金子银子多少才是个够？大老爷攒了一辈子金银，还不是水中捞月？只要一家人有吃有穿，安安稳稳地过日子，他胡生银满意了！

从那时起，江百先留在了庄园。

三太太却没有多少悲伤，这个名义上属于胡家、而灵魂早就和阿五融为一体的女人，对胡家经历的劫难没有太多的眼泪，有时候她甚至盼着她的男人早点儿离开人世。到了那个时候，她大白天也会叫阿五把她搂在被窝里，美滋滋地睡觉……

遭遇匪祸后，大少爷变得沉默寡言，进进出出都是一副心事重重的样子。大老爷"三七"的时候，大太太说要修坟山，大少爷却冷冷地说："修什么坟山？我爹信了一辈子风水，到头来还不是死在了土匪的手里？高管家跟着我爹，说一不二，也没个好下场。我看还是江先生说得对，老天爷不养活人，再好的风水也没用！"

听了大少爷大逆不道的话，大太太伤心地哭了。但自此以后，谁也没有提说过修坟山的话……

但大太太毕竟是大太太，虽然没有按她的想法修坟山，她却定了新规矩——大少爷和赵叶儿分房另住！她认为土匪已经脏了赵叶儿的身子，她怕他们住在一起大少爷会沾了赵叶儿身上的污秽之气。大少爷和赵叶儿原本是一对亲亲热热的夫妻，现在他们已经失去了自由，快变成了一对儿陌生人了，见了面只能用眼睛相互看一看对方。即便如此，有时候赵叶儿多看一眼大少爷，也会招来大太太的训斥。大少爷变得沉默寡言……

王三娃和马大哥着实忙了一阵子：参与者都分到了粮食、衣料。因为金银太招眼，他们俩瞒过别人做了处理。剩余的粮食都藏到了隐蔽的地方。有的骡马被遗弃到了偏远的沙窝。

接着举行了隆重的庆祝仪式：每人都喝了一大碗酒水，而后是宴席，烤牛肉、烤羊肉端了上来……

庆祝仪式结束后他们还把胡家先人侮辱了一番：胡家的神主躺在地上，所有人都对着神主撒了一泡尿……

这些日子李丫子频繁地出现在江百先的房间里。她还是像以前那样把客房打扫得干干净净，被褥折放得整整齐齐，有时还为江百先缝补衣服。

这天，李丫子叫江百先换了衣服，说："大老爷走了，我在庄园里的根也断了，你想办法带我走吧。"

"整个天下都乱了，我带你到哪里去？"

李丫子不说话，眼泪却顺着脸颊滚落了下来。

又过了两天，江百先起夜回来后闻到了一股淡淡的脂粉味，他正在疑惑，传来了一阵抽泣声。听出是李丫子，江百先吃了一惊，嘴里吐出了一个字："你——"

"你想好了没有，我们什么时候才能离开这里？"

"在我落难的时候二老爷不但不嫌弃我，还给了许多帮助，现在庄园里遭了难，我也不能说走就走，我得帮助二老爷把胡家的事安顿顺当。"

李丫子呜呜地哭了。

就在这时外面传来了大太太喊叫李丫子的声音，因为没人应声，她怨声怨气地叫骂道："真是出了怪了，深更半夜的人到哪里去了？什么人把她的三魂勾走了！"

这天晚上二老爷没有睡意，便独自起身查夜，朦胧中看见李丫子走进了江百先的房间。来到客房外，他清楚地听到了李丫子和江百先的说话声。而此时大太太已经喊叫着李丫子的名字来到了三门过道。他的心里一惊——如果叫大太太知道这件事，他们家又该鸡飞狗跳了！于是他赶忙迎着大太太走过去说："大嫂，李丫子到外面灶上取馍馍……"

"我听说过吃夜料的驴，还没听说过吃夜料的人……五谷都叫她一个人糟蹋了！"大太太骂骂咧咧地说着，和一家子人随着二老爷回到了东小院里。

大太太的喊叫声使江百先和李丫子魂飞魄散，江百先慌作一团，李丫子松开了缠绕在江百先身上的双臂。如果让大太太看见李丫子和江百先鬼混在一起，他们都没有理由活在世上了！听到二老爷打了圆场，李丫子赶忙溜出客房去了。

原来大太太一家出来起夜，听到六少爷哭叫，却听不到李丫子的声音，她便开始找李丫子……

敏感的大太太还是嗅出了江百先和李丫子之间不同寻常的味道，早上起来，因为李丫子的腿脚慢了点，她站在东小院里高喉咙大嗓子地嚷开了："别拿你的骚模样当饭吃！别人都干了半天活了，你才磨磨蹭蹭地出门，你啥时候变成胡家的先人了？别以为大老爷走了，没人管你！我可告诉你！大老爷走了，胡家人还没死尽呢！庄园里没有瞎子，谁不知道你的丑事！叫你送茶水，老半天不回来，深更半夜也不见人，真是苍蝇盯上了烂肉，一个不嫌脏！一个不嫌臭！胡家的脸都叫你丢尽了！"

面对大太太的辱骂，李丫子只有哭。

二老爷和江百先刚走出北小院，大太太夹风带刺的话扎得江百先心里一阵又一阵地疼，看着李丫子在众人面前受辱，他觉得更加难受。他对二老爷说：

"看来我不能在庄园里待了，大太太都已经有意见了！"

大太太的话让二老爷很没面子，他赶忙说："大嫂，你不要说别人的闲话！"

"树正不怕影斜，脚正不怕鞋歪，只要走得端行得正，还怕别人说闲话？"

二太太赶了过来，把大太太拉进了厨房。二老爷也陪着江百先向上院里走去。

大太太的话没引起太大的风波，但江百先的心里却像压了一座山：李丫子的情感比他更热烈，如果待在这里，只怕他们都会让熊熊大火烧个两败俱伤。

又过了一两天，江百先借故离开了庄园。


太阳快落山的时候，王媒婆来到了庄园，她说"蒋亲家"传过话来，叫二老爷尽快到蒋家来一趟。二老爷和二太太都很高兴，蒋亲家邀他们见面一定是商量儿女结婚的日子呢！他们用好吃喝招待了王媒婆，并且安排她在庄园里住了下来。二老爷和二太太准备了礼物，收拾好了出门的衣物，甚至议了一下成亲的日子和打算。二老爷和二太太差不多忙到了子时。

第二天天刚放亮，二老爷、二太太、二少爷和王媒婆都坐上了车，一路说笑着向蒋家赶去……


## 57

织布房里已经忙开了，却迟迟不见李丫子的人影，三太太急匆匆地来找李丫子。出了门，却见李丫子抱着一团衣服从屋里走了出来。三太太有些生气了：纺线织布是庄上的大事，而洗衣服、做针线都是女人们挤时间抢时间的琐事，咋能在这个时候洗衣服呢？

"哎！丫妹子，别人都忙开了，你还在这里磨蹭！二老爷知道了怕不高

238

兴了！"李丫子身世不好，但为人乖巧，庄园里的人大都同情她。因此，三太太虽然心里不舒服，但她说话的语气却很平和。

"太太叫我洗衣服。"李丫子打住了脚，看着三太太，露出了一脸的歉意。

"太太？是二太太吗？"三太太以为是二太太给李丫子安排了临时的杂活——水涨了船高，夫高了妻高，二老爷成了庄园里的当家人，二太太也摆起第一夫人的架子了！三太太心里很快掠过了这样的念头。

"是大太太。"李丫子苦笑了一下，说。

啊？又是大太太！这个黄脸婆，大老爷活着的时候她在大老爷面前卖乖卖巧，背地里却阴冷狠毒。眼下应该是纺线织布的时间，大太太却叫李丫子洗衣服，这明显是耍她大太太的威风呢！以前大太太就拿鸡毛当令箭，现在大老爷已经去世，她还这般不知天高地厚，真是可笑到了极点！三太太气呼呼地想着大太太的这些龌龊事，一把拉住李丫子的手说："洗衣服算个啥事？哪能占用正儿八经的时间呢！二老爷催着叫快点儿纺线织布呢！走！"

三太太拉着李丫子的手，刚走了几步，大太太从灶房里走了出来。她看了一眼李丫子，明知故问道："衣服洗完了？这么快？"

"衣服脏了算啥？冬天快到了，一大家子人连过冬的衣料也没有，二老爷催着纺线织布，我们得快点儿过去。"三太太拉着李丫子的手，也不正眼看大太太，没好气地说。

大太太不理会三太太的话，眼睛一动不动地盯着李丫子。李丫子平时就是她手下的一只羔羊，从不敢对她说半个不字。她想用她大太太的身份，镇住这只小绵羊，叫她乖乖地听她的话。

李丫子习惯于逆来顺受，即便心里不情愿，她也会按照大太太说的办。但这只小绵羊现在变成风箱里的老鼠，只能两头子受气了！听了三太太的话，大太太不高兴；听了大太太的话，三太太不高兴，真是进退两难！看见大太太一脸怒色，李丫子低声细语地说："三太太叫我织布……"

"哼！三太太叫你织布你就去织布？三太太叫你吃屎，你吃不吃？你是大老爷的二房，就是我的奴才，我说的话你敢不听？"

"我这就去洗衣服。"李丫子被大太太的气势镇住了，怯怯地说。

三太太却拉住李丫子的手不放，她回过头来，看着大太太说："哟！大嫂，既然你说出了这样的话，我也想多说几句。你也不要把你的我的分得太清楚了！你没纺过一根线，没织过一寸布，你身上穿的是哪里来的？你一家子大大小小也有四五口人呢，身上穿的又是哪里来的？只要你不用我们纺的线，不用我们织的布，我立马叫丫妹子给你洗衣服！"

大太太马上回敬道："哪里来的猪嘴驴耳朵？耳朵又长嘴又尖！我只是跟我的奴才说话，碍着你的什么事了？"

"哼！就算我长的是猪嘴驴耳朵，但我嘴里说的是人话，不像有的人，长的是人的嘴巴，却说不出一句人话来！"三太太毫不示弱，反唇相讥道。

"去去去！我不想跟你这种有人养没人教的野东西说话！"大太太说完话气呼呼地钻到灶房里去了。

李丫子犹豫不决，她不敢后退，也不敢前走。三太太却拉住她的手说："走！怕啥？树叶儿掉下来能打破头？"

三太太把李丫子拉进了织布房，李丫子仍旧忐忑不安地说："我还是先洗衣服，完了我再来织布，我怕大太太……"

"你只管把你的心放到肚子里！大老爷活着的时候她狗仗人势，明里暗里的欺负人，现在大老爷都变成了棺材瓢子，她还敢张牙舞爪？"三太太给心虚的李丫子壮着胆子。

另外几个纺线织布的婆子，一边忙着手里的活，一边笑着。李丫子不再说话，坐到织布机上，拿起了梭子……

一场前所未有的劫难，让大太太的心里郁结了一团解不开的怨气。大老爷虽说是土匪害死的，但她觉得庄园里的每一个人都有罪责，二老爷也是庄园里的老爷，他咋就溜走了呢？如果二老爷不逃走，说不定死的就是二老爷

240

而不是他的男人。当然这种想法只能窝在她的心里，她不敢对任何人说。大老爷已经死了，如果她再咒着叫二老爷死，整个庄园里的人都会围攻她，因此，她虽然对乌龟一样的二老爷和二老爷一家很不满意，却不敢在脸色上表现出来。

叫她心里最不舒服的是三太太和李丫子。

其实大太太一直看不惯李丫子，但李丫子进门没多久就怀上了大老爷的骨肉，大老爷把她当宝贝看待，其他人也不敢怠慢。由大老爷宠着罩着，她心里算计着李丫子，却总不能如愿。后来，她竭力克扣她的饭食，她想，即便饿不死她，也要把她饿出病来。但江百先和二太太又搅了进来，她的阴谋归根到底没能得逞。她和大老爷一起生活了几十年了，相安无事；李丫子和大老爷同房后才一年多，大老爷就归了天，这足以说明李丫子就是个丧门星！因此，无论从哪个方向看，她都觉得李丫子不顺眼。

三太太同样叫她生气。同是胡家的妯娌，大老爷出事后，二太太说了许多安慰她的话，还陪着她住了好几个晚上。而三太太连一句好话也没有，她还像以前那样，走起路来把水蛇腰扭来扭去。每次见了大太太，她的脸上都会露出莫名其妙的笑。大太太对这种不明不白的笑反感透顶！在她看来，三太太分明是笑话她死了男人，笑话她失去了依靠，三太太的笑就是幸灾乐祸！

本来属于她男人的权力，而今归二老爷所有；本来属于她的风光，现在也跑到二太太那里去了。哼！她的靠山大老爷已经倒下，如果再放任李丫子，她作为大太太的最后一点威望也要丧失殆尽了！不行！她必须驯服李丫子！大太太主意已定……

中午吃饭的时候，大人小孩进进出出，本来宽阔的灶房也显得拥挤了。李丫子刚到门口就被大太太拦住了。大太太摆出一副居高临下的姿态，说："哟！你也知道吃饭？今天这里没有你的饭！你还是织布去吧！"大太太冷着脸，一副轻蔑的样子。

李丫子知道大太太是在故意刁难她，她一下子愣住了。前面到来的人已经从灶房里出来，有的就在院子里吃饭，听了大太太的话，大家都把目光投向了大太太和李丫子。李丫子顿时觉得自己就像一个上门讨饭的叫花子一样，被大太太晾在了众人面前，她觉得伤心而屈辱。一阵眩晕袭来，她觉得天旋地转，人都快站不住了。她嘴巴慢慢地说："我……我只给六少爷舀一碗……"

"哼！不要张口一个六少爷，闭口一个六少爷，好像你生了六少爷就给胡家立了功了！我可告诉你，胡家大少爷就是我生的，我从来都不敢把大少爷当作炫耀的招牌，你只生了个六少爷，也敢拿六少爷吓人？再说六少爷才多大？啥时候学会吃饭了？叫六少爷吃奶去！"

李丫子又急又气又臊，眼泪早流出来了，她抽泣着转过身来，想要离开这个叫她蒙羞的地方。

三太太已经端了饭碗，和四少爷还有她的女儿娟娟一块儿吃饭。她向来看不惯大太太的所作所为，大太太嚣张跋扈地把李丫子堵在了门口，她的火气一下子升了上来。她把饭碗扔在地上，一把拉住了李丫子，指着大太太嚷开了："大嫂，你也是个女人，也是过来人，你说，不吃饭哪儿来的奶水？你叫六少爷吃啥？谁说丫妹子只能给胡家干活，不能吃胡家的五谷？"

"三太太，你不要胡说八道！谁说我不叫她吃饭了？"

"不要背着牛头不认赃！刚才你红口白牙说得清清楚楚，大家都听到了，就是你不叫丫妹子吃饭，你还想抵赖？"

大太太冷笑一声，说："猪槽里断了食，黄狗急得跳墙呢！别的事我不能做主，谁想吃饭却得看我的脸色！胡家人都能吃饭，就是没有李丫子的饭！"

"这倒新鲜了！丫妹子是胡家人暂且不说，她和其他人一样吃苦流汗，就连长工都有饭吃，丫妹子倒不能吃饭了？这是哪门子歪道理，我倒搞不明白了！"三太太也冷笑了起来。

"我也不是不讲道理的人，既然你想知道其中的道理，我也不怕啰唆——谁也不要小看这个小贱人，她可是个害人精呢！在她来庄园之前，我们胡家没有哪个人不顺心，没有哪一件事不顺利。自从这个小贱人进了门，奇奇怪怪的事情就找上门来了——生了个娃一到晚上就哭、阿婆子偷东西、柳婆子打管家、小孩造谣生事……就连土匪都不敢抓她，说她是一副鬼模样……我和大老爷过了几十年一直平安无事，她和老爷同房还不到两年，老爷就出事了……老爷其实就是这个小妖精给害死的呀！有的人不知好歹，整天和这个小妖精鬼混在一起，当心这个小贱人把她一块儿克死！"大太太顺带着把三太太诅咒了一顿。

大太太的话音刚落，三太太立马接上了话："你不要把狗拉下的也往丫妹子的头上扣！纯粹是胡说八道呢！六少爷哭闹别有原因，阿婆子、柳婆子、小孩造谣的事，压根就和丫妹子扯不到一块儿去！你说丫妹子克死了老爷，可是庄园里的人都知道，出事那天，大老爷就住在你的屋里，说不定当天大老爷住在丫妹子的屋里，还不会出事呢！我看不是丫妹子克死了大老爷，你才是克死大老爷的恶人呢！你恶人先告状，还诬陷丫妹子，你还是不是个人？"

大太太觉得庄园里的人都拧成一股劲和她作对了！瞧！她教训的是李丫子，三太太却蹦了出来。三太太的话像一根根钢针一样扎她心口的时候，别的人只是瞪大眼睛，像看戏一样围观，却没有人给她帮腔说话。

真是打狐不成惹了一身骚！大太太的如意盘算落空，她开始又哭又骂："啊呀呀，所有人的良心都叫狗吃了！我男人走了才几天，你们就欺负到我头上了！老爷，你死得太冤，死得太惨了！你走了，咋叫我活呀！"大太太一边哭，一边穿过东小院和上院中间的过道，跌跌撞撞地来到了堂屋前，扑通一声跪在堂屋前，长声大哭起来。

三太太趾高气扬，像斗架中大获全胜的公鸡一般，转盼之间都显得洋洋得意。哼！大太太，你也该威风够了！只要你有眼泪，只管哭，哭得越欢越好！以前都是你看别人的笑话，三十年河东，三十年河西，现在该轮到别人看你的笑话了！

三太太把饭端过来，放在了李丫子面前——谁说李丫子不能吃饭？不但要吃，而且还要吃饱吃好！

　　李丫子心慌意乱，哪有心思吃饭？事情毕竟是她惹起来的，她想过去给大太太认错，并劝一下大太太，三太太却死死地拉住她不让她过去。其他人却乐意看这样的笑话，吃过饭，有的人去洗衣服，有的人做针线，但他们的耳朵却一刻不停地捕捉着从上院里传来的嚎叫声。年幼不谙事的一些娃娃，还以为这是过年唱大戏，他们不时地把脑袋探进上院里看热闹，惹得他们的大人一脸怒气，时不时地跑过去，把这些看热闹的孩子强行带走，并用严厉的语气警告这些不懂事的小家伙。

　　遭遇匪祸后，大少爷就显出了呆相，加之大太太不叫他和赵叶儿来往，他更加郁闷了。大太太和三太太吵架的时候，赵叶儿想叫大少爷去劝架，但大少爷却冷着脸说，反正庄园里已经乱成一锅粥了，单凭他的几句话也没什么大用，既然他们想吵，就叫他们吵去吧！大不了分开过日子，那样才彻底干净呢！因此，院子里吵得不可开交的时候，大少爷却像没事人一样蒙头大睡。

　　赵叶儿平时不掺和庄园里的琐事，现在婆婆哭得死去活来，她站在婆婆身边不知所措。婆婆的哭叫声又引起了她的伤心事，她也禁不住揉起了眼窝……


## 58

　　辰时左右二老爷他们来到了蒋家庄。"蒋亲家"把他们迎进了屋里，说了一大堆客套话，然后就滔滔不绝地说起了一品庄园以前乃至现在的一些大大小小、细细碎碎，甚至是道听途说的往事。二老爷和二太太关心的是儿女的婚姻大事，他们不想听"蒋亲家"像狗嚼抹布一般的唠叨。但出于礼貌，他们又不得不耐着性子听"蒋亲家"嘴里的那些他们不想听而又不得不听的废话。

好不容易等到"蒋亲家"停了话端起了茶杯，二老爷赶紧给王媒婆使了个眼色。王媒婆心领神会，笑着说："'蒋亲家'说得太好了！看来你们两家天生就有缘分，胡家的事都在'蒋亲家'的脑子里装着呢！胡家是远近闻名的大户人家，有的是绫罗绸缎，粮食满仓满房，门上有大片土地，西山里有成群的牛羊，东马岗里有成堆的骆驼，城里还开着字号呢！您蒋家也是龙抬头的人家，种地一年比一年多……哎哟！过不了几年您就是有名的蒋员外了！胡家二少爷是少有的机灵人，你们蒋家的女儿又是一朵花，郎才女貌，真是天生的一对，地造的一双呀！你们两家的儿女都已经定了亲，这是门当户对的大好事呢！今天你们两亲家坐到了一块儿，也该商量一下儿女拜堂的事了！最好今天就把日子定下来……"

　　二老爷不失时机地说："我们今天过来，一来想和亲家坐一坐，拉一拉家常。眼看就要到冬天了，看看亲家这边缺什么、少什么，我们也好帮你们一把。二来想把儿女拜堂成亲的日子定下来，我们家得及早做准备……"

　　"蒋亲家"喝了一口茶，像被茶水噎住了，好半天才说："唉，你们胡家是好人家，我们也想着攀你们这样的高亲呢！都怪我们两家当初太心急了，前些日子来了个算卦先生，我请他算了一卦，他说我家的女儿和你家少爷八字不合……我看，今天我们最好把这门亲事退了。"

　　王媒婆急了："好女不嫁二夫。你家的女儿许给了胡家，并且定了亲，就算是胡家的人了，你现在咋好意思提'退亲'两个字？这事要是传出去，你家的女儿还咋找婆家？你们蒋家还要不要脸面？"

　　二太太也赶忙插话说："定亲之前，我们两家都请人算过了，不仅合婚，而且还是上上婚姻，我们胡家都想着操办婚事呢，咋就合不上婚了？这是什么时候的话？又是哪个混账胡说八道？"

　　二老爷也着实吃了一惊，但他的脸上却显得相当平静，他看了看王媒婆，又看了看二太太，示意不叫她们多说话。二太太气狠狠地转过脸去，以表明自己对"蒋亲家"的言行极为不满。王媒婆更是一脸怒气地看着"蒋亲家"。

很明显，"蒋亲家"要悔婚！二老爷的心里涌起了一阵厌恶，但他还是摆出了一副就坡下驴的姿态，说："当初我们两家都认为这是一桩好婚姻，合婚的事我也没十分在意。既然合不上婚，那也不能赶着鸭子上架了。一切都照'蒋亲家'说的办！"

二少爷本来就对这桩婚姻不热心，面对突如其来的变故，他的心里倒有几分高兴，并且高盈盈的模样又在他脑子里飘来飘去……

遭遇匪祸之后，胡家满门晦气，一品庄园变得像瘟神一样可怕，"蒋亲家"躲避都来不及，哪还有什么心思把女儿嫁给胡家？听了二老爷的话，他立即吩咐家人把以前定亲时胡家送过来的礼物等一件不少地搬了出来。虽然胡家遭了匪祸，但胡家还是个大户，和胡家来往中的分分厘厘都应该处理得清清楚楚，免得藕断丝连，惹出麻烦……

二老爷把东西搬到车上就要回家。王媒婆显得愤愤不平，生气之余，她转过身来，气狠狠地向蒋家唾了一口。马车刚刚起步，二老爷又勒住了马缰绳，他把王媒婆叫过来，从箱子里抓了一把铜钱，给了王媒婆。

马车驶离蒋家后，二太太就骂开了："啥样的人家？把女儿的婚姻大事当过家家玩呢！真叫人长见识了！"接下来，蒋家待客的礼数，其他杂七杂八的事，都成了二太太谩骂的由头……

二少爷嘴里埋怨着蒋家人，心里想的却是高盈盈……

要是在平时，二太太和二少爷这样放肆地议论他人，二老爷就会责备一番，但今天是个例外。他们都盛了一肚子的不愉快，发泄一下心中的火气又有什么不可以呢？二老爷一边听二太太和二少爷没完没了地发牢骚，一边乱哄哄地想心事。

当初是蒋家先相中了二少爷，王媒婆只不过起了一个穿针引线的作用罢了，谁能想到，蒋家竟然会反悔？二老爷心里很清楚，以前他家的一品庄园是公认的风水宝地，而今他们遭了匪祸，金银被搜刮一空，庄上还搭了两条人命，在外人的眼里，他家已经蒙上了一层晦气了！唉，他们胡家已经走过了财运的巅峰,开始走下坡路了!而蒋家正处在龙抬头的阶段,势利的蒋家哪里还会把他们胡家看在眼里?外面各种各样的议论,时不时地就会传到庄园里:有的说他家的风水已经被土匪的马刀斩断,财运将一天不如一天;有的干脆说他们就是"土匪杀剩下的",儿孙将一代不如一代……每每听到那些闲言碎语,二老爷就会起一身鸡皮疙瘩。今天蒋家退婚的举动,更是给了他当头一棒。他们也算显赫一时的人家,可是转眼之间,他们的显赫就成了过去,不仅外人对他们家说三道四,就连"儿女亲家"都抛弃他们了!人这一辈子啊,真是祸福无常!此时此刻,他不由得想起诸葛禅说过的"河东河西风水乱,今日花开明日败。公子不图万贯财,丢掉金银去逃难"的话了。难道他们胡家也到了逃难的时候了?但仔细想想,他们家的田地还在,西山、东马岗里的牧场还在,凭这些家财,他们家也不至于走到逃难的地步呀!他的心里稍稍踏实了一些。唉,时过境迁,人走茶凉,也许生活本来就是如此,只是世事变化得太快,人走得太急,茶凉得太突然,他心里一点儿准备也没有……

走了一路,二老爷想了一路心事,二太太和二少爷骂了一路蒋家人。走到一个岔路口的时候,二太太忽然想起前几天她姑父得了病,不知现在咋样了。于是他们又绕道走了一趟亲戚家,看到姑父已经恢复了健康,二老爷一家才催着马车向家里赶来。

进了大门就听到了哭叫声,忙问家人,才知道是大太太在堂屋门前哭闹呢!

二老爷心里正乱得慌,听说大太太不明不白地哭叫,他的脸色变得难看起来。正想发火,二太太却开口了:"看样子,大嫂遇上不顺心的事了,你不用管!"心思机灵的二太太眼看二老爷脸色不对,便把二老爷劝进了屋里,自己向堂屋那边走去。

二太太急匆匆地来到赵叶儿面前问:"我们出门的时候还好好的呢!咋了?"

"三妈和婆婆吵架了！"

"什么时候的事？"

"吃饭的时候。"

"为啥？"

"好像是为了二姨妈的事……后来，三妈把婆婆骂了一顿！"

二少爷的婚事退了，妯娌们又闹矛盾……大老爷在世时，就算家里出了什么大事，只要大老爷吼几嗓子，有理的、无理的，大都像老鼠见了猫一样不敢多走动，更不敢大呼小叫。听了赵叶儿的话，一股莫名的哀伤涌上了心头，二太太禁不住失声痛哭起来："大哥，你不该走呀，我们胡家一大家子人都离不开你呀！你看看，你这一走，整个胡家都乱了！二老爷本来就不是当家的料，我也没有大嫂的能耐……你看看吧！我们管不好这个家，还叫大嫂受委屈了！"

大太太只是哭，只是痛苦，却说不出哭的理由，也说不出痛苦的理由。二太太不仅长声大哭，而且还能讲出心里的难肠和哭的理由，相比之下，大太太的哭就逊色多了。

二少爷知道他娘的心情不好，他赶紧走过去劝二太太，赵叶儿也忙着劝大太太。有几个婆子也赶了过来，在众人的拉扯下，二太太擦干了眼泪，对大太太说："大嫂，活人一辈子太难了，尤其我们女人更是难上加难啊！二少爷的婚事也退了，过冬的东西缺这少那。往后的日子咋过，我想都不敢想呀！"

二太太的哭诉让大太太心里升起了一股暖烘烘的感觉，又听说二少爷的婚事出现了波折，大太太的心里又多了一份同情。她从恍惚中清醒了过来，宽慰二太太说："大老爷走了，我们家里的金银没了，但我们家也没有穷到揭不开锅的地步。二少爷娶媳妇的事不用愁，其他少爷往后成家的事也不用愁……"

既然鬼哭狼嚎、伤心欲绝的大太太也能明白这个道理，二太太还有什么想不开的呢！不一会儿，她们妯娌俩手拉着手走进东小院里了。


## 59

接下来的几天二太太先后和大太太、三太太和李丫子说了许多贴心话，几个妯娌之间又恢复了正常。

经历了这件事，李丫子的心里又凉了一大截，大老爷走了，她在庄园里的唯一靠山也倒了，大太太已经明目张胆地找她的茬儿了！庄园只是她的栖身之地，现在看来，她在庄园里栖身也成了奢望了！现在庄园里乱成了一锅粥，应该是趁乱离开庄园的时候了，可是江先生却杳无音讯……

几天后大太太家又闹出了响动。

已经到了深夜，做针线的女人们都陆续睡去，大少爷不声不响地溜出门，轻手轻脚地推开了另一间房门，钻进了赵叶儿的被窝。大太太吹灯之后就睡了，忽然她觉得隔壁的房间有些异样，来到门前仔细一听，才知道是大少爷和赵叶儿的声音。她推开门走进屋，二话不说就把赵叶儿从被窝里拉了出来。赵叶儿来不及穿衣服，情急之下披了一块羊毛单子，大太太把儿媳妇赶到门外去了。

"贱货！你脏了大少爷，我饶不了你！今天就在院子里待着，看你不长记性！"

"是少爷来找我，又不是我找少爷！"羞愧交加的赵叶儿站在门前，争辩道。

"哼！你还有理了？你这种不干不净的人也配说这种话？"大太太本来就生气，赵叶儿的话让她更加生气，她抬手就给了赵叶儿两个耳光——她不想听赵叶儿的任何解释！

二太太刚睡下，就听到外面有响动，但院子里很快又恢复了平静。就在半梦半醒之中，外面又传来了一阵若有若无、时断时续的抽泣声，接着又听到了大太太的声音。她马上明白了，这是大太太教训赵叶儿呢！她赶忙穿了衣服出了门。

时间已经是初冬，夜晚的大地透着寒气。赵叶儿蜷缩在门口抽泣，身上只裹了一块羊毛单子，在夜色中瑟瑟发抖。二太太敲了大太太的门，不见一点儿声息。她只好把赵叶儿领到了自己的房间，找了几件衣服叫赵叶儿穿了。

二太太很快知道了原委。但她实在无法解决这个麻烦而又叫人难以启齿的事，便和二老爷一块儿敲响了大太太的门。他们费了好一阵嘴皮子，大太太才极不情愿地把赵叶儿让进了屋……

但从那时起，沉默寡言的大少爷更加呆痴，后来干脆不会说话了——他彻底变成哑巴了。请了郎中，吃了不少药，也不见效。后来又叫江百先开了方子，病情并没有好转。大太太原来想着重新给大少爷找个媳妇，但看到大少爷成了这副模样，再也不敢提说找媳妇的事了……

## 60

这几天三太太有些心慌。一向很准时的一月一次的月事没有来，她知道她已经怀上阿五的孩子了。

这天夜里，三太太又钻到了阿五的住处，阿五猴急地去解她的衣带，但三太太却把阿五的手推到了一边。阿五觉得很扫兴，手也变得老实起来，他看着三太太说："咋啦……"

三太太没有说话，她把头埋在他的怀里，呜呜地哭了。

阿五一下子慌乱起来，他不知道做错了什么，只是一个劲地问："你到

250

底咋啦？"

三太太擦了一把眼泪，偎在了他的怀里，说："阿五，我怀上你的孩子了！"

啊？他阿五要当爹了！但他随即清醒了过来：三太太是三老爷的女人，他阿五只是三太太的野男人，哪能名正言顺地当爹呢？阿五乱了主意，他六神无主地问："那该咋办？"

三太太神情恍惚地说："阿五，你带我走吧！只要逃出这个庄园，不管走到哪里，不管有多苦多累，我都跟着你！"

阿五长叹了一声，说："三太太，我也想和你过日子呢！可是我们往哪儿去？天下是富人的天下，哪里能容得下我这种穷人呢？我死了倒没什么，我只是害怕你受罪。"

"那咋办？纸包不住火，再过一个多月就该显怀了，到了那个时候，我们的丑事就露馅儿了！说不定胡家人会打死我呢！"

"真到了那一步，我就豁出去和胡家人拼命！"阿五咬着牙关说。

"不！阿五，不管发生了什么事，你都不能现身！如果你站出来，我们都没有活路了！"三太太终归不放心，又说："阿五，我心里好害怕。以后我们都该防着点，庄园里的眼睛和耳朵多着呢！"

阿五不说话，只是紧紧地把她搂在怀里……

尽管三太太极力装出一副正常的姿态，但多疑的大太太还是发现了异样。她的眼睛盯着三太太，心里却想着前前后后的事：三太太的水蛇腰不再像以前那样灵活，走路不再像以前那样风风火火，显然三太太的肚子里怀上野种了！大太太把庄园里的男人梳理了一遍，却没有发现和三太太亲近的野男人。但直觉告诉她，三太太的身后一定有见不得人的事。她一边暗中关注着三太太的行踪，一边有意无意地试探三太太的反应。

吃饭的时候大太太端着饭碗出了门，一脸神秘地说："哎呀！出了怪了！这几天我一直睡不好，好不容易睡着了，又常做怪梦。"

二太太说:"是你白天想的事情太多了!如果不乱想,也就没有怪梦了。"

"我哪里乱想了?我压根就没乱想过!可还是不断地做怪梦。"

有个推磨的婆子刚好从旁边经过,她接过大太太的话笑吟吟地说:"大太太,就凭您的身份,做梦也一定是好梦呢!"

"我说我们胡家的家事呢,没你的事,你只管忙去吧!"大太太白了那个多嘴的婆子一眼,没好气地说。

那个婆子这才意识到不该掺和到太太中间来,赶紧走开了。

看着那个多嘴的婆子走进了草院子,大太太又唠叨着说:"昨晚我做了一个怪梦,梦里我看见有个小娃趴在锅头上舀饭呢!我抓起那个小娃,把他扔到了门外,可是那个小娃说,他虽然不姓胡,却是从胡家婆姨的肚子里钻出来的。他抱着我叫妈,被我一个耳光扇跑了。他又抱着二太太叫妈,又叫二太太一脚踢到了门外。接着那个小娃又向另外两个太太走过去了……你们说怪不怪?"

二太太笑道:"这有什么奇怪的,这样的梦我都不知道做过多少了!女人嘛,生来就是洗锅抹灶生娃娃,谁的梦里没梦到过娃娃呢!"

"原来你也做过这样的梦!那就说明我们胡家门上出了野种了!"大太太说话的时候,眼睛一眨不眨地盯着三太太。

大太太的话像一道闪电一样击中了三太太,她猛地一惊,面汤都倒在了裤腿上了。

李丫子觉得大太太有意和她过不去,她揉着眼窝不声不响地走开了。

大太太伤人心肺的话叫二太太很不自在,三太太和李丫子走后,她带着责备的口吻对大太太说:"大嫂,你以后不要夹讽带刺地说丫子。大哥在世的时候也没说过这么难听的话,现在你平白无故地给人家扣一顶脏帽子也不是好事。好歹她也给我们胡家生了六少爷,她没了面子,等于我们胡家也没了面子,何必跟她过不去呢!"

大太太一脸不屑地说:"好我的二太太,你是真糊涂还是假糊涂?我并没有说李丫子的长长短短，我说的是那个水蛇腰！"接着她把前前后后的事都说给了二太太。

刚开始二太太还有些疑惑，但听了大太太的话以后她也好像明白了。但她随即又说："大嫂，三太太毕竟是有男人的人，伤三太太的脸，就是戳三老爷的脊梁骨呢！他们两口子的事，我们不能瞎掺和，只要三老爷不说话，我们只管当哑巴好了，多一事不如少一事。"

"我也不想多事，只是三太太也太不把我当人了！自大老爷走后她就像没笼头的野驴一样欢实。而今她做出了这种丑事，也别怪我不留情！"

看来事情比二太太想的复杂多了！二太太赶忙向二老爷透露了风声，二老爷叮嘱二太太不要声张，又给大太太里里外外讲了一大堆道理。

大太太表面上接受了二老爷的意见，但背地里她却花了三十个铜钱雇了人，向城里的三老爷通了气……

几天以后三老爷黑着脸回到了庄园。

庄园里显得很冷淡。二老爷二太太轻描淡写地打了招呼，各忙各的事去了。虽说在大老爷的丧事上大太太狠狠地臭骂了一顿三老爷，但这一次她却客气地招待三老爷吃了饭。

当天夜里，三老爷要三太太说出和她睡过觉的野男人。三太太一口咬定孩子就是三老爷的，并且发誓说除了伺候三老爷，她没有和任何别的男人来往过。三老爷给了三太太几个嘴巴，而后又用绳头把她狠狠地抽了一顿！刚开始，他们的两个孩子还想拉住三老爷，但三老爷像发了疯似的，先把娟娟一把推到了墙旮旯，后把四少爷摔到了炕下。两个孩子吓得再也不敢靠近三老爷，只是放开嗓门嚎叫。二老爷和二太太赶了过来，气得浑身打战：庄园里已经乱得不成样子，经三老爷这么一折腾，他们胡家的臭名声毫无疑问会传得更远！他们说三老爷在城里逛花了眼，如果他嫌弃三太太，干脆把她休了！用不着在她的头上扣一顶脏帽子！大太太却添油加醋地说，如果一个男人能忍受一个不守妇道的女人，将来死了也见不得先人，还不如一头撞死在南墙上！

三老爷的火气刚缓和了些，又被大太太的话激怒了，他干脆把三太太连同两个孩子都赶出了房间！

二太太只好叫三太太母子三人在客房里过了一夜。第二天一早，三老爷把三太太母子三人撵出了门外，留了一封休书后，返回城里去了。

天气越来越寒冷，加上前几天下了一场雪，整个大地白茫茫的一片，出了门，寒气四逼。三太太带着两个孩子，毫无目的地行走在冰天雪地里。不知不觉中，她已经踏上了一个沙丘，前面是望不到头的白茫茫的世界，后面是变得朦胧而矮小的一品庄园。她不知道应该走向何方，只是呆呆地站在沙丘上，一脸茫然。

"妈妈，我冷……"娟娟冻得瑟瑟发抖，拉着她的衣襟说。

"妈妈，我饿……"四少爷拽住她的手说。

她猛地抽搐了一下，孩子要穿衣吃饭呢！可是哪儿是他们穿衣吃饭的地方呢？

三太太想起了自己的娘家，娘家是赐给她生命的地方，也是她生长的地方，成了胡家的媳妇之后，她虽然没能让娘家大富大贵，但也给了娘家人很多帮助，在生活困顿的时候，她也偷偷给过钱财银两。现在走投无路，她先得把孩子安顿下来。

看到三太太一脸疲惫地进了门，娘家人先是一惊，而后马上高兴起来了。两个孩子不懂事，说了前一天发生的事，娘家人立刻变了脸。孩子的舅妈刚端上一盘烙饼，听说他们叫胡家撵出了门，她很快又把烙饼端走了，并且催促他们快点离开家门——短短的不到一天的时间，男人休了她，娘家人也变得冷酷无情，三太太欲哭无泪！两个孩子眼巴巴地看着她，可怜得叫她心碎。无奈之下她拿出了一只银手镯，换了几块烙饼。她的身上还有土匪留下的几块银圆，但娘家人已经叫她凉透了心，她不想把钱财花在无情无义的娘家人身上。

254

吃完烙饼，她又带着孩子走进了冰天雪地里……

二老爷叫人打听三太太的下落，直到日落前才知道三太太蜷缩在东面不远处的一个羊房里。二老爷打发人送了衣服、被褥和吃食。又过了几天，二老爷叫二太太神不知鬼不觉地把三太太送到了黄老爷家。

看着庄园里的这一幕，李丫子不禁打了一个寒战……


# 61

这年冬天天气出奇的寒冷，冬至后又下了一场大雪，气温降得更低，举目四望，到处是刺眼的白色。人待在屋里都会瑟瑟发抖，户外几乎到了滴水成冰的程度。住人的房间里有时候都出现了冰挂，到了晚上人们冻得无法入睡。晴朗的日子里，太阳挂在天上，却感觉不到一丝温暖。

寒冷很快带来了恐怖，有人已经在野外发现了冻死的人了！这场灾难让人们猝不及防，人们抱怨了一阵天气之后，开始想办法活命。

人们纷纷到野外捡拾烧柴，因为到处是积雪，烧柴都变得十分潮湿，但潮湿的烧柴也变得像金银一般抢手。每天天色放亮，在白茫茫的雪地上，就会看到晃动着一个又一个黑影，像秋收过后光秃的田野里的蚂蚱，那是为了活命而拼命寻找柴火的人。好在西山和东马岗不缺烧柴，二老爷叫驼队送了两次柴火，庄园的窘境才得以缓解。

因为天气寒冷，草料短缺，牧场里的牛羊又冻死了不少。

这天早上二老爷查看牲口的草料。走进草院子，却见李丫子抱着草料，正向东小院的门口走去。

二老爷一下子生气了！这里盛放的是牲口的草料，他给庄上的人说过，谁也不能把草料当柴火。这些草料是牲口一冬乃至大半个春季的命根子，如果庄园里的人把草料当烧柴，用不了多久，庄园里的牲口只能饿死了！二老爷提高了声音喝道："站住！叮咛过的事，你不知道？"

李丫子抱着草料站住了。

二老爷走到她跟前，声色俱厉地吼道："这里的草料谁都不能乱动，只有你不知道？谁给了你这么大的胆子？"

李丫子扑通一声跪在了地上，结结巴巴地说："二老……爷，我……"

"你比别人特殊？你的屋里比别人家冷？庄园里的规矩都叫你坏了！"

"二老爷，我……"像小绵羊一样的李丫子，头也不敢抬，低声细气地说。

"滚！以后谁敢打草垛的主意，我打断他的腿！"

李丫子的眼睛里闪着泪花，丢下怀里的草，惶惶而去。

李丫子很快不见了踪影，二老爷心里还在生气：林子大了什么样的鸟都有，你瞧！他千叮咛万嘱咐，草院里的草一根都不能乱动，偏偏有人不听话！怪不得大老爷那几年一直是一副凶巴巴的样子，看来，要想管好庄园，脸上还非得长几根狗毛不可……

二老爷在院子里转了一圈，心事重重地回到了上院里的西倒座，二太太像影子一样跟了进来，说："老爷，库房里有弹过的棉花呢，能不能拿出一点？"

二老爷闷闷不乐，他白了一眼二太太，没有说话。

二太太看懂了二老爷的表情，说："不是我用。六少爷只有几个月大，难免尿炕，早上起来听丫妹子哭，我进去一看，哎呀！屋里冷得像冰窖！被窝里也只是不冰手罢了！看了都叫人难过！"

二老爷一下子来气了："你不说倒也罢了，提起她，我心里就来气！刚才她把草料抱回去当烧柴呢！要不是我发现，她早把那些草塞到炕洞里去了！别的人也没说过缺烧柴的话，偏偏她屋里的烧柴不够用了？"

"都怪你只知其一，不知其二！分到各个屋里的烧柴，有的干，有的潮，她屋里的柴火大都叫大嫂拿走了！剩下的也很难点着。这样的天气，大人都冻得打战，六少爷才多大？能受得了？看在六少爷的面子上，拿出几斤棉花，给六娃做个厚点的被子。"二太太一边说，一边叹息。

二老爷半晌无语，看来他错怪李丫子了！想到这里，他好像想起什么了，说："真是这样，倒不如拿出一些羊毛来！"

"你又说昏话了！羊毛需要烫洗才能用，这样的天气，烫洗一次还不冻成冰疙瘩？等到干了，只怕都已经立夏了！还是棉花好！"

二老爷叹息了一声，说："以前存放的羊毛驼毛都叫土匪抢走了。上次东马岗里带过来的一点驼毛还在，你拿过去。要不，干脆把我们用的大毛褥子送给她。"

"那倒不必了！就算拿过去，六少爷撒一泡尿就用不成了，我把驼毛拿过去就行了。"

"以后李丫子屋里的烧柴和我们的分在一块儿，叫她直接到外面屋里来拿……"二老爷忽然想出了一个办法。

二太太高兴起来了，说："这倒是个好办法！哎！你的脑子越来越好用了！"

二太太拿着驼毛进了李丫子的房间，大少爷也抱着柴火进了门。他放了烧柴，看了看二太太和李丫子，什么也没说，径直出门去了。

二太太愣愣地站着，心里涌起了无言的酸楚：大老爷走了，大少爷又成了哑巴——显赫一时的胡家，咋就不明不白地走到这一步了……


李丫子的心里倍受煎熬。

大老爷在世时，大太太虽然有意和她过不去，但也不至于明目张胆，现在大老爷走了，大太太也开始变本加厉地找她的麻烦了！大太太不仅在吃穿用度上算计她，而且简直不想叫她活了。看！大太太把她的柴火大都搬走了，到了晚上，她只能把孩子紧紧地搂在怀里。

唉，今年的这个冬天太漫长了，她数着天数过日子，度日如年……

在这呵气成冰的日子里，江百先的日子也不好过，为了几个吃饭的小钱，他四处寻找干活的地方。后来他找了一份"打冰沟"的活——秋后的一段时间，东外河里的水自由流淌，到了冬天，主河道就会变成一条冰河。为了开春的时候能正常浇水灌溉，从上到下都需要清除河道里的冰。这就是人们所说的"打冰沟"。

江百先"打冰沟"的地方在下坝区一带。

有的地方整个河道里都堵满了冰，冰块就像石头一样坚硬，"打冰沟"的人刀砍斧劈才能把冰块一点点地剥落下来，砍下的冰块还要送到河滩里去。一眼望去，河道里尽是三三两两、叮叮咣咣"打冰沟"的人。

江百先用斧子砍了一阵，不到半个时辰他的双手就不听使唤了。接下来他开始凿冰块，很快他的左手上重重地挨了一锤，他的手几乎失去了知觉。但对着手哈了几口热气，活动了一下手脚，他又拿起斧头凿子忙了起来。

"打冰沟"也许是这个季节最苦最累的活了，但就是在这种地方、这个时候照样有人苦中作乐，歇息的时候有个身穿破衣烂衫的汉子，拉开了悠长的嗓门唱了起来：石羊河（哟）长又长，鸟飞花开（呀）瓜果香，牛羊肥壮（那个）谷满仓……

接着又有人唱道：石羊河（哟）长又长，风吹雪花（呀）满地霜，无衣无食（那个）愁断肠……

有人一边烤火，一边埋怨着："老天爷的心也太狠了，手都冻僵了！"

"嗯，命根子都快冻掉了！"有人附和着说。

"哎！挣不到钱也没啥，命根子可得保住！要不然将来死了，你男不男女不女地去见先人，还不把先人吓一跳！"

"吓着先人倒是小事，只怕老婆不认你，把你从被窝里攥出来……"

众人哈哈大笑——在大西北的风雨里磨炼出来的汉子，谁还把受苦受累当回事？看！在冰天雪地里，他们照样有说有笑！听着别人的说笑，江百先耳边不由得想起了熟悉的唱词：石羊河水悄悄流，杨花轻舞柳絮飞……

说笑归说笑,手里还得抓紧干活,在这种地方说笑玩闹没人管饭!

一天下来,江百先累得几乎直不起腰了。他们打了饭,三下五除二就把饭食咽到肚子里去了。睡觉的地方是野地里的羊房,他们四五个人在炕洞里烧了一些柴火,挤挤挨挨地睡在了一起,不一会儿他们都酣然入睡了。

第二天醒来,江百先觉得浑身酸疼,他真想躺在这里好好睡一觉,但他知道,他现在是一个依靠出卖力气吃饭的人,如果躺在这里,只会冻死在冰雪之中!

他又和其他人一样开始重复前一天的那些简单动作。


"打冰沟"之后,江百先一时没有找到固定的营生,但他并没有闲着,他干过弹羊毛、洗毡、织口袋的活,也干过推磨碾米的活。弹羊毛的时候,他的虎口被震得发麻,推碾子的时候,他几乎用上了全身的力气,他把所有的苦和累都默默地装在了心里。在这种寒冷的日子里,只要有一口饭,有一个歇脚的地方,就算老天爷开恩了!这样的日子并不长久,小年过后,好多店铺纷纷歇业,他又变成了一个流浪汉了。


# 62

一个冬天总算熬到了头,春节快要到了!在这样的天气下,人们都愁着过年的事,天气却忽然暖和起来了。

俗话说"立春十日背阴消",但这一年在立春前十天,大地上的积雪就开始融化了。一连几天,中午过后冰雪就开始在太阳下消融,四处水汪汪的一片。四五天下来,远远近近的积雪荡然无存。石羊河水带着泥沙,翻着波浪,向湖区汹涌而去。当时有位老人说,冷热失时,只怕天时不好。但在冰天雪地里蔫头耷脑地过了一个冬天的人们，像老鼠钻出了洞穴一般，活跃起来，加之春节来临，人们的脸上都带着喜色，并没把这位老人败兴的话放在心上。

大年三十一大早，大街小巷飘出了过年的香味。喜欢热闹的孩子心急地点燃了鞭炮，不时地传来一阵炒豆子似的声音。中午时分，家家户户的门口都变得喜庆而新鲜——春联一片火红、门花五颜六色、门神威风凛凛。从城里到乡下，人们的心里都萌动着新的希望。

江百先正在观看大年三十的热闹，有人一把拉住了他："哎呀！我牙疼都好几天了，正想着找郎中……走！跟我回家！"

江百先转头一看，原来是他以前认识的译电员，客气了几句，译电员拉他回到了家里。江百先在译电员的家里度过了除夕之夜。

从城里到乡下到处洋溢着过年的快乐，一品庄园却在这场热闹中显得分外冷清。因为大老爷新丧，胡家没有贴春联，买了鞭炮，却不能在庄园里燃放。因此孩子们只好在外面的空地上热闹了几天。

紧接着一年一度的庙会开始了。

庙会是一年中最热闹、最盛大的聚会。期间，爱讲排场的富家大户常常拖家带口到城里的大寺庙进香，大多数人家只能就近叩拜佛祖和菩萨。盛况空前的热闹喧嚣从正月初六开始，一直能持续到元宵节。这是一个萌生希望的季节，男男女女来到寺庙上香叩头、还愿祈福。

寺庙里木鱼声声，佛像前诵经不绝，香案上烟笼雾绕，人们期盼佛祖恩赐富贵，恩赐平安。这里是一个热闹的去处。

但更热闹更有趣的还在寺庙外面。

寺庙东面不远处的空地上搭起了一个半人高的戏台，戏台的四周插了彩旗，远远看去，花花绿绿，耀眼醒目。四面八方的人们云集于此，带来了热闹，也提供了商机。

因为大老爷去世不久，按乡俗，大太太一家应尽量远离红火热闹，二老爷也没有好心情，没人张罗赶庙会的事。到了初八，别人家的孩子纷纷炫耀庙会上看到的新鲜热闹，年幼的几个孩子都按捺不住好奇，一个个神情沮丧。二老爷有些动摇，想叫二少爷带着孩子们逛庙会。几个太太却说小孩好动不好管，二少爷又年少，唯恐出现意外，不想叫二少爷出门。二老爷说，二少爷都二十岁了，带不好几个孩子，就等于白吃了二十年的五谷了！几个太太不再争辩，二少爷便兴冲冲地驾了马车，带着几个年幼的弟妹和赵叶儿的孩子，直奔庙会而来。

二少爷在附近的一处空地卸了车，把车马交给了他家的下人，然后领着几个孩子向热闹处赶来。今天演出的是《小放牛》，台下是一大片黑压压的人群，台上的放牛哥正在和丫鬟对唱：

阿哥唱："来！来！来（呀）！小妹你过来！"

小妹唱："小妹过来（哟），阿哥说什么？"

阿哥唱："小妹过来，我给你唱支歌！我给你唱支歌！"

小妹唱："唱的什么歌呀，唱的什么歌？"

……

二少爷不由得想起高盈盈了，"摘葫芦花"时的说笑，红柳下面热烈的拥抱……二少爷魂不守舍地想心事，其他的小娃却吵闹着要看别的热闹。小孩们的乐趣并不在于看戏，他们喜欢四处走动观望，二少爷只好领着他们看周围的新鲜。

二少爷叫弟妹们手拉着手，给弟弟妹妹指点各处的热闹，忽然发现江百先也在人群里溜达。二少爷赶忙走过去，拉住了他的手，一脸惊喜地说："江大伯，我一眼就认出你了！"

江百先笑了起来，他看了看二少爷和其他几个弟妹，又环顾了一下周围，问道："二老爷没来？"

二少爷说："我爹今年不想出门。"

江百先马上明白其中的原因了，他"噢"了一声，接着说："我有一件要紧事，正急着找二老爷呢！"

二少爷说："我爹也念叨你呢！大伯，我叫这些馋嘴猫吃点东西，待会儿您干脆乘马车到我们家去！"

江百先笑了："我在戏台下等你……"

吃了凉州拉面、凉粉，又买了一些油糕，几个小孩又缠着二少爷买了几根红绿头绳，之后他们和江百先一同上了马车。江百先和二少爷一路说笑，回到了庄园。

女人们之前的担心都变成了高兴。二老爷心里更高兴：二少爷把孩子们平平安安地带回家不说，还带来了江百先呢！大致说了一下庙会上的巧遇，二老爷拉着江百先的手向家里走去。与此同时，那些刚从庙会回来的孩子们已蹦跳着钻到了大人的怀里。几个女人搂着自己的孩子，摸着脑袋，亲着脸蛋，像久别重逢一般高兴。几个娃娃则争抢着向大人说着他们看到的红火热闹，最后又像一窝蜂一样，吵闹着，蹦跳着跑进庄园去了……

大少爷面无表情地站在大门口发呆，好像眼前的一切他一点儿也没有看见，眼前的一切与他一点儿关系也没有——他差不多变成了一具木偶了。直到赵叶儿走过来拉着了他的手，他才默默地向庄园里走去……


客套过后，江百先很快说到了正事，他问道："二老爷，你有没有听说过最近土匪闹事？"

二老爷怔了一下，惊恐地问："又是哪里冒出土匪了？"

江百先也变得惊讶起来："我还以为你知道这件事了！三老爷在城里做生意，他没说过什么吗？"

提起三老爷，二老爷的胸口就像塞了一把猪毛似的不舒服了，他淡淡地说："三老爷翅膀硬了，会飞了，他在城里当上了掌柜，又娶了小，早把我们忘了！大老爷出事，他来了几天，闹了一场不愉快，很快回到城里去了。前不久回了一趟庄园，把老婆孩子都撵出门去了！"

江百先觉得自己太冒失了，他"噢"了一声，以表明自己刚才的话纯属无心之语。

二老爷不想议论三老爷的长长短短，但江百先说的"土匪"两个字，已经不偏不倚地击中了二老爷最敏感的神经，他再次紧张地问道："又是哪里冒出了土匪？"

"这伙土匪在甘州一带，省上的一群老爷们原以为土匪会向西到新疆去，可是听最近的传闻，土匪却向东过来了，也许过不了半月二十天，就能出现在我们这里了！"

"既然省上的老爷们都知道出了土匪了，那还不赶快调兵把那些土匪给收拾了？当兵的都干啥去了？"

"啊呀！二老爷，您不知道，那可不是一般的土匪呢！那些土匪原来也是兵，后来不知咋的就变成土匪了，省上派过去的军队都叫他打败好几回了！谁还有本事收拾他们？"

二老爷的头上渗出了汗珠，忙说："这下我们可不能等着挨土匪的刀了！你说我们该咋办？"

"二老爷，你家是大户，家业大，粮食多，应该早点想办法才对，如果再拖下去，恐怕什么都来不及了！"

"你的意思是我们应该早点外出避难？"

"看来只有这个办法了！当然现在还有时间，这段时间，一般人家大都缺少粮食，你可以先把粮食借出去，今年秋天或者明年秋天还清，每石粮食计息一升——估计听到这个消息，人们一定会图便宜而来。留二三十石埋在庄园附近，再留十石左右用骆驼送到西山。埋藏和驮运粮食的事千万不能叫外人知道，即便是你们胡家人，除了几个男人以外，也要保密。一旦走漏了风声，损失粮食事小，只怕上面追查下来，你我的脑袋都得搬家！"

二老爷对这位结拜小弟的话深信不疑，但他不知道事情竟然会这样神秘而凶险。他沉思了一下面露难色，又问道："庄园里人多嘴杂，哪能保证他们不会走漏风声？"

"二老爷，你是个明白人，往外借粮的事少不了雇工，人少了也忙不完。但埋藏二三十石粮食的事，挖三四个坑就够了！大少爷、二少爷还有你，如果人手不够，我也可以给你们搭把手。在这以前把巡哨和雇工们都打发回家，现在正在过年，给他们放几天假，钱粮照样发，他们还不乐意？装粮的人白天干活，太阳落山就把他们打发干净……"说到这里，他顿了一下："二老爷，我可把话说在前头，那伙土匪也有可能向西而去。如果那样就再好不过了！"

二老爷忙问："土匪到底是西去，还是东来？我们到底要不要准备？"二老爷心存侥幸。

"二老爷，听说那些土匪已经向东来了。土匪一旦出现在这里，我们又没有准备，那就等于大祸临头了！我的意思，我们按最坏的打算，这样才能万无一失！"

二老爷还是不放心，疑惑地问道："把巡哨的都打发了，万一贼来了咋办？"

江百先笑了："您家的庄园墙高土厚，一般的毛贼无可奈何，再说事情在三五天之内就能办妥，办完之后，一切都可以恢复正常了。"

二老爷这才铁了心。

一石粮食计息一升，而且可以在第二年秋收之后还清，有这样的好事？起初人们并不相信，当印证了这件事的真实性之后，缺粮的人家闻风而动，就连一些不缺粮的人家也循声而来。到了春种和青黄不接的时候，一斗粮食计息一升，很快就能把粮食放出去呢！这样的好事哪能错过？人们像蚂蚁一样向一品庄园涌来。"蒋亲家"眼看来了发财的机会，却不好意思直接上门借粮，打发他的亲戚到了一品庄园，借了十石小麦，准备大捞一把。用了不到四天的时间，胡家就放出了八十石粮！

放粮的那几天，人们在背地里议论成了一窝蜂。有人说二老爷天生就不是当家的料，照这样下去，胡家彻底直不起腰来了！就连二太太的娘家也来人说，二老爷的做法是癞蛤蟆翻筋斗，不计后果，胡家人挨饿受穷的日子不远了……只是二老爷不知回头，黄家人劝了一阵，骂了一阵，诅咒了一阵，气呼呼地走了。一气之下，黄家还把三太太母子三人也交代给了二太太。

此后几天，一品庄园打发了巡哨和雇工，二老爷、大少爷、二少爷、江百先一起动手，准备挖地窖藏粮食。但冻土层足有三尺深，一时挖不成地窖，只好用骆驼把粮食送到北面柴湾里埋藏了起来。

正月二十前后，二老爷又打着向牧场送口粮的名义，向西山和东马岗送了粮。

# 63

抢劫永昌城以后，土匪的先遣队很快逼近凉州城。凉州驻军较多，但比起一万多匪兵来说，兵力还是很薄弱。为防止土匪攻城，城内只好虚张声势，四面的城墙上架起了虚虚实实的大炮。穿着整齐的士兵日夜守护在城头，一队队百姓装扮的士兵在城头操练，人人手里都拿着长枪。看到这个阵势，土匪不敢轻举妄动。大部队赶上来以后，绕着凉州城转了几圈，而后撤走了人马。土匪越过洪水河以后，向北而来。

早在十天前，民勤县政府就得到了土匪劫掠永昌城的事了。一时间城里乡下人心惶惶。时任县长雷尚志，一面派出巡哨打探土匪的消息，一面向省府急电求援。省府的回电是"土匪攻城，三日内城破，县长一律死罪"。三天前，土匪的前锋已经到达香家湾一带，城门已经用沙包等彻底堵塞关闭。县政府传令所有人一律不得出入县城，城里笼罩了一派肃杀之气。城内的自卫军，一共只有四五十人，枪支更是少得可怜，只有三四十条枪，并且有的枪纯粹就是摆设，根本不能用。但雷县长还是登上了城墙，想在自己的带领下守卫县城。土匪说他们要取道民勤去宁夏，想进城补充粮草，休整士兵。雷县长令人传话说："民勤城小，容不下大队人马，如果需要粮食，城里会尽力筹办……"

喊话期间城头上的自卫军冷不防开了一枪，打死了一个匪兵，喊话人惶惶逃到驻地去了。

第二天，土匪开始攻城。尽管军民团结一心，但在一万多匪兵面前县城很快失守。土匪砍死了雷县长，而后开始了大屠杀。土匪翻墙越室，如走平地，烧杀劫掠，无恶不作。家里已经丧失了安全感，人们纷纷躲进地窖、机关、寺庙，有的甚至躲进了魁星阁。看到阁中人多，土匪干脆在魁星阁放了一把火。躲在里面的人没有了出路，有的直接从高处跳下，摔死了不少人，更多的人则被大火吞噬。魁星阁的大火持续了三天三夜。大寺庙虽不及魁星阁高大，但土匪点了几次火，都没有点着。只觉得寺庙内阴森恐怖，进了寺庙的土匪，眼前都变得一片昏黑。土匪以为躲在这里的人有神灵护佑，不敢造次，纷纷退出了大寺庙，躲在大寺庙的人才得以幸免。

大部人马在城里作乱的时候，土匪的前锋已经到了红柳墩一带。

二老爷带着一大家子人，和江百先一起，在土匪到来的前三天就躲进了西山，蜷缩在露天的土坡下，人人提心吊胆，唯恐从四处的灌木中窜出一些土匪来。其时还未走出农历正月，晚上的气温还很低，五少爷、六少爷冻得哇哇大哭，远处不时传来一阵又一阵狼的嚎叫。唉，荒郊野外，他们害怕土匪，害怕野兽，也害怕这黑漆漆的像怪物一样的狰狞的夜晚啊！第二天，几个男人一起动手，挖了三个大坑，上面盖了柴草，柴草上面又压了沙土，他们暂时不用担心晚上的寒冷了。刚开始他们还敢烧开水，到后来，他们不敢放火，只好喝凉水吃炒面。

唯有三太太暗地高兴：好歹走出了黄家的高墙大院，她不再是一个看人脸色的下人；吃的虽然可怜，却也不至于挨饿。回到了大家庭，孩子们又在一起玩耍，她看着舒心呢！虽然大太太见了她吊着个脸，但经过这场磨难，三太太已经没有了以前的锋芒，她的心气已经变得柔和。只要这个大家庭不嫌弃她，她就感恩戴德了，她不能在荒郊野外给一大家子人添烦添乱。

早上起来男人们就会各奔东西，照料各处的骆驼。江百先从山后回来，转过一个沙包的时候，李丫子不声不响地出现在了他面前，她红着脸说："别的男人都换了衣裳了，我给你准备了衣裳……"说着她把折叠得方方正正的衣服递给了他。

他感激地接过衣服，怔怔地看着她。虽然土匪把他们赶到了人迹罕至的蛮荒之地，虽然日子清苦得叫人难过，但浓郁的人情味却让这里带上了浓浓的春意……

二老爷看到了江百先接过李丫子的衣服的一幕，但他却装作一无所知……


# 64


他们像老鼠一样过了十多天地下生活，二少爷说他估计土匪应该走了，他想回到庄上看一看。如果土匪走了，他们就立即回家，这儿太不是人待的地方了！二太太马上反对开了：谁知道土匪走了还是没走？如果土匪没走，这一去，还不是白白送死？好好烂烂都已经待了这么长的时间了，再过一段时间也没什么！但二老爷却赞成二少爷去冒险，一大家子挤在荒滩野地的洞穴里，时间长了，饿不死也会憋死呢！

二少爷准备上路，二太太唠唠叨叨对二少爷说了好多，几个小弟小妹也哭了，这简直就是一个生离死别的场面。二少爷说了一些叫大家放心的话，把装口粮的褡裢往肩上一甩，很快出发了。

不能走大路，二少爷只好一会儿翻坡，一会儿越岭。第一天晚上，他在一个废弃的羊房里过了一夜。第二天，他又开始赶路了。他一边走，一边嚼着粮食，不知不觉中已近中午，高高的太阳已经有了一些热力，把大地照得暖烘烘的。正常的年景，现在应该准备春种了……二少爷隐隐觉得有些口渴，翻过一个沙丘，眼前出现了一汪清水。轻风吹过，阳光下的这一洼水，波光闪烁，像千万粒细碎的金银。

二少爷走过去，把手伸向水里。就在这时，一片泥土不偏不倚地落在了前面的水里，溅了他一身水花，他的眼睛也被水花蒙住了。他立刻慌张起来：这地方也被土匪霸占了？看来他栽到土匪的手里了！

他不敢动，也不敢出声，周围一片寂静。他揉了揉眼睛，环顾了一下四周，除了坡上坡下长着高高低低的灌木之外，并没有发现叫他担惊受怕的土匪。土块是从哪里来的呢？难道是从天上掉下来的吗？他抬头看了一下天，只见天空晴朗得看不见一丝杂物。既然没有什么异常，那就赶紧喝水！当把目光再次投向水洼的时候，他才发现眼前的水已经变得浑浊。他绕着水塘向前走了几步，刚要蹲下喝水，忽然传来"汪汪"两声狗叫，接着从旁边的一处灌木丛中窜出了一只大花狗，那只狗伸着红舌头，像箭一样向他冲了过来。一瞬间，二少爷把喝水的事抛到九霄云外去了，他本能地拔腿就跑，只跑了十来步，脚下不知缠上了什么东西，他随即重重地摔倒在地。完了！这下不叫狗咬死，也要落个残废了！

可是那只狗并没有咬他，他睁开眼，只见那只狗吐着红舌头，在他的眼前走来走去。这个家伙神气得像一个得胜的猎人一般，不用说，二少爷现在就是这个"猎人"手里的猎物！

正想着，他的眼前又多了一双脚。他的目光顺着双脚看过去——穿着裤子的长腿，裹着衣服的细腰身，最后是一张俊俏的脸蛋。当看清了那个人的面孔的时候，他忽然生气了——那人却是高盈盈！她现在穿了一身男子的衣服。

"你的良心都叫狗吃了！你想害死我吗？"一瞬间，他的胆气壮了起来，大声叫道。

"谁想害你了？这是我用来抓兔子的，没想到把你逮住了！——看来你就是我手里的一只兔子！"看到二少爷一副狼狈相，高盈盈反倒格格地笑了起来。

"你咋会在这里？"

"你不是也在这里嘛！你咋来这儿了？"高盈盈说着，已经把缠在二少爷腿脚上的网解开了。接着她毫不害羞地在他的脸上亲了一下，说："我就知道你逃不出我的手心……想我了吗？"

二少爷没说话，搂住她，狠狠地亲了一通，这也算回答了高盈盈的问话了。那只大花狗似乎意识到它是多余的了，摇着尾巴到一边去了。

他们俩拥在一起，感受了一阵对方的热度，听了一阵对方的心跳。原来高盈盈一家也是听说城里出了土匪，才躲到这里来的，她家十多口人就躲在离这里只有一里多的地方。为了捕捉野鸡野兔，她在水塘边下了网，没想到恰巧碰上了二少爷！听说二少爷要打探土匪的事，高盈盈也来了精神，她说她也想看一看土匪的模样。二少爷马上拒绝了她的想法：那些土匪杀人不眨眼，一旦叫他们发现，他们就得一起完蛋！

"你以为你是土匪的亲戚？他们单抓我不抓你？我们只是远远地看一下，只要土匪走了，我们赶紧叫家人回家。如果土匪还在，我们仍旧回到这里，继续当野人。"

"你的脚……"

"我早就不裹脚了！从你们家回来后，我爹懒得管我，刚好，不裹脚也没人管了！"

"那你也应该给家人说一声。"二少爷犹豫着说。

"这个不用你操心！"

高盈盈在大花狗的身上拍了一下，大花狗一溜烟消失在了高高低低的沙丘土坡之间……

走出西山、走出西柴湾，在燕窝湖一带，他们发现有土匪放马。那些马散乱地在野地里啃食荒草，有的马背上还配着马鞍。有几个土匪背着长枪，骑着大马转悠。就在这时，二少爷发现，那只大花狗不知什么时候也出现在了高盈盈的身边。高盈盈心疼地摸着她的狗，那只狗则乖乖地伏在她前面。看到二少爷一脸疑惑不解的神态，高盈盈笑着说："别小看我家小花，我敢保证，它比你有用！"

既然狗比他有用，那就说明他还不如一条狗！二少爷极不情愿地白了高盈盈一眼。

"我是说它抓兔子比你有用！"高盈盈笑说道。

这还差不多！二少爷也笑了："看样子这些土匪暂时不会离开这里，我想到我家庄园附近看一下。"

高盈盈也不反对。于是他们从燕窝湖北面远远地绕了一个大圈，偷偷摸摸地向一品庄园而来。

他们像做贼一样，一边窥探着周围的动静一边赶路，最后来到了庄园附近。拨开密密麻麻的灌木，看见阿五正在打水——庄园里早就住了土匪。土匪到来后把没能逃走的人抓了丁，这些人只好按土匪吩咐的做。今天土匪要煮牛肉，打发阿五来打水。

二少爷和高盈盈悄然来到离镶井不远的地方，躲在一簇红柳后面，压低了声音喊道："阿五伯！阿五伯！"

阿五不知什么人叫他，他四处张望，却看不见人影。他的心早就紧张得咚咚地跳了起来。这时又传来了几声喊叫："阿五伯！阿五伯！"

这一下阿五听清楚了，是二少爷的声音！而且声音来自他身后不远处的灌木丛。他定了定神，压低了声音回应道："二少爷，你咋又回来了？一旦叫土匪发现，十有八九活不成了！我现在是个活人，明天是不是还能活着，还不知道呢！你快点逃命吧！"

"阿五伯，你跟我们跑吧！"

"我哪敢跑？叫土匪抓住，叭的一声就没命了！"

"太阳落山前，你再来打水，到时候你会看见一只大花狗。只要你跟着它跑，一定能逃脱。记住，千万不能叫其他人知道！"

说话的是个女声，阿五很想打听一下底细，一个骑马的土匪却从远处走了过来。阿五不敢再说话，打了水，赶忙提着水桶往回走。

　　给土匪当差可不是一件好事。土匪对他们吆三喝四，稍有不顺就会用刀或枪对着他们的脑袋，叫阿五他们提心吊胆。阿五早就想着逃出土匪窝，可是他只能心里想，却不敢真的逃跑，万一跑不成，他面临的只有死路一条！

　　刚到来的时候，土匪对抓来的人丁着实凶了一阵子，后来稍稍放松了一些。但不知怎的，最近土匪又变得狂躁起来——阿五当然不知道，土匪到来后四处抓女人，还杀了几个人。红柳墩、梧桐沟一带的人气愤不过，打死了两个土匪，丢在了枯井里，并且把井填平了。这件事叫土匪一下子警觉起来，对抓来的人再一次严厉起来。

　　从二少爷的话里，阿五看到了希望，他打算跟二少爷一块儿逃走。太阳快落山的时候，阿五找了借口出来打水。来到井边，他发现有只大花狗站在前面不远处，冲着他摇尾巴。阿五向前走了几步，那只大花狗转身就跑。阿五环顾了一下周围，附近并没有土匪走动，他跟着那只大花狗，小跑着钻进了附近的一个个像小山包一样的灌木中去了。

　　阿五跟着那只狗，一口气跑了三四里地，和二少爷、高盈盈合在了一处。然后他们摸黑向西山逃去。从阿五口中得知，土匪来到后，砸掉了胡家大门上吊着的铜锁，庄园里住进了一帮土匪，家里的粮食已经叫土匪搜刮干净。胡家人离开庄园的时候，把不能赶走的牛羊都赶出了庄园。那些牛羊白天在野地里吃草，到了晚上都成群结队地徘徊在庄园周围。土匪到来后，那些牛羊就都变成土匪的口粮了。同时，土匪还在四处打听胡家人的下落……

　　阿五跟着二少爷回到西山，大家都吃了一惊。听了庄园里发生的事，他们又少不了骂了一阵土匪，几个太太还流了泪……阿五没想到三太太还活着，他愣愣地看着她隆起的肚子，心里憋了万语千言，但他还是把这些话咽到肚子里去了。三太太却不惊不乱，她看了一眼阿五就转过身去，好像压根就不认识阿五……

王三娃带着一帮人时聚时散，一直神出鬼没般活动在沙漠地带，依靠偷盗打发日子。有时候他们也聚众抢劫，但他们不会对普通人家下手。王三娃早就想着弄几条枪，看着土匪挎着枪耀武扬威，他的心早就痒了。

半夜里王三娃带着四个人摸进了土匪的一处驻地，他们偷了枪，刚想着翻墙出走，却惊动了岗哨，土匪向他们开枪。他们手里拿着枪，却不会用，其中三个人倒在了土匪的枪下，只有王三娃和另一个人逃了出来。

没得到枪，还损失了几个兄弟，王三娃后悔得要命，他想尽快离开这个地方。


红柳墩、梧桐沟一带，土匪正在到处寻找他们丢失的两个人，他们背着枪，提着马刀，骑着高头大马，挨家挨户地搜查，还抓走了几个男人，搞得人们不敢出门。

丢失的人还没有找到，打水的阿五又不见了踪影，土匪再一次忙乱起来。他们在附近搜了一阵子，放了几枪，因为天色已晚，土匪又钻到庄园里快活去了。梧桐沟和红柳墩的土匪忙乱了几天，土匪头子说，他们丢失的人，活要见人，死要见尸。下面的土匪为了找到失踪的人，又开始抓人……人们痛恨着土匪，也埋怨上面的一帮老爷不管老百姓的死活……


## 65

得知土匪攻破了民勤城、县长遇难，并且在民勤一带大肆劫掠，省府急令驻守天水的吉鸿昌部追击土匪。吉鸿昌的部队从洪水河一带攻击前进，土匪败退。当天夜里土匪撤出县城向东逃窜，国民军乘胜追击，不料却在红柳墩一带中了土匪的埋伏，双方展开激战。好在后续部队很快跟进，国民军在湖区的汪智号附近包围了土匪，土匪缴枪投降。

至此，祸害民勤长达二十日的匪祸才算结束。

在土匪作乱的日子里，杀人放火，无恶不作，胡家苏武庙也被土匪烧毁。匪祸之后，城里乡下到处是哀嚎声。

胡家人在土匪走后的第三天才回到庄园，进得门来，庄园里一片狼藉。土匪为搜刮金银，竟然挖地三尺，院子里变成了坑坑洼洼的烂地。屋内的箱柜无一完好，家人无不落泪。所幸人口没有损失，一番伤心之后，他们开始收拾屋子，平整院落。

东外河的东西两岸，长达一二十里的地方，留下了不少尸体。接下来的几天乡公所组织人力清理战场上的遗体，于是红柳墩东面、东外河一带，又出现了许多高高低低的坟孤堆。

家里的事还没有忙完，二老爷就心急地打发二少爷到城里去看三老爷和他家参股的商行。

进城之后，二少爷着实吃了一惊：原先人来人往的大街上人影寥寥，他要找的商行门窗洞敞——商行早就被土匪抢劫一空。县政府正安排人员清理街巷里遇难者的遗体，一个个尸体从大街小巷搬出来，分送到附近的几处洼地，而后就地掩埋。二老爷打听了一天也没有打听到三老爷的音信。三老爷还不到而立之年，土匪来时，他和其他百姓一起在城墙上守城。县城陷落之后，土匪向百姓开刀，三老爷当时就倒在了土匪的屠刀下了。平定土匪后，县政府忙于掩埋遇难者的遗体，尸首已经无法细细辨认，三老爷连尸首也没有留下，胡家只好把三老爷穿过的衣服装进棺材，办了丧事。两次匪祸，三条人命，胡家"生"字辈的三个老爷，只剩下二老爷一个了。

尽管一品庄园笼罩在悲凉的气氛中，但胡家的高墙之外却是一片唏嘘之声：当时外人都笑话二老爷是个败家子，匪祸过后人们又不得不佩服这个闷头闷脑的二老爷了！

外人佩服二老爷，二老爷却更加佩服江百先了，他觉得他们胡家已经离不开江百先了。二老爷想把江百先留在庄园，但江百先却极力推辞，二老爷只得作罢。

忽然人们纷纷议论说，江百先其实就是胡老太爷丢失的胡生宝，并且人们把这件事说得有鼻子有眼。有些好奇的人向二老爷打听虚实，二老爷故弄玄虚，说他不想说破此事……人们把这件事传得更厉害了！

日子安定下来之后，胡家人到北面的柴湾里挖取以前埋藏的粮食，却发现有两处粮食已经被人偷走了，他家又损失了十几石粮食。接下来二老爷赶到城里打听"胡家杂货铺"，不料店铺已经转到了别人的名下，而且对方还拿出了契约。胡家很快打起了官司，但因为对方的手里有契约，"胡家杂货铺"彻底改名换姓了！

三老爷走了，城里的店铺成了别人家的私财，胡家的家业急转直下……

一品庄园像得了一场大病似的有气无力。就在这时胡家的女人都说庄园里总是会发出不明不白的声音，好像有什么看不见的幽灵无声无息在各处徘徊游荡。

二老爷又找到了江百先，江百先在庄园里住了几个晚上，庄园里平安无事。

二老爷再一次提出要江百先留在庄园，江百先叹息一声说："二老爷，您应该知道，我住在庄上，合情而不合理呀！"

二老爷说："我大哥信神不信人，最后还是遭了难了。我挽留你，不是借用你的法术，而是想用你的学问帮我们胡家渡过难关呢！"

江百先吃了一惊，没想到二老爷竟然有这样的见识！既然二老爷已经看破了真相，江百先干脆把自己的身份亮了出来，他不愿当这种不明不白的骗子啊！

二老爷高兴起来了："最近人们都说你就是我家老四，我们胡家的家谱上也写得清清楚楚，我四弟就叫胡生宝。我们已经以兄弟相称，干脆就说你是我四弟，这样你可以名正言顺地住在家里了。以后你就叫胡生宝。"

自从大老爷出事后，江百先的心里一直不踏实，他有功于胡家庄园，也有罪于胡家。整个城乡遭遇匪祸后，他的心里更加苍凉：家人在乱世中遇难，好不容易把家人的灵位安放了在了胡家苏武庙，苏武庙却毁在土匪的手里！二老爷的良苦用心让江百先大受感动，思虑再三，他打算留在庄园。

二老爷拉着江百先久久不愿松手："你的年龄也不小了，也该成个家了！如果有合适的人，我给你操办婚事，都成了一家人了，你不要见外。"

江百先的心里早就藏了一个叫他无法忘记的人，那就是李丫子，但尴尬的身份，尴尬的处境，使他张不开嘴。面对二老爷的问话，他苦笑着，摇了摇头。

其实二老爷早就知道了江百先和李丫子之间的私情，但他不好明说——江百先是个读书人，脸皮薄，二老爷不想叫他的四弟难堪。这种事情急不得，以后慢慢说吧！

因为三老爷已死，二老爷担心他的两个孩子遭遇不测，三太太再一次回到了庄园。


损失了几个兄弟之后，王三娃沉默了一段时间，而后他和马大哥带着一帮弟兄干脆离开了民勤。他们先在凉州城里混了些日子，后来进了祁连山，干起了劫富济贫的事。但西北一带一直处于国军的统治之下，王三娃经常遭到骑兵的骚扰。他们和这一带的骑兵成了冤家——后来西路军奉命在河西走廊开辟平（番）凉（州）永（昌）根据地，1936年冬西路军从永靖一带渡过黄河，进入河西走廊，国军的骑兵围攻西路军。在国军围攻永昌附近红军的时候，王三娃想趁乱夺几条枪，便偷袭了一个走散的骑兵。就在这时又出现了五六个骑马的人，他指挥人马慌忙撤退，左臂中了一枪。虽然没有伤及性命，但他却损失了一条胳膊。直到解放后，王三娃才走出了祁连山。这都是后来的事了。

## 66

大太太和三太太又不知什么原因发生了争吵，最后竟然动了手脚，弄得东小院里鸡飞狗跳。二老爷和二太太闻讯赶来，才把她们拉扯开。三太太当天晚上流产了。

经历了两次匪祸之后，二太太也变得心虚起来：两位老爷已经离世，如果再出现别的意外，只怕轮到二老爷了！想到这里，二太太的头皮就会发麻，加之大太太和三太太矛盾不断，二太太对胡家这个大家庭也失去了兴趣，唠叨着要二老爷尽快分门立户：妯娌们各怀心思，一个锅里搅勺子终究不是好事。谁家的日子还得谁操心，他们没有必要为一大家子卖命！

二老爷闷闷不乐，他既不想叫胡家的家业毁在他的手里，又没有能力处理好一家子的大事小事。无可奈何的二老爷最后又和胡生宝坐到了一起。

四老爷沉默了好一阵子，叹息一声："二哥，既然我们成了一家人，我就把心窝里的话都说给你。"

二老爷瞪大了眼睛，静静地听着。

"二哥，社会已经乱得不成样子了！地方势力拥兵自重，有枪就敢逞强，占山就敢为王。眼下的政府还在北起山西河北、南至云贵的大片土地上与各派势力拼力厮杀。土匪强盗的眼睛盯着大户人家，富家大户难免遭殃，生活困顿的人也对富人心生怨恨。可以说富家大户现在就是一口肥猪。我认为二太太说得有理。化大家为小家，少了许多烦恼，也没有了树大招风的隐患，一举两得！"

二老爷豁然开朗，立即着手分家了。

二老爷打定了主意分家，几位太太倒伤心得流了泪，同时她们都说不想继续住在庄园，最好重修房屋院落。

虽然已经错过了春种的大好时节，但安定下来后，人们又忙着种庄稼了。二老爷一面忙着安排犁地，一面雇人修建房屋。恰在这时以前的几个大户拿着契约上门讨要土地。原来第一次匪祸时，他们家购买土地的契约已经叫土匪烧毁，原来大户的手里又有以前的凭证，他们想凭那些凭证得到土地。胡家人当然不会承认这些已经过时的东西，但官家只认契约，最后整个胡家只剩了几十亩田地。又过了近一个月，几处房屋修建完毕。今年胡家没有向外出租的土地，倒是以前的大户开始出租土地了。阿五也租了五亩地，种起了庄稼。

一品庄园熙熙攘攘、辉煌一时的景象已经成了过去，庄园周围冒出的星星点点的一些矮小的土房屋，又引起了人们不少的议论……

虽然分了锅灶，各家各户有了相对独立的生活空间，但过去的爱恨、生活中的枝枝丫丫却交织在一起，有时候也很难割裂开来。分家之后，种地少了，但每到农忙季节，还是忙不过来，他们不得不相互帮忙。二老爷家人口多，对其他人家的帮助最多。有时候李丫子在外忙农活，会把孩子留给二太太照料。李丫子经常请四老爷干农活，出于感激，李丫子给四老爷做了一双鞋。

这天中午，李丫子刚出门，看见大太太抱了她堆放在门口的柴火往回走。

"丫子，我正做饭，灶火里没烧的……过几天我拾了烧柴，再还给你。"大太太说着，不管李丫子答应不答应，匆匆地向她家走去。大太太嘴里说着好听的话，但她拿走的烧柴不知有多少了，也没见她归还过。

李丫子的心里很不舒服。

黄昏时分，李丫子砍了一捆柴，她正想背回家，远远看见四老爷走了过来。她忘了手里的活，愣愣地看着他。

四老爷走到了她面前，她鼓足了勇气说："四老爷……"

四老爷没说话，他利落地捆扎了柴火背到了肩上，然后看了她一眼说："回家吧……"

她顺从地跟在了他身后，向家里走来。但四老爷的脚步快，她很快就落在了后面。四老爷站住了，直到她跟上了他，他又迈开脚步向前走去。

她又很快看了他一眼，说："你……你咋不穿我给你做的鞋？是不是我做的鞋不好？"

"我舍不得，打算过年穿。"

"你穿上嘛！过年还早着呢，我再给你做！"李丫子说完，很不自在地用牙咬住了嘴唇。

四老爷点了点头，说："嗯……"

四老爷把柴捆放在了李丫子的门前，说："快点做饭吧！天都快黑了……"说完，他转头就走。

"四老爷……"李丫子看着胡生宝的背影情不自禁地叫了一声。

胡生宝回过头来，愣愣地看着她。

她的两只眼睛一眨不眨地看着他，说："六少爷一到晚上就咳嗽，你能不能过来看一下……"

"我吃完饭就过来……"

李丫子又低声说："你……在这里吃饭吧！"

四老爷好像没有听到她的话，他迈开两条长腿，很快消失在了朦胧的暮色中……

四老爷赶到李丫子住处的时候，四周已是一片墨色。她点亮了油灯，小屋里亮起了昏暗的灯光。其实六少爷并没有生病，她就是想和他说说心里话。说着说着，他们相拥在一起哭了。后来她干脆吹灭了灯，倒在了他的怀里……

两颗心终于融合在了一起，四老爷决心和李丫子一块儿过日子，他很快把这件事说给了二老爷。

二太太对这桩婚事模棱两可，二老爷却立马答应了下来。二老爷知道，李丫子年纪小，还得拉扯六少爷，没有人帮扶，以后的日子还不知道能不能过下去呢。四老爷是个大能人，只要他对李丫子有意，那就是一件大好事，

278

二老爷正好了却了一桩心愿！


# 67


二老爷和二太太正在为一大家子的事忙里忙外，"蒋亲家"又忽然托人提亲了，二太太在媒婆面前把"蒋亲家"从头到脚数落了一顿。这件事就像在二太太的伤口上又撒了一把盐，他们两口子一连几天都没有好心情。

黄家二少爷又生了一个男孩，二老爷和二太太赶过去贺喜，第二天一大早，二太太急着回家，黄家又客气着上了茶，吃喝之后他们才驾着车向家里赶来。

进了门，二太太一眼就发现高盈盈正在院子里晾衣服。看见二太太进了门，高盈盈赶紧放了手里的活，走过来叫了一声："二太太……"

二太太瞥了一眼高盈盈就把脸转了过去，说："谁叫你跑到我们家来了？快点儿滚！别在这里惹讨厌！"

高盈盈嘴巴慢慢地说："我帮家里洗了一下衣服，我这就走。"

二少爷赶过来，说："妈，盈盈给我们家帮忙，叫她吃了饭再走嘛！"

"谁叫她帮忙了？我们家的人没有手？我们家的人不会洗衣服？快点滚！"

高盈盈看了看二少爷，又看了看二太太，说："二太太，我这就走……"

妞妞却跑过来，拉着盈盈的手，央求说："妈妈，把盈盈姐留下吧！我不让她走……"

二太太越加生气了，她走过去，一把拉开了妞妞的手，说："以后不许沾染我家妞妞！把我家妞妞教成你那副德行，我们全家都得丢人现眼！"

高盈盈回望了一下欲言又止的二少爷，看了一下妞妞，又看了一下二太太，慢慢地出了门，一步一回头地走开了。

二太太拿起了一把扫帚，从院子中央一直扫到了门外，她想把高盈盈留在家里的晦气扫除干净！

因为心里有气，再加上天气忽冷忽热，二太太感到头重脚轻，吃喝之后，休息了一阵子才觉得略略好受了点。

## 68

就在四老爷和李丫子越走越近、高盈盈和二少爷偷偷幽会之际，三太太和阿五也在频繁地你来我往。

三太太早就对庄园里的日子厌倦了，现在没有了庄园的束缚，没有其他眼睛的打扰，她显得一身轻松。除了忙农活、忙家务之外，到了晚上，她就可以放心地到阿五的屋里过夜。阿五帮三太太干活，她会把饭食送到地里去。敏感的人们早就看出了其中的玄机，开始对三太太和阿五指指点点，窃窃私语。

分家之后，大太太把精力都放在了自己的小家庭上，她怕自家的境况落在别人家的后面，更怕别人笑话她家。因此，好长一段时间她都没有心事理会他人。但人们对三太太和阿五的议论还是引起了她的注意。

三太太和阿五的关系还真叫大太太说不清道不明了：阿五捡回来的柴火大都送到了三太太的家里；三太太做了饭也要给阿五送过去；有时候阿五给三太太平整田地，他们会坐在一起吃喝，又说又笑……

这还不算，大太太特地观察了一下，发现了更加可怕的事：有时候到了晚上，四下里安静下来以后，三太太会扭着细腰，溜到阿五的屋里去。她凑到阿五的门口，听到他们说了一阵私心话，然后屋子里就传出了他们俩的嬉笑声……

这一对狗男女俨然成了夫妻了！大太太随即明白了，原来阿五就是三太太以前的野男人！

虽然一品庄园已经被现实瓜分得支离破碎，但他们同出一门，三太太这种不顾廉耻的做法，等于在胡家先人的脸上抹锅烟子呢！大太太心急火燎地把看到的一切都告诉给了二老爷和二太太。

他们合计了一下，却拿不出应对的好办法：不说吧，他们胡家的名声会越来越臭。说吧，又怕三太太倒打一耙，如果三太太反咬一口，他们谁也下不了台——三太太历来桀骜不驯，一旦撕破了脸皮子，不要说他们几个人无力还手，只怕连招架的招数都没有！

二太太本来就因为前面的几件事而烦恼，她的病时好时坏，听了三太太的事，她开始发烧，恶心，不思饮食，最后竟然卧床不起。

大太太却不死心，当三太太再次溜到阿五的茅草屋里的时候，她就开始在三太太回家的路上徘徊。直到三太太从阿五的屋里出来、心满意足地哼着曲子回家的时候，大太太不声不响地挡住了她的去路。

黑漆漆的路上忽然多了一个挡路的东西，三太太吓了一跳，心跳也不由得加快了。她不知道眼前的这个黑东西想干什么。

大太太干咳了一声，说："看见你出了门，我放心不下。深更半夜的，你上哪儿去了？"

听出来是大太太的声音，三太太倒放心了，但对大太太的超乎寻常的"关心"，她又窝了一肚子火。她结结巴巴地说："我……我到外面转了一圈儿。"

"哟！那你一定是转昏头了！要不，你咋能转到阿五的被窝里去呢！"眼看三太太背着牛头不认赃，大太太毫不客气地把她的丑事点了出来。

三太太的脑子里轰的一下，骤然紧张起来——看样子她和阿五的事已经叫大太太发现了！但她随即又镇定了下来：她和阿五来往，那是他们两厢情愿的事，大太太也太爱多事了！于是她没好气地说："大嫂，既然你看见了，我也就不用藏着掖着了。我看上了阿五，阿五也看上了我，我们两个相好都好长时间了。哼！如果你敢在别人面前说三道四，我就说你也跑到阿五的屋里去了，然后你就诬陷我……"

大太太气得浑身发抖："你这个臭婊子！偷了野男人还有了理了？"

三太太不再理会大太太，她迈开脚步向前走去，走了几步，她又回过头来说："我不怕'臭婊子'这顶脏帽子。如果你敢胡说八道，我叫你比臭婊子还臭！"三太太说完，径直向家里走去。

大太太想叫三太太出丑露怪，但三太太的一番话，却像使了定身法似的，把大太太定在那里动弹不得了！遇上三太太这种不要脸的东西，大太太完全变得束手无策！

大太太把事情告诉给了二老爷，二老爷好半天说不出一句话来：三太太和阿五的事由来已久，三老爷活着的时候，三太太就和阿五打情骂俏，现在三老爷不在人世，她的心早就野了！八面威风的一品庄园都拴不住她的心，眼下又分门立户，他二老爷哪能管得住野性十足的三太太呢？最好的办法就是叫他们名正言顺地一块儿过日子，这样一来，既能堵住传闲话的嘴，也能避免三太太溅他们胡家一身脏水。

二老爷想尽快把四老爷和李丫子、三太太和阿五的事情办理完毕，只因二太太的病一直不见好转，尽管他被外面传得风一阵雨一阵的丑闻折磨得焦头烂额，但是他还是不得不把这些丢人现眼的事放到一边。一切都要等到二太太的病好了之后再说。

二太太的病情逐渐好转，能下炕走动之后，她到各个屋里走转了一圈，只见屋里收拾得干干净净，亮亮堂堂。她以为她生病之后，家里的一切都乱了套……唉，看样子儿女们都长大了！

"别只顾夸自己的儿女，这些都是高家丫头的功劳呢！洗衣做饭、收拾房间、打扫院子，就连熬药、送茶水大都少不了她……看来那丫头天生就是我们的儿媳妇。"二老爷慢悠悠地对二太太说。

听罢二老爷的叙说，二太太好半天说不出话来……

二老爷和二太太按照乡俗热热闹闹地给二少爷和高盈盈办了婚事。

不久之后，四老爷和李丫子，三太太和阿五也在同一天举行了婚礼。一切都很顺利，但第二天早上，他们两家门口的喜联却变了样。阿五门口的对子变成了"主仆颠倒作鸳鸯，新旧混乱度春宵"，还加了横批"要人不要脸"。胡生宝门口的喜联换成了"送走大老爷迎来小叔子，当完二姨太又做新媳妇"，横批是"骚货"。

"春宵一刻值千金。"虽说阿五和三太太早有往来，但这是他们正大光明地的"春宵"，他们起得稍迟了一些。走出房门，阿五就听到门外有吵吵闹闹的声音，推开院门一看，只见门口围了一群人，正冲着他家指指点点。阿五还以为这些人是给他贺喜来的，忙着给大家还礼。可是众人看着他却不说话，一个个露出了皮笑肉不笑的神态——分明是在嘲笑他！顺着大家的目光看过去，阿五把眼睛盯在了门口的喜联上。他不识字，但看得出来，门口的喜联被人换了。他问别人上面写的啥，大家不说话，只是笑。阿五觉得不对劲，赶忙把二老爷叫了过来。

二老爷看了一眼喜联，马上变了脸，伸手就要把对联撕下来。三太太也对众人的吵闹感到莫名其妙，看见二老爷的举动，她已经明白了八九分。她执意要二老爷把上面的话读出来。

二老爷难为情地说："都是些不好的骂人话，不用念了……"说着又要撕那幅红联子。

三太太干脆挡在了二老爷面前，说："骂人的话咋了？我以前都不知挨过别人的多少骂了，时间长了不挨骂还觉得有点不舒服呢！别人都知道了，撕不撕都一个样。上面到底写的啥？"

二老爷只好把上面的话小声说了出来。

三太太打了一个寒战，但她很快又平静了下来，叫二老爷和阿五都进了屋。

阿五像霜打了的树叶一般蔫头耷脑，唉，人言可畏，虽说他光明正大地娶了个老婆，但出了这桩丑事，他一辈子都没法在人面前抬头了！

"哪个王八羔干的缺德事，看样子先人就不是个好东西……"二老爷不知怎么安慰阿五和三太太，只好漫无目的地咒骂了一句。

"二哥，你不用埋怨别人，哪个庙里没有几个龇牙鬼？你已经帮我们走到这一步了，我知道怎么办！"此时三太太显得异常镇静，说完她又对阿五说："阿五，我只问你，你到底爱不爱我？你愿意不愿意和我过一辈子？"

唉，这种话他都不知道说过多少了！可是这种话说得再多也堵不住说闲话的嘴啊！阿五不说话，一脸丧气。

"阿五，只要你心里有我，你就抱着我到门口转一圈，我们都成了两口子了，我看哪个王八羔子敢说三道四？"

二老爷目瞪口呆，阿五也张大了嘴——别人都已经说闲话了，如果他再抱着她出现在众人面前，还不叫别人笑掉大牙！

三太太生气了："阿五，你是不是个男人？要不是个男人，今后你自个儿过日子，我和你一刀两断！要是个男人，你就照我说的做！"

阿五愣了一下，什么也不想了，他猛地抱起三太太，大步走到了门口。

众人看见阿五抱着三太太走出房门，一下子惊呆了！

三太太看了看围观的人，故意搂紧了阿五的脖子，还在他的脸上亲了一下。而后她大声喊叫着说："阿五，我马惠儿这辈子生是你的人，死是你的鬼！有人说我们要人不要脸，我们就是不要脸，我这一辈子就是要阿五这样不要脸地抱下去呢！我要活活气死那些爱说闲话的王八羔子！你们还有什么话说？说呀，你们快说呀！"

围观的人几乎不识字，他们是跟着好事者围在一起看阿五和马惠儿的笑话来的，没想到这一对儿"要人不要脸"的人比众人想象的更不要脸。众人一下子变成了没嘴的葫芦，笑与被笑的角色都几乎颠倒过来了！真是打狐不成惹了一身骚，晦气透顶了！众人倍感扫兴，一个个垂头丧气地走散了！

胡生宝和李丫子却没有三太太那样镇定，知道门口的喜联变成了骂人的话，李丫子早就哭成了一个泪人儿了。她还想着过几天舒心日子呢，可是有了这顶帽子，哪里有她的好日子过？

胡生宝蹲在地上长吁短叹：虽说他们有情有爱，但有了这个坏名声，他们都不能见人了！

就在众人议论纷纷的时候，胡生宝和李丫子蜷缩在屋里，他们不敢出门，更不敢面对那些笑话他们的人。

二老爷知道他们脸皮薄，不能应对这种尴尬的场面，只好把事情说给了阿五和三太太。三太太对阿五耳语了一番，阿五很快出门去了。

阿五急匆匆地来到胡生宝的门前，有个五大三粗的家伙正冲着门口一声一个"骚货"地哄笑。阿五也不说话，一把揪住那个人的领口就是一阵疾风暴雨式的嘴巴，还嚷嚷道："大清早的，你骚什么骚？骚你妈去吧！"

那个人一下子蒙了！他想逃离这个是非之地，但阿五壮得像一头牛，他没能挣脱阿五的手，倒多挨了几个嘴巴。当阿五松了手之后，他扭头就跑。其他人也都一哄而散……

# 69

转眼十多年过去了。

胡家虽说有土地，但连年灾害，他们的光景每况愈下，土地陆续出卖。五年前洪水泛滥，一品庄园遭受了水灾，经洪水多日浸泡，东、西、北三面的大墙轰然倒塌，只有南墙连同大门孤零零地挺立着。

胡生宝已经完全融入了这一片土地：大西北的风雨让他的容颜带上了沧桑的色调，手掌上也结了厚厚的老茧，同时他的身上也多了几分刚毅和坚强。现在他成了一个普普通通的西北汉子，多年的奔波练就了一副钢筋铁骨，也让他学会了家庭担当。他经常在风雨之中忙碌，日晒雨淋已经成了家常便饭。为了能多收入几颗粮食，他整日在地里劳作。他喜欢看书，家里的医书越来越多。有时候他也想亮出他的医术大干一场，但这种想法很快又会泯灭。他觉得现在仍旧是一个风云变幻的时代，他不想拿自家的医术招摇。种地之外，胡生宝经常被别人请去看病，只不过他很少收取钱财，能混一顿饭食，他知足了。

李丫子，曾经的花仙子，胡家大老爷的二姨太，和胡生宝生活在一起后，一直恩恩爱爱，除了胡有武，他们又生了两男两女。李丫子性情温顺，胡生宝说的话她向来言听计从——当年她火一样的情、潮水一样的爱和花儿一样的美艳的外貌都转化成了家庭的温馨和对家人的关爱。每次吃饭的时候，李丫子总会把第一碗饭端给胡生宝。胡生宝常常盘腿坐在炕上，心安理得地享受妻子的饭菜，也享受着家庭带来的温暖。虽然日子过得很清苦，但几个孩子并不完全知道生活的艰辛，常常在嬉笑打闹中，一顿饭也就吃完了。看着孩子们一个个活泼可爱，李丫子的心里就会升起一丝暖烘烘的感觉。

大太太早就没有了当年的棱角，胡有华开始当家，阿五的名下也添了四个孩子……

## 70

夏收就要开始的时候，人们传言说国共两党又开始打仗了。此后有关打仗的消息不断从外面传了过来，一会儿说共军吃了败仗，一会儿又说国军吃了败仗，一会儿又说大部队要开到这里来了，这里很快就会变成战场……

就在打仗的消息传得风一阵雨一阵的时候，乡公所开始大规模地征兵了。有关详情迅速通过县政府、乡镇公所传了下来。后来保长、甲长直接走门串户，展开了宣传攻势。

胡有文正值当兵的年龄，听了当兵的种种好处，他早已心动，并在宣传处写下了名字，接着他又竭力鼓动胡有武一同去当兵。胡有武对当兵也有几分向往，加上胡有文说只要当了兵，就能吃上大肉和白面馍馍，他也蠢蠢欲动。

得知胡有文和胡有武报名当兵的消息，胡生宝吃了一惊，这几乎是一件石破天惊的大事，他根本不能做主！前几年胡有富和胡有贵当了兵，后来死在了抗日的战场上。而今却是自家人打自家人，他们不知道双方的对错，也不想凑这份不明不白的热闹。但胡生宝知道，仅凭他的本事，管不住胡有武，更管不了胡有文。胡生宝心急如焚，好在多吃了几年二月二的馒头，他心里慌着，却并不乱。他一面和胡有华安抚着胡有文和胡有武，一面叫人连夜到东马岗去找胡生银。

胡生宝安顿李丫子尽可能把饭食做得好一些，就这样，他还是不放心，眼睛警惕地盯着胡有文和胡有武，焦急地等着胡生银的到来。

第四天天快黑的时候，胡生银才赶回家里。胡生银、胡生宝和胡有华很快形成了一派，坚决反对胡有文和胡有武去当兵！

但胡有文态度很坚决：他和胡有武都已经商量好了，再过几天他们就到乡公所登记报名！

一时间，整个胡家都为说服他们俩而发愁。

就在胡家的两派人在当兵的事情上相持不下时，忽然传来了一个令人震惊的消息——下坝区那边因为没有完成征兵任务，保长、甲长带着上面派来的士兵抓壮丁。谁知被抓的人挣脱了保长、甲长，顺手操起了铁锹，砍死了一个当兵的。另一个当兵的开枪打死了那个人，还打死了这家的女人。尽管上面竭力压制这件事，但社会上已经传得沸沸扬扬，说上面派来的士兵，连同保长、甲长都是十足的土匪！还说被抓去当兵就等于当了土匪！

胡家人最痛恨的就是土匪！既然当兵和当土匪一样，当了兵不就等于当了土匪了？胡有文和胡有武顿时失去了当兵的兴趣，而且对所谓的兵也厌恶起来。胡家人都长出了一口气，觉得轻松起来。

但现实好像刻意和胡有文、胡有武过不去，他们想着当兵没当成，但他们厌恶当兵的时候，偏偏又逃不出当兵的命了。

天气越来越冷，再过十天半月就应该到冬至节了，打仗的消息越来越多，征兵的事也更加紧张了。尽管保长、甲长做了很多鼓动宣传，但人们对当兵并没有多大的热情。眼看无法完成征兵任务，上面决定推行三丁抽一的办法：也就是一家人当中，每三个壮丁里就要出来一个当兵的。如果在限定的时间里没有登记报名，上面就会派下人来，强行抓走。这就是人们熟知的、在解放战争时期国民党的军队补充兵员的一种普遍的做法——抓兵。说的是三丁抽一，但家里有三个壮丁的，大都叫壮丁躲藏到外面去了，抓丁的人到处瞎跑抓壮丁，却又很难找到所要找的人。后来三丁抽一变成了二丁抽一，再后来几乎变成了见丁就抓的地步，搞得凡是有壮丁的人家惶惶不可终日。

胡有武自然在抽丁之列。按理说胡有文可以不去当兵，但他却是登记在册人员，理应在规定时间内报名入伍。

期限已过，不见胡有文和胡有武报名，保长、甲长决定上门把这两个人抓起来，然后直接送去当兵。

有人向胡生宝透漏了消息，胡生银和胡生宝提前把两个人送到外面躲了起来，抓兵的人扑了个空。那一帮人翻箱倒柜，四处寻找，最终也没有找到他们要找的人，只好骂骂咧咧地走了。

胡有文和胡有武早上起来就被家人送出了门，躲了起来。天气越来越冷，加上肚子饿得前心贴到了后背，胡有文和胡有武撑不住，天黑以后他们悄悄溜回了家。他们两家都不敢点灯，摸黑端出了给他们留的饭。他们两个狼吞虎咽地吃了起来。

胡有文正在吃饭，忽然门外传来了吆喝声，二太太出门一看，只见院子周围都亮起了火把。二太太知道是抓兵的来了，她赶紧返回屋里，在胡有文的手里塞了一个馍馍，胡生银拉着胡有文出了房门。外面到处是人，逃是逃不掉了，情急之下，胡生银打开了菜窖，胡有文赶忙钻进菜窖里去了。胡生银盖好了窖门，这时外面敲打院门的声音一阵紧似一阵，那个阵势好像再不开门，就要破门而入了。胡生银的心咚咚乱跳，他定了定神，嘴里说："别急！来了！来了！"他在意识混乱之中忐忑不安地开了门。

已经有人从外面爬上了墙头，院子里被火把照得如同白昼。保长、甲长带着一帮人气势汹汹地冲进了屋里。胡生银也跟着进了屋。

"胡生银，说！你把胡有文藏到哪里了？"

"保长，胡有文是我儿子，前几天他就出门去了，我也不知道他到哪里去了！他都好长时间没回家了，我也急着找他呢！"

"胡生银，不要怪我不近人情，我也不想当这个人见人骂的破保长，可是没办法呀！说不定明天你就是这里的保长了……快把人交出来！如果不老实，就把胡有华抓走！"

胡生银强作镇静地说："保长，我真的不知道胡有文到哪里去了。"

保长变得不耐烦了，他手一挥，说："搜！"于是跟随他的一帮人立马行动起来。那些人拉被子、翻东西，仔细端详着屋里的每一个人。家人一个个惊慌失措，好像十多年前遭匪的一幕又要在他们家上演了！他们搜完了每一间屋子，并没有发现胡有文！

胡生银心里踏实了些，为了把这帮如狼似虎的人打发走，他赶忙说："保长，胡有文真的不在家，他出门都好几天了！"

保长瞪了一眼胡生银，没有说话。他又问旁边的那个人："你真的看见刚才有人进来了？"

"保长，我看得真真切切，就是有人进来了！"

"奇了怪了，既然进了院子，他能长翅膀飞了？再搜！"保长又下了命令。

那些人又像之前那样仔细地搜了一遍，仍旧一无所获。

保长走出了屋子，他的眼睛扫视着每一个角落，忽然他的眼睛停在了用麦草遮挡的菜窖口。他向前走了一步，说："把这个打开！"

有人上前搬走了麦草，火把对着了窖门口，有人已经开始下到窖里去了。

不一会儿，那个人探出了脑袋，说："保长，胡有文就在窖里藏着呢！"

胡生银软绵绵地倒在了地上。

保长心里高兴起来，他随即转过身来，凶巴巴地说："胡生银，你的胆子越来越大了，公然和国民政府对着干，我回去就把这件事向乡公所反映，叫你吃不了兜着走！"说完，他对另外的人说："把胡有文揪出来！"

胡有文很快被人从窖里拉了出来，只见他土眉土眼，精神疲惫，活像抄了窝的老鼠一般狼狈。

那些人很快把胡有文捆了起来。这场面不像去当兵，倒有点像押赴刑场的样子。胡生银和二太太都已经忘记了害怕，他们挤过来，拉住了儿子的衣襟，哭成了一对泪人儿。

这是一个生离死别的时刻，胡有华和高盈盈都跑出来安慰自己的父母亲。他们不知道什么时候才能相见，也不知道今生今世能不能相见。听人说有的人前一天当兵，第二天就会死在战场上。

胡有文却并不觉得害怕，他原来就有当兵的打算，只是他不想当土匪兵罢了。看到全家人为他难过，他反倒显得镇定了："爹，妈，二哥，二嫂你们都不要难过！我是去当兵呢，不是去当土匪。你们不要怕，说不定再过几年，我还真的能当上将军呢！到时候我一定回来看您！"

保长一下子高兴起来，伸出大拇指说："这话说得有志气！不愧是红柳墩大户人家的后代！对！你不仅要当兵，还要当个好兵，给你爹妈争气，也要给我们红柳墩争气！立了功，我们都给你们家贺喜！"

胡生银和二太太哭得更伤心了。二太太从屋里拿出一根红头绳系在了胡有文的纽扣上，乡里人认为这样就可以逢凶化吉，遇难呈祥。

抓了胡有文，保长也不停留，他们押着胡有文赶到胡生宝的家里，打探抓捕胡有武的事。

# 71

胡有武一边吃饭，一边给父母诉说一天来的苦情：冻得两脚发麻，饿得两眼发花……李丫子心疼地看着儿子扒拉完了饭，又给他端来了一碗炒面（粮食炒熟后磨成的面粉，是当时常见的干粮）。

从胡有武进门的那一刻起胡生宝就显得心神不宁：保长已经来过了，如果这时候他们带人冲进来，就算胡有武有三头六臂的本事也逃不了！因此，在李丫子照料儿子吃饭的时候，胡生宝却站在院门外，两只眼睛警惕地打量着周围的动静。

胡生宝正在乱哄哄地想心事，忽然发现不远处有个黑影闪了一下，他赶紧问："谁？"

那个黑影很快消失在夜色中不见了。

胡生宝立即警觉起来，他急匆匆地冲进屋里，说："快！快！土匪来了！"

"啊？土匪来了？又是哪儿来的土匪？"胡生宝的话把李丫子吓了一跳。

"哎呀！抓兵的来了！家里不能待了！六娃，快跑！跑得越远越好！"胡生宝急急地说。

"抓了就抓了吧，外面又冷又饿。"胡有武满不在乎地嘟噜着。

"犯什么傻呢？冷点儿、饿点儿怕啥？抓了兵就等于当了土匪，都没法正大光明地活人了！听你爹的，快跑吧！"李丫子听清了原委，赶紧催促胡有武。

眼看胡有武坐着不动，胡生宝拉起儿子的手就往外跑。到了屋外，胡有武又回过头来大声说："妈，给我个馍馍！"

胡有武的话叫胡生宝的火气直往上涌：现在都到火烧眉毛的时候了，你等馍馍，土匪一样的保长会等你？没馍馍有什么要紧，一时半会儿也不至于饿死！

李丫子已经拿了馍馍，急匆匆地赶了出来，把馍馍塞在了儿子的手里。胡有武揣了馍馍，他爹已经拉着他向外跑了。出了院门，胡生宝把儿子推了一把，说："快跑！到北面的柴湾里去，我们不找你，你不要回来！"

胡有武极不情愿地迟疑了一下，迈开大步消失在了夜色中。

李丫子已经抽泣起来。胡生宝回到屋里，赶忙说这个时候不但不能哭，而且还要把胡有武刚才吃饭时留下的痕迹收拾干净。李丫子擦了眼泪，刚收拾了碗筷，已经有人冲了进来。那些人在屋子里搜了一阵，没有找到胡有武，就把胡生宝和李丫子恫吓了一阵子，最后撤走了人马。

一切都恢复了平静，胡生宝的心里胡乱地想了一阵子，又生了一阵子闷气。胡生宝憋了一肚子的火气却不好发作：胡有武名义上是他的儿子，实际上是已故大老爷的骨肉，每当胡有武做了错事的时候，胡生宝只有心里生气，嘴上却很少说一些怨天怨地的话。毕竟不是自己的亲儿子，平时的言语中，他轻不得，更重不得呀！但一想到外面的寒气，他又觉得在这样的天气里把儿子撵在门外太没有道理了。想到这里，他穿好了衣服，提了锄头、铁锹出门去了。

胡有武逃出家门后并没有走远，他躲在附近的灌木丛里，一边啃着馍馍，一边拨开灌木的枝条，关注着外面的动静。打着火把的人到他家扑了个空，然后和他五哥家出来的人混在了一起。瞧！十人八马地围着他五哥呢！哎呀！他们还把他五哥用绳子像捆犯人一样捆起来了！都这时候了，还怕他跑了不成？简直是欺负人呢！

一个馍馍很快就咽到肚子里去了，可是并不见饱。他把手伸进兜里，兜里什么也没有了。娘也太吝啬了，才给了他一个馍馍，她应该知道他已经饿了一天肚子了！唉，要是再有个馍馍那该多好！

别说一个，就连半个也没有！平时家里的馍馍虽然不多，但也不至于叫他这般饥饿。家就在眼前，他却不敢回家，那些明火执仗的家伙刚离开他家，说不定还留了眼睛盯着他，只要他一进门，那些人就会扑过来。

五哥被这伙人抓走，不知道明天要把他送到什么地方去呢！干脆跟着这些人看一看，只要有机会，就把五哥救出来，然后他们两人连夜逃走……

那些人带着胡有文走进了邱家店，店门很快关闭。

邱家店由两个院落组成，南面一个是住人的客店，北面一个是专门停放车马的车马店，两个院落虽然同属一个店家，却互不相连，中间隔着一个二十多步的通道。高大的院墙把胡有武挡在了外面。不要说救他五哥，他五哥关在什么地方他都完全搞不清了！夜深人静，除了天上的星星，看不见一丝灯光。胡有武绕着邱家店转了两圈，想不出一点儿有用的办法。这时他看见车马店的北面有一棵高大的歪脖子树，他爬上树，想一看究竟，但那棵树还是比院墙低一些，他只能看到车马店里摞起来的一垛一垛的草，比庄园的墙还高。一个邪恶的念头涌了上来：救人看来是没有办法了，干脆放一把火，把车马店烧了！烧死那帮人的骡马，看那帮狗日的还敢胡作非为！

要烧死这些坏家伙的骡马，也得有火才行，可是他手里没火，就连附近也没有火，他决定到家里找火种。邱家店离他家有四五里路，胡有武一路小跑着回到了家里。这可把李丫子吓坏了！她埋怨胡有武不知好歹，只是她像做贼一样，紧张而又偷声偷气地唠叨着，不敢大声说话。偏偏这个时候胡生宝也不在家，她唯一能做的就是赶紧叫不知好歹的儿子离开这个是非之地。

"我取了火就走。外面那么冷，没有火，还不把我冻死？"胡有武编造了一个听起来很有道理的借口。

李丫子没有理由拒绝儿子，她在灶火里拨了两个火星，放在柴草中间，递给了胡有武。胡有武接了火种丝毫不敢拖延，急匆匆地出门去了。

胡生宝一直走到了北面的柴湾里，找到了一处废弃的地窖——可容两人躺卧，洞口又在灌木杂草之中，应该是一个很安全的栖身之地。他把地窖收拾了一下，又在上方加了柴草，铺了沙土。忙完了这些，胡生宝才拖着疲惫的双腿回到了家里——此时，其他孩子早已熟睡了。

李丫子把胡有武回来要火种的事讲了一遍。胡生宝正在埋怨胡有武，胡有武却不声不响地溜进了屋里——这次胡有武没有敲门，他家的院墙并不高，他是翻墙进来的。进了门，胡有武兴冲冲地说："爹！我放了一把火，那些狗日的骡马，都应该叫我烧死了！"

"啥？你说啥？"胡生宝没有听明白儿子的话，但他知道儿子并没有干什么好事，他把嘴巴张得老大，一脸惊恐地问。

"那些狗日的抓走了五哥，我想把五哥救出来。可是他们住进了邱家店，店门也关了。我一看救不出五哥，就把车马店烧了。现在的大火都烧到天上去了，那些狗日的骡马很快就会烧死了！这就是他们胡乱抓人的报应！"胡有武说话的语气里带着报复之后的痛快。他想，他爹妈一定会夸奖他！

李丫子的脸上落了色："啊呀！六娃，你闯了大祸了！"

胡生宝赶紧叫她打住了口，说："六娃这下闯下祸了！要是叫外人知道，六娃没有活人的希望了！这事只有咱三个知道，谁也不能乱说，更不能说六娃半夜取火的话。你把家里的馍馍都装上，我连夜把六娃送走。"

李丫子不敢怠慢，赶紧把屋里所有的干粮都装到褡裢里。胡生宝给李丫子叮嘱了一番，带着胡有武匆匆离开了家。

胡有武心里害怕着，但也有几分高兴。从家里拿了火种后，因担心一个火种不够用，他又做了两个火种，先后扔到了草垛上。他幸灾乐祸而又心满意足地看了一阵火光下的热闹，然后拔腿向家里跑来。叫那帮狗日的忙活去吧！

他兴冲冲地跑回家，满以为他爹会夸奖他，但叫他没有想到的是他爹不但没有夸奖他，还说他闯祸了。冒失的行为已经制造了大麻烦，他失去了自作主张的权力，只能看他爹的眼色行事了。

胡生宝把胡有武带到了北面的柴湾里，看着他藏进了地窖，又给他叮嘱了许多事，才返回了家里。李丫子的眼睛都哭肿了，胡生宝好说歹说，李丫子才止住了哭。胡生宝害怕李丫子的哭叫引来别人的怀疑，也害怕其他子女嗅出不正常的气味来。这样的事知道的人越少越好……

这场大火烧掉了两个草垛、三间房屋，还烧死了一匹骡子。事后追查责任，谁也说不清楚起火的原因。店里请来了打踪的高手，想从现场留下的脚印寻找罪魁祸首，但整个晚上，几十号人跑出跑进，而且里里外外铲土压火，脚印早就无法辨认。保长、甲长一面埋怨邱家店有意烧死他们的骡马，另一面催着店家赔偿损失。

店家百思不得其解：是谁干了这种缺德事？当天最后一批住店的是保长、甲长，他们还绑着个胡有文。听说他们还想抓胡有武，只是胡有武跑了。议论来议论去，店家把怀疑的目光落在了胡有武的身上，此时保长、甲长也在四处打听胡有武的下落。胡有武一下子被推到了浪尖风口！

因为风声紧，胡生宝和李丫子惦记着儿子，却一连三天不敢去看胡有武。出门的时候只带了馍馍，连喝的水也没有，整天钻在地窖里，时间长了说不定都能闷死在里面呢！无奈之下胡生宝只好叫阿五给胡有武送了一次水。

又过了两天，忽然有人说在东外河附近发现了死人，有人说是冻死的，有人说是饿死的。这年月冻死人饿死人不是什么新奇事，但死了人到底不是小事，人们难免把这件事挂在嘴上议论了一阵子。

听到这个晦气的消息，胡生宝的心里一下子变得苍凉而慌乱。自从那天他把胡有武送到柴湾，就再也没敢见那个惹祸精了，十有八九是胡有武忍不住寒冷饥饿，死在河滩里了！李丫子再一次哭得死去活来，唉，这个女人的难肠事太多了：先以二房的身份嫁到胡家，受尽了煎熬。最后跟了胡生宝，算是过上了正常人的日子，眼看儿子成年，可是谁又能料到，她的儿子会冻死在荒郊野外！

胡生宝撇下长哭短嚎的李丫子不管，出了门，拉上他二哥，直奔东河沿去了。

胡生宝顺着别人指点的方向找过去，在东河沿西面的一处河滩里找到了一具尸体，但这个人明显不是胡有武。胡有武只有十八岁，而眼前的这个人足有三十多岁，而且身上的穿戴也截然不同。但胡生宝看到尸体立马放声大哭起来，有几个人看到这场面还以为眼前的死者真的就是胡生宝的儿子。接着胡生宝和胡生银一起动手，找了一块碎席片，把尸体裹起来，就地草草埋葬了。

听说胡生宝埋了胡有武，人们才纷纷传言说，胡有武已经死了。

胡生宝又给胡有武送了茶水饭食，胡有武暂时算安全了，但这种钻地窖吃冰饭的日子总归不是长久之计。胡生宝彻夜难眠，知道真相之后，李丫子不再像以前那样伤心，但她和胡生宝一样难以入睡。

胡生宝的脑子里烦乱得像煮了一锅粥，最后他心烦意乱地来找胡生银。

# 72

胡生银和二太太也处在深深的煎熬中，他们俩的眼睛都塌了下去，好像得了一场大病。二太太把胡生宝让进了屋里就躲到外面去了，自从胡有文被抓去当兵，她见了谁都不愿多说话。

"二哥，你也不能太煎熬了，我们不能都往坏处想，五娃好歹是去当兵了，说不定还能混出个人样儿来呢！"

"唉，五娃能有啥出息？走的时候都是五花大绑着走的！我闭上眼睛就能想起他走的时候的样子来。"胡生银摇着头唉声叹气地说。

"五娃是叫人绑走的，可是不管怎么说，那也是一条活路！六娃现在真的走到绝路上了，见不得人，露不得面，总不能这么过一辈子吧？我的头发都愁白了！"

"以前人们都说我们胡家的一品庄园是最好的，可是你看看，这也是好？大哥和三弟都死了，五娃和六娃又见不得人……这些年我们胡家门里的沟沟坎坎太多了！说到底，也是我们胡家的儿孙不争气，我们叫他们两个躲起来，他们连一个晚上也熬不过去，这能怪谁呢？你说，六娃咋就想到烧车马店了？"

"我在六娃的身上没少费心，可他就是不开窍。这些苦处又能说给谁听呢？打掉的门牙只有往肚子里咽了！六娃现在咋办，我真的没办法了！不知情的人说我虐待六娃，害死了他。"

"千万不要那么想！你把六娃抓养了这么大，没有功劳也有苦劳呢！别人说啥叫他说去，我还不知道底细？要不是你费心，说不定六娃和他妈早就离开人世了！唉……"说到这里，胡生银好像想起了什么，他向胡生宝靠了靠，说："你有没有听说过贩私盐的事？"

"听说过，只是没见过。"

"湖区边沿发现了盐池，有人把盐挖出来，用骆驼偷偷地驮运到青海、宁夏一带贩卖。虽说是触犯王法的事，但本小利大，做这个买卖的人还不少呢！听说即便出了事，多花几个钱也就没事了——也是为了活命啊！一个月以前有人想拉我入伙，要不，把六娃送到那里去！"

这倒是个好出路！这样一来，等于给胡有武安了翅膀，可以远走高飞了！至于将来如何，他也无法考虑了，现在要紧的是活命！胡生宝的心里亮堂起来了，说："那就尽快把他送过去！"

胡生宝和胡生银兴冲冲地回到家里，把事情给李丫子说了。李丫子却抹起了眼泪："那还不是个送命的营生，那个地方人生地不熟，渴了谁给茶水？饿了谁给饭吃？"

胡生宝只想叫胡有武平平安安地离开这个危机四伏的地方，吃吃喝喝的事他没有考虑过！李丫子的话，等于当头泼了一盆凉水！他立刻变得无话可说了！

胡生银倒好像胸有成竹，赶忙解释说："事情都到了这一步了，前怕狼后怕虎也不行！事情明摆着，六娃犯下的事，说重一点，杀头也够了。暂时窝在地窖里还行，一旦六娃撑不住，直接走出来，不只是六娃的命难保，只怕你们全家都要坐牢！我和四弟已经商量过了，跟着贩盐的那伙人，至少能救六娃的命呢！再说，好汉十七八，好牛六颗牙，六娃都已经十八了，如果他吃不了这份苦，那是他的事。你们两个能把他养活一辈子？最好尽快就把他送走！早一天送走，早一天安生！世道就是这么个世道，即便你不乐意，也得去做。我们也不想叫五娃当兵呢！他不还是叫人抓走了？我们胡家现在是个多事的人家，这是命！想当年我们胡家没有不如人的地方，可是我大哥和三弟都不明不白地走了！现在的事由不得我，由不得胡生宝，也由不得你李丫子！再这么拉扯下去，说不定我们胡家又要摊上大事了！"胡生银给李丫子讲了一大堆道理，说到伤心处，还掉了几滴眼泪。

李丫子无话可说了。胡家的两个响当当的主事人商议好的事，她还能说什么呢？再说，这也许是最好的办法了。

"我陪六娃一起去！他信马由缰惯了，一个人出门我不放心。"眼看李丫子放心不下，胡生宝打算把六娃交代妥当。

"那怎么行？家里的田地咋办？大大小小一家人交给谁？你是不是急糊涂了？"胡生银立刻反对道——他甚至有些生气，六娃的事是大事，但也不能为了一个人，把一家人的事都丢在脑后不管嘛！

"我想好了，现在还没到冬至节，距离来年开春种地还有三四个月的时间呢！如果顺利，两个月就该回来了。就算不顺利，三个月总该回来了。总之，不会耽误家里的事。"胡生宝说出了自己的想法。

"还是叫六娃一个人去吧，万一到了春种回不来，一家人的日子咋过？"李丫子又担心起家里的事了。

298

胡生银本来不赞成四弟的打算，但听了胡生宝的话，他又觉得胡生宝说的有道理。于是他很快同意了胡生宝的意见了："还是你这个当爹的想得周到！只是你要早点回来，就算那边的事办不完，到了时间，你就应该返回。"

"这个我知道呢！"因为胡生银同意了他的意见，胡生宝显得轻松起来。

李丫子不再说什么，却不由得呜呜地哭了。

胡生银和胡生宝悄声说着一些琐碎事，全然不再理睬哭泣的李丫子。唉，就让她哭吧！家里都乱成这样了，掉几滴眼泪是个什么大事儿？

接下来，李丫子开始准备出门的馍馍——家里没有太多的面粉，她把家里仅有的面都拿了出来。胡生银出面，叫大太太、马惠儿和二太太各出了两碗面。李丫子把这些面都做成了馍馍，又炒了两升干粮食。

设盘好了吃食，当天下午，胡生银就把喂了草料的骆驼拉到了北面的柴湾里。只要夜色来临，他就要把胡生宝和那个惹祸的侄子送往湖区。

太阳的最后一抹光亮消失在云彩背后，暮色渐浓，胡生宝匆匆而又警惕地来到了柴湾。胡生银已经做好了准备，三个骆驼早就武装起来，该带的东西也都捆扎在了鞍子上了。胡生宝对着地窖喊了一声，胡有武立刻从灌木中间钻了出来，只见他满身泥土，蓬头垢面——才八九天时间，就把一个正当年的小伙子变成魔鬼一样的怪物了！只不过这个时候他们谁也顾不得这些鸡毛蒜皮的事了。胡生银叫胡有武穿了羊皮大袄，脚上套上了羊皮脚套，他们每人骑了一峰骆驼，胡生银领头，胡有武居中，胡生宝殿后，急急地催着骆驼，向北面的湖区而来。

夜，静得令人窒息，星星疲倦地眨着眼睛，像没有睡醒的样子。四周的一切都好像进入了酣睡状态，无声无息。一个个沙丘在黑漆漆的夜色里似乎幻化成了一个个张牙舞爪的怪物，不断地向他们扑来，又不断地向他们身后退去。他们周围有许多星星点点的淡蓝色的火光，这些火光忽远忽近，忽聚忽散，跳动着，闪烁着，不断地变换着形态位置——这就是人们常说的"鬼火"。天，冷得有些怕人，虽然还没有"交九"，但天气已经像三九天一样寒冷。

尽管穿着羊皮大袄，但在一阵又一阵的寒气面前，他们还是觉得四处漏风，一会儿寒气钻进脖子里，一会儿寒气又侵入腋下，脚底下更像踏着冰块一般，他们不得不一次又一次本能地捂紧毛皮外衣，尽量把寒气挡在外面。恐惧和寒冷都是小事，他们想的是尽快赶路，快点儿离开这个四面都隐藏着危机的地方。虽然骆驼的脚步已经够快了，但他们还是嫌慢，胡生银时不时地用鞭子抽打着骆驼。只听得骆驼的脚步扑扑作响，身旁怪模怪样的沙丘一个个向身后退去，跳动的"鬼火"和天上的星星也一步步远去。一个多时辰以后，走出了红柳乡公所的地界，他们放松了许多，把骆驼拴在了一边，踩着脚暖和了一下身子，而后又骑上骆驼赶路了。

昼伏夜出，走走停停，停停走走，第四天半夜时分，他们来到了一个叫汪智的地方——听说几路盐帮都是这一带的人。

他们在野外过了一个晚上，天刚放亮，胡生银就开始打听罗帮的住处，但事不凑巧，罗帮在几天前已经到青海去了。

胡生银显得很焦急。这时有人凑过来说："罗帮出发不久，不过，不到两个月就能回来了。我们也是拉骆驼的，再过一两天准备进沙窝，然后去宁夏。干我们这一行的，入哪一帮也一样，要不，加入我们侯帮咋样？过几天就可以去宁夏府了。"原来贩卖私盐也分帮派，哪个帮派有哪个帮派熟悉而且固定的路线。

尽管说话的人十分热情，胡生银却犹豫不决。

那人好像看透了胡生银的心事，爽朗地笑着说："还怕我们是骗子不成？我们干这种营生都好几年了，本来不想走这条路，但这几年天时不好，庄稼有种无收，这种营生虽说辛苦，好歹也是一条养家糊口的路。干我们这一行的，不怕人多，就怕人少，只要有人有骆驼，我们几个帮开出的好处都一样，一人一驼，一路上的吃喝拉撒都管了。一趟下来，能分不少红钱呢！多的不敢说，一张嘴吃一年不成问题……我姓侯，别人都叫我侯爷。"

"您就是侯爷？我早就听说过了，失敬！失敬！"胡生银赶忙作了揖，说：

"听说侯爷还会拳脚呢！"

"在江湖上行走，多多少少总得能耍几下，要不，遇上小毛贼都打发不了！"

胡生银点了点头——这既是赞同侯爷的话，也带有对侯爷崇拜的成分。而后他又问道："只有人，没有骆驼咋办？"

"那就只能到沙窝里帮一帮手，把骆驼垛子装起来就行了——也能挣三五天的吃喝。"

"要是两个人一条骆驼呢？"

"啊呀！这种情况还是第一次听说呢！干我们这一行的，得用骆驼驮垛子呢！如果没有骆驼，也赚不来利啊！——两人一驼按一人一驼算账，管一个人的吃喝，领一个人的红利……"

胡生银看了看胡生宝说："你觉得咋样？"

胡生宝说："我没想着分红，只是我……"

不等胡生宝说完，胡生银说："我给你留一条最好的骟驼！"

胡生宝大受感动。唉，他这辈子颠沛流离，吃了不少苦头，最叫他骄傲的就是结识了胡生银这个二哥，每每到了难处，二哥总会慷慨相助。他满怀感激地说："二哥，你这么做，我都不知道说什么好了！"

胡生银说："一家人不说两家话，在这个地方说这种话，还不叫外人笑话？"

胡生宝苦笑了一下，不再说话了。

胡生银又对侯爷说："我们都是上坝人，我叫石老大，这是我二弟石老二，这个憨小子是老二的儿子，叫石头。麻烦侯爷您一路上多多关照。"他们一路上已经商量好了，为了避免不必要的麻烦，他们干脆改名换姓，变成了石家的后代了！

侯爷笑说道："你们的名字倒有意思！"——胡生宝把胡生银称为二哥，胡生银又说自己是石老大，侯爷听出了破绽，只是他不想说破。

胡生银说："我们祖上几代都不识字，只能叫这个名字。"

侯爷笑道："我们这些人也都是些睁眼瞎——小时候，我爹把我送进了学堂，想叫我在学堂里学出点名堂。到了学堂没识下几个字，倒让教书先生把我的手打肿了。后来，我纠集了一伙人闹了一次学堂，把先生的头都打烂了！唉，要是当时好好读书，说不定还会有个好出路，现在只能顶风冒雨干这个营生了……"侯爷说着，语气里带了几分伤感的味道。

当天下午，侯爷把侯帮的人都召集了起来，为石老二和石头举行了一个入帮仪式。

完成了这些烦琐，甚至有些滑稽的礼节，胡生银留下了一壶酒，然后骑着骆驼回家了。

看着胡生银逐渐远去的背影，胡生宝的心里怅然若失：他感慨人生的阴晴不定，也对加入这样的帮会感到不痛快——他原以为这些人只是简单地做生意，谁知道做生意还有这么多讲究？简直像梁山好汉一样匪气十足！他这辈子恨匪，也怕匪，但到头来他咋就不明不白地和这些匪气十足的人搅到一起了呢？

但石头却感到很新鲜，毕竟摆脱了老鼠一样的日子，进出之间，他的脸上都带着喜庆的笑意。另外，入帮仪式使他猛地觉得长大了不少，一股男子汉的豪气在他的心里升腾起来。

看到石头一脸喜气，石老二的心里倒也平静了许多——他是为了这个惹事的儿子才来到这里，只要石头心里高兴，他石老二的心里所有的不高兴也都变成高兴了。

第二天，做了一些简单的准备，再没有啥事可做。石老二心里有些发慌，他是个闲不住的人，一旦闲下来，他倒觉得浑身不舒服。石头却心安理得地、美美地睡了一觉！

太阳落山后，侯帮开始行动了。一般的驼队，来来去去都挂着驼铃，走一路，就会撒下一路驼铃声。但侯帮的驼队却没有驼铃。好像是执行一次秘密任务，就连骆驼的脚步也变得悄声悄气。后来石老二才知道，这毕竟不是正大光明的事，自然不敢闹出太大的声响。只有返回的时候，到了离家十里远的地方，他们才会挂起驼铃。孩子们听到驼铃都会赶到两三里之外迎接他们，婆姨媳妇会拿出手艺做一顿好吃喝，犒劳平安归来的亲人……当天夜里他们在一个叫毛条井的地方吃了饭，之后，用铜壶铜罐装了水，用羊皮包裹了水壶水罐之后，他们快速向盐池赶来。又过了大约一个时辰，他们来到了盐池。几个内行生了火，把水壶水罐放在了火堆旁边——天气寒冷，如果刚出发时带上水，走到半路水就会结成冰，铜壶铜罐都能冻破呢！

采盐结束，每个人都喝了茶水，驼队立即出发。这个地方不宜久留，只要装好了垛子，他们就会立即踏上走"口外"的道路。这时东面已经发白，天地之间带上了麻乎乎的亮色。

整个驼队像一字长蛇阵一样，前后绵延了一里多。前面有人带路，最后面有人压阵。步行的人刚开始零散地拉成线状，但没过多久，他们就走到一起来了。有个头戴羊皮帽、身穿羊皮短褂的人一边走，一边凑近石老二说："干我们这行的，学问大着呢！哪儿吃饭，哪儿喝水，都有讲究呢。我们都是侯帮的人，一路上谁都要想着大家，如果心里只有自己，我们大家都别想活着回来！"

尽管相处的时间很短，但石老二觉得这些人虽有匪气，却很友善，他的心里舒坦了不少。他提醒石头说："这些你都要记住……"

石头对这位穿着一身羊皮的人产生了兴趣，他说了一句："我知道！"便催着那个人说："还有呢？还有哪些有趣的事？"

"你年纪小，不懂事，这哪里是有趣的事？这营生是刀尖上舔血呢！唉，土地不养活人，石羊河水也不养活人了！要不是没吃没喝，谁会跑到这里来卖命？"

"不要说丧气话了！干脆吼几嗓子，给大家解解乏！"有人大声喊叫说。

"好！三爷，你就吼几嗓子，我们都好长时间没听到你的声音了！"

这位被称为三爷的汉子，清了清嗓子，说："那我就不客气了！"说完，他把羊皮衣襟一甩，一边走，一边拉开嗓门唱了起来：

拉起骆驼（哟）走口外，

挺起胸膛（呀）不回头。

要问（那个）口外有多远，

黄沙漫漫（呀）飞鸟愁。


日出日落（哟）如穿梭，

寒来暑往（呀）催人老。

顶风（那个）冒雨不停留（哟），

一走走到（了）天尽头！


心有儿女（哟）苦也甜，

数完星星（呀）连夜回。

不盼（那个）王侯和将相，

只为妻儿（的那个）一张嘴。

其他人都不由得合着三爷的嗓音唱了起来，苍凉高亢的嗓音，穿越寒冷的空气，飘向遥远的地方去了……

石头的心里再一次兴奋起来。


## 73


那天晚上，胡有文被保长等人反绑着手押到了邱家店，他喊着，叫着，叫人给他解开绳子，却没人理他。在邱家店遭受了一个晚上饥饿和寒冷的折磨，第二天一早，保长一行押着胡有文到了乡公所，解开绳子以后，胡有文撒腿就跑，却很快被几个人摁住了。他又一次被反绑了手。当天，和胡有文一样被抓来的十来个壮丁被送到了县城南面的一个地方——这里是新建的一处兵站，新来的兵，先要在这里进行简单的训练。

又是一连串烦琐的手续：登记、询问、检查身体、安排住处……后来有人把他们领到了一个吃饭的地方——吃的是稀饭白面馍馍。手脚自由的新兵都拿起馍馍大吃大喝起来。胡有文看着那些人的吃相，觉得自己饿得更厉害了。他也想抓起馍馍吃个痛快，但他的手被反绑着。和他一样反绑着手的几个人，也都被眼前稀饭馍馍的香味熏得一个劲地咽唾沫，喉咽骨不停地耸动。

只听得门口啪的一声，两个值勤的士兵把脚一拢，行了个军礼，齐声说："长官好！"

循声看去，只见一个军官模样的人走了进来。那个军官身穿别样的服装，手上还戴着崭新发亮的白手套，后面还跟着两个带枪的兵。进门后，他笑着说："听说新来的士兵正在吃饭，我过来看一下！"

新来的兵，不管是急着吃馍馍的、喝汤的，还有像胡有文一样绑着手呆立的，都不约而同地把目光投在了这位军官的身上。

那个军官一边往里走，一边面带微笑地看着新兵频频点头："好！看样子身体都不错，是当兵的料！"当看到胡有文等人反绑着手站在一边，他的脸色沉了下来，皱着眉头问道："咋回事？"

有个士兵跑过来说："报告长官，听说这几个人在路上一直想逃跑……等别人吃完了，再叫他们吃！"

"跑？嗯，跑也是一种本事！当兵的跑不动咋打仗？看来这些人天生就是当兵的好材料嘛！把绳子解开，先叫他们吃饭，吃完了饭，叫他们跑几圈，谁跑得快，我叫他吃肉！"这位军官说着，脸上又带上了笑容。

有人解开了绳子。胡有文等人搓着发麻的双手，感激地看着军官。

"不要看我，赶紧吃饭！从明天起进入训练，男人就得有个男人样！当逃兵的不是好男人，就算逃出去也找不上媳妇，只能当一辈子光棍……当兵有什么不好？等你们在战场上立了功，俊样的姑娘们都争着抢着给你们当媳妇呢……吃饭！吃饭！"军官说笑着转了一圈，离开了食堂。

胡有文他们抓起馍馍就往嘴里塞，有两个人吃得太急，被热馍馍噎了喉咙，他们伸长了脖子，脸都憋得通红，赶紧喝了几口稀饭，喉咙才顺畅起来。

胡有文再一次对当兵产生了好感，他的心里升起了一股男子汉的豪气——既然逃脱不了当兵的命，那为什么不当一个好兵呢？哼！不但要当个好兵，而且还应该立功呢！到时候穿一身军装，威风神气地会回到家里，叫所有人都刮目相看！

第二天新兵开始训练了。训练从最基本的站姿开始，双脚、双腿、上半身、头部、眼睛都有严格要求。刚开始，新兵不能把这些要点统一起来，往往顾此失彼。有个新兵在教官多次示范指导之后，站姿仍然达不到要求，教官给值班的两个士兵递了个眼色，那个新兵被拉了下去。接着那两个士兵给了这个新兵一顿劈头盖脸的皮鞭。直到第二天出操的时候，这个新兵跑起来还一瘸一拐。

那个新兵不敢怠慢，别人也都更加用心训练起来。五六天以后开始讲解射击原理，步枪、机关枪的使用方法，还有一些简单的军事常识——保护自己与杀伤敌人，防御和进攻，突破、攻坚、追击……这些东西听起来单调乏味，但教官说得很清楚，在战场上不懂这些知识，就意味着死亡。因此，他们都不敢马虎。

每天训练、讲解的重点有变化，但出操、队列、站姿是每天的必修课。几天下来，胡有文倒有点喜欢这种生活了。每天的白面馍馍叫他吃得很过瘾，另外，所有的训练讲解也都很刺激。那次出操，经过门口的时候，一个勤务兵刚好出门倒水，一盆子水泼过来，把他们五六个人都浇了一身水。有个新兵当时就退出了队伍，这时冲过来了两个士兵，把那个离开了训练队伍的新兵拉了过去。只是身上浇了一点水而已，哪能随便退出队伍呢？战场上面对枪林弹雨，该冲的时候就得冲！退出队伍就等于临阵脱逃！对于逃兵，战场上只有挨枪子的下场。现在是训练，和战场上有区别，但军队里决不会放纵这种行为！咋办？打！先是一顿拳脚，而后是一顿皮鞭。打完之后，训练的课程还要补起来！那个新兵只好一个人重新开始，跑步、队形、口令、站姿……

已经临近冬至节，差不多到了一年中最寒冷的时候了。站姿训练时，有个身上浇了水的新兵开始打寒战，最后倒在地上，被人抬走了。胡有文虽也觉得寒气刺骨，但他却咬着牙关坚持到了最后。

训练结束，集队回营房的时候，有个军官走了过来，指着胡有文说："你，叫什么名字？出来！"

胡有文向前跨了一步，行了军礼，大声说："报告长官，我叫胡有文，请长官指示！"

军官的大手在胡有文的肩上拍了两下，说："好样的！这才是当兵的样！"又回过头对身旁的两个警卫说："通知下去，以后胡有文享受军官伙食。"

原来勤务兵的那一盆水就是训练中的一个项目，这是教官考验士兵的忍耐力和毅力呢！胡有文糊里糊涂地闯过了这一关！

长官和士兵就是不一样！长官不仅吃着白面馍馍，而且还有勾引馋虫的烩菜——猪肉炖粉条！胡有文现在有些得意，他一顿吃了四个馍馍，还把两碗猪肉炖粉条也咽到肚子里去了！之后他打着饱嗝儿，一副飘飘然的神态——原来当兵如此简单！才这么几天他就和军官混到同一个级别了！

这时他不由得想起了父母和家人，那天他被绑着双手押走，家里人哭得死去活来，以为把他送到鬼门关去了。哼！这不，他不但活着，而且活得好好的，都吃上军官享用的饭菜了！他想把这个大好的消息告诉给家人，但这里有规定，即便是老兵也不能随便和家里联系，何况他只是一个新兵，更没有和家人联系的资格了！唉，这里一切都好，就是太没有人情味了，有了好事也不能让家里人分享……

说是要训练半月，但十三天后，训练就结束了，那天早上，兵站给他们举行了结业仪式，无非是这样那样的军官讲了很多话，还有人专门讲了让他们效忠党国以及奋勇杀敌的话。这些话着实叫他们激动了一阵子。而最让胡有文激动的是，在宣布结业名单的时候，他的训练成绩被评为优等，名列结业名单的榜首！

第二天，他们三十多个新兵，在长官和几个老兵的带领下，以急行军的速度向凉州进发。经过五六个时辰的行军，他们来到了凉州。第二天，他们才知道，除了他们，这里还有其他地方送过来的新兵呢！经过混编之后，在凉州过了一夜，他们按照命令向兰州进发。

爬高山，越深沟，穿丛林，过荆棘，跨过黄河铁桥，他们终于来到了兰州。

到了兰州才发现，这里的士兵才叫多呢！从兰州外几十里的地方就有了扛枪的，越靠近兰州，扛枪的越多。黄河大桥的两端和兰州的大街上也有一队一队的兵，这还不算，四面的山头上，都修筑了工事，驻扎的兵更多，听说单是兰州这个地方就有十多万兵呢！胡有文觉得他一下子淹没在兵山兵海里去了！

但兰州还不是他们行军的终点！

从凉州开拔过来的新兵，来到兰州后，又重新做了安排。其中从各地经过训练被评为优等的二百多士兵，被集合起来。有个威风凛凛的长官向他们训话，说他们是优等兵，是好钢材，好钢就要用在刀刃上，现在陕西一带"共匪"作乱，奉上级命令，他们这些优等兵要开赴陕西一带，只要消灭了那里的"共匪"，他们这些人就成了国家的功臣了！

这就是说，他们这些人很快就要开赴前线和"共匪"真刀真枪地干一场了！他们的心里也未免产生了一丝慌乱，但这种慌乱很快就被兴奋取代了，这次将会有专门的飞机把他们从兰州直接送到陕西去！

# 74

从盐池出发到宁夏府有两条路。南路行程短，越过六盘山一线向东，就进入宁夏地界了，那一带由几方势力交错控制，听说运气不好还会碰上打仗。北路要穿过一望无际的大沙漠，绕过贺兰山的北端即进入内蒙古河套一带了——贺兰山以东、吕梁山以西、阴山以南、古长城以北是一个风调雨顺的地方，生意人喜欢在这一带活动。

侯帮走的是北路。他们一边赶路，一边把驮运的食盐送给沿途零星的散户。为了多接触人家，他们不得不转折于人口多的地方。他们不愁沙盐没人要，也不愁赚不到钱，他们担心的是路途上出现意外。

这里的风沙十分恐怖，有时一刮就是三四天。遇到这样的天气，骆驼都要卸下垛子，待在原地不动。所有人要挤在一起，如果有人走散，很有可能会被风沙吞没。

出发以来，一切都很顺利。刚开始的紧张神秘逐渐平淡，气氛变得轻松起来。趁着兴致石老二给大家讲了《诸葛亮祭东风》等故事。过了几天，三爷忽然头晕发烧，茶水不进。侯帮的人都着急起来：在荒山野地里得了病，十有八九意味着有来无回！石老二看了病人的舌苔，号了脉，安慰大家说："不要紧，受了点风寒，多吃几顿药就好了。"大家看着石老二露出了惊讶的眼神。三爷得到了特殊照顾，开始乘骆驼赶路。过了三四天，三爷病愈，他又和大家一起说笑着赶路了。

侯帮的人都很高兴。

侯爷感激地说："咳！石老二，看样子你是个文墨人，也是个郎中，不光知道过去的事、将来的事，还有一身本事呢！混在我们这些人当中都太糟蹋你的本事了！从今以后，你们父子俩的伙食都由帮里出，回来的时候按两个人分红。我好歹也见过一点世面，我是个睁眼瞎，但我眼瞎心不瞎，我不能叫文墨人在我这里遭罪！说好了，忙完了这趟生意，回到家里，我就和你拜把子！"侯爷爽朗地说。

侯爷的话让石老二大受感动。整个侯帮的人都对石老二尊敬了起来。

日出日落，走走停停，虽然离目的地还很遥远，却已经卖出了五垛盐了。又迎来了一个好日子，天气干冷却很晴朗，在这个季节，这种天气已经相当不错了。一大早从店家出发，走了将近两个时辰，头驼却突然停了下来，它一边伸着脖子东张西望，一边用脚掌拍打沙地。

侯爷立马停了驼队，把驼背上的垛子都卸了下来。一时间所有人都忙开了，有的人拿了羊毛毡布准备下帐篷，有的人选地挖井，有的人看守骆驼。

石老二和石头都很纳闷，这样的好天气应该快点赶路，为什么要停下来呢？

"头驼说了，今天将有风暴，在风暴到来之前，要下好避风的帐篷，挖好取水的井坑，骆驼也要吃饱草料喝足水！"

原来是这样！可是天气看上去晴溜溜的，不像刮风的样子。如果没有风沙，那就等于白白地浪费时日了，石老二还急着回家呢！他们父子俩心里疑惑着，却只能按照大家说的做，在这方面他们没有经验，也没有发言权。但石老二的心里还是隐隐地不痛快，虽说侯爷待人不错，但也未免太偏心了：每到一个地方，他都亲自给头驼加草加料，还给那条大黑狗喂一些肉骨头。就算头驼和大黑狗重要，也没有人重要吧？可是侯爷偏偏把它们当宝贝伺候！现在因为头驼的脚掌拍了几下地面，整个驼队都不能赶路，是不是有点太相信骆驼了？但侯帮的事由侯爷说了算，石老二没资格说三道四。

下午申时许，果然刮起了大风，团团簇簇裹挟着沙土、拥浪而进的狂风像是接到了统一命令似的，很快就变成了一张遮天蔽日的大网。太阳一下子失去了光亮，只剩下了一个朦胧的亮点，大地顿时暗了下来。四周只有呼啸尖叫的声音。但肆虐的狂风并没有就此罢手，它的强度还在不断地增加，天色由暗变黄，由黄变成了昏黑色，沙粒打在脸上像针扎一样疼。

狂风来临之前，一切都已经安排妥当。大家都已吃过了炒面糊，水壶水罐也用灰烬围了起来，骆驼分成了三队，尾对着灌木丛卧成了三个圈。骆驼卧好后，前腿还用绳子绑了起来。这是经验丰富的驼户布下的"骆驼阵"。这样一来骆驼无论受到怎样的惊吓都只能卧着，却站立不起来，更不可能丢失。

所有人都钻到毡帐里，毡帐很低，他们只能一个紧挨着一个半躺半坐在里面。外面的狂风一阵紧似一阵，携带着沙子、野草发出阵阵怪叫，使人不寒而栗。但这些人好像已经习惯了这样的天气，在伸手不见五指的毡帐下，有人打开了一壶酒，酒壶像击鼓传花一样依次往下传过去。传到谁的手里，谁就喝一口。之前每个人都分到了馍馍，此时他们一边吃着馍馍，一边喝着酒水。妈的！什么样的大风老子没见过？刮吧！你刮你的风，我喝我的酒，快活着呢！哼！神仙过的啥日子？也许不过如此吧！——他们已经习惯了走南闯北的日子，谁还会把老天爷带来的这点儿麻烦当回事？

风还在刮，毡帐内陆续出现了鼾声。石老二和石头却无法入睡。这时传来了几声狼的嚎叫，并且声音越来越近，最后，狼的叫声好像已经接近毡帐了。

石头用胳膊碰了一下石老二，小声说："爹，外面好像有狼呢！"

石老二早就听到狼叫了，他判断别人也一定听到这个声音了，只是别人不出声，他也不想大惊小怪。现在儿子提醒了他，他倒无法淡定了，说："侯爷，外面好像有狼呢！"

"早听到了！两只呢！一公一母。"不等侯爷说话，旁边已经有人开口了。

"骆驼还在外面呢！"石老二担心骆驼会被咬死，但他不能说晦气话，只好含糊其辞地说。

"没事！四五只狼都不要紧。你是文墨人，不知道这种野事。放心睡吧！"这次说话的是侯爷。从他说话的语气来判断，侯爷若无其事地说完，又迷迷糊糊地进入了睡眠状态了。

听得出来，两只狼正在毡帐外徘徊，靠边处有人揭起了毡帐，这时出现了四个像碗坨子一样的蓝光，那是狼的眼睛！就在这时那只大黑狗像箭一样弹了出去。两只狼掉头就跑，很快消失在风沙之中……

　　第二天，风停了，却下起了雪。鹅毛一样的雪花纷纷扬扬，远远近近的天地都变成了混沌的一片。他们从毡帐里钻出来，第一件事就是照料骆驼吃草。碰上这样的天气，饮水不用愁，最怕的是骆驼没处吃草，趁着柴草还没有被雪盖住，他们得想办法叫骆驼吃饱肚子。中午时分，雪停了，他们踏着积雪继续向前走去。

　　因为勇士般的表现，石头开始喜欢那只大黑狗了，每次吃饭，他都要喂它一些吃食。

# 75

　　自从胡有文和胡有武出事之后，胡生银变得更加沉默寡言，有时甚至一整天都懒得说一句话。

　　二太太也变得精神恍惚，有时说起话来颠三倒四。这天吃饭时她在胡有文的碗里舀了饭，看着家人吃了饭，胡有文饭碗仍然放在锅头上，她竟然拉长了声音，叫了起来："五娃——吃饭啦！五娃——吃饭啦！"高盈盈放了饭碗，赶紧走过去，把婆婆从锅头那边搀扶了过来。

　　二太太病了，她发着烧，嘴里还不时地叫着她的五娃。

　　大太太、马惠儿和李丫子都赶了过来，她们说着宽心话，又照料家里烧茶做饭。一连几天，胡生银又是熬煮汤药，又是烧纸化钱，全家都没有好心情。这样过了四五天，二太太的病才逐渐好了过来。

　　二太太的病刚好，李丫子又出事了。

　　她本来就牵挂着丈夫和儿子，和二太太扯了一阵胡家的烦心事之后，她的心里也变得忐忑不安。她觉得眼皮发困，却睡不着。一幕幕往事，一个个酸楚，在她的眼前像走马灯似的闪过。她是个苦命的人，这几年日子虽说过得很清苦，但一家人和和睦睦，这样的日子，她已经满足了。可是抓兵的一来，再次打破了她家的宁静。丈夫和儿子胡有武为了躲避灾难都到外面去了，她不知道口外在哪里，但她知道那是个非常遥远的地方。尤其叫她扯心的是一路没吃没喝没住处，他们会不会饿得走不动路，手脚会不会患上冻疮……

蒙眬之中，她看见丈夫和儿子走进了家门。她赶紧迎上去，就在这时，她身后的房子轰的一声倒了。

她惊叫了一声，醒了。她的儿女都听到了她的惊叫声，急忙问她出了什么事。她不说话，只是哭。当年闹土匪，她也梦见家里的房子倒了，第二天大老爷就去世了。现在她又做了相同的梦，那说明丈夫一定出事了！不！说不定这一次丈夫和儿子都出事了！她哭了一阵子，儿女们也劝了她一阵子。后来她不哭了，但她越想越难肠。她才三十多岁，但已经找过两个男人了。大老爷被土匪害死，而今胡生宝又死在了荒郊野外。是不是真的像大太太以前说的那样，她天生就是一个克夫的命？老天爷！她并没有想着克夫呀！她不但不想克夫，而且还爱着他、牵挂着他呢！难道老天爷看见她拥有丈夫就不高兴吗？这些年，在丈夫的支撑下，她也过了几年安静的日子，她对丈夫、对这个家已经产生了深深的依恋。而今丈夫离他而去，儿子不知死活，她真的不知道该怎么过了！忽然她又恨起了自己：你这个死婆娘！你这个丧门星！为什么不学好？为什么要克夫？与其孤单地活在世上，还不如早点儿离开这个世界。她的几个儿女还都没有成人，但她管不了那么多了。这个世上，孤儿本来就不少，再添几个孤儿也不是她的错！

打定了主意，在院子里摸了一根绳子，她走出了院门。一轮圆月高高地挂在天上，四周是清冷的世界，她机械地迈着两条腿，遥远的过去和纷乱的现在都融合在了一起。她好像听到天边传来了一阵苍老的嗓音：月儿圆圆照九州，几家欢乐几家愁？几家夫妇同罗帐，几个飘零在外头？

她把绳子拴到了树上，把脖子伸了过去。

就在这时，胡有全把她推在了一边，她跌倒在地上。她这才发现，四个儿女都站在她身边，看见她倒在地上，他们都哭了。

儿女们和她一同回到了家。不一会儿，胡生银和二太太也赶了过来。

"你这是出什么洋相呢？为啥要这么想？"胡生银气得像吹猪一般，脸都变成了紫红色。

"我梦到六娃和他爹都死了！"李丫子说着已经泣不成声。

"你想的太多了！梦里的事哪能当真？说明胡生宝和六娃都活得好好的呢！"二太太安慰李丫子说。前几天李丫子还安慰二太太呢，转眼之间又轮到二太太安慰李丫子了。唉，世事就像一幕真实的戏剧，叫人一言难尽啊！

"真是个蠢婆娘！你死了就完了？你也不想一想，你死了，几个娃娃谁来养活？胡生宝回来了又该咋办？他临走的时候，把家里的事都给我做了交代，他回来向我要人，叫我说什么？你这是把我往火坑里推呢！"胡生银狠狠地把李丫子骂了一顿，实际上也是给她讲了一番道理。

"快过年了，不管怎样，过年还得有过年的样！没有新衣裳也罢，至少得叫娃们穿一双新鞋。另外，过年的吃食也要早点料理，如果还有别的过不去的事，你不要把二嫂当外人。"二太太又提起了过日子的事。

李丫子这才猛地想起过年的事了！唉，她一直魂不守舍，把过年的事都差点儿忘了！是啊！都快要过年了，她咋把这么重要的事给忘了呢？一天一天过得太漫长太漫长，总给人度日如年的感觉；可是一年一年又是那么快，眨眼之间，一年又过去了！此时，她又庆幸自己还活着，她把头埋在二太太的怀里，说："二嫂，我想明白了，不为别的，为了儿女我也得活下去！"

二太太笑了："这就对了嘛！我们胡家门上太乱了！说什么话的也有，别人的嘴我们管不着，我们自己的心不能乱！"二太太的心里也轻松起来。

李丫子虽说平静了下来，但二太太还是不放心，她陪着李丫子过了一个晚上。

## 76

这些日子，胡有文踌躇满志。

说是要到西安，但他们落脚的地方却叫洛川，距西安还有相当长的一段路程。这些日子他们的任务就是训练，不过训练的内容不再局限于理论，更多的是实战：步枪的瞄准射击、轻机枪的使用方法、攻击的基本常识、对敌人的阵地突破和对敌人的追击。听说他们这次军事行动的主要任务是阵地突破和追击，因此在这方面训练的也比较多。所有的训练不仅严格，而且强度大，每天五公里的跑步雷打不动，翻越障碍、匍匐前进、拼刺刀等都要进行严格的考核。

他们都是初期训练中的优等兵，虽说训练的内容有所不同，但他们很快就能掌握要领，几乎每天都能得到教官的表扬。他们训练得最多的是轻重机枪在战场上的配合使用。

累是累了点，但胡有文的心里却是高兴的：他们是坐过飞机的兵，他们是顿顿吃肉的兵，他们用的武器是最先进的，他们穿的那一身军装也叫他感到神气。在家的时候，他通常穿的都是带补丁的粗布衣裳，定亲的时候才从头到脚穿了一身新衣服。而他现在穿的这身衣服，差不多天天能当新郎官了！

现在叫他不满意的是，他们都训练了这么长的时间了，为什么还不叫他们上战场？猪肉和白面馍馍的香味、长官描绘的战争蓝图，在他的眼前幻化成了一个个美好的画面：一通炮弹过后，敌人纷纷溃逃；他们端起冲锋枪猛冲猛追，不一会儿敌人就变成了他们的俘虏。在一阵军乐队的嘹亮歌声中，他们走上庆功台……

并不是只有胡有文这么想，其他的新兵大都有这样的想法。因为长官说过，他们手里有最好的枪，一枪下去，石头上都能钻出个窟窿来呢！他们的炮也是最好的炮，一炮打过去，敌人就会倒下一大片。一通炮弹打过去，敌人阵地上喘气的都没有多少了。

祭灶之后，城里乡下都忙着准备过年，货郎挑着担子在乡间穿梭游走，他们摇着拨浪鼓，一边走，一边吆喝。从一品庄园走出来的几户人家已经写好了春联，到了大年三十那天往门口一贴就开始过年了。

就在乡下忙着准备过年的时候，胡有文所在的军营里却没有过年的迹象：训练照样进行，各种名目的动员令猛然间多了起来，说"共匪"破坏了和平协定，违背了一个领袖一个主义，委员长决定不惜代价，要把"共匪"一举消灭干净！

乡里来的新兵都盼着过年，想着看一看军队过年的新鲜热闹，顺便开一开眼界。但上面下达了命令，所有官兵一律取消休假，随时准备开赴前线！这个糟糕的消息使他们大失所望，但很快他们的神经再一次亢奋起来：过年的热闹无非也就是贴春联、放鞭炮、享受几天好吃好喝。现在他们开赴前线，就意味着能够真刀真枪地和敌人干了！难道枪声炮声还不如鞭炮声响亮？难道彩灯闪烁、掌声热烈、酒香弥漫的庆功会还不如过年热闹？看样子，今年注定要过一个非同寻常的年了！

为彻底解决中共首脑机关和共产党领导的西北解放军，国防部制定的计划是：北线的邓宝珊以榆林作为大本营向南作战略推进；西面，马家军从银川—同心—镇原一线直接向东挤压。南面，胡宗南率领的二十多万大军从洛川、宜川出发直接奔赴中共首脑机关所在地延安。其中胡宗南是清剿"共匪"的主力，北线和西线只是战略佯动配合。东面有波涛汹涌的黄河阻隔，"共匪"插翅难逃！

胡宗南下达了进剿"共匪"的命令。

胡有文所在部队从洛川出发，直接向北推进。一列列行军队伍脚步匆匆，像一个个长蛇阵一样威武；一辆辆军车满载着士兵和各种轻重武器疾驰而过，像钢铁洪流一般雄壮；一波又一波飞机从头上飞过，气势雄宏地消失在北面的茫茫天际……

按这种阵势，"共匪"应该望风而逃才对，但对面的"共匪"不但没有逃跑，反而在临真镇、金盆湾、牛武、茶坊等地对胡宗南的大军展开了顽强的阻击。一发发炮弹呼啸着在"共匪"的阵地上爆炸；一架架飞机轮番投弹，轰炸过后，士兵开始发起冲锋，但每当这个时候，"共匪"的火力立刻猛烈起来，冲锋的士兵一波一波倒下。

奇了怪了！对面的"共匪"难道都是传说中的铜头铁脖子？飞机大炮都炸不死他们？但长官的命令十分明确，全力攻击前进！尽快占领延安！单是胡宗南就有二十几万大军，"共匪"总共不过两三万人马，就算对面的"共匪"真的是铜头铁脖子，也挡不住胡宗南的大军！

战线艰难地向前推进，到了第六天，"共匪"忽然消失得无影无踪，国军大举北进，并于次日占领延安。原计划三天的军事行动，足足花了七天，不过也还好，进占延安的目的总算达到了！

一番得意之后，胡长官命令部队全力搜寻"共匪"的主力，但只听得有"共匪"，却找不到他们的藏身之处。几天之后得到消息，"共匪"的主力正在安塞一带向北逃窜，上面已经命令部队全力追击。胡有文他们觉得有些失望："共匪"的主力找到了，但上级给他们的任务是确保追击部队的侧翼安全！这像什么话嘛！他们眼巴巴地盼着狠狠地打一仗，过一把瘾，顺便捞个一星半点的军功，偏偏他们的运气差，连攻击敌人的机会也没有！

这天他们来到了一个叫青化砭的地方。只见东西两面是一眼望不到头的大山，起起伏伏的山峦，一座连一座，一座套一座，高低徘徊，绵延不绝，如巨龙翻滚，如犬牙交错；山天相接处，浩渺无穷。中间一线公路，如山谷中的一条小溪，蜿蜒转折向北而去。胡有文没见过大世面，所见所闻都叫他感到新鲜惊奇。他的目光随着山势望过去，恍惚间觉得这些山体越来越高大，越来越雄壮，而他自己渺小得就像一只小蚂蚁一样，在无穷的天地之间爬行。

胡有文和另外几个人走在队伍的前面，紧邻的一个士兵，看了看两边的山，小声嘀咕说："要是'共匪'从这里蹦出来咋办？"

"我们哪有那么好的运气？'共匪'早就跑到安塞去了！如果这里能窜出来一股'共匪'，算老天爷开了眼，说明我们建功立业的机会来了！"尽管他觉得在大山面前自己像蚂蚁一样渺小，但一听到"共匪"二字，他又神气起来了。

就在这时，胡有文听到了一丝怪异的声音，忽然耳畔一声爆响，他觉得脑子里"嗡"的一下，眼前突然一黑，就什么也不知道了。

当他醒来的时候，首先听到的是震耳欲聋的枪声、炮声和喊杀声。他一骨碌爬起来，伸手去摸枪，却发现身上的枪早就不见了，身边却躺着一些穿着和他一样的兵。他正在诧异，早有几个不一样的士兵向他走了过来，只听得有人说："哎！你们看，这里还有一个装死的家伙呢！"

四五个端着枪的人向他走了过来，胡有文扫了一眼，差点儿把自己的鼻子气歪了！端枪的虽说也是士兵，却是几个女的！他一直想着打仗立功呢，现在他没捞着半点儿军功，却当了几个女人的俘虏，这事传出去，他都能叫人笑话死了！堂堂男子汉大丈夫，哪有打不过女人的道理！此前，他以为保长抓他的那一天是他人生最晦气的一天，但现在看来，今天比那一天更晦气！他思忖着，不能就这么不明不白地完蛋，等那几个女的走近了，夺过一把枪，打死几个"女共匪"再说。

"举起手来！到那边去！"那几个女兵走到离他十来步远的地方，把他围了起来，命令道。

他顺势向前走了几步，而后迅速转过身，向旁边的一个女兵扑过去。就在这时，几颗子弹打在了他旁边的石头上，迸出了几道火花。他一下子站住了，看样子这几个女兵也不是吃素的，她们是在进行警告射击，叫他老实一点。如果不是她们手下留情，他的身上早就多了几个窟窿了！

这时跑过来了一个男兵，问道："咋？咋回事？"

"这个装死的家伙不老实，还想和我们玩命呢！"

男兵把枪交给了一个女兵，走过来说："哟！有意思。"然后冲着胡有文说："既然这么有骨气，为啥还要装死？不服也行！我陪你过几招！"说着以挑战者的姿态站在了胡有文的面前。

胡有文看了一眼这个满脸傲气的家伙，本能地攥紧了拳头。他冲上去，抡起拳头就向那个傲气十足的家伙打来。

那个士兵闪身躲过胡有文的拳头，一个扫堂腿，把胡有文打翻在地，而后像猴子一样神速地抓住胡有文的胳膊，反拧在了背后。另一个女兵随即赶过来，他们把胡有文反绑了起来。

枪炮声逐渐平息，战斗已经结束，一批批国军被押了过来。得胜的"共匪"打扫了战场之后，一个个欢欣雀跃，他们押着战败的国军，带着缴获的武器，很快消失在茫茫的大山之间……

# 77

侯爷的驼队穿过贺兰山附近的沙漠、到达黄河渡口的时候，得到消息说最近渡口盘查得很严很紧。侯爷带了两个人来到渡口处一看，才知传言不虚。渡口处加了岗哨，过往的行人商旅一律要经过严格检查，两边都有成队的士兵来回巡逻。侯爷只得把沙盐卸在渡口西面沙漠中的一处隐蔽的地方，拉着卸了垛子的骆驼过了渡口，到鄂尔多斯一带联系要货的人——石老二和石头以难民的身份过了黄河。谈妥了生意，到沙漠西面验收了货以后，对方把钱如数交到了侯爷手里。除了纸币，还有银圆——虽说国民政府严禁银圆流通，但纸币不大好使，做大生意的人在交易中，除了纸币之外，常常还要拿出一些硬通货来。接下来的几天，侯帮的人买了一些小米和黄玉米，踏上了归途。

虽说行程艰辛，但他们做的是无本生意，卖了三十几垛沙盐以后，每个人的钱褡裢都充实起来。石老二和石头大开眼界，怪不得这些人顶风冒雪，甚至冒着生命的危险走口外做生意，原来这种生意的利润太诱人了！石老二粗略估计，帮里的每一个人，单是这一趟，一个六口之家，四五个月的吃喝应该足够了！

当然，石老二和石头到这里来的目的并不是为了挣钱发财，对于石老二来说，他只是想给石头找一个吃饭路。看来这种生意虽然辛苦了些，但混肚子却不成问题。石老二打算走完这趟生意，就把石头交给侯爷，他完全可以放心回家了！

褡裢里有了钱以后，大家都高兴起来。叫他们更高兴的还在于驼队又一次闯过了鬼门关，不久之后他们又可以和家人团聚了！

他们再次来到黄河渡口，早有士兵把他们的驼队拦到一边检查了。检查完毕，侯爷以为这些士兵很快就会把他们放行。但那个士兵跑过去不知说了句什么，一个头儿模样的军人很快走了过来，厉声喝问道："这是谁的驼队？"

侯爷赶紧迎了上去："长官，我们老家今年遭了灾，没吃没喝，日子都过不下去了，我们在这里买了一些糊口的东西。"侯爷说着赶紧把一块银圆往这个军人的手里塞。

"你们想逃避检查？早就说过不能倒卖军事物资，你们不知道？"那个军人说着把手一抬，侯爷手里的银圆飞了出去，落在了五六步远的地方。

"长官，我们只是买了一些粮食！"侯爷赶紧解释说。

"粮食就是军事物资，把这些东西都扣下来！把人带走！"

侯爷急了，辩解说："长官，我们不知道粮食也是军事物资，您就行行好吧！"

但侯爷的话毫无意义。一群士兵很快走过来，拉骆驼的拉骆驼，拉人的拉人。他们未能通过黄河渡口，反而连人带骆驼被扣了下来。

当天晚上，他们被关进了一间黑屋子，连吃喝也没人管。他们的吃喝大都由骆驼驮着，骆驼叫当兵的扣了，他们只好拿出随身携带的馍馍充饥。所有人都愤愤不平，却不敢大声抱怨。石头嚷嚷着要找这些人论理，侯爷和石老二拦住了他——秀才遇到兵，有理说不清，何况他们这些人连秀才都不是，哪有石头讲理的份？石老二心里清楚，他们是逃难的，哪能主动招惹这些拿枪的兵？

第二天一早，有人给他们安排了一趟差事——当时正值国军对延安进行重点进攻，驻守银川—同心—镇原一线的国民党军奉上级命令向东进行战略威慑。渡口东南六七十里的地方有一处驻地急需给养，因为一路都是高低起伏的山丘沙地，汽车等无法通行，上级命令他们征用驼队运送物资，侯爷的驼队恰好赶上了这趟差事。愿意不愿意侯爷说了不算，侯帮的其他人说了更不算，他们只得按当兵的安排去做。

押送给养的是四个士兵，其中一个是班长。出发的时候，刮起了大风，他们艰难地迈着脚步，顺着士兵指示的方向前行。驼队越走越慢，中午的时候，来到了一处柴草稠密的地方。从前一天晚上直到现在，骆驼一直没有吃草料，侯爷请求当兵的叫骆驼吃一阵草，骆驼都快走不动了。

班长却根本不答应："哪里是骆驼走不动？分明是你们不想赶路！走！快走！天黑之前赶不到驻地，我们谁也别想活！"

侯爷只得拉着骆驼继续往前走，又走了大约五六里路，头驼干脆卧在地上不动弹了。侯爷跪在班长面前乞求说："长官，骆驼都快一昼夜没吃草了，又驮着这么多的东西，它们真的走不动了！"

其他人也都围上前，纷纷为侯爷帮腔说话。

"你们不要在这里说一些求爷爷求奶奶的话！上面要求天黑之前到达驻地……我也只有一个脑袋……"班长驳回了大家的请求，又对另一个士兵说："你，过来！用鞭子抽骆驼，我不信它不走！"

那个士兵走过来，从侯爷的手里夺过鞭子，照着头驼的屁股使劲抽了几鞭子。

头驼嗷嗷的叫了两声，挣扎着站了起来，同时，嘴里喷出了一股草沫子，另外两个士兵立马变成了花脸、花衣服的怪物了。

操鞭子的士兵顿时来了气，照着头驼的屁股就是一阵雨点般的皮鞭。头驼也被激怒了，它猛地抬起后腿，照着那个兵给了一脚掌。这一脚掌正中士兵的腹部，那个士兵像一片树叶一样，飞出五六步远，重重地摔在了地上。接着他的鼻子、嘴里都流出了血。那个士兵伸出手，挣扎了一下，脖子很快歪在一边。

班长被眼前的一幕惊呆了，他认定这是侯爷故意使坏，他端起枪，照着侯爷扣动了扳机。

血水从胸口处喷涌而出，侯爷的头歪了下来，像一堆软泥一样倒在了沙地里。

石头早就对这些土匪一样的士兵窝了一肚子火，看到当兵的这样凶狠，他把大黑狗拍了一下，那只狗猛地冲了出去，咬住了班长的喉部，另外两个士兵反应过来，慌忙端起刺刀向那只狗扎去。

其他人见状，不约而同地把那两个拿枪的按在了地上，当兵的还没有反应过来，已经被人按在了地上卡住了脖子。不一会儿，那两个士兵便躺在地上不动弹了。

他们本来只是想贩卖沙盐，赚几个养家糊口的钱，可是一瞬间，他们就变成了杀人凶手，而且他们杀的还是士兵，上面追查下来，就算他们有十个脑袋都不够用啊！

有人跪在侯爷面前大哭，有人六神无主。他们贩卖沙盐已经好几年了，没想到会走到这一步！

一切都得重新想办法了。他们围在一起商量了一下，决定赶紧离开这个地方。有人说，要是军队上的人看到了现场，很快就会四处查找，那样一来他们这些人都只有死路一条了。反正已经摊上大事了，干脆把侯爷和士兵的尸体都埋了。于是他们刨了几个坑，把几具尸体草草埋葬。之后他们从骆驼垛子上取了一些吃食，立即逃离了这个危险的地方。活跃在民勤—口外之间的侯帮就此销声匿迹。

因为害怕人多招风,他们化整为零,三四个或四五个人分成一伙,四散逃难。石老二、石头还有另外两个人组成了一伙,他们不分昼夜向南面逃跑。他们推测现在到处都是抓他们的人,但三天过去了却没有一点儿风声——事发当天,驻地没有收到给养,他们向上级汇报了情况。上级回答说,也许风大,路不好走,耽误了行程,等到第二天再说。直到第二天下午,驻地才派人接应驼队。接连两天刮大风,踪迹无法查找。过了一夜,骆驼已经远离了出事地点,驻地的人找了两天,只找到了骆驼,却找不到人。当时,士兵开小差的事时有发生,上级以为出现了逃兵,四处打探消息,却没有一点儿线索。这件事就这样搁置了起来,成了一桩悬案。

第四天早上,另外两个人执意向西走,石老二和石头执意向南走,他们四个人分了手。石老二和石头根据日出日落的方位,大致向南而来。

这种地方很难辨认方向,因此有时走了大半天才意识到方向不对,只好调整方向继续前进。这倒没什么可怕,可怕的是没有吃的东西。草根积雪、地上的野物都成了他们的食物。再后来,他们发现向阳的山坡山脚处的泥土下出现了嫩嫩的草芽,一连十多天草芽就成了他们的主要食物了。石老二猛地想起,现在都已到了春分节了!出门的时候说赶在春种之前就能回家,现在早该种庄稼了,可是他还在不知名的野地里乱撞,唉,丫子干不了繁重的农活,家里是不是揭不开锅了……

## 78

转眼七八天时间又过去了,他们父子俩还在山沟沟里瞎转悠。有一段时间他们以为走错了方向,父子俩争辩一阵子,走一阵子,这种日子都快把他们父子俩变成仇人了！这一天，他们俩又为方向争辩起来，这一次石老二没能说服石头，石老二只得跟着石头往前走。只听得附近的草丛里有响动，接着，旁边已经扑出了四个人，他们每两人一组，分头把他们父子俩扑倒在地。还没来得及出声，他们的嘴巴已经叫人堵上了。

"都趴下，不要乱动！这里到处都是敌人，一旦叫他们发现了，我们都得完蛋！"说话的声音很小，但说话的口气不容争辩。说完，那几个人又很不放心地看着他们俩，加了一句："都听清楚了？"

石老二早就成了惊弓之鸟，在被别人按倒的一刹那，他以为是以前渡口处扛枪的士兵找上门来了，心里像打鼓一样咚咚地跳了起来。但这些人似乎并没有恶意，转过头来，他终于看清楚了：这些人穿着灰色的衣服，身上有枪，腰里还带着一些子弹一样的东西。这几个人按着他们的胳膊，眼睛却盯着前方。他们顺着这些人的眼睛看过去，哎呀！山沟沟的草丛里，密密麻麻地藏着好多好多的人呢！他们刚才说四周都是敌人，又是哪里来的敌人？难道他们这么多人还怕敌人？可见敌人更是多得不得了了！可以肯定的是这些人并没有伤害他们的意思，只是害怕他们走动，才对他们采取了"特殊措施"。

石头的胆子大了起来，看见这些人肩上有个干粮袋，他说："给一点吃的吧，我都差点饿死了！"

一听这话，石老二的心里早就骂开了：都落到这般地步了，是死是活都在两可之间，能保住一条小命就等于老天爷开恩了，还敢向人家讨要吃食？活得不耐烦了！

但出乎意料的是那个当兵的并没有烦，反而拿出干粮袋，说："这是五天的干粮，我都舍不得吃呢！我给你分一点，不过，到打仗的时候，你可不能添乱！"

打仗？和谁打仗？石头把一片馍馍塞到嘴里，因为咽得太快，他被噎得伸了一下脖子。他顺了一口气，问道："你们都是啥人？"

"这里有纪律，所有人都不能走动，不能说话。"那人说完，又小声地加了一句：“我们是解放军。”

解放军！石头心里一惊：听保长甲长说解放军杀人不眨眼，他们咋不明不白地撞到解放军的怀里了！石头紧张得连塞到嘴里的食物不知道咀嚼了！缓了一口气，石头才试探着问：“敌人是谁？”

“还能有谁？敌人当然就是胡宗南！”说话的那个人禁不住向石头投来了奇怪的眼神：这个人也够奇怪的了，竟然不知道敌人是谁！

那几个人一看石头木讷的表情，就知道他并没有听明白他们说的话，于是又加了一句：“就是蒋介石的人。”

“什么？你们要打蒋委员长？”石头大吃一惊，要不是那两个人按住他，他早就跳起来了——当初有人把他抓去当兵，是要帮蒋委员长打仗，而今咋又碰上打委员长的人了！

“咋了？蒋介石是你家的亲戚？打不得？”那人嘴里小声说着话，手却仍旧按着石头，害怕他跳起来。

石老二早就对多嘴多舌的儿子大为不满：眼前的人都是兵，手里有的是枪，如果惹得他们不高兴，手指轻轻一动，小命就完了！人家不叫说话，那就装哑巴得了，偏要乱说乱问，没事找事呢！他担心石头说错话，赶紧说：“我们不知道蒋介石，也没听说过解放军……我们是逃难的，没吃没喝，差点儿饿死在路上。”

这时另一个士兵说：“都别说了，等打完这一仗再说。”

其他人都不说话了，一动不动地趴在乱石堆和草丛里。

太阳落山后，天色逐渐暗了下来，远处的山上亮起了灯火，在夜色下分外醒目。这些藏在山道道里的士兵纷纷行动起来，吃喝之后，有人下达了命令，他们迅速向灯火方向隐蔽前进。他们按各自的任务，悄悄来到了离敌人不远的地方，最近处都能听到敌人说话的声音了！

解放军把敌人包围了起来。

半夜里，天上忽然划过了三颗信号弹，山谷里传来了响亮的军号，只见那些士兵勇往直前，纷纷向敌人推进。双方开始交战，火光闪烁，枪声不绝，炮声轰鸣，杀声震天。此后枪声一直响个不停，直到第三天晚上，解放军消灭了最后一些抵抗的国军，大地上安静了下来。

哎呀！这个地方的东西太多了！面粉一袋又一袋，像小山一样堆放着，满库房的衣服，叫人瞠目结舌，枪支弹药多得数不清……

打扫战场后，骡马都驮上了缴获的东西。所有的官兵、动员起来的老百姓都行动起来，他们手提肩扛，满载而归，这支队伍都变成运输队了！石老二和石头也都扛了一袋面粉，走在了解放军的队伍里了。一道道山，一道道岭，逐渐被他们甩在身后，又渐渐远去……

和这些人相处了几天，石老二和石头才彻底搞清楚了蒋介石和国军，也知道了毛主席、共产党和解放军。解放军组织了一次报告会，会场下有解放军、老百姓以及上次战斗中俘虏过来的国军。国军的一个士兵讲了他在这里的感受，石老二把他们父子从家乡一直到遇见解放军的经历讲了一遍。讲完之后，会场上响起了响彻云霄的口号："打倒国民党反动派！""保卫毛主席！保卫党中央！"……以前乔先生曾经说过医治社会的问题，当时石老二没有听懂乔先生说话的含义，现在他终于搞清楚了，乔先生和这些人一样，他们做的都是医治社会的事啊！

被俘的国军士兵大都加入了解放军。石头的心里早就发痒，也来到了报名处。

石老二还能说什么呢？能加入这样的军队，他石老二完全可以放心了！

胡生宝要回家，解放军给了他一块银圆，他犹豫了一下，收下了。然后他带了三四天的干粮出发了。

快到谷雨节了，郁郁葱葱的大地显得生机勃勃。胡生宝一边赶路，一边乞讨，他舍不得、也不敢用那块银圆，国民政府禁止银圆流通，他不敢拿着银圆招摇。从青铜峡一带过了黄河，十多天以后，他来到了湖区。

蓦地，他的心里升起了一股苍凉的感觉：盐池、风沙、驼队、卖盐后的兴奋、不堪回首的结局、三爷的歌声、侯爷慢慢倒下的身躯……

他找到了侯爷家，把那块银圆交给了侯爷的家人——此后，每逢年关，胡生宝都会给侯爷家带去一些钱粮。再后来，胡生宝的二小子娶了侯爷的女儿——这都是后来的事了。

不知不觉中，他的眼前出现了一条波光粼粼的玉带，他已经出现在了东外河的河岸上了。只见河水缓缓地流淌，在阳光的照耀下光影闪烁，可亲可爱。河岸两边的杂草灌木泛出新绿，像给闪烁着五光十色的玉带镶了一道翠绿的花边。胡生宝忽然放慢了脚步，他想起了去年冬天无名的死者，继而又想起了抓兵的人寻找胡有文和胡有武的情景……


胡生宝的出现，打破了家里的平静。当时刚吃过午饭，李丫子洗了锅、准备倒洗锅水的时候，看见胡生宝推门走了进来。一刹那间，她的脑子里竟然一片空白，手里的锅也掉在了地上，洗锅水都溅到她的裤腿上了。她不敢相信眼前的事实，愣愣地说："你——回来了？"继而她抑制不住兴奋，冲着屋里喊道："娃们，快出来！看！您爹回来了！您爹回来了！"

话音刚落，三个衣衫褴褛的孩子已经冲出了门，把胡生宝围在了中间。

胡生宝摸着孩子们的脑袋，说："八娃呢？他去哪儿了？"

"八哥挑水去了！爹，你咋才回来？我们都想死你了！妈还经常流泪呢！"孩子们围着胡生宝，抢着说。

正说着，八娃胡有全挑着水走了进来，看见他爹站在院子里，他扔下水桶，惊叫了一声"爹——"而后快步跑过来说："爹，你再不回来，我们都活不下去了！"

"唉，爹也想你们，也想着家呢！路上不顺，紧走慢走都五个月了！今年的庄稼咋种到地里了？"胡生宝简单地说了几句，又扯到庄稼上去了，庄稼是他们的依靠啊！

"八娃、七娃还算争气，再加上二哥、阿五和三嫂帮忙，家里的地总算没荒掉。"李丫子说着，又端详了一下日夜思念的丈夫，说："你——一个人回来了？"她不想在孩子们面前提说六娃的事，便用了只有他们俩才能听得懂的话问了一句。

"嗯，都好着呢！原来盘算着两个月、最多三个月就能回来，后来路上出了点麻烦……唉，人算不如天算！"

"回来了就好！你一定饿坏了，我这就去做饭！"李丫子看着丈夫，心疼地说——从丈夫的话音里，她知道胡有武平安无事，她放心了。

"路上走得有点急，我还真有点饿了！"胡生宝苦笑了一下。

"你们都别傻站着，帮我烧水做饭！叫你爹先到屋里缓一缓。"李丫子心里的一块石头落了地，脸上带上了喜气。

# 79

1949 年夏日的一天，忽然刮起了一阵狂风，一品庄园仅剩的南墙连同大门轰然倒塌。

同年秋天，民勤解放，很快又传来了中华人民共和国成立消息。一些新鲜的名词一波又一波地从县城涌向乡村。"打倒万恶的旧世界！""打倒土豪劣绅！""打倒人吃人的社会制度！""人民是国家的主人！""人人平等！"这些鼓舞人心的口号成了最时髦的东西。还说以前的社会是旧社会，现在的社会是新社会，受苦人就是国家的主人，不再受他人的奴役。就在这期间，王三娃和黄狗娃也都拖家带口回到了红柳墩——王三娃的一只袖管空空荡荡，他的一条胳膊永远地留给了那个纷乱的时代……

新社会以摧枯拉朽之势扫除着旧社会的一切余毒。

就在社会上轰轰烈烈地开展诉冤诉苦的时候，胡生银却紧缩着眉头。几十年的沧桑岁月让这位昔日的二老爷显出了老态，头发已经花白，脸上也堆满了皱纹。他也有冤，他也有苦：他家三番五次受到搜刮，他的儿子胡有文被抓去当兵……可是他却不敢把儿子当兵的事当作苦情说出来，他儿子当的可是国民党的兵啊！胡有文离开家以后，再也没有了音讯。可是不管是死是活，胡有文都已经是国民党的人了。他痛恨旧社会，可是他家却又不明不白地和旧社会扯上亲了！他担心别人会把他和旧社会捆绑在一起。因此在诉冤诉苦上，他表现得比别人平静。

每次参加诉冤诉苦大会的时候，一品庄园的几户人家常常充当着旁听的角色。他们的内心是兴奋的，但并没有到声泪俱下的程度。

对诉冤诉苦的大运动，胡生宝情绪高涨，他的心里有一种说不出的痛快。他的儿子胡有武早就是一名解放军了，这是他家的光荣啊！胡生宝着实激动了一阵子，但看到他二哥闷闷不乐，他的激动也平息了下来，他知道他二哥心里难肠，他不能因为自己的痛快加重他二哥的痛苦。

第二年，县政府派出的干部入住乡镇，乡镇派出的干部进驻行政村，农民协会进一步强化充实。村里成立了土改工作小组，土地改革拉开了序幕。

几个月以后，各家各户的阶级成分有了一个大致的眉目。因为这件事关系到各家各户的名誉和利益，因而县政府要求在这件事上要慎之又慎。乡干部和农会的人走门串户做了仔细了解，经乡政府批准、县政府核实，有关阶级成分的划分结果公布了出来，并提醒人们说，如果对结果有意见，可以向农会提出复查申请。

公布后的第一天，就发生了争吵，有人说他家应该是贫农而划分成了中农，有的说他家应该是中农而划分成了富农。阶级成分越低越光荣，谁家也想把自己的成分划得低一些。虽然有争吵，但会场的整体秩序却相当平稳。工作组一边维持秩序，一边安排工作人员忙着给各家各户提出的意见作解释，对一时解释不清楚的又一一做了登记。

第二天，会场出现了混乱。

原来，从一品庄园出来的四户人家，都划成了富农。第一天，人们只忙着关心自家的成分，对其他人家的成分并不十分在意。散会后，人们才得知胡家的四户人家是富农，他们觉得这种划分有失公允：当年的胡生金掌管着一品庄园的大权，放钱放粮，剥削过贫农雇农，收过地租。这且不说，在胡生金的手里还闹出了阿婆子、阿婆子的婆婆两条人命，后来还在阿婆子的尸骨上钉了桃木桩！现在胡家的四户人家，谁没吃过胡生金剥削来的粮食？谁没用过胡生金剥削来的钱财？如果胡家划不成地主，天下就应该没有地主了！

会议照样在庙台前举行。会场安静下来后，主持人站起来大声说："按中央、省、县的部署，阶级成分的划分要尊重现实、尊重实际。昨天有的人家提出了意见，村社、农会和县政府一定会认真考虑。今天大会的主要任务还是听取各方面的意见……"

这时一位乡干部对着主持人的耳朵说了一句，农会负责人又补充说："谁有意见，就到台前来，把自己的意见当着大家的面说出来。"

话音刚落，一个大约五十多岁的老汉走上了台，他转过身来，看了一眼人群，情绪激动地说："农会给我划分的是贫农，我对这个划分没意见。我要说的是另一件事——其实这也不是我一个人的意见，我是为村里大多数人反映问题呢！昨天，农会宣布胡家四户是富农，我们都认为这种划分不合理，按照我们的意见，胡家应该划成地主才对！"

人群顿时像一锅沸水一样乱了。有人大声喊叫道："对！胡家应该划成地主，胡家划成富农我们不服！"

乡干部赶紧站起来，大声喊叫着叫人们安静下来，但人群已经变成了乱嚷嚷的一锅粥，主持人拍着桌子，拉开了喉咙喊叫了一阵子，人群才逐渐安静了下来。

"请大家不要激动！不管是谁提出的意见，工作组都会认真对待。大家安静，有意见慢慢说！有的是时间，叫张大爷把话说完！"主持人叫人群安静下来后，又对那位情绪激动的老汉说："张大爷！您继续往下说。"

张大爷把一品庄园的往事以及胡生金手里的人命都说了出来，最后说："虽说划分成分看重现在，但他们胡家人哪个不是吃了当年的五谷长大的？现在他们身上的肉都是吃了当年的粮食长出来的！胡生金死了，可是他的老婆儿子还在，他的小老婆还在！胡生银还当过胡家的家呢！马惠儿也是从一品庄园里走出来的。他们没有一个是清白的！"

"对！胡生金死了！如果他不死，那就是恶霸！早该吃枪子儿了！现在把胡家划成恶霸是重了点，但划成地主一点儿也不冤枉！"

胡生银坐不住了，他走上台，向工作组做了解释。然后对着人群说："乡亲们！听了刚才的发言，我觉得大家对我们胡家有误解。我想在这里做个解释。我大哥胡生金是做过一些不好的事，但后来我大哥把命都搭进去了。可以说我大哥也是旧社会旧制度的受害者。现在我们家的日子过得很清苦，李丫子家里一年里有半年揭不开锅，马惠儿的男人阿五也是穷苦人，常常起五更睡半夜的干活，也还吃不饱肚子。我大嫂家比我们几家还可怜，她的儿子胡有荣多年前就成了哑巴，直到现在家里家外都是大嫂张罗。我当年也算当过家，但我没有放过高利贷，也没有剥削过别人。我们和大多数人家一样过的是穷苦日子。"

"哼！好听的话谁不会说？谁说你家没剥削过人？当年土匪到来之前，你家还放了四天粮呢！那不是剥削？"

"还有呢！胡生银的儿子当的是国民党的兵，他家就是想和新社会对着干！"

马惠儿看到这阵势早就哭成了一堆。李丫子听说有人提起她当年给胡生金当小老婆的事，臊得头都不敢抬了，那是她一辈子的耻辱啊！

胡生宝坐不住了，他也来到台上，给大家解释说："乡亲们！我们说话不能眉毛胡子一把抓，上面的有关政策说得很清楚，当年胡生金干的事，只能由胡生金来承担。我敢说，这么多年了，我没干过亏心事，给穷苦人看病也没收过钱。"

"你是干过一些好事，但你站出来给胡家人说话就是你的不对！可见你也跟着胡生金的小老婆学坏了！"

胡生宝一下子慌了。他本想着给胡家开脱罪责，可是现在看来他不但不能开脱罪责，反倒把自己搭进去了！"乡亲们！我们都是新中国的人，我家的胡有武早就加入解放军了！"情急之下，胡生宝把当年的事说了出来。

人群里再一次炸开了锅："胡生宝，你别胡说八道！谁不知道胡有武当年冻死在河沿上了？再说，就算你手里有银圆，谁又能说那块银圆就是解放军给你的？说不定胡家还有别的金窖银窖呢！那可是胡家剥削穷人的罪证！早该没收充公了！"

就在这时，人群中忽然响起了口号："打倒胡生金！""打倒胡生银！""打倒地主婆！"呼声一浪高过一浪，主持人的喊叫、胡家人的辩解都淹没在群情激昂的声音里去了。

主持人好不容易控制了局面，工作组对争执的双方安慰了一番，大会在乱哄哄的气氛里结束了。

工作组又对胡家的情况做了研究：胡生金的手里的确发过财，但胡家现在和穷人家没什么差别。从"孤立少数，争取大多数"的角度来说，把胡家划成富农更符合现在的实际。意见传达之后，群众都说乡政府有意偏袒胡家。有人甚至说，因为胡家有的是金子银子，说不定早就用那些东西封住了某些干部的嘴了！

乡政府不敢怠慢，马上把有关情况向县政府汇报。县政府对胡家的来龙去脉做了仔细研究，认为工作组的划分是合理的。工作组再一次把县政府的有关意见传达了下来。但群众对驻村的工作组、县政府都有怀疑态度，县政府便亲自派人来给群众做工作。

村上再次召集了群众大会。县政府派来的干部给群众耐心地讲解了有关政策，又对胡家的过去和现在作了分析。最后说，工作组、县政府是按照政策和胡家的实际情况开展工作的，胡家划成富农符合实际情况。

这时两男三女五个人冲到了台前又哭又闹："都说共产党给穷苦人打天下，可是我们穷人受了那么多苦，受了那么多罪，谁给我们做主了？胡家曾经害死过人，剥削过人。害死人都不能划成地主，我们不服！如果县政府不把胡家划成地主，我们穷人就告到省上去！省上不行，就告到中央去！"

看来以前的工作不能平息群众的情绪，县政府只好把相关事实整理成材料，报送到了省上。

胡家人的阶级成分还没有定下来，但村里的人们已经把胡家当地主对待了。胡生银和胡生宝的背后常常有人指指点点，窃窃私语。王莺、黄娇娥（二太太）、马惠儿和李丫子出了门，就会有人骂她们是地主婆。

这一天胡有全挑着水往家里走，有五六个十来岁的男娃远远地跟在他后面，一边向他扔土块，一边喊道："地主娃！地主娃！蛤蟆屁股害虫嘴，脏了五谷脏了水！"

胡有全的血气直往上涌，他放慢了脚步，那几个小娃也放慢了脚步，他加快了脚步，那几个小娃也加快了脚步。那些小娃就是不远不近地跟在他后面叫骂。胡有全怒不可遏，他扔了水桶，也不管水淌了一地，冲过去抓住了一个小娃就是一顿巴掌，打得那个小娃哇哇直叫。其他小孩一哄而散。

发泄了心中的怒火，胡有全又到镶井里打了水回到了家。他刚放下水桶，外面已经乱嚷嚷地喊叫起来："地主娃！滚出来！地主娃！滚出来！"

胡生宝和李丫子不知道发生了什么事，出门一看，只见五六个男娃带着大人气势汹汹地站在门外，有人手里拿着驴缰绳，说胡有全打了他们贫农家的娃，他们要找胡有全算账！

知道胡有全闯了祸，胡生宝和李丫子一边骂自己的儿子，一边忙不迭地给这些人道歉。

"哼！今天这事说什么也没用！现在是受苦人的天下，不是你们地主娃的天下！地主娃也敢打我们贫农家的娃？反了天了！快点叫你们家的地主娃出来，我们把他绑回去，立马开批斗会！看你地主娃到底有多张狂？"

就在胡生宝和李丫子忙不迭对这些人说好话的时候，胡有全却提着菜刀冲了出来，他扬起菜刀指着那些人说："我就是揍了他了！咋了？他再敢骂我是地主娃，我照样揍他！毛主席说，人不犯我，我不犯人，人若犯我，我必犯人……"

"呸！你妈当年就是陪着地主老财长大的，你们家就是地主！骂你是地主娃咋了？你就是地主娃！毛主席说一切反动的东西，你不打它，它就不倒！我们这就抓去批斗你这个地主娃！就算你地主娃顽固得像块石头，我们受苦人也能把你砸烂！"

胡有全向前跨了一步，咬着牙说："我再说一遍，我家不是地主！我也不是地主娃！今天谁再敢骂我是地主娃，我砍死他！"

胡生宝和李丫子不能消减那些人的火气，也无法叫胡有全平静下来。那些人一看势头不好，一下子起哄喊道："地主娃杀人了！地主娃杀人了……"他们喊叫着，有几个男娃又向胡家人扔土块。胡生宝当头挨了一下，额头上流出了血。那些人仍旧叫骂着，胡有全挥起菜刀冲了过去。

就在这时传来了一声枪响，所有人都被这意外的声音镇住了。接着四个解放军已经冲了过来，很快，胡有全和那个带头的贫农都被解放军带走了。

## 80

不久之后的一天，人们正忙着干农活，忽然传来了一阵响亮的锣鼓声，循声看去，只见远处一行人打着彩旗，敲着锣鼓走了过来。人们不知道出了什么事，都纷纷跑过去看热闹。

大家很快搞清楚了，原来胡有文在朝鲜战场上立了功，乡政府的人给胡生银报喜来了！

人们一下子怔住了：胡有文不是参加国军了吗？咋又跑到了朝鲜战场上，而且还立了功了？红柳墩的人都说胡有文早就死了！

红柳墩的人当然不知道，胡有文在青化砭战役中就成了解放军的俘虏，后来他参加了解放军。朝鲜战争爆发后，他报名参加了中国人民志愿军，两个月前他所在的连队奉命阻击敌人，溃逃的联合国军先后发起了十多次疯狂的进攻都没能突破他们的阵地……

大家的目光顺着报喜的队伍看过去，只见锣鼓队的后面，跟着一匹马，马背上骑着一个人，仔细一看，那人竟是胡有武！

人们更奇怪了！胡有武早就埋在东面的河滩里了，咋又骑着马回来了？胡有武当然没有死！加入解放军以后，他先后参加了宜川—瓦子街战役、西府战役、兰州战役，在一次剿匪战斗中，他的腿部中弹受伤。现在弹伤已经痊愈，只是那条受伤的腿走路不太灵便。最近上级安排他到地方工作，刚到县武装部报道，就收到了他五哥胡有文在朝鲜战场上立功的消息，于是他和乡政府的工作人员一同报喜来了！

彩旗队和锣鼓队在胡生银家门口热闹了一阵子，在门口贴上了红彤彤的"光荣军属"的帖子，而后点燃了一挂鞭炮。人们再一次兴奋起来：啊呀！胡有文和胡有武都是红柳墩的人，他们立了军功，那也是红柳墩的光荣呢！一时间，人们奔走相告，胡家的光荣，都变成整个红柳墩的光荣了！

胡家的几户人家又挺起了胸膛。

上次和胡有全闹事的张大爷，回家后把自己的儿子狠狠地揍了一顿，而后他又拉着儿子赶到了胡生宝家里，要在胡有全的面前教训他不知天高地厚的儿子呢！胡生宝拦住了张大爷，只要他们胡家能像其他人家一样堂堂正正地过日子，他就知足了！小字辈的事，何必当真呢！胡生宝和贫农大爷的手握在了一起。

胡生宝忽然接到通知，要他到县上报到。他惴惴不安地来到县城，才知道县上正在筹建"人民医院",经层层推荐上报,医院初步拟定了录用医生的名单,最后的结果要等到考试考察以后确定。

考试考察顺利通过。经过一个多月的学习,胡生宝真正理解了"人民"的含义,不久,他和其他医生一道开始给老百姓看病了。看着普通老百姓进进出出,胡生宝感慨万千:他一直想着行医治病,却一直不能如愿,现在他终于可以放开手脚、堂堂正正地把自家的医术亮出来了!

那一年全县获得了丰收,胡有华和阿五都当上了"劳动模范",李丫子把自己的名字改成了李如月。胡家的几户人家高高兴兴地吃了一顿团圆饭,男人们还狠狠地喝了一顿酒。胡有荣忽然开口说话了:"痛——快!今天终于——喝了个痛——快!以前,人们——都羡慕——我们的一品庄园,说我们——占了——最好的风水,既有土地爷的——护佑,又有——石羊河的——滋润。但我家的——风水——到底算不得好,我爹——死了,我三爹——也死了,哪里——才是好风水?国家——安宁了,天下——太平了,那——才是——最好的风水!"

小小的院落立刻淹没在了欢声笑语之中。

胡家的新鲜事很快传遍了红柳墩,进而又传遍了民勤城乡……

*2017年8月完成初稿,2020年2月最后一次修改*